rowohlt
BERLIN

Konstantin Ferstl

Die blaue Grenze

Roman

Rowohlt · Berlin

Originalausgabe
Veröffentlicht im Rowohlt · Berlin Verlag, September 2023

Zitate folgen Hannes Wader, «Damals», S. 151–52; «Manche Stadt», S. 377
Satz Crimson Pro bei Pinkuin Satz und Datentechnik, Berlin
Druck und Bindung GGP Media GmbH, Pößneck
ISBN 978-3-7371-0185-1

Für J.

Grenzt hier ein Wort an mich, so laß ich's grenzen.
Liegt Böhmen noch am Meer, glaub ich den Meeren wieder.
Und glaub ich noch ans Meer, so hoffe ich auf Land.

Ingeborg Bachmann

I

LEKTIONEN IN VERGEBLICHKEIT

Der Urgroßvater war Seefahrer, ansonsten sind keine Sentimentalitäten in meiner Familie bekannt. Mit Träumereien durfte man sich nicht aufhalten. Entscheidungen traf man ungern. Die Geschichten, die man sich erzählte, hatten lustig zu sein. Tränen waren etwas für Sportler bei den Olympischen Spielen und Abschied ein Ritual, das man in geübter Beiläufigkeit vermied.

Die Großmutter war pragmatisch, sogar beim Beten. Zuständigkeitsbereiche von Heiligkeit, etwa Antonius von Padua für Verlorenes oder Sankt Blasius von Sebaste für Halsschmerzen, hielt sie für unnötiges Kompetenzwirrwarr. Sie betete nur zur höchsten Instanz, die würde notfalls schon an die Sektionsleiter delegieren, sagte sie. Das sparte Zeit, und die war ohnehin immer knapp, wie auch das Geld. Einzig für Straßenmusiker hatte sie immer eine Münze übrig. Wenn wir an einem vorbeiliefen, drückte sie mir ein Markstück in die Hand, das ich verschämt in Hüte und Instrumentenkoffer fallen lassen durfte. Wobei der traurige Akkordeonist für seine einarmige Diatonik genauso viel bekam wie die Cellistin für ihre Bach-Suite. Wer sieben Söhne großziehen muss, darf keine Unterschiede machen. Schwärmerei verbot man sich seit Generationen, bei der Partnerwahl war die Erbmasse immer größer als die Liebe. Nur ihr Vater wollte aufs Meer.

Der Urgroßvater entstammte einer Gastwirtsfamilie im Bayerischen Wald. Die Bahnhofsrestauration lag am Endpunkt des Streckennetzes der königlich-bayerischen Eisenbahn. Ein Sackbahnhof, der nur existierte, um das geschlagene Holz wegzuschaffen. Die Grobheit von Natur und Manieren hielt Reisende davon ab, dort Station zu machen: Hier lag das östliche Ende des Landes, die grüne Grenze der Monarchien von Habsburg und

Wittelsbach. Das Bahnhofsgebäude, eine Fantasie des Generaldirektionsrats Friedrich Bürklein, war viel zu groß für das kleine Tal, und seine byzantinischen Kolonnaden überragten die Häuser des Dorfes bei Weitem. Steinerne Viadukte führten die einspurige Strecke in diesen bewaldeten Hinterhof des Königreichs, nicht so hochtrabend wie ihre alpinen Pendants, alles eine Nummer kleiner, ein missglücktes Zitat in unausgewogenen Proportionen. In welche Himmelsrichtung auch immer die Geschichte über diesen Ort hinweggefegt war, er war immer nur Rand gewesen, zur Peripherie verdammt für alle Zeit.

Der Wirt nannte seinen einzigen Sohn Franz, und weil in diesem Tal immer nur der Hausname etwas galt, hieß er *Bahnhofsfranzl*. Auch später noch, als er längst zur See fuhr, blieb ihm dieser Beiname wie ein unangenehmer Geruch. Er wuchs zwischen den verrauchten Tischen der Wirtsstube auf, mit der erlernten Härte einer Mutter, die sich vor den betrunkenen Holzknechten keine Zärtlichkeit erlauben durfte. An der Stirnseite des Gastraumes hatte Architekt Bürklein als Hommage an Byzanz ein großes Mosaik angebracht, vor dem der Knabe immer sehnsüchtig stand. Bücher konnte er nicht lesen, Landkarten schon. In ravennatischer Kunstfertigkeit prangte dort das königliche Eisenbahnnetz, das die böhmischen Wälder mit München, Prag und Wien verband. Das Meer kam nicht vor.

Das Dorf war eine Ansammlung geduckter Häuser, die sich um einen kleinen See gruppierten. Die Straße war nicht befestigt, und bei Regen verwandelte sie sich in eine Schlammpiste. Der Bahnhof stand etwas abseits, ein massiger Fremdkörper, dessen Pilaster aus Juramarmor vor dem dampfenden Wald beinah geckenhaft wirkten. Über allem thronte das Kloster, ein konvertiertes Fürstengut, das Mutterhaus der Dominikanerinnen vom heiligsten Herzen Jesu. Nach lebenslangem Dienst in der afrikanischen Mission sandte der Orden seine Schwestern hierhin zum Sterben zurück, von einem Ende der Welt zum anderen. Bisweilen begegnete man den alten Frauen auf dem Weg zum Dorfweiher. Der Saum ihres immer strahlend weiß gestärkten Habits fing allzu leicht den Schmutz der kleinen Straße ein. Die rhodesische Sonne hatte ihre Haut verbrannt und ihr etwas Echsenhaftes verliehen, und wenn der Bahnhofsfranzl in die uralten Gesichter der Frauen sah, der Zeitgenossinnen von Metternich und Marx, glaubte er, in einem Dorf der Hundertjährigen zu leben. Auf seinen Landkarten zeichnete er die Reiseroute der Schwestern über die Meere nach: Triest, der Suezkanal, die Straße von Mosambik, und ein Gefühl ergriff ihn, das man *Fernweh* nannte.

Ich bin nur ein einziges Mal dort gewesen. Die Enge, die den Bahnhofsfranzl fortgetrieben hatte, konnte ich nicht spüren. Das Kloster war zu einem Heimatmuseum umfunktioniert, im Refektorium standen alte Dreschflegel, zu Exponaten befördert, die kein Eintrittsgeld rechtfertigten. Hierhin ging man nicht einmal mehr zum Sterben – dafür hatte man in der nahen Kreisstadt ein aseptisches Hospiz in Fertigbauweise errichtet, das sämtliche EU-Richtlinien für Gebäudedämmung erfüllte. Der Bahnhof war immer noch viel zu groß für den Ort – statt Holz verlud man hier nun eine Handvoll Fahrradtouristen im Rentenalter, die sonnengegerbte Haut mit aktivatmender Systemkleidung bedeckt. Die Restauration war geschlossen, im Schaukasten hing ein Stück Speisekarte, das einen scheinbar ewigen *Genussmonat März* bewarb. Ans südliche Ende des Perrons grenzte der ehemalige Garten. Wilder Holler wuchs durch den Zaun, der Wald hatte dieses gewesene Hindernis längst überwunden. Der Boden war übersät mit verdorrten Fichtennadeln, deren bleiches Braun das Terrain markierte wie auf einer Landkarte. Der kaputte Zaun als letztes Zeugnis des Versuchs meiner Familie, diesen Flecken der Natur abzuringen. An jenem Nachmittag war nichts zu hören als der Wind in den Bäumen. Die Sommerhitze stand im Tal, und es roch nach frisch geschlagenem Holz. Als ich später in Mexiko über die ausgetretenen Steine des Kirchenbodens von San Andrés

Larráinzar lief, die für eine Zeremonie feierlich mit Fichtennadeln bedeckt waren, glaubte ich, den Duft jenes stillen Tages im Dorf zu riechen, und ich dachte an die gusseiserne Vergeblichkeit des alten Gartenzauns und an den Bahnhofsfranzl aus Thanried am See.

Geografie ist Vorsehung. Seine unbekannte Sehnsucht führte ihn aus den dunklen Wäldern der Šumava ans Meer. Schon immer hatte er von Wellen und Schiffen geträumt, wo nur Bäume waren. Vielleicht wäre er in anderen Zeiten ein Sänger geworden oder Magellan. Aber das Romantischste, was ihm einfiel, war die kaiserliche Kriegsmarine. Schwimmender Stahl im Chinesischen Meer. So band er sein Sehnen nach der Weite an das, was er zu kennen glaubte – wenn auch nur von Sammelbildern aus den Zigarettenschachteln. Eines Morgens bestieg er den Zug und fuhr nach Norden.

Seine Eltern konnten nicht verstehen, was den Bahnhofsfranzl aufs Meer hinauszog. Sie waren beide noch nicht einmal bis München gekommen – die Geometrie der sie umgebenden Waldwege war ihre Welt. Schwärmereien blieben ihnen fremd – ihnen, die gelernt hatten, mit duldsamer Stoa die Tage zu verleben und nicht Glück, sondern höchstens Trost zu suchen: in dem matten Gold der Seitenaltäre, wo die Schutzheiligen der Dörfer auf Postamenten aus marmoriertem Gips standen, bekrönt von fremden Namen in Kirchenlatein. *Milde Königin, gedenke.* Obendrein hielt die Mutter nicht viel von militärischem Gepränge, schon gar nicht von Preußen. Der überdimensionale, zweigeteilte Rauschebart des kahlköpfigen Admirals Alfred von Tirpitz, den er mit eitler Sorgfalt über die Schärpe um seinen *Pour le Mérite* wallen ließ, erschien ihr lächerlich. Wie konnte man mit solchen Zotteln überhaupt arbeiten? Schlimmer noch war für sie der bleiche Kaiser. Ihre Bauernschläue schien durch den polierten Brustpanzer zu blicken, und sie sah ein furchtsames Herz. Einem solchen Kerl zu huldigen, ging ihr nicht ein – sie kniete höchstens vor der seligen Zenzl von Kaufbeuren, wenn ein schweres Gewitter bevorstand.

Die Post kam auf jenem einspurigen Gleis in das Tal und brachte die Briefe aus Montevideo und Kiautschou. Die Mutter machte sich keine Mühe, auf der Weltkarte nachzusehen, wo das lag. Wozu auch, wenn ein Ozean dazwischen war? Die Entfernungen konnte sie ohnehin nicht begreifen. Meridiane waren ihr fremd, sie durchmaß die Welt mit den Füßen, Schritte waren das Metrum ihrer Zeit. Dann kam der Krieg. Über dem Tresen hing eine Fotografie des Bahnhofsfranzl, in Kaisers Rock mit Matrosenmütze und mit einer Pfeife im Mund. Seine nachkolorierten Augen blickten über die gedrungene Wirtsstube, als suchten sie ferne Ufer hinter den klobigen Tischen, an denen abends die Holzknechte ihren Lohn vertranken; als wäre der elende Qualm aus ihren Virginia-Stumpen der Nebel der Geschütze im Skagerrak, durch den sein Schiff in den Kampf pflügte. Und während die Admiräle in ihren Rauchsalons unter düsteren Ölgemälden die großen Seeschlachten beschworen, Salamis, Actium, Lepanto, ertranken ihre Seeleute im Nordmeer, und ihre Schiffe sanken auf den Grund.

Mochten die Uniformen noch an nautische Romantik erinnern, die Schlacht vor der Küste Jütlands war nichts als ein brüllendes Inferno in Dieselwolken, nicht viel anders als die Bombardements der in die Erde gegrabenen Stellungen von Flandern und der Champagne. Dem Bahnhofsfranzl brannten die Augen, und er schrie vor Angst. Krieg war nach vierzig Jahren brüchigem Frieden eine verklärte Jugenderinnerung der Alten gewesen, allenfalls aufgefrischt mit dem Blut der Herero in Afrika. Im Generalstab saßen alte Herren mit langen Bärten und guten Tischmanieren, die Veteranen einer fernen Epoche, und rüsteten sich mit modernen todbringenden Maschinen. Sie waren besessen von antiken Gemetzeln und von Hannibal, entwarfen ihre Pläne nach der Literatur: Bei Titus Livius umfassten die Barkiden ihre Feinde in großen Zangen, also übertrugen sie die Wirkungsgrade von römischen Pferden und punischen Kriegselefanten auf

Haubitzen und Maschinengewehre der Firma Krupp. Die Pläne für alle kommenden Kriege lagen fertig in massiven Aktenschränken und wurden an die Nachfolger vererbt, zusammen mit erlerntem Feinddenken. Nicht nur der Krieg, auch der Grund dafür war nur noch eine Erinnerung für die ewig Nachgeborenen. Der *traurige Julius* Moltke verbrachte sein Leben damit, vom Fenster auf die Rückseite des Reiterstandbilds seines glorreichen Onkels zu blicken, des Siegers von Sedan. Im Schatten von Ruhm und Pferdehintern führte er die Schlachten der Zukunft mit Zinnsoldaten auf Landkarten. Als der wirkliche Blutrausch begann, ging er alsbald in den Ruhestand. *Wenn wir schon untergehen, dann wenigstens anständig.*

Kurze Zeit später trugen sie in Wien diese alte Welt endgültig zu Grabe. Der greise Kaiser war tot, die Gloriette schwarz umflort, und acht Rappen zogen den Sarg. Der tiefe Glockenton der Pummerin schwebte über der Stadt, die Josephinische Glocke, gegossen aus den eingeschmolzenen Kanonen längst verlorener Kriege, sie hatte mehr als vierzig Jahre geschwiegen, doch nun gaben ihre dunklen Schläge den Takt für das letzte Geleit. Die Trauernden säumten die Ringstraße, Joseph Roth stand dort und auch Bruno Kreisky, er war noch ein Knabe von fünf Jahren und senkte den Kopf, als der Katafalk vorbeifuhr. Dahinter defilierten ein letztes Mal die Herrscher des so langen neunzehnten Jahrhunderts, als wäre es ihr eigenes Begräbnis, *lebendig hinter der eigenen Leiche gehend*, die herausgeputzte Komparserie eines Stummfilms. Ihre Herrschaftsgeschichte in polierten Ordenszeichen auf der Brust, unter maßlosen Epauletten und Helmbüschen aus weißem Rosshaar. All die Habsburger, Wittelsbacher, Hohenzollern, von denen in zwei Jahren kein Einziger mehr auf seinem Thron sitzen würde.

Als ich mit J. bei Fidel Castros Trauerzug in Havanna stand, dachte ich an diese Bilder: Hinter dem Sarg liefen die ergrauten Revolutionäre Lateinamerikas, aus Bolivien, Venezuela und Nicaragua, alte Männer in weiten Hemden allesamt, wie ein letztes, morbides Klassentreffen. An den Wänden die verblassenden Fresken alter Kämpen wie Che Guevara und Camilo Cienfuegos, längst keine Gegenwart mehr, sondern nur noch Nostalgie, wie das Bild des alten Kaisers im *Radetzkymarsch*. Dereinst würden sie besichtigt werden wie pompejanische Mosaike, eine Instagram-Fototapete für billigfliegende Tagestouristen. Die Umstehenden weinten und salutierten. Der Malecón war die Ringstraße und die Auffahrt zur Kapuzinergruft. *Wer begehrt Einlass?* Compañero Fidel, ein armer Sünder. In Havanna ging der letzte Zeitstrang des zwanzigsten Jahrhunderts zu Ende, in Wien jener lange, der das neunzehnte war. Und mochten sie auch noch ein letztes Mal einen neuen Kaiser krönen für ein paar Tage, hieß er Karl oder Raúl, die Ikonoklasten der alten Welt waren bereits unterwegs: Lenin reiste aus dem Exil nach Russland, und am Malecón standen schon die Kräne für ein Trump-Hotel.

Er hatte seine Lektionen in Vergeblichkeit gelernt, der Bahnhofsfranzl. Als die Matrosen auf der *Kronprinz* meuterten und mit roten Fahnen nach Berlin fuhren, um den Kaiser endlich zum Teufel zu jagen, blieb er an Deck des Schiffs, anstatt auf der richtigen Seite der Geschichte zu stehen – die Träume von einer gerechteren Welt waren nicht seine Träume. Er konnte nur an Wellen und Gischt glauben, weil er die dunklen Wälder so hasste, aus denen er gekommen war. Und so blieb ihm am Ende nur, seinem eigenen Traum das letzte Geleit zu geben: Weil der Vertrag von Versailles das Ende der Flotte bedeutete, dampften die verbliebenen Geschwader nach Norden und gingen in der Bucht von Scapa Flow ein letztes Mal vor Anker. Und der Bahnhofsfranzl aus den böhmischen Wäldern blickte über die flache Küste vor South Ronaldsay, und das Archipel der Orkneys lag vor ihm in einer banalen Selbstverständlichkeit, die sein Fernweh nicht zu fassen vermochte. Drei Monate versah er nutzlose Deckwachen und schlug nachts die Glasen, in der Dunkelheit die massigen Schiffskörper der verbliebenen Flotte erahnend, deren Namen er vor sich hin in den Wind murmelte: *Prinzregent Luitpold, Kronprinz, König* – die Nomenklatur einer alten Welt, die in der Ferne gerade ihr Leben aushauchte. Manchmal, wenn er Landgang hatte, wanderte er alleine über die Insel und sog den Duft der Farne ein. Damit wäre seine Rolle zu Ende gewesen, hätten sich die Deutschen in ihrer tumben Nibelungenhaftigkeit nicht so sehr nach Abgründen gesehnt. Vielleicht hatte der Konteradmiral von Reuter auch nur zu oft Wagners *Rheingold* gehört – jedenfalls salutierten die Kapitäne in sinnlosem Trotz vor der Welt von gestern und versenkten ihre Schlachtschiffe auf den Grund des Meeres. Der Bahnhofsfranzl öffnete die Flutventile seines Schiffs und ließ den Atlantik herein. Unter den Schmerzenslauten der Tonnage versank der kaiserliche Knabentraum im Nordmeer, darunter auch Seiner Majestät Schiff *Kronprinz*. Noch vor einem Jahr hatten die Kinder die Bilder dieser Schiffe gesammelt und in Alben geklebt, nun legte sich die See über Decks und Gefechtstürme, im Feuer geschweißt in den hanseatischen Werften, und das Ächzen des Stahls drang über die nächtliche Bucht von Scapa Flow. Als die britischen Bewacher bemerkten, was vor sich ging, eröffneten sie das Feuer auf die Schiffe, und der Große Krieg forderte noch einmal Menschenopfer – neun Monate nach seinem Ende.

Als man den Bahnhofsfranzl aus dem Gefängnis auf der Insel entließ, brachte ihn ein Fischerboot auf das schottische Festland, und er passierte bei Ebbe ein letztes Mal das Seegrab der *Kronprinz*. Die riesigen Schornsteine ragten aus den Wellen, und die Korrosion überzog den Stahl bereits mit einer orangen Reptilienhaut. Weil er nicht wusste, wo er hinsollte, stand er eines Tages wieder auf dem Perron vor der Bahnhofsrestauration seines Vaters, deren Namen er trug. Das königliche Wappen war heruntergeschlagen, die Eisenbahn fuhr nun ohne monarchischen Zusatz in einer Republik, deren letzter Herrscher sie fluchtartig im Automobil verlassen hatte. Für einen Tag hatte über dem Wirtshaus sogar die

Rote Fahne geweht. In München riefen die Literaten die Räterepublik aus. Lenin schickte eine Depesche aus Moskau und grüßte seine Genossen in Sowjetbayern, weshalb der Pusl Schosch aus Roding vorschlug, jetzt doch auch irgendetwas zu wählen. Marx hatte er nicht gelesen, und auch Kolchosbauer wollte er keinesfalls werden. Irgendjemand müsse aber den Chef machen, befand er, auch in solch einer neuen Räterepublik. Die Bauern und die Holzknechte trafen sich in der Wirtsstube und bestimmten den Bahnhofswirt zu ihrem Vertreter. Sie hängten eine Rote Fahne neben die bestickte Ehrenstandarte des Leibschützenregiments und tranken acht Flaschen Marillenschnaps auf das Neue. Am nächsten Morgen brachte der Sternecker Sepp die Zeitung aus München, in der vom Ende der Räterepublik und der Wiederherstellung von Recht und Ordnung geschrieben wurde. Der Bahnhofswirt hängte die Rote Fahne ab und verstaute sie im Kartoffelkeller. Niemand verlor mehr ein Wort darüber. Böhmen war am Meer gelegen, für eine kleine Weile.

Nach seiner Rückkehr heiratete der Bahnhofsfranzl, was trotz seines irreparablen Rufs als Träumer keine große Schwierigkeit war – alle jungen Männer des Dorfes lagen in flandrischen Gräbern. Zur Hochzeit stutzte er seinen Bart und trug einen zivilen Zweireiher. Als die Großmutter zur Welt kam, lebte er nicht mehr lange. Der Bezwinger des Skagerrak ertrank an einem Sonntagnachmittag beim Schwimmen im Dorfweiher zu Füßen des alten Klosters. «Hitzschlag», sagte der Pferdedoktor aus Bruck. Weil niemand den Leichnam bergen wollte, beschloss der Bürgermeister, es als Seebestattung zu deklarieren. Das wäre sicherlich auch im Sinne des Bahnhofsfranzl gewesen, behauptete er und machte die Sentimentalität auch aktenkundig. Die Glocken des nahen Klosters läuteten durch das Tal, und die uralten Nonnen standen mit Kerzen in den Fenstern und blickten hinunter. Die Bewohner des Dorfes warfen Blumen in den See, dessen Oberfläche so glatt war wie polierter grüner Marmor.

J. war die Einzige, die mich in meiner seltsamen Zuneigung zum Bahnhofsfranzl verstand. Immer wieder ließ sie sich davon erzählen. Eines Tages malte sie diese Geschichte als Bild und schenkte sie mir. Unter einem Firnis und unzähligen Schichten aus blauem Acryl lagen das Meer und auch der Wald. Wann immer Freunde oder Gäste ratlos vor dem Bild standen und nichts anderes sahen als das Blau, dann lächelte sie nur, als machte es ihr Freude, ein Geheimnis zu verwahren. Sie verstand es nur zu gut. Ihr Großvater war fürstlicher Leibjäger in den Alpen gewesen. Als sich das Rotwild in einem bitterkalten Winter in den Bergwäldern zum Sterben niederlegte, lief er mit einem Dutzend Knechte hinauf und trug die Hirsche und Kühe hinunter ins Tal, wo er sie in Ställen und Heuschobern durch den Winter brachte. Im Frühjahr ließ er sie frei, um sie im Herbst dann auf der Jagd zu erschießen. Diese brutale Vergeblichkeit rührte mich immer an. Es wäre mir niemals eingefallen, darüber zu spotten. Wir wussten beide, was es hieß, einer verlorenen Sache anzuhängen.

II

EINE VERLORENE SACHE

Der Herbst ist ein Meister aus Deutschland. Nicht nur wegen Mogadischu oder Gudrun Ensslin, sondern vor allem wegen dieser botanischen Vergänglichkeitsmelancholie der Romantik. Wo Schiller noch mit Armeen in der Faust um die Liebe kämpfte, bevorzugte man nun das Besingen des Verlusts, den Blick nur noch zurückgerichtet. Einsame Schwermut in verwelkender Kulisse, die *Verlorene Sache* als herrschende Ideologie. Mit künstlichen Ruinen und erfundenem Mittelalter kann ich nicht viel anfangen, aber wenn ich mir in meinen Ängsten den Abschied von J. ausgemalt hatte, dann war es immer Herbst gewesen.

Doch es ist Februar, am Todestag der Großmutter. Der Kapitalismus rückt dem alten Friedhof auf den Leib und umschließt ihn mit einem Kordon von Autohäusern und Baumärkten aus Wellblech. Das einst so dichte Spalier der Gräber lichtet sich immer mehr, die Endgültigkeit des Todes scheint nichts gegen auslaufende Mietverträge. Vor der Aussegnungshalle steht eine Abordnung Blechbläser der Knappschaftskapelle. Ihre Intonation kämpft gegen die Amberger Feuchte und schleppt die brüchigen Stimmen der Alten durch den Choral. *Wir sind nur Gast auf Erden.* Vor dem Grab der Großmutter versammeln sich Menschen, deren Gesichter ich nicht kenne. Es sind die Namen aus den Geschichten meines Vaters, ein inzwischen hüftsteifes Defilee. Die roten Nelken, die ich auf das Grab lege, werden morgen erfroren sein. Der Winter hat dem Herbst längst die Farbe entzogen, und die entlaubten Bäume stehen wie Scherenschnitte in der Dämmerung, als ich den Friedhof verlasse, um zurück nach Marienstein zu fahren. Dann klingelt mein Telefon.

Der Weltuntergang kommt mit dem Zug aus Antwerpen, und er kommt morgen. Als J. mich anruft und mir sagt, dass wir sprechen müssen, bleibt mir mein müder Witz über das Klischee im Halse stecken. Das Sachliche verbietet bereits der Anrede die Zärtlichkeit. Ich höre Entschlossenheit in ihrer Stimme und weiß, dass es keinen Kampf mehr geben wird, nur noch Vollzug.

Ich habe Routine bei Abschiedsszenen, habe Dutzende von ihnen mit Musik unterlegt. In Filmen, versteht sich. Die Kompositionslehre gliedert die Emotionen mathematisch in einem Periodensystem der Schwermut. Für Abschiede empfiehlt sie g-Moll, die Königin der Traurigkeit. Oder c-Moll, *pour tous les sujets lamentables*. Die Instrumentierung unterliegt dem Zeitgeist. Trotzdem werden es am Ende meistens Streicher. *Con sordino*. Ich habe nur ein Klavier. Und für meinen eigenen Abschied habe ich die Worte noch nicht gefunden.

Der Flügel heißt Alfonsito und kommt aus Leipzig. Trotz seiner großbürgerlichen Erscheinung hat er eine untadelige sozialistische Herkunft aus dem VEB Piano Union, wie die Intarsien des Deckels verraten. Ein staatenloses Klavier aus einem verschwundenen Land. Wenn man ihn öffnet, riecht es nach Zedernholz wie das Deckblatt in einer Zigarrenkiste. J. sagte immer, dies sei ein verkapptes Geschenk der kubanischen Gastarbeiter gewesen, deshalb nannte sie den Flügel Alfonsito. Ich hatte für Depardieu oder Oblomow plädiert, was mir angesichts von fünfhundert Kilogramm Gewicht passender erschien. Aber J. blieb hartnäckig bei ihrem Namen, bis mich die Gewohnheit überstimmt hatte. Und das Vorschlagsrecht lag nicht umsonst bei ihr: Sie hatte den Flügel bei eBay Kleinanzeigen von einem jähzornigen Schrotthändler erfeilscht, hatte ihn umgarnt und charmiert, bis er ihn uns am Ende schenkte. Als wir das Klavier im überladenen Kleintransporter über die Autobahn fuhren, war ihr Gesicht gerötet vor Stolz. «Da hast du dein Salonmöbel», sagte sie und grinste.

Sie mochte es, neben Alfonsito zu sitzen. Ganze Abende ließ sie mich immer wieder Chopin spielen, *Fantaisie-Impromptu*, und ich bekam es kein einziges Mal fehlerlos hin. Der Raum verwahrt ihre Geschichte, ihre Bilder an den Wänden. Bisweilen, wenn sie länger fort war, versuchte ich, Gegenstände für ihre Rückkehr zu inszenieren. Ich drapierte einen bretonischen Krug, den sie mochte, oder eine kleine Schale mit Zitronenkeksen. Ließ ein bestimmtes Buch offen liegen, um von ihr bemerkt zu werden. Ich frage mich, was ich heute noch tun könnte, um eine warme Erinnerung in ihr zu wecken, aber ich fürchte die Antwort so sehr, weil sie die Erkenntnis bergen könnte, dass ich damit alleine bin. Ihre Nostalgie scheint aufgebraucht.

Es gibt nur mehr eine Flasche Wein im Haus, und das ist unglücklicherweise der untrinkbare Riesling aus dem südpfälzischen Weinberg meines Onkels Theo, eines stolzen Vertreters des teutonischen Glykolismus. Offenbar ziemt sich die Önologie als Hobby für gestresste Manager, doch sein Wein erinnert mich immer etwas ungut an eine dumpfe Rheinpromenade, an große Schoppen und die zweite Strophe des Deutschlandlieds. J. fertigte ihm eine Radierung, die er auf die Etiketten drucken ließ, was die plumpe Bouteille *Schweighofener Kirchhöhe* seltsam anmutig aussehen ließ. Wir verwendeten den Wein immer als Gastgeschenk bei unliebsamen Anlässen und freuten uns kindisch über die fachmännischen Lobpreisungen. Vielleicht ist es ja sogar passend, dass ich am Ende diesen Kelch selbst leeren muss.

Ich wurde in einer katholischen Bischofsstadt geboren, auf den Ausläufern des Jurameeres im Mesozoikum, an einem langsam mäandernden Fluss. Dem stark übergewichtigen Fürstbischof Johann Anton erschienen die häufigen Dienstreisen nach Rom allzu beschwerlich, doch das Ultramontane gehörte zum Berufsbild. Außerdem war bereits im achtzehnten Jahrhundert, lange vor dem Aufkeimen des Tourismusmanagements, die unselige Phrase von der nördlichsten Stadt Italiens auch beim Klerus en vogue. Also lockte Johann Anton den lombardischen Baumeister Maurizio Pedetti nach Bayern, um dort in der Provinz eine begehbare Passionsspielkulisse aus Marmor zu errichten, ganz im Sinne seines biblischen Wappenspruchs: *Jeder lebe so, wie Gott ihm zugeteilt,* Klassismus aus dem ersten Korintherbrief. Vor der viel zu pompösen Residenz steht ein Brunnen, auf dem ein steinerner Neptun eine Gruppe verängstigter Nymphen mit Wasser übergießt. Davor verabredeten wir uns das erste Mal.

Der Winter nimmt keine Rücksicht auf den Barock und macht aus der nördlichsten Stadt Italiens die südlichste Schottlands. Noch zwanzig Stunden. Es ist wie der Abend vor der Schlacht. Als ich das Haus verlasse, hat es zu dämmern begonnen. Die Kälte legt sich auf mein Gesicht. Morgen kommt sie, und dann wird es das Ende sein. Dann wird sie die Worte sprechen und das vollziehen, was wir längst ahnten und was ich fürchtete, seit dem ersten Tag, als ich sie traf. Es ist mein letzter Abend vor dem Ende, und ich dehne die Zeit, als vermochte ich so, diese gescheiterte Liebe zu verlängern, als bestünde sie noch bis morgen wie ein gültiger Vertrag. Ich brauche den Herbst nicht zu suchen. Es scheint, als wolle er mich finden.

Ich starre auf die Wand hinter dem Flügel namens Alfonsito, wo das blaue Bild vom Bahnhofsfranzl in Acryl hängt, das sie mir geschenkt hat. Trotz beginnt sich zu regen. Ich bin Empfänger einer Nachricht, die ich nicht hören möchte. Und wenn ich es schon nicht verhindern kann, dann will ich das Nichts wenigstens nach meiner Façon: Wenn ich keine Wahl mehr habe, dann will ich davonlaufen und anrennen gegen die Zeit.

Vielleicht wäre es besser, sich zur Fremdenlegion zu melden. Aber da virile Gewalttaten nicht meine größte Stärke sind und es vermutlich kein Képi in meiner Hutgröße gibt, beschließe ich, nach Nordkorea zu fahren. Heute Nacht noch, um J. nicht mehr zu begegnen.

Wenn Bruce Chatwin damals Internet gehabt hätte, wäre er nie nach Patagonien gefahren. Eine halbe Stunde Recherche tötet jeden romantischen Impuls, man fährt nicht nach Nordkorea, man wird hindurchgeführt: vierzehn Tage Rundreise mit Vollpension, die letzte Studienfahrt für pensionierte Geschichtslehrer. Dazu kommen wochenlange Wartezeiten auf das Visum, der Pädagoge im Ruhestand plant offenbar gerne weit im Voraus. Nur eine einzige etwas dubiose Seite gibt Anlass zur Hoffnung, *Blue Frontier Travel*, das Reisebüro von zwei britischen Expats in Peking: Dan und Yani sehen eher so aus, als läge ihre Expertise bei Surfbrettern und Pazifik. Doch statt Byron Bay ist ihr Angebot das kondensierte Abenteuer mit Packliste: eine Woche Nordkorea, die schnelle Auszeit vom Kapitalistischen Realismus, zwischen zwei Projekten oder nach einer langen Beziehung. Dazu versprechen mir Dan und Yani ein Visum in nur zehn Tagen, *unbürokratisch und schnell*, persönliche Übergabe am Bahnhof von Peking, direkt vor Abfahrt des Zuges nach Pyeongyang.

Es wäre machbar, denke ich, wenn ich mit dem Zug nach Peking fahre: erst nach Moskau, dann weiter mit der Transsibirischen Eisenbahn, das erkauft mir die Zeit für das Visum. Wenn es denn überhaupt echt ist und nicht irgendeine betrügerische Masche, vielleicht rangieren falsche Nordkoreareisen längst gleichauf mit dem Erbe nigerianischer Prinzen. Es wirkt alles bestenfalls halbseiden, die Website, die flapsigen Sprüche und die Selfies von Hipster-Pärchen vor Kim Il-sungs Marmorstatue: achtundvierzig Fotos zufriedener Kunden. Aber entweder ich fahre jetzt, oder ich fahre gar nicht. Mich in einem menschenleeren Grandhotel in Ligurien vor J. zu verstecken oder an irgendeinem Strand auf der Südhalbkugel, das ist keine Option. Und ein letztes Gespräch mit Abschiedsfloskeln und «Lass uns Freunde bleiben» noch weniger. Ich buche die *Classic Standard Tour*, drücke auf Bezahlen, überweise Dan und Yani ein Monatsgehalt ins Blaue, erwarte schon, von irgendwoher schallendes Gelächter zu hören, doch es kommt nur eine computergenerierte Bestätigungsmail.

Auf der Landkarte fahre ich mit dem Finger die Strecke ab, von dem kleinen Haus in Marienstein über Moskau, Sibirien, Peking bis nach Pyeongyang. Die Einsamkeit per Platzkarte. Es könnte gehen, sage ich mir. Ich habe keine Bilder von diesem Land, zumindest keine wahrhaftigen. Aber ich hoffe, dass es anders ist als jene mir nur allzu gut bekannte Schwermut von alteuropäischem Möwengekreisch und lisboetischer *Saudade*, vor der ich fliehen will. Vielleicht ist es auch das Klischee von jenem Grau, das mich anzieht – ich möchte keine Sonnenuntergänge auf bleichem Marmor mehr sehen. In meiner Fantasie werde ich bereits als Dissident verhaftet, und J. hört meinen Namen in den Abendnachrichten. Ich stelle mir vor, wie sie bangend vor dem Fernseher sitzt, der letzten Worte für alle Zeit beraubt. Würde das etwas ändern? Ich verwerfe den Gedanken schnell wieder, weil ich Angst habe, die Tagesschau könnte meinen Namen falsch aussprechen.

Die Großmutter hatte sieben Söhne. Bei der Namenswahl hatte sie auf jegliche Emotionalität verzichtet und in ihrem legendären Pragmatismus lediglich in den Kalender geschaut. Vermutlich war ich der Erste, dessen Name aus einer Art von Sentimentalität vergeben wurde, wenngleich auch in ideologischer Uneinigkeit. Die Mutter forderte, in ihrer Funktion als Schriftführerin der örtlichen K-Gruppe, einen politisch korrekten Kampfnamen, während der Vater aus altphilologischem Ethos auf griechisch-römisch bestand. Nachdem die Mutter *Aeneas* und *Nestor* erfolgreich als reaktionären Kitsch abgeschmettert hatte, einigten sie sich in sozialdemokratischer Pädagogentradition auf *Fidelis*, weil so beide ihr Gesicht wahren konnten. Die Mutter kannte die Last der Namen, sie selbst trug den ihrer Großmutter.

Ich weiß um meine Verwundbarkeit bei Sentimentalitäten, obwohl ich die Sprache der Ironie erlernt habe. Ich bekomme feuchte Augen bei linken Parteitagsreden, wenn der Antifaschismus beschworen wird – egal wie unbeholfen die Rednerin sein mag. Es ist die vergebliche Ernsthaftigkeit, die mich rührt. Wie bei den Liedern der Mutter, wenn sie abends alleine mit ihrer Gitarre gegen die innere Verhärtung ansang. *We are the children of the Eighties* von Joan Baez, damals schon in Würde ergraut und müde von den verlorenen Kämpfen, doch sie lieh der Mutter ihre gebrauchte Zuversicht. Wir waren die Spätgeborenen des Jahrhunderts, und die Mutter kämpfte nach der Arbeit unermüdlich gegen die Ernüchterung. Später sang sie nicht mehr, sondern kaufte sich eine Getreidemühle.

Bevor ich aufbreche, klappe ich Alfonsitos Klavierdeckel zu. Ich packe den Rucksack, das alte, lederne Ding aus der Stadt über den Wolken, das Nötigste nur. An seiner Seite kündet eine Narbe von einem glücklichen Tag in einer Landschaft mit unbegehbaren Bergen, sie ist für jeden sichtbar, aber nur J. kennt ihre Geschichte. Ob sie diesen Tag noch erinnert?

Die verlorene Sache. Ich rufe meinen Freund Gabriel in Moskau an. Es ist bereits Mitternacht dort, und ich sage, dass ich auf dem Weg zu ihm bin. Dann schalte ich das Telefon aus, um für J. und auch den Bratschen-Hubert nicht mehr erreichbar zu sein. Wenn ich jetzt aufbreche, verabschiede ich mich aus der Gleichzeitigkeit. Vielleicht ist der Gedanke nicht besonders schlau, aber er wärmt.

Ein Gemälde kommt mir in den Sinn, ein schwülstiger Ölschinken von einem Maler namens Cederström, das in einem alten Buch im Bücherschrank meiner Eltern abgedruckt war und das ich als Kind immer wieder hervorholte, weil mich die Dramatik der Szenerie so gefangen nahm: *Die Heimfahrt der Leiche Karl XII*. Durch eine Eiswüste des Nordens wälzt sich ein geschlagener Heerbann bis zum Horizont, eine zerlumpte Karawane kriegsmüder Soldaten, die ihren gefallenen König heim nach Schweden tragen. In einer lebensfeindlichen Umgebung aus Eis und Schnee wahren sie ein seltsames Protokoll und halten den toten Karl auf ihren Schultern, als wären sie die Prozession der letzten Goten am Vesuv. An den Felsen hängen große Eiszapfen wie gefrorene Tränen, die Stalaktiten einer versunkenen Welt. Der Bannerträger kann das Panier kaum halten, weil es viel zu groß ist und der Nordwind daran zerrt wie an einem Segel. Und allen voran schreitet ein einsamer Offizier, der in zeremonieller Nutzlosigkeit einen blank gezogenen Säbel in der Rechten trägt.

Der Frühling lässt auf sich warten, und ich breche auf in den Winter und das Eis. Und obwohl ich weiß, dass Liebeskummer und ein Lederrucksack noch keinen Chatwin machen, hinterlasse ich ihr nichts als ein Stück Papier an der Türe: *Bin nach Pyeongyang gefahren.*

III

AUF VERLORENEM POSTEN

J. hatte die alte Haustüre blau angestrichen. Sie war damit nicht ganz fertig geworden, die Farbe war ihr am Ende ausgegangen. Das linke untere Eck an der Innenseite blieb frei, dort schaute noch das alte Rotbraun hervor wie die undeutliche Ahnung eines anderen Sediments der Geschichte, die abgestoßene Farbschicht aus dem Baumarkt von Marienstein, die der Vater früher alle drei Jahre mit soldatischer Akribie erneuert hatte. *Bin nach Pyeongyang gefahren*. Ich hätte ihr den Zettel auch auf den Küchentisch legen können oder auf den Flügel. Doch ich weiß, dass J. die Türe nicht mehr öffnen wird, obwohl sie einen Schlüssel besitzt.

Unser Haus, das war es nie gewesen. Mein Haus, auf dem Papier vielleicht. Das Haus meiner Eltern, das war es nicht mehr. Das Haus meiner Kindheit, das trifft es am besten, und ich verlasse es zum zweiten Mal.

Es war das Haus meiner Eltern gewesen, doch *Elternhaus*, dieses Wort wäre mir nie über die Lippen gekommen. Elternhäuser kannte ich nur von Leuten, die damit ein Seegrundstück mit langer Auffahrt meinten, Einträge in Denkmalschutzlisten, zweiflüglige Türen und schwere Teppiche, Stillleben von Weintrauben und rotem Fleisch und im Treppenhaus die Galerie der verblichenen Hausherren. In Wien hatte ich einige Kommilitonen mit solchen Elternhäusern gehabt, das war eine Nebenwirkung des Kompositionsstudiums. Manchmal war ich auch dorthin eingeladen gewesen, an den Mondsee, ins Weinviertel oder in ein pannonisches Prunkhaus mit Esterházy-Plakette am Hoftor. Die Eltern lebten noch darin, hießen Alfred, Gisbert oder Theresa und schienen wie selbstverständlich mit dem Inventar verwachsen, als hätten sie mit der Zeit die Farben der Wandvertäfelungen und Sitzbezüge angenommen. Sie stellten teuren Wein auf den Tisch und setzten sich weltläufig zu den Studienkollegen ihrer Kinder, «ach, Sie sind der mit dem Klavier, wir haben uns ja schon bei Wolfgangs Soiree kennengelernt, die Solistin war ganz wunderbar, finden Sie nicht?» Das Gespräch war angenehm, doch irgendwann kam immer die Wendung: «Wenn Sie mögen, wir suchen noch einen Pianisten für unser Sommerfest. Da kommt dann auch der Landeshauptmann mit Gattin, ein netter Job für Studenten, wäre das nichts für Sie?» Die Gönnerhaftigkeit kam so kultiviert daher, aber sie verletzte immer noch. Ich leerte den Wein und kam nie wieder. Auf dem Rückweg nach Wien dachte ich an den graubraunen Teppichboden im Haus meiner Eltern. Dorthin lud man niemals jemanden ein, zu keiner Zeit.

Die Eltern hatten keine Erbstücke besessen, es gab ein paar Möbel aus ihrer Studentenzeit, ansonsten begann die Geschichte in den Achtzigern neu, als spielten all die verlorenen Orte in den Geschichten ihrer beider Vorfahren keine Rolle für sie. Es hingen keine Familienfotos an den Wänden. Sie hatten auch niemals gemeinsam in Wohnzeitschriften geblättert, versucht, ihre Träume in Mörtel und Ziegel zu übersetzen. Es war ein Haus, es hatte sie zwar beherbergt, aber niemals verkörpert. Es war einfach zum richtigen Zeitpunkt frei geworden, angemietet über viele Jahre, dann irgendwann erworben, als sich die Möglichkeit dazu ergab.

Der Gebietsdirektor der Raiffeisenbank Marienstein war ein kleiner Mann mit auberginefarbenem Schnurrbart, der Wittmann Toni, genannt *Donerl*, der trotz Anzug und Einstecktuch immer wie eine textile Verlängerung des Teppichbodens in der Bankfiliale aussah: blaugrau und seltsam fusselig. Er las in Kontoauszügen wie in einem Buch, aus den Markennamen und Orten formte er die Lebensläufe der Menschen in seinem Kopf, wie oft wurde Bargeld im Ausland abgehoben, welche Tageszeitung im Abo, wie oft zahlte man beim Essen mit der Karte, eher beim Italiener oder eher beim Griechen, so entschied er über Kreditwürdigkeit. Die Eltern saßen ihm gegenüber, die Handflächen schwitzig vor Aufregung, er blätterte durch ihren Kreditantrag, in genussvoller Langsamkeit, mit der Macht des Sachbearbeiters. Einmal, ein einziges Mal, hatte er einen großen Auftritt gehabt, zum zweihundertjährigen Jubiläum der *Schlacht von Marienstein*, wo Napoleon eine österreichische Reiterschwadron in die Flucht schlug, die sich im Nebel verirrt hatte. Dieses weltgeschichtliche Ereignis feierte man mit einem Festumzug, da setzte man den Donerl, den all die Jahre gehänselten Zwerg, auf ein Pferd und ihm einen Zweispitz auf, und aus dem Filialleiter wurde Napoleon Bonaparte, für einen Tag. Da thronte er auf dem gemieteten Rappen vom Reiterhof Strobl, war sich der Bedeutung des Moments bewusst, der ihn würde einziehen lassen in all die noch zu druckenden Festschriften und Ortschroniken, in denen die Kinder der Zukunft ihn aufrecht auf diesem riesigen Pferd erspähen würden. Insgeheim hoffte er, der Name Napoleon würde an ihm haften bleiben, als Spitzname beim Schafkopf oder beim Volksfest, *servus, Napoleon*, er würde dann grüßend den Finger an den unsichtbaren Hut legen, doch es war nur ein rauschhaftes Wochenende. Als der Umzug vorbei war, am Montag danach, trug er wieder sein Teppichbodensakko, und er wurde wieder zum Donerl, der er immer gewesen war. Die Eltern bekamen den Kredit für das Haus, und für uns als Familie gab es fortan keine Flugreisen und keine Übernachtungen in Hotels, dafür zu Weihnachten eine Grußkarte von der Kreditabteilung der Raiffeisenbank Hallertau-Jura.

Es war kein besonderes Haus. Den Plan hatte kein Architekt gemacht, sondern ein Bauzeichner aus dem Nachbarort, der dafür in fleischigen Naturalien bezahlt worden war. Zuletzt hatte es einem frühpensionierten Realschullehrer gehört, der sich mit der Miete sein Leben auf Samothraki finanzierte. Irgendwann wollte er dort in eine Ölmühle investieren, so kamen die Eltern zum Haus. Es war ein unscheinbares Gebäude mit Satteldach, in den Jahren nach dem Krieg aus dem gemauert, was gerade da war. Die Wände waren dünn, und in den Zwischenböden steckte Stroh, weshalb man jeden Schritt im ganzen Haus hörte. Später, als ich ausgezogen war, leisteten sich die Eltern nicht nur einen Hund, sondern auch einen neuen Holzboden, für dessen Existenz sie immer glaubten, sich rechtfertigen zu müssen. Als der Kredit nach fünfzehn Jahren abbezahlt war, gab es eine Einladung zum örtlichen Italiener in Marienstein, sie prosteten sich mit Apfelschorle zu, der Vater aß kalte Vorspeisen, die Mutter Salat, so war es immer gewesen. Später wurde der Grund in der kleinen Stadt teurer, die Häuser größer, die neu gebauten Nachbarhäuser pressten sich an die Grundstücksgrenzen wie adipöse Kinder in zu enge Kleidung, in dieser veränderten Umgebung, zwischen überdimensionalen Garagen und versteinerten Vorgärten, wirkte das Haus in seiner schmucklosen Schlichtheit mit einem Male stilvoll und wohlproportioniert.

Die Nachbarn von früher waren längst aus ihren Häusern hinausgestorben. Auch der alte Kauz von nebenan, Kurt Hirsch hieß er, als Kind hatte ich Angst vor ihm gehabt. Er schoss manchmal mit einer Schrotflinte auf die Baumstümpfe in seinem Garten, das Blei sollte verhindern, dass sie neu austrieben. Die Holzverkleidung seines Schuppens strich er jedes Jahr neu mit Altöl, bis er von der Leiter fiel. Er erzählte seltsame Geschichten, er sei auf der Flucht vor der Stasi, die hätten ihn bis nach Australien verfolgt. Auch sein Sohn habe ihn umbringen wollen, das Komplott habe er im Halbschlaf belauscht, trotzdem kam der Sohn alle vier Wochen zu Besuch, wir sagten *Leichenwagen* zu seinem Auto, ein schwarzer Saab mit Münchner Kennzeichen, der aussah, als wäre auch er mit Altöl gestrichen worden. Nach dem Tod des Nachbarn fand man unter dem kleinen Schuppen einen Keller voller Spiritusfässer, mehrere Tausend Liter. Das Bombenkommando rückte an und räumte das Haus, «die ganze Straße hätte er in die Luft jagen können», sagte der Kreisbrandmeister und zog an seiner Zigarette. Warum der Herr Hirsch die ganze Straße hätte in die Luft jagen sollen, sagte uns niemand. Man fand auch keine Hinweise auf seine politische Gesinnung. Nur in seinem Schlafzimmer waren sorgsam ausgeschnittene Bilder an die Tapete geklebt: Sexszenen aus Trucker-Zeitschriften, muskulöse Männer mit geölten Körpern. Über deren lustvoll verzerrte Gesichter hatte er Fotos von seinem eigenen Kopf geklebt, analoges Pornokino vor dem einsamen Schlaf, Kurt Hirsch in allen Stellungen, immer mit dem gleichen verkniffenen, schmalen Mund. Das Haus wurde abgerissen, und an seiner Stelle entstand der Lebenstraum zweier Ingenieure mit vierzehn Monatsgehältern, Smart Home, neun Zimmer, mit Hobbyraum. Das klinisch saubere Entree ließ die Vermutung zu, dass die Sexualität an diesem Ort mit der Kurt-Hirsch-Tradition brechen und fortan ähnlich aseptisch stattfinden würde.

Es war bloßer Zufall, dass die Eltern in diesem Ort gelandet waren. Sie hatten sich nicht für die leicht heruntergekommene Altstadt interessiert, auch nicht für die *liebenswerte Lebensart der Einheimischen*, die der Bürgermeister in seinem weihnachtlichen Infobrief beschwor, oder für das *reiche Angebot an Fachgeschäften und Einkaufsspaß* (laut der Infobroschüre des Werbekreises Marienstein). Auch die umgebende Landschaft war nichts Besonderes, flurbereinigte Geometrie und pflegeleichte Natur. Es war einfach die geografische Mitte zwischen dem Dienstort des Vaters und dem Studienort der Mutter gewesen. Der Pragmatismus dieser einen Entscheidung hatte ihr ganzes Leben bestimmt, niemals hätten sie sich später *zum Vergnügen* einen anderen Ort zum Leben ausgesucht, mit besserem Wetter, schönerer Aussicht oder noch reicherem Angebot an Fachgeschäften und Einkaufsspaß. Und selbst wenn sie es gewollt hätten, gab es immer genug Gründe, es nicht zu tun. In all diesem Pragmatismus wäre auch J. niemals vorgesehen gewesen.

J. war ebenfalls in einer Kleinstadt aufgewachsen, eine Stunde weiter nördlich, am Rande eines Truppenübungsplatzes. Hier probte die NATO für den Ernstfall, Manöver *Swift Revenge,* Afghanistan im Oberpfälzer Fichtenwald. Schüsse hallten durch die Nacht, der Boden bebte unter den Ketten der schweren Fahrzeuge, Detonationen ließen die Fensterscheiben zittern. Ihr Vater war amerikanischer Soldat gewesen, als Koch im Irakkrieg, insgesamt dreißig Jahre Mac and Cheese. Ihre Mutter arbeitete als Sekretärin in der Verwaltung, dem CSU-Bürgermeister gefiel es, ihren amerikanischen Nachnamen laut auszusprechen, «bitt' schön, Frau Connell», das gab ihm das Gefühl, als stünde er auf dem Teppich des Oval Office und nicht auf dem Linoleumboden des Dienstzimmers von Hohenfels. Das Erste, was J. malte, war das Haus ihrer Eltern. Es lag am Rande einer Waldsiedlung aus den Sechzigern, schwarze Dächer, die Giebel mit braunem Holz verkleidet. Ich war der Erste, den sie jemals mit dorthin nahm. Für viele Jahre.

Ich kenne niemanden, der so malen kann wie J. Vor einem halben Jahr war sie durch die Aufnahmeprüfung der Akademie gefallen, zum zweiten Mal. Seither war etwas in ihr zerbrochen. Ihre Bilder waren immer noch die gleichen, aber sie wusste: Solange sie nicht an dieser Akademie studierte, würde sie niemand in ein Elternhaus einladen, würde kein gepflegter Samtwestenträger nach ihrer Herkunft fragen, «wie kommt man mit diesem Hintergrund dazu, solche Bilder zu malen?», und am Ende des Abends dann diskret den Kauf abwickeln; als Genmaterial für den Enkel wäre sie nichts, aber doch zumindest eine nette Geschichte, die Tochter eines Kochs bei der US Army und einer bayerischen Gemeindesekretärin, «da spürst du richtig diese existenzielle Tiefe, *mit diesem Hintergrund,* sehr beachtlich, das muss man doch unterstützen».

Ich hatte vergeblich versucht, ihr die Sehnsucht nach diesen Erfahrungen auszureden. Sie war davon überzeugt, sie machen zu müssen. Ich wusste, dass das Haus meiner Kindheit, das Haus ohne Eltern, keine Möglichkeit für sie war. Aber ich hatte gehofft, es könne ihr ein Schutz sein, ein künstlicher Hafen für eine kleine Weile. Wie damals, als wir gemeinsam in den Nebelwäldern des lakandonischen Hochlandes saßen, wohin sich die Zapatistas zurückgezogen hatten nach der gescheiterten Revolution in ein Biwak der ewigen Geduld. Sie nannten ihre neue Heimat Caracoles, Schnecken, und sie machten die Schnecke zu ihrem Wappentier. Eine bebrillte Schnecke, klein, langsam, mit Fühlern statt Fäusten, das war bemerkenswert, nicht nur im Vergleich mit den martialischen Adlern und sonstigem heraldischen Geflügel, sondern auch mit den roten Sternen der vorangegangenen Revolutionen des Jahrhunderts: *Fragend schreiten wir voran*. Wir sahen nur ihre Augen, sie nahmen ihre schwarzen Sturmhauben nicht ab, nicht einmal zum Rauchen. Nur die Kinder waren nicht vermummt, sie spielten mit zwei wilden Hunden auf der Wiese unterhalb des Tores. Die kleinen Häuser waren bunt bemalt, und über der Schule stand *Die Algebra der revolutionären Erziehung ist die Dialektik*. Vielleicht eine bessere Kinderstube als manche der Elternhäuser mit Vestibül und Ahnengalerie.

In Stein gebaute Träume gehen oft fehl. Nach dem Sieg der Revolution baute sich Fidel Castro keinen Triumphbogen, nicht einmal eine Straße erhielt seinen Namen. Er hätte ein Zeppelinfeld bauen können oder einen Führerpalast, wahlweise in Neuer Pyeongyanger Sachlichkeit oder im Stil der Braunauer Schule. Stattdessen baute er in Havanna eine Eisdiele, *Coppelia*, einen Pavillon mit einem kleinen Park, an die Straßenecke von La Rampa, wo die lange Avenue von der alten Nekropole aus weißem Marmor hinunterläuft und steil zum Meer abfällt. Wobei Eisdiele eine ziemliche Untertreibung ist für diese Kathedrale, ein Palast für sechsundzwanzig Geschmackssorten, gebaut im steinernen Optimismus der Zeit mit demselben Pathos, mit dem Niemeyer Parlamente und Gerichtssäle baute.

Am Tag nach Fidel Castros Beerdigung war die Schlange vor *Coppelia* zwei Straßenblöcke lang. Ich stand gemeinsam mit J. in dieser Schlange, stundenlang, es gab keine sechsundzwanzig Sorten mehr, nur noch Vanilleeis, aber irgendetwas schien trotzdem richtig gewesen zu sein. Der Wind kam vom Meer herauf, und sie drückte wortlos meine Hand.

IV

MOSKAU GLAUBT NICHT AN TRÄNEN

Als ich erwache, bin ich allein. An den Fenstern die ersten Kristalle von Raureif. Die blassen Vorhänge mit dramatischem Faltenwurf wie ein Gebirgskamm der *Sierra Maestra*. Kalte Luft vom Gang her. Draußen ziehen stumm die Wälder vorbei. Fünf Grenzen habe ich passiert. Die letzte heute Morgen, hinter schwindenden Barockstädten, Etappenposten eines verlorenen Reiches, wo einst Joseph Roths kakanische Beamten den Schnaps gegen die Langeweile leerten. Der verbeulte Zug trägt etwas hochtrabend den Namen von Frédéric Chopin. So liegt mir all das Altwelthafte, vor dem ich doch fliehen möchte, sogar per Fahrplanarithmetik wie ein nasser Mantel drückend auf den Schultern. *Nocturne.*

Die Klavierlehrerin hatte ein apfelwangiges Gesicht, wenn sie mit betonter Distinktion *Chopin* sagte, mit dem aristokratischen Wohlklang ihres polnischen Akzents. *Chopin. Béthoven. Mózart.* Aleksandra hieß sie. Ihre akkurat gepflegten Hände auf dem Elfenbeinimitat der Klaviatur wie in einem alten Danziger Salon trotz des jämmerlichen Furniers des Musikschulklaviers, trotz der unansehnlichen Nützlichkeit des Mobiliars im staatlichen Klassenzimmer, mit Benimmregeln auf verblichenem Papier und einem ausgestopften Habicht in Jägerpose. Ihr Parfum besiegte die Kreide. Zu Beginn jeder Stunde kontrollierte sie meine Fingernägel. Erschienen sie ihr zu lang, schrieb sie mit ihrem Bleistift schwungvoll über jede Partitur *Fingernägel schneiden bitte.* Das Nebeneinander von Chopins Nocturne und der Weisung zur Maniküre war kaum erträglich, weshalb ich sie sofort und mit großer Sorgfalt ausradierte. Bisweilen entfuhr ihrem Mund ein halb entrüsteter Seufzer. «Fidelis, du hast die Hände von einem Metzger.» *Méetzger*, sagte sie. Metzger passte selbstverständlich nicht zu Chopin. Doch das war Dareks Schuld. Ehemals Olympionike, jetzt Schleifer: Darek war das Gegenteil des Danziger Salons, er war eher das Industrierevier von Kattowitz. Wenn die Innenflächen meiner Hände blutige Fetzen vom Reckturnen aufwiesen und das Weiß von Magnesiumcarbonat aus den verkrusteten Schrunden herausleuchtete, dann wegen ihm. Darek nannte Chopin *Schopn*. Wenn er mir sagen wollte, dass ich in seinen Augen viel zu schwach für eine anständige Bodenkür war, konstatierte er immer nur: «Spielst du zu viel Schopn.» Und machte eine lächerliche Bewegung in der Luft, die wohl Klavierspiel darstellen sollte. Stattdessen ließ er Rockmusik aus der knarzenden Anlage dröhnen. Das symphonische Frühwerk von Van Halen und Foreigner. Wir waren um die Gleichzeitigkeit gebracht: Die brünftigen Balladen aus den Achtzigern erfüllten die Turnhallen, und wir waren die Apologeten der muskulösen Jugend unserer Betreuer. Während draußen der Sozialismus verschwand und die Landschaften erblühen sollten, blieben wir fünfmal die Woche musikalisch verhaftet in der Reagan-Ära, als Männer mit Stirnband und Falsettstimme über die Liebe sangen. Aber wenn Darek am Barren turnte, dann sah er so filigran aus wie eine Schwanensee-Ballerina vom Bolschoi. Er ächzte kokett, genoss die bewundernden Blicke seiner Schüler, wenn wir uns wie ein Theaterpublikum an den abgewetzten Saum der Matten lehnten, aus deren unergründlicher Weichheit uns ein Moderduft entgegenstieg. Zehntausend Schweißtropfen seit Turnvater Jahns letzter Kreishocke. Für Darek, der uns bisweilen strafend auf die Zehen schlug, weil die Socken nicht richtig saßen, hätte ich mir sogar die Fußnägel gefeilt. Waren sich diese beiden Lehrmeister meiner Kindheit jemals begegnet, damals, in Marienstein, ihrer beider Exil?

Nun habe ich, der Vertriebene in meiner eigenen Geschichte, im Zug namens Frédéric Chopin ihre alte Heimat durchquert. Mit all den Meilen bin ich nun auch zeitlich entrückt, habe drei Stunden zwischen mich und meine Vergangenheit gebracht. Wenn man gegen die Zeit anrennen möchte, dann nur nach Osten. Als wir die grauen Straßen der Schlafstädte passieren, weiß ich nicht recht, wohin mit meiner überzogenen Moskau-Ehrfurcht und der Suche nach dem Wiedererkennen. Der Blick verliert sich in Felswänden aus Beton, in den zerklüfteten Kolonien des Realsozialismus, das Auge vermag all die Architektur nicht zu durchdringen. Ich hatte vergessen, wie maßlos dieser Moloch von Stadt ist. Dann endlich erreicht Chopin den Weißrussischen Bahnhof. Vor dem Herbst bin ich geflohen, im Moskowiter Winter betrete ich den Vorplatz. Der Schnee türmt sich zu beiden Seiten der Straße, und wo einst die Panzer der Heeresgruppe Mitte in der Rasputiza stecken blieben, fahren heute die teutonischen Importwägen auf Breitreifen in die Stadt hinunter. Ein paar Stunden bleiben mir bis zur Weiterfahrt.

Ich weiß nicht, ob es Einfallslosigkeit oder Symbolik ist, die mich zum Roten Platz zieht, aber ich möchte Weite sehen, bevor ich mich in die transsibirische Mönchszelle einschließe. Die Tverskaja hinunter, dann sehe ich die Türme und die Eisschollen auf dem Fluss. Unter diesem goldenen Kuppelgebirge fühlt sich das Flanieren an, als stünde ich auf einer verschneiten Version des *Quai d'Orsay*, als staatenloser Diplomat meiner längst verlorenen Sache. Der Rote Platz ist beinahe menschenleer, was ihn wie eine Pappkulisse wirken lässt. Vor dem Mausoleum stehen Lenin und Stalin und posieren für die Touristen. Lenin trägt einen schwarzen Anzug und Schiebermütze. Der Kinnbart ist unsauber ausrasiert und rot gefärbt. Die Kappe verdeckt das Haar und erhält meiner Fantasie die Möglichkeit einer revolutionären Stirnglatze, Modell Uljanow. Stalin hat einen breiten Seehundschnauzer, eine Marschalluniform und eine Pfeife. Ich frage sie, was ein Foto kostet. Lenin hat seinen Preis planwirtschaftlich festgesetzt, und er weigert sich mit bolschewistischer Härte, einem armen Reisenden entgegenzukommen. Aber Stalin zwinkert mir freundlich zu. Großväterlich posiert er vor meiner alten

Rolleiflex und hält seine leere Pfeife unbeholfen an den Mund. Ich muss lächeln und biete ihm etwas von meinem Bahnhofsfranzl-Gedächtnistabak an. Orkney-Aroma. Abwehrend hebt er die Hände. Rauchen sei gefährlich, sagt er. Sein Ausdruck ist ehrlich geschockt. Ich drücke ihm die Hand und wünsche mir, dass das Foto ordentlich belichtet war. Zwölf Fotos habe ich zur Verfügung, zwölfmal kann ich den alten Verschluss klicken lassen, dieses westdeutsch-mechanische Präzisionsschnarren. Zwölf Bilder für zehntausend Kilometer. Das muss genügen, den Rest muss ich mir einbrennen. Doch ein emphatischer Stalindarsteller erscheint mir eine gute Wahl. Als die Dämmerung einsetzt, flammen die Lichter auf, und das Grau des Tages weicht der halogenen Traurigkeit. Es schneit. In der einsetzenden Dunkelheit denke ich an den bayerischen Exilanten Oskar Maria Graf, als er aus dem Fenster seines Moskauer Hotels blickte, die Nachricht vom Tode seiner Mutter im Ohr: Der Bäckerjunge vom Starnberger See verbot sich seinen Schmerz mit der Losung *Moskau glaubt nicht an Tränen*, diesem martialischen Credo einer kalten Stadt, die sich die Sentimentalität nicht erlaubt. Nicht an J. zu denken, will mir nicht gelingen.

Vom Dach des Jaroslawler Bahnhofs leuchten immer noch Hammer und Sichel durch den Reklamebrei des großen Vorplatzes. In der Wartehalle sitzen die Leute in Theaterbestuhlung vor der großen Anzeigetafel. Die schlichte Sachlichkeit des hohen Raumes rührt an. Ich denke an jene verschwundene Marmorhalle im Salzburger Bahnhof, in der ich bisweilen meine Sonntage verhockte, wenn ich auf J. wartete. Ich war mit dem Zug aus Wien gekommen, saß an einem Tisch vor blindem Silberbesteck und verstopften Salzstreuern und blickte auf das Gemälde an der Stirnseite des Raumes: die vielen Windungen der Großglockner Hochalpenstraße, das alpine Dreitausenderpanorama in Öl, alles mit der Patina von siebzig Jahren Beisl und Zigaretten. Wo der Kellner *Herr Josef* hieß und in der Karte statt Cola nur *Jugendgetränk* stand. Diese gastronomische Sentimentalität ist verschwunden, mitsamt dem alten

Bahnhofsperron, die marmorne Hülle nummeriert und fachmännisch eingelagert in einem Depot der Österreichischen Bundesbahn. So wie die einen ihre mumifizierten Führer einlagern, so archivieren die anderen ihre verblichene Gastlichkeit.

An einem Flügel mit altmodisch gedrechselten Füßen sitzt ein älterer Herr und klimpert in den Saal hinein: *Strangers in the Night*, Sinatra, der auch ohne Gesang hier einen russischen Akzent hat. Noch im Frühling war ich mit J. in einem alten, italienischen Hotel gewesen, ein leerer Saal mit verlebter Grandezza, und während die Nachtschicht die Stühle hochstellte, saß ich an einem alten Klavier mit träger Mechanik und verschwendete eine traurige Fantasie in g-Moll, ohne zu wissen, dass ich zum letzten Mal für sie spielte.

Und dann steht er doch vor mir. «Ich kann dir nicht versprechen, dass ich es schaffe», hatte Gabriel gesagt. Jetzt ist er da, und wir treten hinaus in den leichten Schneefall der Nacht, auf den großen Platz, wo der bronzene Lenin steht. Er hat Zigaretten mitgebracht, wir rauchen eine Weile die beißenden Sobranies, schweigend. «Eine Schnapsidee», sagt er nach einer Weile. Der schwere Plastikvorhang vor dem Eingang einer Spelunke schlägt im Nachtwind eine Falte. Wir betreten das Lokal, eine Reminiszenz an jene Vergangenheit, in der wir unbekümmert die Welt der Alten bevölkerten, als wir im Keller des alten bayerischen Landgasthofs seiner Familie im Zigarettenqualm davon träumten, die Bühnen der Welt zu erobern. «Du könntest auch eine Weile hierbleiben», sagt Gabriel, obwohl er meine Antwort schon kennt. Er schiebt mir einen alten Walkman über den Tisch. «Gegen Sibirien», sagt er. «Du wirst Musik brauchen.» Als wir auf unserer ersten gemeinsamen Reise Amerika durchquerten, hatten wir nur eine einzige Kassette dabei. *Superhits of the Eighties*. Von Chicago bis Arizona saßen wir Schulter an Schulter, teilten uns den Kopfhörer wie rationiertes Wasser in der Wüste und sangen die immer gleichen Lieder. Nun hat er mir genau diese Kassette überspielt: mit der alten Bandmaschine, die wir vor zwanzig Jahren einem depressiven Tontechniker abgekauft hatten, der Meditationsmusik für katholische Kindergärten aufnahm und nach Karamellbonbons roch. «Depp», sage ich, «wie soll ich das mit diesem Kitsch aushalten?» Er grinst. «Du musst dir nur vorstellen, dass Karl Marx jedes Lied singt. Keine Lieder über die Liebe, nur über den Kommunismus. Alles eine Frage der Perspektive. *Time After Time.*» Seine Hände umfassen die klobige Tasse mit dem grässlichen Kaffee. Diese riesigen Hände, mit denen er schon früh mühelos Oktaven greifen konnte, als er noch auf den verstimmten Kirchenorgeln der umliegenden Dörfer das *Te Deum* spielte, ein mächtiges Brausen zu den dünnen Stimmen aus den Holzbänken. Diese Hände, deren Fingerkuppen so oft blutig waren von durchübten Nächten und den Stahlsaiten der Gitarre. Für einen Augenblick möchte ich mich in den Schutz dieser Hände begeben, in ihr stilles Protektorat der ewigen Geduld. Doch ich wage es nicht, sie zu drücken. Es ist in diesem Augenblick, dass ich mein Vorhaben, Einsamkeit mit Einsamkeit zu bekämpfen, ernsthaft bezweifle. *Wenn du gehen musst, dann geh nicht allein*, Churchill könnte es gesagt haben, vielleicht auch Gandalf. Stattdessen mache ich ein Foto von ihm zum Abschied. Nicht, dass ich mich an sein Gesicht erinnern müsste. Aber der Gedanke, dass er zumindest in Silberbromid mit mir fährt, ist ein tröstlicher.

Auf dem Bahnsteig, bevor ich einsteige, drückt mir Gabriel die braune Tüte in die Hand, die er die ganze Zeit bei sich getragen hatte. «Nur ein paar Kleinigkeiten», sagt er. Ich muss schlucken, und ich finde die großen Worte nicht, als der Zug Nummer 4 der Transsibirischen Eisenbahn an diesem Abend des 5. Februar mit größtmöglichem Pathos Moskau verlässt. Von hinten grüßt der große blaue Schriftzug MOCKBA durch den Schnee wie ein filmischer Abspann, und am Bahnsteig hebt mein Freund noch einmal die Hand. «*Take care*», sagt er. Dann fährt der Zug an, und er verschwindet aus meinem Blickfeld.

V

NIOBE

Als Lenin am 1. Mai 1919 seine Rede am Roten Platz hielt, beschwor er darin eine neue Achse, die durch ihre gemeinsame Stärke fortan dem englischen Imperialismus die Stirn bieten könne: Sowjetrussland, Sowjetungarn und Sowjetbayern. Diese Staaten waren vor Kurzem alle noch die Kronlande uralter Dynastien gewesen, von Romanows, Habsburgern und Wittelsbachern. Noch wohnten die jungen Republiken wie Hausbesetzer in den leeren Palästen der vertriebenen Herrscher. Doch schon die Enkelkinder würden jene Monumente des Kapitalismus dereinst nur noch als dekadente Kuriositäten bestaunen, sagte Lenin – im aufblühenden Kommunismus, einer glücklichen Zukunft, die er selbst nicht mehr erleben werde. Aber noch während er diese Rede hielt, gab es Sowjetbayern bereits nicht mehr.

Zuvor hatte er den bayerischen Genossen Ratschläge für dringend notwendige Sofortmaßnahmen erteilt: Einführung des Sechsstundentages, Verdreifachung der Löhne für Arbeiter und Kleinbauern, der Leitfaden zur Paradieswerdung. Doch die Münchner Revolutionäre saßen im Schlafzimmer des Kronprinzenpalais und schoben verschämt das Prunkbett der ehemaligen Prinzessin von Modena beiseite, unschlüssig, wohin mit sich unter dem ausladenden Deckenfresko eines Trinkgelages wollüstiger Kentauren. Statt wie aus Moskau vorgeschlagen die Kommandohöhen der Wirtschaft zu besetzen, feilten sie an diplomatischen Noten an den Vatikan. Die Textsicherheit bei Marienliedern war größer als bei der Internationalen. Vielleicht konnte sich Wladimir Iljitsch Uljanow sogar noch an dieses sentimentale Zaudern der Bayern erinnern – aus seiner Zeit im Münchner Exil, als er über der Gastwirtschaft *Zum Onkel* gewohnt hatte. Damals nannte er sich noch nicht Lenin, sondern Mayer. Die deutsche Konterrevolution dagegen zauderte nicht. Sie marschierte im Gleichschritt in Rätebayern ein und hatte ein weißes Hakenkreuz auf ihren Stahlhelm gemalt.

Auch wenn in den Wäldern um Thanried am See niemand ernstlich seine Hoffnungen an rote Fahnen gehängt hatte, so war doch die Lektion rasch gelernt. Träume welken schnell, «nur der Glaube ist ein Fels», sagte der Pfarrer. An das Abhängen irdischer Götter war man gewöhnt, lediglich die Zyklen wurden kürzer: Den Porträts der Monarchen folgten nun Demokraten im praktischen Wechselrahmen. Nur das Bild vom Bahnhofsfranzl in der Seemannsuniform hing weiter in der Gaststube wie ein Mahnmal. Und die Speisekarte blieb die gleiche, auch wenn nun jemand anderer das Regiment führte.

Die Bahnhofsrestauration ging an die jüngere Schwester Auguste, genannt Tante Gustl, mit breitem Unterkiefer und wenig Zug zum Ozean. Man billigte der Witwe mit dem kleinen Kind lediglich eine Kammer unter dem Dach zu, bei Hofe nur geduldet wie eine gefallene Prätendentin. Dafür musste sie in der Wirtsstube arbeiten, die Haare streng geknotet, von der Gustl misstrauisch beäugt. Die Großmutter kannte ihren Vater nur von jenem einen Bild. Als Kind stand sie bisweilen davor und versuchte, eine Ähnlichkeit mit den strengen Zügen auszumachen. Sie fand keine. Man sprach auch nicht vom Bahnhofsfranzl. Sie wusste nur, dass er auf dem Grund des Sees unterhalb des alten Klosters lag, und sie hatte Angst vor dem dunklen Wasser.

Die wenigen Gegenstände, die er besessen hatte, bekamen nicht die Zeit, zu Erinnerungsstücken zu reifen. Sie wurden von der Nützlichkeit beschlagnahmt und taten stumm ihren soldatischen Dienst im Alltag des Wirtshauses – ein Tornister als Futtertasche im Stall und Bierkrüge mit Panzerkreuzern darauf, in denen rostige Nägel aufbewahrt wurden. Reliquien des Pragmatismus, fern von allen Meeren. Einzig ein Stück behielt sich die Theres und gab es der Großmutter: eine kleine, rotgoldene Taschenuhr, auf deren Rückseite der Name des versunkenen Schiffes eingraviert war, ein geheimnisvolles Wort aus einer anderen Zeit: *Kronprinz*.

Die Großmutter hieß Maria wie die meisten Mädchen in der Pfarrei. Doch seit dem Tod des Bahnhofsfranzl war ihr der alte Pfarrer Schmutterer beinahe väterlich zugetan. Manchmal erbat er sich das junge Mädchen als Begleitung für nächtliche Versehgänge, wenn ein Bauer im Sterben lag. Sie trug ihm sein mit Samt ausgeschlagenes katholisches Herrentäschchen aus der Via dei Cestari in Rom. Darin lagerten die Zutaten für die Sterbesakramente: die heiligen Öle und der Marillenschnaps. Dann liefen sie durch den finsteren Wald, eine Stunde oder zwei, bis hinter Stamsried. Es waren kleine, gedrungene Einsiedlerhöfe, allesamt schmucklos bis auf eine Marienstatue. Man klopfte nicht an die Türe, sondern läutete ein mitgebrachtes Glöckchen, *introibo ad altare Dei*. Die Großmutter wartete verschüchtert in den dunklen Gängen und linste in die Stube, wo der schwer atmende Kranke lag. Sie lauschte dem Gemurmel des Pfarrers, dem Schluchzen der Angehörigen, und sie bekreuzigte sich. *Per istam sanctam Unctionem et suam piissimam misericordiam indulgeat tibi Dominus quidquid per visum deliquisti. Amen.*

Nach den Sakramenten brauchte der Pfarrer einen Schnaps, und die Großmutter saß auf den tiefen Eckbänken der Bauernstuben, den Kopf an die Eichenpaneele gelegt und kämpfte, dass ihr die Augen nicht zufielen. Das war schwer genug, weil die Hinterbliebenen nicht enden wollende Loblieder auf die Frömmigkeit des Verstorbenen sangen. Sicherlich wäre er jetzt schon im Himmel und dort wiedervereint mit allen Liebsten. Da man über Tote nichts Schlechtes sagt, nickte der Pfarrer immer verständnisvoll und erklärte der Großmutter erst auf dem Heimweg, dass es mit der Frömmigkeit des Hansgirglbauern nicht so weit her gewesen sei. So stolperten sie müde durch die Dunkelheit zurück nach Thanried am See, und irgendwann spürte der Pfarrer den

Schnaps. Dann hielt er an und befahl der Großmutter, die Augen zu schließen. Er verschwand hinter dem nächsten Baum und entleerte seine Blase, das Chorhemd und die Kutte nach oben gerafft, dass sein ganz und gar unsakraler Hintern hervorragte. Die Großmutter ließ sich jedoch die Größe des Allmächtigen von solcher Weltlichkeit nicht schmälern. Sie hatte genug Putten und Heiligenfiguren gesehen, deren sorgsam modellierte Geschlechtsorgane unter den dramatischen Faltenwürfen hervorragten. *Wenn du deine Würde beim Bieseln verlieren kannst, dann hast du auch schon vorher keine gehabt.*

Im vierunddreißiger Jahr kam im Auftrag des Gauleiters der Bayerischen Ostmark ein neuer Lehrer ins Dorf, um das Licht der Aufklärung in die dunklen Wälder zu den abergläubischen Bauern zu bringen. Der Neue war ein Hundertprozentiger. Das Kreuz hatte aus dem Klassenzimmer zu verschwinden, stattdessen hing nun ein Bild des neuen Erlösers an der Wand, mit Heiligenschein und Schnauzbart. «Die Welt ist nicht für die Schwachen», sagte der Lehrer. «An unserem Kreuz hängt niemand, wir tragen es auf der Fahne in den Sturm.» Als die Großmutter von der Schule nach Hause kam, schämte sie sich, dass sie zuvor an diese Schwäche geglaubt hatte. Sie stand vor dem kleinen Wandkreuz in der Stube und betrachtete den gemarterten Leib der Jesusfigur, den irgendein mittelmäßig begabter Holzschnitzer aus der Linde gekerbt hatte. Das seltsame Lied, das die alten Nonnen immer sangen, kam ihr in den Sinn: *Du großer Schmerzensmann, vom Vater so geschlagen.* Sie strich über den Brustkorb, der nicht aus Kruppstahl schien.

In dieser Nacht kalbte die Kuh. Sie brüllte vor Schmerzen durch den dunklen Stall, dass sich die Hunde vor Angst verkrochen, und die Großmutter schickte ein verzweifeltes Stoßgebet zum Führer. «Lieber Adolf Hitler, rette die Berta und rette das Kälbl», betete sie. Doch der Angerufene trug sich bereits mit Invasionsplänen für das Rheinland und hatte kein Ohr für Wohltaten in der Landwirtschaft. Die Kuh Berta starb, das Kälbchen auch. Der Metzger kam und rührte ihr Blut in einer Zinkwanne, doch die Großmutter blickte nur auf ihre erloschenen Augen, als sie dort auf dem harten Boden des Stalls lag. Sie hatte ihre Lektion gelernt und betete fortan nie mehr zum Führer.

Hätte die Großmutter wie vorgesehen die Bahnhofsrestauration geerbt, wäre sie eine gute Partie gewesen. Nicht nur in Thanried, im ganzen Vorderen Wald. Ein Mann fürs Haus hätte sich gefunden, und sie hätte vielleicht einmal eine brauchbare Wirtin abgegeben, wäre in die Rolle hineingewachsen wie in die breiten Schürzen. Aber sie besaß nichts, sie war Maria, das Waisenmädchen. Das wurde ihr von klein auf eingebläut, von der Theres und von der Tante Gustl und dem Onkel Veit, die Platz für ihre eigenen Kinder brauchten.

Der Pfarrer Schmutterer wusste das, und er hätte sie gerne im Kloster gesehen. Nicht in dem feuchten Kasten über dem See in Thanried bei den sterbenden Alten. Aber vielleicht in Franken bei den Schwestern von der Schmerzhaften Mutter, als Lernende, behütet in einem Garten. Doch ihre Mutter und die Gustl hatten bereits entschieden, sie in die Stadt zu schicken. Ein Regierungsrat Weymann hatte im Waldboten um ein *sauberes Mädel* inseriert, denn es hieß: «Wenn du ein Dienstmädchen willst, das hart arbeitet, gut kocht und nicht klagt – dann hol dir eine aus dem Wald.» *An Mariä Namen sagt der Sommer Amen:* Sie war sechzehn Jahre alt, als sie fortging. Die Bahn hielt praktischerweise direkt vor dem Haus, doch niemand verabschiedete sie. Dafür ließ das Mittagsgeschäft keine Zeit.

Es waren weniger als sechzig Kilometer bis nach Amberg. Aber für die Großmutter, die bis dahin den Wald noch niemals verlassen hatte, war es eine Fahrt in eine andere Welt. Sie wusste nicht, dass ihr Vater damals die gleiche Strecke genommen hatte, als er Thanried verließ. Doch der Bahnhofsfranzl musste weiter reisen, musste Seeluft riechen, um dem verhassten Wald zu entkommen. Früher war er noch gewaltiger gewesen, *Silva Gabreta*, der

Angsttraum römischer Eroberer, war er auf längst überholten Karten doch Teil jenes mythischen Herkynischen Waldes, der einmal alle Länder zwischen der Donau und dem Rhein bedeckte. Über die Jahrhunderte war er langsam zusammengeschrumpft, immer kleiner geworden wie ein vertrocknendes Meer. Amberg lag wie eine versandete Küstenstadt noch in Sichtweite des Waldessaums, aber weit genug entfernt, um über die Wäldler zu spotten.

Einst war es eine bedeutende Stadt gewesen, die *festeste Fürstenstadt* an der Straße nach Prag. Doch während in Rom oder Bagdad in der Antike eine Million Menschen lebten, war man im teutonischen Mittelalter mit gerade fünftausend schon Großstadt, für eine kleine Weile. Handelsrouten wurden verlegt, falsche Loyalität in Koalitionskriegen bestraft. Der Bergbau, der die Stadt reich gemacht hatte, lohnte sich nicht mehr. Übrig blieb eine Mittelstadt, zu klein, um im Heute bedeutend zu sein, aber mit genug Vergangenheit, um immer wieder an den eigenen Erwartungen zu zerbrechen. Die Bühne der Residenzstadt blieb bestehen, die großen Namen in den Stein eingeschrieben. Die alten Götter waren bereits machtlos, aber die Gebäude trugen noch ihre Namen, die verblichene Nomenklatur einer versunkenen Welt. Die Stahlhütte hieß noch nach einem Wittelsbacher Regenten, obwohl der Adel längst entmachtet war und der Stahl bereits damals keine Zukunft besaß. Auch die Namen der Kasernen waren längst überholte Geschichte, Kaiser Wilhelm saß im niederländischen Exil und spaltete Brennholz, aber die große Kaserne trug noch seinen Namen, sogar noch bis zu ihrer Abwicklung während einer Heeresreform in der späten Bonner Republik.

Ein anderer Name blieb auch bestehen, ausgerechnet der größte Sohn trug den tragischsten: *Winterkönig*, Herrscher für eine Jahreszeit. Friedrich V., der entthronte König Böhmens und der Wälder des Bahnhofsfranzl. Sein Denkmal steht auf einem Sockel in der unheroischsten Positur, die man sich vorstellen kann: der gewesene Kurfürst mit leicht wirrem Blick, den Kopf schief gelegt und nach rechts schielend. Es ist keine Pose mehr erkennbar, die Hüfte verschoben, der Oberkörper seltsam zurückgelehnt. Darüber die spanische Halskrause wie ein Speiselätzchen. Zu seinen Füßen ruht ein Löwe, der allerdings mehr wie ein müder, zahnloser Hund aussieht. Die linke Hand des Königs ist abgebrochen, das Schwert in seiner Rechten ebenfalls. Vergeblich klammert er sich an den nutzlosen Schaft, und man weiß nicht, ob die Zeit oder der Bildhauer dem armen Winterkönig so übel mitgespielt hatte. Steinerne Heraldik des Scheiterns.

Der Bahnhof lag oberhalb der alten Stadt, und das Erste, was die Großmutter sah, waren die vielen Kirchtürme. Das beruhigte sie. Über allem thronte der Mariahilfberg, der Hausberg der Stadt. Doch er hieß bei allen nur *der Berg*, als bräuchte er keinen Namen, keinen erklärenden Zusatz. So war es auch später in der Familie – es gab immer nur das eine, das Definierte. Als müsste sich diese eigene kleine Welt niemals mit außen synchronisieren, als wären all diese Dinge genug für eine ganze Welt: *der* Berg, *die* Stadt, *der* Vater, *der* Onkel, *der* Kaiser.

Der Regierungsrat Weymann hatte eine Villa an der Ringstraße in Besitz genommen, die zuvor einem jüdischen Notar gehört hatte. Das Portal war von zwei muskulösen Atlanten flankiert, die einen wuchtigen Balkon auf ihren Schultern trugen. Für die Großmutter war es ein Palast, so viel architektonischen Zierrat gab es in Thanried nur in der Kirche. Sie bekam eine Dienstbotenkammer ohne Zierrat. Sie kochte für den Weymann, seine Frau und die beiden Kinder. Die Kinder hatten einen Narren an ihr gefressen, sie liefen zu ihr in die Küche und riefen sie *Marei*. Sie selbst hatte nur aufzutragen und dann zu verschwinden. Sie aß die Reste im Stehen in der Küche. Es ging ihr nicht schlecht. Der Weymann war ein Nazi, aber auch ein freundlicher Hausherr, er meinte es gut mit ihr. «Passen Sie gut auf, Fräulein», sagte er. «Hier laufen lauter Wilde herum.»

Die Wilden waren die Soldaten. Amberg war seit Jahrhunderten eine Garnisonsstadt, zwei große Kasernen voller gewaltbereiter, übergriffiger Männer. Es war furchtbar für die Frauen, nachts alleine durch die Stadt zu gehen, die Straßen bevölkert von Gruppen junger Männer mit dem Charme betrunkener Landsknechte. Am Freitagabend schickte sie der Weymann um frisches Bier. Sie lief zur Ratstrinkstube, ein stattliches Palais aus gelben Sandsteinquadern. Dort traf sie den jungen Johann Lorentz, der mein Großvater wurde. Er war Soldat, es schien sie nicht zu stören. War nicht auch ihr Vater Soldat gewesen? Als sie heirateten, ging sie zum Weymann und kündigte ihre Stelle. Sie war kein Fräulein mehr. Trotzdem war sie alleine, denn der Großvater fuhr zurück an die Front.

Die Front war noch weit entfernt, Tausende Kilometer im Osten. Trotzdem kam der verlorene Krieg schon jetzt nach Amberg. Die Rüstungsindustrie verleibte sich die Stahlhütte ein. Der Erzberg war längst am Versiegen, der Bergbau nur noch mit seiner eigenen Nostalgie beschäftigt, Musik von der Knappschaftskapelle mit gekreuzten Hämmern auf den Mützen. Aber für den Endsieg wurde diese träge Romantik beiseitegeschoben und die Hütte in die *Hermann Göring Werke* eingegliedert, das Oberpfälzer Eisen war zwar nicht so hart wie Kruppstahl, aber man nahm, was man kriegen konnte. Görings Name verdrängte den bayerischen Prinzregenten, seine unpassende Signatur musste überall dazugeprotzt werden. Die alten Bergmänner in der Bethalle vor der Einfahrt in die Grube, weißbärtig und rußverschmiert, sie standen nun unter dem Patronat des Reichsmarschalls, der in lamettabehangener Paradeuniform wie ein Christbaum aussah und deutlich zu fett für eine Steigerfahrt war, ausgerechnet er war nun Patron der Bergleute, wie auch der Jäger und der Jagdflieger. Sein geschöntes Heldenporträt in der Eingangshalle hatte nicht die Aura eines Schutzheiligen, lediglich den schmierigen Charme des Parvenüs, der keinen Schutz bietet, sondern eine gefälschte Police für die Lebensversicherung verkaufen will.

Die Großmutter, sie lernte das Warten. Sie polierte Granathülsen, nicht wissend, für welche Kämpfe, welchen Frontabschnitt, für welche Bauernjungen aus den Cotswolds oder aus Transkaukasien die Kugeln bestimmt waren, für rotgesichtige, sommersprossige, gutmütige Gesichter, Buben ihres Alters, die aus kleinen Dörfern kamen wie sie. *Harte Zeiten, harte Herzen* hing an der Wand, ein grausames Credo aus dem faschistischen Poesiealbum. Das Regime produzierte längst mehr Durchhaltelyrik als Munition, *unsere Mauern brechen, unsere Herzen nicht*, an den berstenden Wänden hingen noch großspurig die unerreichbaren Ziele des Vierjahresplans, doch in solch langen Linien konnte längst niemand mehr denken, der Krieg mochte noch ein Jahr dauern, höchstens zwei, und dann wären auch die tausend Jahre zu Ende, das war die Relativitätstheorie der Zeit.

Sie hatte immer damit gerechnet, dass sie das Kind alleine großziehen musste. Nach dem letzten Heimaturlaub war sie schwanger geworden, aber der Großvater war bereits wieder an der Front. Das Warten enthielt längst keine Sehnsucht mehr, die Tage waren eine bloße Abfolge von Zuständen, sie wachte, und sie schlief. Vom Siegen redete niemand mehr. Ein Gedanke ergriff Besitz von ihr. Was, wenn es ihr Schicksal wäre, immer alle Männer zu verlieren? Wollte Gott es so? Sie dachte an ihren toten Vater am Grunde des dunklen Sees in Thanried. Sie dachte an den Johann Lorentz im Lärm der Geschütze in irgendeinem Gefechtsstand, Gott weiß, ob man von dort jemals zurückkehrte. Sie brachte das Kind alleine zur Welt, es trug den Namen des abwesenden Vaters.

Der Krieg endete an einem Montag. Er war noch keine zehn Minuten vorbei, da kam der kleine Kopp Schore über die Brücke gelaufen und schrie: «Es ist vorbei.» Es wurde der schönste Sommer ihres Lebens. Alle Männer waren fort, es roch nach Flieder und später nach Schwarzbeeren, sie war alleine mit dem kleinen Sohn, lief mit ihm über die Wiesen hinaus bis nach Maria Schnee, kam erst in der Dunkelheit zurück, denn man musste sich vor niemandem in Acht nehmen. Es gab auch keine Sirenen, keine Flugzeuge, man hörte zum ersten Mal wieder die Grillen und die Gräser im Wind.

Die Großmutter überlebte Sowjetbayern, die Weimarer Republik und das tausendjährige Reich. Als sich aus Trizonesien die Bundesrepublik formierte, war sie dreißig Jahre alt. Rechtzeitig zum Neubeginn kehrte ihr Mann aus der Gefangenschaft zurück, ihr Sohn hatte nun einen Vater. Über Hitler sprach man nicht, auch nicht über den Krieg. Der viel beschworene Aufschwung setzte endlich ein, und die eine Kuchenform, die die Großmutter besaß, wurde nun nicht mehr für trockenen Marmorkuchen genutzt, sondern für den Frankfurter Kranz, mit gehackten Nüssen und Alkohol-Kirschen aus dem Glas. Die Form blieb die gleiche, nur der Inhalt war gehaltvoller, für ein Wirtschaftswunder braucht es genug Buttercreme.

Die Großeltern kauften sich ein Stück Land außerhalb der Stadt. Es war eine abschüssige Wiese an einem kleinen Hügel, der wie eine Insel aus einer Reihe flacher Seen aufragte. Die Seen waren die Eisweiher der Amberger Brauereien gewesen, hier hatte man früher jeden Winter das Eis für die Bierkeller gehackt, nun waren sie überflüssig geworden. Eine kleine Brücke führte hinüber zur Anhöhe, wo nur drei Häuser standen: der Lotter, der Schuller und der Weigl. Der Lotter war eine große Metzgerei mit dazugehöriger Gastwirtschaft. Bei ihm lebten immer mindestens sechs Metzgergesellen, die ihr Handwerk lernten und für ihn schlachteten. Das Grundstück der Großeltern hatte früher ihm gehört, es war ein Garten voller alter Obstbäume. Der Lotter unterschrieb mit seinen blutigen Händen den Kaufvertrag, «ich hab's nicht so mit dem Obst», sagte er. Sie behielten die Bäume und bauten sich ein kleines Haus. Es gab keine alten Möbel oder Bilder darin, sie besaßen keine Familiengeschichten in Erbstücken. Sieben Jungen brauchten Kinderbetten, brauchten Schuhe, brauchten Essen. Als sie es nicht mehr brauchten, war sie sechsundfünfzig Jahre alt.

Gegenüber vom Haus lag der Bauernhof vom Schuller Sepp. In Wirklichkeit hieß er Kopp, aber der alte Hausname, der seit hundert Jahren zum Hof gehörte, war Schuller, das zählte mehr als das Einwohnermeldeamt. Der Sepp war ein schweigsamer Zeitgenosse, er stand gänzlich unter dem Regiment seiner Frau: Die Lina stammte aus Thal, das genauso war, wie der Name erahnen ließ, ein Einöddorf in einer dunklen Senke. In Thal herrschte die Deutung, die Lina habe nach oben geheiratet und sei jetzt in der großen Stadt. Obwohl ihr Hof höchstens in Sichtweite der Stadt war, fühlte sie sich von den aufragenden Kirchtürmen beinah bedrängt. «Es ist nicht wie bei uns daheim», sagte sie. Wenn sie in die Kirche ging, fürchtete sie sich vor dem Verkehr. Als es die ersten Fußgängerampeln gab, stand sie davor wie vor einem Weltwunder. Eine leuchtende Maschine, die ihr sagte, wann es Zeit zu gehen sei. Das war ihr nicht geheuer. Sie blieb immer die Lina aus Thal. Sie redete im bäuerlichen Pluralis Majestatis – also *könntets ihr, hättets ihr*, zu jeder Gelegenheit: «Mei, Frau Lorentz, tätets ihr uns einen Butter ausleihen?» Sie war so geizig, dass sie im Winter um sieben ins Bett ging, um kein elektrisches Licht einzuschalten und Strom zu sparen. Dafür lag sie dann ab vier Uhr wach und wartete drei Stunden mit geöffneten Augen bis zum ersten Hahnenschrei, bis sie endlich in den Kuhstall konnte, um den Tag einzuläuten. Der Sepp lag dabei immer wortlos neben ihr. Er starrte an die Decke und lauschte dem Gemurmel der Lina, die einen schmerzhaften Rosenkranz betete. Ob gegen die Langeweile oder gegen ihr Rheuma, das wusste er nicht. In ihrem achtzigsten Jahr brach sie sich die Hüfte, und der Doktor Hilburger schickte sie auf Reha in einen niederbayerischen Kurort. «Machen S' Ihnen eine schöne Zeit», sagte er. «Schließlich waren Sie all die Jahre nie krank. Wofür zahlt man denn Beiträge?» Die Lina verstand nicht, was er meinte. Er gab ihr eine Liste. Für die Wassergymnastik benötigte sie einen Badeanzug – ein Kleidungsstück, das sie in ihrem ganzen Leben noch nie besessen hatte. In ein Schwimmbad war sie nie gegangen, und aus lauter Freude zur Abkühlung in einen Weiher zu springen, nackt womöglich, das war ihr gänzlich fremd. Weil die Hüfte aber so schmerzte, wollte sie sich überwinden: «Könntets ihr uns helfen?», fragte sie den Onkel Helmut, und sie ließ sich von ihm, dem fast siebzigjährigen Junggesellen, in ein Geschäft führen, wo er ihr Badeanzüge von der Stange holte und sie mit der Schamröte im Gesicht in die Umkleide ging. Als Kind hatte ich immer Angst vor ihrer tiefen Stimme. Wenn sie mich über den Hof erblickte, stieß sie einen gespielten Grunzlaut des Erstaunens aus. Dann stand sie da, mit ihrem krummen Rücken und dem blauen Kopftuch, wie eine Allegorie aus dem Bauernhofmuseum. «Ja, wer ist denn da?», fragte sie. «Magst nicht rüberkommen, die Kühe anschauen?» Ich wollte nicht. Wollte niemals.

Es war ein Dorf am Rande der Stadt, ein paar Häuser am Hang, von den Eisweihern umschlossen. Diese seltsame Lage lässt auch heute noch das Dorf erkennen, obwohl sich die Stadt längst darumgelegt hat wie ein belagerndes Heer. Die Weite verschwunden hinter dem Vorortkapitalismus der Baumärkte und Parkplätze. Später die alten Weiher trockengelegt für Autohäuser und Drogeriemärkte. Neu geplante Ausfallstraßen sparten den Hügel aus, in der mathematischen Ordnung der neuen Siedlungen sticht die Anlage schon auf dem Papier heraus. Es war beinahe, als wären sie von der Zeit vergessen worden, die paar alten Häuser – das Gasthaus, der Kramerladen, der Bauernhof und das Haus der Großmutter.

Es führte nur ein Weg von diesem Haus weg. Über den kleinen Bach, zwischen den Eisweihern hindurch. Unten an der Straße teilte er sich, und es gab nur zwei Möglichkeiten: in die Stadt oder zum Friedhof. Der Weg in die Stadt führte einen steilen Hügel hinauf, an der Kaserne vorbei, über den alten Festungsgraben. Dahinter stand die Georgskirche, von außen trutzig und schlicht, gelber Sandstein, wehrhafte Gotik, aber innen war Rokoko, drommetenschmetternde Cherubim mit goldenen Flügeln. Jedes Mal, wenn wir dort vorbeigingen, fragte mich die Großmutter das Gleiche. «Willst du das Jesuskind rausholen?» Ich wollte, ich wollte immer. Das Jesuskind rausholen hieß, fünfzig Pfennig in einen Schaukasten zu werfen. Hinter dem Glas ging das Licht an, eine Spieluhr dudelte Bachs *Ave Maria* in einer Leierkasten-Version. Das Tor einer kleinen Kirche öffnete sich wie bei einer Weihnachtskrippe. Zu den Klängen der Musik fährt auf einer Schiene leicht ruckelnd eine Marienfigur heraus, in den Armen hält sie das Jesuskind, eine pausbäckige Rührseligkeit mit hellen blauen Augen. Dazu läutet in einem sehr bajuwarischen Kampanile mit Zwiebelturm ein Erzengelchen die Glocken, während Maria mit dem Jesuskind wieder auf der Schiene zurück ins Häuschen fährt, die Musik endet, und das Licht erlischt, die Magie gibt es immer nur für kurze Zeit, aber sie ist wiederholbar, für fünfzig Pfennig nur. «Nächstes Mal wieder», sagte die Großmutter.

Es war im Grunde nicht verwunderlich, dass sie in der Kirche ihren Halt fand. Von irdischen Heilsbringern hatte sie genug, Himmelreiche auf Erden hatten keinen Bestand. Die Regentschaften von Päpsten waren das Metrum ihres Lebens, die waren dauerhafter als Finanzmärkte oder Koalitionsregierungen. Die sprichwörtliche katholische Strenge hatte sie immer nur als Weichheit erlebt, als sichere Zuflucht vor der Härte von Thanried oder der Soldatenstadt. Die Welt der Hitlers war aus Granit erbaut gewesen, schmucklos und autoritär, dagegen hatte die alte Weihe der Kirchen immer etwas Verspieltes gehabt, tröstlich und würdevoll. Ich erinnere sie genau, diese Altarbilder, den wie von goldenen Adern durchzogenen blauen Stuckmarmor der Säulen, das Altarbild mit dem heiligen Georg, ein Drachentöter, so weich, in seiner Himmelfahrt umgeben von so vielen Wölkchen und Putten, dass man das Wort «Märtyrer» noch auf einem Schild dazuschreiben muss, weil die Zartheit des Bildes kein Martyrium hergibt.

Weich war auch die Stimme vom Pfarrer Roidl. Für die Großmutter war er einer von vielen Stadtpfarrern, für mich war er der Pfarrer schlechthin. Zu Hause ging niemand mit mir zur Kirche. Aber wenn ich bei der Großmutter war, musste ich zur Messe, jedes Mal. Der Roidl kam von einem Einödhof am Jura, er war der enterbte Zweitgeborene, der dank eines Dorflehrers auf der höheren Schule gelandet war. Seine Predigten waren voller einfachem Pathos, immer noch mit dem ungläubigen Staunen des Bauernjungen, der Griechisch lernen durfte, während sein älterer Bruder Heu einfuhr, er hatte noch die bäuerliche Physiognomie, aber seiner Stimme war die Härte genommen, weich gemacht von den rituellen Gesangspassagen der Messe, lydische *Agnus Dei* und hundertmal gefeierte Eucharistie, und während sich die fünf Kinder des Bruders um das Erbe und den Hof zerstreiten würden, hatte der Roidl mit seiner mühsam erlernten Weichheit kinderlos bleiben müssen, was für eine Verschwendung, dachte ich, ich würde mir alles von dieser Stimme vorlesen lassen, *Kalle Blomquist, Moby Dick* oder meinetwegen auch den Pfarrbrief von Sankt Georg. Ich hing an seinen Lippen, und der Roidl raunte in das Gewölbe hinein: *Lesung aus dem Brief des Apostels Paulus an die Korinther.* Pause. *Brüder.*

Die Großmutter führte mich durch die Stadt, sie hielt meine Hand bestimmt, aber nicht grob. Für gefallene Winterkönige hatte sie keinen Sinn, ihre Dynastien waren die Metzgereien, bei denen sie einkaufte, Handwerker in dritter Generation. Hinter dem Wingershofer Tor lag das Geschäft vom Streichwurst-Hannes. Der Streichwurst-Hannes rechnete alles in Würsten. «Weißt du, wie viel Würst das sind?» Ein Bier: zwei Würste. Die Stromrechnung: dreihundert Würste. Ein Auto: fünfzehntausend Würste. Der fleischige Tauschwert war die Rechengröße seines Lebens. Als er das Geschäft übernommen hatte, in den späten Siebzigern, hatte er es nach dem Geschmack seiner Frau großzügig renovieren lassen. Die Preisschilder in der Kühlung waren alle in Frakturschrift gesetzt, darauf standen in rustikaler Gravitas die wichtigsten Vokabeln: Pfefferbeißer, Mettwurst, Bauernseufzer. Hinter der Theke war ein stilisierter Räucherkamin aus Bronze an der Wand angebracht, in dem in Reih und Glied die Deko-Würste hingen. Daneben hinter Glas der altmodische Meisterbrief, zum Zeitpunkt, als er aufgehängt wurde, noch Zeichen des Neubeginns, später im Lichte seiner Kinderlosigkeit nur noch ein trauriges Zeitdokument, als der Streichwurst-Hannes beim Aufschnitt zittriger wurde. Doch seine Gelbwurst blieb legendär, und dem kulinarischen Trend des Pizzaleberkäses verweigerte er sich bis zuletzt standhaft.

Wenn ich an diese frühen Besuche bei der Großmutter zurückdenke, dann frage ich mich manchmal, was es war, was mich gerne dort sein ließ. Es gab keinen Überfluss. Es gab auch kein *laissez faire*, die Großmutter war immer bestimmt und klar. In den Ferien war ich manchmal für Wochen alleine dort, und nichts geschah. Es gab dort keine Bücher und keine Spiele. Es passierte im Grunde nie etwas, und dennoch wollte ich immer wieder dorthin. Vielleicht lag in diesem absichtslosen Nichts etwas, das mir fehlte. Es gab Zitronenlimo, und der Pfarrer Roidl kratzte mit seinem Timbre an meiner Kinderseele: *Lesung aus dem Brief des Apostels Paulus an die Römer. Brüder.* Es waren die tröstlichsten Gewissheiten der Kindheit: Der Herrgott wachte über uns, und abends gab es Schwarzbrot mit Bierschinken und Senf.

Den Erwachsenen ging es ähnlich. Die Großmutter lud immer zu großen Runden und tischte gewaltig auf, aber beteiligte sich nie an Unterhaltungen. Sie saß am Rande der Szenerie in ihrem Sessel und hörte zu, manchmal wirkte sie fast gleichgültig und unbeteiligt, manchmal lächelte sie versonnen. Je größer die Runde, desto versonnener, je lauter, je lieber. Irgendwann beendete sie das Essen und das Gespräch. «So, jetzt haben wir schön geplaudert», sagte sie. Und dann war der Abend vorbei, und die Matriarchin entließ ihre Zöglinge. Es schien ihr zu genügen, dass andere miteinander sprachen. Vielleicht wusste sie, dass ohne sie und ihre seltsamen Regeln niemand miteinander sprechen würde: Keiner der verbliebenen Brüder würde die anderen einladen, jeder würde für sich sein. Solange sie lebte, gab es einen Grund zu sprechen. Diese Regel galt bis zum Schluss.

Die Verwandtschaft aus Thanried kam nur zu ihren Geburtstagen. Man fuhr ungern in die Stadt, selbst ein Familienfest musste praktischerweise mit einem Besuch im Baumarkt gerechtfertigt werden. Das Wohnzimmer der Großmutter war zu klein für die Armee aus hungrigen Cousins, also lud sie in die Bauernschänken der umliegenden Dörfer, in die Nebenzimmer von Oberleinsiedel, Erlheim, Fichtenhof oder Engelsdorf. Es gab die gleiche Soße für jeden Braten, aber die Portionen waren riesig, das zählte auch bei den diversen Vermählungsjubiläen: Egal ob silber oder golden, fleischige Hochzeit war immer. Im Winter war jeder Gang zur Toilette ein Kreuzweg: über den verschneiten Hof auf einen an den Kuhstall gebauten Abort mit schiefer Türe, die nicht schloss. Davor parkten die sperrigen Autos der Wäldler, in Jägergrün oder Dunkelrot-Metallic. Man verabschiedete sich im Niemandsland zwischen den Autos, im braun getretenen Schneematsch auf schlecht vermoosten Betonsteinen, fröstelnd, unsicher, bis die Schwägerinnen endlich mit dem Händeschütteln begannen, «also dann, bis zum nächsten Jahr.» Irgendwann sagte die Großmutter, sie wolle nicht mehr aufs Land rausfahren. Eine seltsam damenhafte Anwandlung von der Hohepriesterin des Pragmatismus. Zu den Geburtstagen gab es fortan nur noch Kuchen, das hielt die Thanrieder fern. Wir sahen sie erst wieder auf der Beerdigung.

Seit ich denken kann, war das Bild der Großmutter mit der Angst vor ihrem Tod verknüpft. Ich brauchte eine Weile, um zu begreifen, dass es die Angst des Vaters war, die ich zu meiner machte. Wann immer abends nach zwanzig Uhr das Telefon klingelte, gab es diesen Augenblick der Furcht: Um diese Zeit kommen nur noch Todesnachrichten. Aber nie war es die der Großmutter. Vielmehr war es oft so, dass sie selbst solche Nachrichten überbrachte: «Sagst dem Papa, das Fräulein Geißler ist gestorben.» Es waren lauter fremde Namen für mich, *der Sohn von der Frau Kern, der Schlosser Hans*, ich behielt sie wie Vokabeln einer unbekannten Sprache, hoffte, dass ich die Botschaft richtig überbrachte, wenn der Vater nach Hause kam, *der Schlaffer Hans ist gestorben, der Kopp Seppl* und die *Frau Doktor Harrer*.

Sie wurde älter und älter. Die Historiker beendeten das zwanzigste Jahrhundert, das mit Lenins Zugfahrt nach Petrograd und der Geburt der Großmutter begann, mit dem Zusammenbruch des Ostblocks und dem Verschwinden von Lenins Kommunismus. Aber die Großmutter war immer noch da. Sie verlängerte das Jahrhundert in ihrer Küche, die sie kaum mehr verließ. Aber solange sie am Leben war, schien mir noch ein Zeitstrang dieses Jahrhunderts fortzubestehen. Sie entwuchs dem Alltag in ein seltsames Stadium der Altkanzlerschaft hinein, unantastbar, über den Dingen schwebend, eine Instanz aus einer anderen Zeit, *elder stateswoman*, zu alt für die Probleme der Jetztzeit, sich jeder Zeitgenossenschaft versagend, «das brauch ich nicht mehr, das will ich nicht mehr lernen», das Radio reichte ihr für das *Urbi et Orbi* an Weihnachten, in der Zeitung übersprang sie den Politikteil und las nur noch die Todesanzeigen. Ihre Rolle als Ehefrau hatte sie gespielt, sie war seit Jahrzehnten Witwe. Die Rolle als Mutter ebenfalls, ihre Söhne waren längst selbst Väter oder bereits tot. Für uns Enkel war sie die Großmutter, *die* Oma, alle anderen Großmütter mussten sich mit Familiennamen oder Ortsnamen erklären lassen, *die Steinweyer-Oma*, aber sie war die letzte Instanz kraft Senioritätsprinzip.

Ihre Schmerzen wurden schlimmer. Nach sieben Geburten hatten sie ihr die Blase festnähen müssen, für Rückbildungsgymnastik war keine Zeit gewesen. Aber was ihr wirklich zu schaffen machte, war die Hüfte. Der Rücken war gebeugt und krumm, doch der Doktor riet von einer Operation ab – das lohne nicht mehr, sagte er. Sie nahm es hin und lebte danach noch fünfundzwanzig Jahre. Sie schleppte sich an einem zur Gehhilfe umfunktionierten Servierwagen durch ihre Wohnung, jeder Schritt war ihr eine Qual, manchmal vor Schmerzen ächzend, aber das war für sie niemals ein Grund, etwas nicht zu tun. Weil ich damals J. nach Südamerika hinterherflog, musste ich die Weihnachtsgans verpassen. Als ich ihr das mitteilte, ließ sie es nicht gelten. Wie sollte das denn bitte schön gehen, ohne Weihnachtsgans? Ich wusste es nicht, konnte es nur bedauern. «Wenn du wirklich da hinmusst, dann gibt's eben vorher die Gans.» Sie würde mich nicht ohne gehen lassen, eher würde sie Weihnachten verlegen, dazu hatte sie die Macht, von ihrer kleinen Küche aus. So geschah es. Es roch wunderbar. Wie ein Schuljunge saß ich vor ihr, im November, vor dem Abflug, verschwitzt und dankbar und getröstet von dem Wissen, wenn meine katholische Großmutter Weihnachten vorverlegen kann, dann ist ein gutes Ende möglich. Das sagte ich auch zu J. Sie lächelte.

Die Sorge um die Großmutter trieb bisweilen seltsame Blüten. Weil der Vater sie nicht aufregen wollte, verschwieg er ihr Fernreisen, erzählte ihr immer erst davon, wenn man heil zurück war. Sogar die sonst mit Nachdruck verdammte Unwahrheit war in diesem Zusammenhang geduldet, ein «Sag das nicht der Großmutter, sie würde sich nur Sorgen machen» als eigene moralische Kategorie. Und aus irgendeinem Grund hatte sich der Vater ausbedungen, niemand solle der Großmutter seine Partner vorstellen. Zumindest nicht vor der Ehe oder einer ungewollten Schwangerschaft, bis dahin verblieben Freundinnen im Gspusi-Status und hatten so nicht die nötige Gravitas für eine Audienz bei der Matriarchin.

J. setzte sich eigenmächtig über diese Weisung hinweg, und wir besuchten die Großmutter eines Nachmittags ohne Vorankündigung. Ich war lange nicht mehr bei ihr gewesen. Wir saßen an ihrem Küchentisch, und die Abendsonne war in ihrem schneeweißen Haar. Es roch nach Kaffee, und sie hatte die entrückte Aura einer alten Weisen. Sie strich über meine Hände und drückte sie. Am Ende sagte sie zu J.: «Kommen Sie bald wieder.» Es blieb das einzige Mal, dass sie sich trafen.

Jeder Besuch bei ihr endete damit, dass sie einen rauswarf. «So, jetzt packst du es aber.» Sie hatte immer den Heimweg miteingerechnet, nach Marienstein, nach München oder nach Wien, wenn ich jetzt aufbräche, würde sie noch zwei Stunden warten müssen, bis sie wüsste, dass ich sicher angekommen war. Ein kurzer Anruf, sobald man zu Hause war. «Ist recht», sagte sie dann nur und legte auf. Für diese knorrige Fürsorge liebte ich sie am meisten. Nur einmal sagte sie: «Wart noch einen Moment.» Ich wusste sofort, dass es etwas Besonderes sein musste. Sie führte mich ins Schlafzimmer und holte einen in altes Seidenpapier gewickelten Gegenstand hervor. Das Papier raschelte, die Großmutter atmete kurz. Es war eine kleine rotgoldene Taschenuhr. Die Uhr ihres Vaters, des Bahnhofsfranzl. «Die nimmst dir mit», sagte sie. Sie sagte es mit solcher Bestimmtheit, dass sich die Frage, ob es mir zustünde oder ich es überhaupt annehmen könnte, nicht stellte. Es hatte auch später nie wieder jemand danach gefragt, dazu war eine Taschenuhr viel zu unpraktisch. Man stritt sich nicht um solche Dinge, es gab höchstens den Abgleich von Interessen, kannst du das brauchen, einen Staubsauger, ein Auflaufreindl, dann nimmst es. Ich zog die Uhr ein wenig auf, und sie begann zu laufen, ein heiseres Ticken, die pausierte Zeit lief ohne Zögern wieder an. Auf der Rückseite stand nur ein einzelnes Wort eingraviert, ich musste es nicht lesen, ich wusste, was dort stand. Die Großmutter nickte kurz. «So, jetzt aber. In zwei Stunden wird es dunkel, da sollst zu Hause sein.»

Als sie tatsächlich starb, vollzog sich das lang Erwartete in prosaischer Beiläufigkeit. Und als sie in diesem sterilen Krankenhausbett lag, da schien sich die Geschichte zu wiederholen: Der Krankenhauspfarrer kam, um ihr die Sakramente zu geben. Die Letzte Ölung hieß inzwischen Krankensalbung, aber die Großmutter wusste genau, was jetzt kam. Sie hatte es oft genug selbst gesehen. Es waren zwei Ministranten dabei, für die gebotene Feierlichkeit, die gefalteten Hände vorher brav bei der Oberschwester desinfiziert. Zwei Knaben im Alter von vielleicht zehn Jahren. Einer kaute unverhohlen einen Kaugummi, der andere hatte sich den Pausenhof-Iro nur schlecht aus seinen dünnen strohblonden Haaren gekämmt. Durch den roten Rock des Messdieners zeichnete sich die Kontur eines Smartphones ab. Die Großmutter hatte die Augen geschlossen und betete stumm mit dem Pfarrer. Ihre trockenen, fast durchsichtigen Lippen bewegten sich lautlos. Ich dachte an ihren Vater, den Bahnhofsfranzl, wie er als Kind den uralten Dominikanerinnen von Thanried am See ins Gesicht blickte, und ich glaubte, die gleiche Irritation bei den jungen Ministranten zu sehen: Diese uralte, zerbrechliche Frau in den schweren Kissen, sie war so weit entfernt. Obwohl sie seit fast achtzig Jahren nur in Amberg gelebt hatte, schien sie doch aus einer fernen Welt zu kommen: aus den dunklen, böhmischen Wäldern, aus einem versunkenen Königreich, wie eine Märchenfigur. Um sie versammelt standen ihre Kinder, ihre Enkel, andächtig schweigend, wie es gelernt war, als wolle man ihr bis zuletzt nicht gestatten, dieses Leben, das niemals ihr eigenes war, hinter sich zu lassen. Aber vielleicht ging es nur mir so, und der Ministrant dachte die ganze Zeit an die Erdbeerroulade, die ihm der Pfarrer nach der Krankensalbung kaufen würde.

Sie hatte alles akribisch vorbereitet, wie es ihre Art war. Sie hatte den Mietvertrag für das Grab auf fünfundzwanzig Jahre im Voraus bezahlt und ein Sparbuch angelegt, das unbeeindruckt selbst von Mario Draghis Negativzinsen für weitere zwanzig Jahre reichen würde. Alles war von ihrer Miniatur-Rente abgezweigt, der Witwensold als Schmerzensgeld für dreißig Jahre Einsamkeit angelegt in einen Fonds, der zumindest die Gebeine in Ewigkeit vereinen würde. Den Grabstein hatte sie selbst ausgesucht, den Stein, die Farbe, die Inschrift, es war alles geregelt, alles vorbereitet in ihrem stoischen Pragmatismus, niemandem zur Last zu fallen. Der Stein war ein schwarzer, polierter Granit, den sie nicht wegen seiner schlichten Anmut ausgewählt hatte, sondern wegen der pflegeleichten Wischfähigkeit der Oberfläche.

Zu ihrer Beerdigung kamen alle. Aus der Stadt und vom Land. Die Thanrieder standen fremd in einer großen Gruppe beisammen, ihr Händedruck war übertrieben fest, und sie sprachen derart breiten Dialekt, dass man sie kaum verstand, es klang wie Finnisch oder eine gutturale Fantasiesprache aus *Star Wars*: «Kennst mich noch, ich bin der Harrer Vinzenz», die großen Unterkiefer vom Alter ganz weich. Die Lina aus Thal hatte sich fein gemacht, so fein ihre vom Geiz kuratierte Garderobe es hergab. Dem Sepp hatte sie den guten Anzug rausgelegt – einen altmodisch geschnittenen grauen Zweireiher mit großem Revers und feinen Streifen, vermutlich war das sein Hochzeitsanzug gewesen. Sie standen nebeneinander am Aufgang zur Kirche, auf ihre Gehstöcke gestützt wie zwei kostümierte Komparsen aus einem bäuerlichen Heimatfilm der Fünfziger. Die Trauergäste marschierten am Maltesergebäude vorbei, hinauf zum Portal, und die Lina seufzte tief beim Anblick von jedem, den sie zu erkennen glaubte. Urenkel in stoßgedämpften Kinderwägen wurden an ihr vorbeigeschoben, und sie seufzte und seufzte. Als wäre ihr bewusst, dass das auch ihre Welt war, die da versank: das Dorf in der Stadt, hinter den Eisweihern, längst von einem Kordon aus Gewerbegebieten umzingelt wie der Konsul Flaminius von Hannibals Armee. Ich hatte sie bestimmt zehn Jahre nicht gesehen. Ihre Augen waren etwas wässrig, aber die Haare, die unter der Hutkrempe hervorragten, waren immer noch nicht zur Gänze grau. «Seids ihr der Manfred?», fragte sie mich. Sie glaubte, ich wäre mein Vater. Der Sepp sagte kein Wort.

Die Messe zelebrierten vier Priester. Der Stadtpfarrer von Sankt Georg war da, der neue Kaplan und der Dreifaltigkeitspfarrer. Sogar der alte Roidl war extra aus dem Ruhestand gekommen, um der toten Großmutter die letzte Ehre zu erweisen. Er trug ein prächtig besticktes rotes Messgewand und sah aus wie ein sehr alter Martin Sheen, mit seinem oberpfälzischen Unterkiefer und seinem schneeweißen, streng nach hinten gekämmten Haar. Ich wusste nicht, dass er noch am Leben war, denn für mich war er immer uralt gewesen, und hatte daher seine Stimme verloren geglaubt: diesen Klang meiner Kindheit, die immer gleichen Formeln. Ich rutschte auf dem knarzenden, vor lauter Unterwürfigkeit durchgeknieten Holzbankerl herum, *Herr, ich bin nicht würdig, dass du eingehst unter mein Dach / Aber sprich nur ein Wort, so wird meine Seele gesund*. Und der Roidl sprach immer noch wie damals, das «R» hart und rollend wie ein eingeschobenes *Fortissimo* in der weichen Milde seiner Bayerwald-Diktion. Seine Stimme schwebte unter den Deckenfresken dahin, an den Inschriften vorbei, *Orientalium Indiarum Apostolus*, Allegorien und fremdländische Märtyrer, es erschien so unpassend und daher so seltsam tröstlich. Die Orgel setzte ein, und sie sangen *Milde Königin, gedenke*, die Menschen aus dem Dorf in der Stadt, die Thanrieder, die Lina, der Vater, das letzte Aufgebot der alten Welt: textsicher, aber mit dünn gewordenen Stimmen. Und darüber schwebte aus den Lautsprechern die Stimme des Pfarrer Roidl, lauter als alle anderen. Er stand vorgebeugt über den Altar, die Hände leicht zitternd um den blassgoldenen Buchständer gelegt, unverbrüchlich starrte er nach vorne in das Kirchenschiff hinein wie eine hölzerne Galionsfigur, und ich merkte, wie mir die Tränen hinunterliefen. J. saß bei mir und drückte still meine Hand. Ich musste es ihr nicht erklären. Sie wusste, warum.

VI

FIDEL PERO DESDICHADO

Eisblumen am Fenster, die Kälte lässt mich nicht mehr schlafen. Die schmale Pritsche ist viel zu kurz, meine Füße stoßen an die Außenwand des Abteils, ein dünnes Stückchen Blech mit aufgeklebtem Holzimitat zwischen mir und der Nacht. Meine Finger schmerzen ein wenig, nur sehr langsam beginnen sie, mir wieder zu gehorchen. Vor mir auf dem kleinen Abteiltisch liegt der Walkman. «Du wirst Musik brauchen», hatte Gabriel gesagt. Ich habe es heute Nacht nicht gewagt, ihn zu benutzen, aus Angst vor der Wehmut. Und aus Angst, alte Erinnerungen mit Gedanken an J. zu vermischen. Road America am Westufer des Lake Michigan, *the Bratwurst Capital of the Universe*, das hat so gar nichts mit J. zu tun. Vielleicht ist es genau das, was er wollte: die konservierten Erinnerungen in den Kampf mit der Traurigkeit schicken wie eine zum Leben erweckte Zinnsoldatenarmee, die Mobilmachung aller seelischen Alliierten. Und wenn jemand weiß, was man auf Reisen braucht, dann Gabriel. Er kennt mich seit Kindertagen, mein ältester, mein letzter verbliebener Freund.

Wir verlagen die Tage in namenlosen Motels in Oshawa, Oak Park und Sheboygan, in Doppelzimmern mit dicken Teppichböden, schauten Wiederholungen von *Win Ben Stein's Money*, unterbrochen von endlosen Werbeblöcken für Diätmittel und Telefonwahrsagerinnen, bis zum Abend. Im Halbdunkel warfen wir uns den Walkman zu, wenn uns eine Stelle im Song besonders gefiel, *Superhits of the Eighties* immer und immer wieder. Wir hätten uns jeden Tag eine neue Kassette kaufen können, um dieser obskuren Zeitschleife zu entkommen, diesem Jahrzehnt, das wir nicht erlebt hatten, im Falsett besungene Gefühle, von denen wir noch nichts verstanden. Aber wir hielten der Idee die Treue, dass es uns schon reichen würde, wenn wir nur wollten. Drei Monate lang jeden Morgen das müde Schlurfen über die blauen Teppichböden, ein Frühstück im Stehen aus eiskaltem Orangensaft und einem in Folie verpackten Muffin, der beim Öffnen einen im Labor erschaffenen Blaubeergeruch verströmte, dann fuhren wir auf dem Rücksitz des Chevy Suburban die paar Meilen zur Arbeit, vor mir im Zwielicht der ausrasierte Nacken von Daryl, sein Haar mit Pomade angelegt, dazu die betörende Mischung von neun verschiedenen Aftershaves aus dieser unbärtigen Ära der Weltgeschichte, die gereizten Poren frisch rasierter Haut, und dann geht die Sonne auf, und niemand spricht, in Erwartung des langen Tages und vor Müdigkeit, doch irgendwann sagt Daryl beiläufig etwas wie «*pretty sky*», und das muss in seiner Lakonie reichen als Sentimentalität für einen weiteren Tag zwischen heulenden Motoren. So wie auch die Kassette reichen muss.

Ich richte mich langsam auf, die Decke um mich gewickelt wie eine Totenfahne. Vor Sonnenaufgang haben wir heute bei Nischni Nowgorod die Wolga überquert. In der Dunkelheit ließ sich die Breite des Flusses nur erahnen, Волга-матушка, Mutter Wolga, sagen die Russen, dagegen ist Vater Rhein ein unscheinbarer Geselle, der *freigeborene*, wie Hölderlin sagt, aber warum sollte der Rhein freier sein als die Wolga?

An den Gleisen stehen Arbeiter und schaufeln Schnee. Als der Zug sie passiert, halten sie inne. Auf ihre Spaten gestützt, sehen sie aus wie Allegorien aus einem Ölschinken des Sozialistischen Realismus. Sie blicken durch die Fenster in die Abteile, und ich fühle mich wie Strelnikow in seinem Geisterzug. Kurz vor Kirow kommt dann der Morgen.

Ob J. schon wieder abgereist ist, weil ich nicht da bin und sie mich nicht erreichen kann? Oder wartet sie noch ab, ob ich wirklich weg bin? Vielleicht kommt sie einmal am Tag in Marienstein vorbei, um nachzusehen? Vielleicht räumt sie auch gerade ihre Sachen aus dem Haus, in den geliehenen Bus irgendeiner alten

Freundin, die zwei Korbstühle, Kleidung, Bilder, ihre Malsachen, alles andere wird sie stehen lassen, Kriegsbeute passt nicht zu ihr, denke ich, auch keine private Hallstein-Doktrin für eine Zeit ohne uns. Vielleicht hat sie versucht, meine Eltern anzurufen, um herauszufinden, wo ich bin. Zum ersten Mal frage ich mich, ob sie den Zettel an der Haustüre überhaupt ernst nimmt. *Bin nach Pyeongyang gefahren.* Vielleicht denkt sie, es ist ein Witz, und ich sitze beleidigt in Wien. Oder ich bin für eine Woche in irgendeinem menschenleeren Ostseehotel untergetaucht, sieben Tage *Super Off Season Special Mega Deal*, Buffet & Wellness zum Saufüttern, viel Erholung, wenig Epik. Nein, sie muss mich doch kennen. *Bin nach Pyeongyang gefahren.* Was gibt es dabei misszuverstehen?

Früher, denke ich, früher hätte sie mir einen Zettel daruntergehängt. Einen Satz in ihrer steilen Handschrift, einen Satz nur, aber haltbar bis nach meiner Wiederkehr. Oder sie hätte einen Brief geschickt, Pyeongyang, *poste restante*, mitsamt ihrem Siegel in rotem Lack. J. besaß einen Siegelring, ein scheußliches Stück silberner Protzerei mit der austauschbaren Heraldik erfundener Familienwappen: Hirsch für Jäger, Helm für Krieger, Löwe für Mayer, das passt für jeden. Ein Geschenk ihres Großvaters zum Abitur, einer nicht existenten adeligen Familiengeschichte eingedenk. Sie hielt den Ring trotzdem in Ehren, weil sie wusste, dass der Wunsch ihres Großvaters nach seiner eigenen Geschichte nicht aus Überheblichkeit kam, sondern aus der Not.

Später machten wir uns einen Spaß daraus, unser eigenes Wappen zu entwerfen. Sie malte absurde Blasonierungen, für sich zwei gekreuzte Pinsel mit Schwertgriffen oder einen übergewichtigen Hund mit Feuerkrone, für mich irgendwelche nautischen Symbole oder geflügelte Klaviere. Ich komponierte eine Hymne und schrieb Wappensprüche dazu, *Fluctuat, nec mergitur* oder *Preguntando caminamos*, ich hatte schon immer ein Faible für tragische Mottos gehabt. In Österreich war der alte Wahlspruch der Habsburger von Friedrich III. in jeden zweiten Stein gemeißelt, das mysteriöse A. E. I. O. U., man fand es in jeder Tiroler Bergkirche, sogar im Kreiskyzimmer am Ballhausplatz hatte es die nachfolgende Demokratie in ihre Holzverkleidung eingelegt: A. E. I. O. U., man vermutete dahinter ein protziges *Alles Erdreich ist Österreich untertan* oder *Austria Erit In Orbe Ultima*, doch die Wiener sagten dazu nur *Am End is olles umsunst.* Das schönste Familienmotto war jedoch das der Churchills, der Herzog von Marlborough behielt in der Stunde des größten Triumphes den tragischen spanischen Wappenspruch seines Vaters:

Fiel pero desdichado.

Er erhielt zum Dank für seine Dienste einen Palast mit dem Namen des bayerischen Dorfes, bei dem sein großer Sieg erfochten wurde: Blindheim, und der geraubte Name verblieb fortan in England, das neue Blindheim machte das alte vergessen, und das tragische Familienmotto wurde in den honigfarbenen Sandstein des Palastes gemeißelt: Treu, aber glücklos. Es stand wie eine Warnung über all der barocken Pracht, als bliebe die Last der Ahnen für alle Zeit auf den Schultern der Nachkommen, sogar auf denen der Sieger.

J. lächelte, als ich ihr diese Geschichte erzählte. Am Tag, als sie nach Mexiko flog, schenkte sie mir zum Abschied ein Messer, in dessen Griff sie drei Worte geritzt hatte, ihre Abwandlung des tragischen Wahlspruchs mit meinem Vornamen:

Fidel pero desdichado.

Es musste sie eine kleine Ewigkeit gekostet haben, diese Inschrift in das harte Holz zu gravieren, es wirkte unglaublich fein, wie eine Intarsie auf einem Ziermöbel. Es stand dort mit einer filigranen Endgültigkeit: Sie hatte nur einen Buchstaben zum Churchill-Motto ergänzt, es sollte ein Scherz sein, aber vielleicht setzte er in unerwarteter Prophetie einen Ton. *Fidelis, treu, aber glücklos.* Ist es das, was ich bin?

Ich ziehe das Messer aus meiner Tasche und streiche sanft über den Griff. Im Grunde kann ich mit Messern nichts anfangen. Ich habe es auch bislang noch nie verwendet, außer um einmal ein Stück Käse zu schneiden. Trotzdem trage ich es immer bei mir, seit jenem Tag. Auch diesmal hatte ich keine Sekunde gezögert, es mitzunehmen. Ich lege es zurück in den Rucksack, wo meine anderen Habseligkeiten liegen: ein ausgeschaltetes Telefon; eine rotgoldene Taschenuhr; meine alte Pfeife, ein abgegriffenes Ding, mit fünfzehn Jahren in einem jämmerlichen Tabakladen in der Hallertau gekauft, wo das Angebot an *Deutscher-Jagd*-Zigarren für Kartenspieler deutlich überwog; dazu zwei Dosen Tabak, das müsste genügen. In der braunen Tasche von Gabriel sind auch Zigaretten, eine ganze Stange *Sobranie Cocktail*, russische Snob-Zigaretten in Pastellfarben, rosa, mintgrün und gelb, dazu ein pompöser Goldfilter mit Romanow-Doppeladler, Eva Green hatte sie in Bertoluccis *The Dreamers* geraucht. Heute sind sie das perfekte Accessoire zu Burberry-Gummistiefeln auf der Rubljowka oder am Tegernsee.

In Balesino wird die Lokomotive gewechselt, wir stehen also eine Weile am Bahnhof. Die beiden Schaffner werden geschäftig und springen nach draußen in den Schnee. Sie wirken aufgekratzt, bewerfen den nächsten Waggon mit Schneebällen, um ihre beiden Kollegen dort zu ärgern. Ich verstehe die Spielregeln nicht, aber selbst die Ausgelassenheit wirkt routiniert. Zum ersten Mal sehe ich, dass es noch andere Reisende im Zug gibt. Vor den hinteren Wägen vertreten sie sich die Füße, manche kommen auf mich zugelaufen. Es gibt zwei Kioskhäuschen am Bahnsteig, die türkise Bahnhofshalle selbst sieht aus wie das Reifenlager eines Landmaschinenhändlers. An der Seite ist ein mit Wellblech gedeckter Verschlag angebaut, über dessen Eingangstür nur ein Wort steht: Café. Dorthin laufe ich. Als ich hineingehen will, stoße ich fast mit einem jungen Mann zusammen, er trägt zwei randvolle Becher Kaffee in den Händen. «*Watch out*», sagt er und grinst, wobei er beinahe unverschämt gut aussieht. Er hat pechschwarze Haare und trägt einen dunkelblauen Mantel mit hellen Kordeln, der wie ein Marinemantel aussieht. Ich blicke ihm nach, er läuft den Zug entlang zu einem der hinteren Wägen, und ich nehme mir vor, ihm noch einmal zu begegnen. Ohne irgendetwas über ihn zu wissen, bin ich mir sicher, dass er bis nach Peking fährt. Als ich den Kaffee bestelle, klingt meine Stimme seltsam belegt. Es ist das erste Wort, das ich heute laut ausspreche.

Es scheint, als wäre ich der einzige Reisende in Waggon 10. Ich sehe und höre niemanden, und niemand nimmt Notiz von mir. Ich schließe die Tür meiner Mönchszelle und setze mich in Fahrtrichtung, lehne meinen Kopf an das kalte Glas des Abteilfensters. Mein Lateinlehrer kommt mir in den Sinn, er hieß Bernpaintner, wog drei Zentner und hatte ein Faible für die Eisenbahn. Seine reißerischen Schwänke aus Zügen des Ostblocks waren berüchtigt, eine Art niederbayerisches Subgenre des Seemannsgarns, vielleicht eher Lokomotivenmythen. Er und seine *Spezln* erlebten darin allerhand Abenteuer: Waldbrände in Masuren, ausgelöst durch die zu schnelle Dampflok eines Museumszuges, Überfälle durch die Organmafia in ukrainischen Schlafwägen, die mit Dosenbier gut gewässerten Nieren gerade noch so vor dem Fremdzugriff gerettet. Detailgenau beschrieb er das Streckenprofil von Lokalbahnen im Erzgebirge oder der Hohen Tatra, blickte in scheinbar gebannte Schüleraugen, die Klasse hing an seinen Lippen, jedoch weniger aus Interesse an der ostdeutschen Trassenführung als an der Möglichkeit, den Unterrichtsbeginn noch für eine Weile hinauszuzögern. Irgendwann bemerkte der Bernpaintner dann sein Abschweifen und bremste sich. Dann endete jede dieser Räuberpistolen mit dem immer gleichen «So, jetzt aber». Nahtlos ging er zu lateinischen Stammformen über: «*Appropinquare*, es konjugiert der Schmidt Berti.» Ich stelle mir vor, dass der Bernpaintner der Einzige ist, der die Reflexionen der Sonne auf der Abteilwand zu schätzen wüsste: Mit mathematischer Genauigkeit könnte er vorhersagen, dass dieser Zug Nummer 4 der Transsibirischen Eisenbahn die Senke zwischen Balesino und Wereschtschagino immer um 14:38 Uhr passierte, weshalb der Einfallswinkel der Sonne verlässlich ein Lichtspiel aufs Holzimitat wirft (Farbton *Cognac 48 / EF*, gefertigt im Wagenwerk von Twer an der Wolga), denn Fahrpläne waren seine Poesie.

Auch Mytischtschi haben wir bereits passiert, in der Sowjetunion die Heimat einer großen Fabrik für Monumentalproduktion, spezialisiert auf übergroße Revolutionsführer, Material nach Wunsch, Bronze, Granit oder Marmor. Der Lenin von Dubna am Wolgakanal oder der Marx vorm Bolschoi, der aus seinem Granitsockel zu wachsen scheint. Auch Halbgötter hatte man im Angebot, Juri Gagarin oder Feliks Dzierżyński, die zweite Reihe der Olympier kam im Bestellkatalog weiter hinten, für mittelmäßig gepflegte Stadtparks oder den Eingang öffentlicher Schwimmbäder. Die Lenin-Produktlinie erwies sich dabei als äußerst einträglich und langlebig. Welches vergleichbare Konkurrenzprodukt ließ sich fast siebzig Jahre lang unverändert auf den Sockel heben? Römische Kaiser, bourbonische Monarchen, überall kam die *Abolitio Nominis* deutlich früher, meist weniger durch Lehren der Geschichte als durch das Ego des Nachfolgers. Ich muss an den Nowak denken, meinen Freund aus Wiener Tagen. Er hätte sicherlich das richtige Lenin-Zitat parat, mit dem sich Lenins Erfolg als Longseller in einem Satz erklären ließe.

Der Nowak war ein wandelndes Lenin-Archiv. Er hatte sich die fünfzigbändige DDR-Gesamtausgabe über eine Annonce im *Volksstimme*-Forum ergattert: Kaufgesuch, Student sucht Lenins Werke für Studium. Zwei Tage später stand er in einer Wohnung im 9. Bezirk, und ein pensionierter Altsozialist mit Zeitungsabo schenkte ihm vor lauter Rührung den gesamten Lenin, zwei Regalmeter, so froh war er, dass die Jugend nun endlich vernünftig wurde. Seine Leninausgabe war freilich gänzlich ungelesen. Der Nowak allerdings arbeitete sie akribisch durch, alle fünfzig Bände, und exzerpierte sich Zitate für jeden Anlass, die er zur Legitimation wirklich jeder Kleinigkeit einstreute. Wenn er sich vormittags ein Bier genehmigte, sagte er: «Die Revolution verlangt ungewöhnliche Maßnahmen.» Wenn er abends früh ins Bett ging, sagte er: «Wir müssen wach sein, wenn der Gegner schläft.» Wenn er spät ins Bett ging, sagte er: «Die Stärke des Revolutionärs zeigt sich im Schlafmangel.» *Lenin für alle Gelegenheiten*, nannte er es.

Ich traf ihn durch Zufall bei einem linken Sommerfest auf der Jesuitenwiese. Er lehnte am Stand eines Soliprojekts mit den Zapatistas, ein blasser, groß gewachsener Schlaks mit kurz geschorenen hellen Haaren und ausgewaschener Jeansjacke. Es gab Café de Olla aus Chiapas und antiquarische Bücher aus Bananenkisten. Er hatte nichts mit der Aktion zu tun, stand einfach nur daneben und kommentierte jedes Buch, das aus dem Muff der Wühlkiste herausgezogen wurde. Ich hielt José Carlos Mariátegui in der Hand, *Revolution und peruanische Wirklichkeit*. Der Jeansjacken-Typ verzog verächtlich den Mund. «Das kann man nur lesen, wenn man auf religiöse Gefühlsprosa steht», sagte er. «Mit dialektischem Materialismus hat das nun beim besten Willen nichts zu tun.» Ich kaufte das Buch trotzdem, und er wich fortan nicht mehr von meiner Seite, referierte ungefragt und ohne Luft zu holen über die bourgeoise Melancholie als Bremsklotz der Veränderung. Dabei kaute er fortwährend auf einer Knabbernossi herum, einer zur dünnen Schnur gepressten Wurst mit Ketchup. «Ich bin der Nowak», sagte er irgendwann. Später tat er oft so, als könnte er sich nicht mehr an unsere erste Begegnung erinnern. Fast so, als läge in ihrer lächerlichen Zufälligkeit auch schon die Brüchigkeit unserer Freundschaft angelegt. Natürlich nur, wenn ein echter Leninist solche Gedanken überhaupt haben kann.

Der Nowak stellte sich überall nur als *Nowak* vor. «Ich bin der Nowak», sagte er, als wäre es sein *Nom de Guerre* wie Lenin oder Tito. Nowak, *der von der Thaya*, 3830 Waidhofen. Mit Vornamen hieß er Christoph, aber den verbat er sich, nur seine Eltern nannten ihn so, sie hatten ihn getauft bei der Autowallfahrt im Wienerwald mit dem neuen Opel Kadett. Die Eltern besuchten ihn manchmal, zwei Pensionisten auf dem Rückweg vom Neusiedler See oder am Ende einer Fahrradtour durchs Mostviertel, dann hängten sie noch eine Nacht in Wien dran, die Gerti und der Andi, um zu schauen, ob's dem Bub auch gut geht. «So viele Bücher hat er, der Christoph, aber immer noch keine Freundin.» Sie putzten die WG-Küche und füllten den Kühlschrank auf. Wir brachten sie am nächsten Morgen zum Westbahnhof, zusammen mit ihren Fahrrädern, sie kauften sich Smoothies für die Heimreise, «gibst mir zweimal des Liquid Breakfast», dann steckten sie ihm noch hundert Euro in die Jeansjacke, ihrem Buben, dem Spinnerten. Danach war der Nowak für eine Weile ganz still, *Lenin für alle Gelegenheiten*, außer bei Besuchen der Eltern, weder zur Anklage noch zur Verteidigung.

Wir trafen uns meist vormittags im Gastgarten vom Rüdigerhof, weil um die Uhrzeit keiner da war und die Eier im Glas nur drei Euro kosteten. Ich betrachtete ihn, mit seinem Soda Zitron, wusste, dass er am Abend mit einer Gruppe von der KPÖ auf ein paar Bier versacken und sich mit allen zerstreiten würde, weil die Soli-Kundgebung am EKH zu schlaff organisiert war und weil Lenin generell mit dieser halbgaren Initiative gefremdelt hätte. Er löffelte seine Eier aus dem Glas, und es hatte hier noch immer den Anschein, als könne der Tag doch eine andere Wendung nehmen als die unvermeidliche. Der Gedanke tat mir weh, dass es immer so kommen musste: dass er abends allein nach Hause gehen würde, zu seinen zwei Metern Lenin in dunkelbraunem Leder mit der Relief-Frontprägung der revolutionären Halbglatze, zu seiner Katze Lilli, unverstanden und grantig, mit leerem Kühlschrank, all seine Hoffnung nur auf die nächsten Eier im Glas im Rüdigerhof setzend. Und es machte mich traurig, dass der Preis für all seine Klugheit und seinen ganzen kuratierten Lenin die Einsamkeit war.

Wir fahren in die Abenddämmerung hinein und überqueren im letzten Licht des alten Tages den Fluss Kama, einen riesigen Strom, auf dem die Eisschollen treiben. An seinem Ufer zieht sich die Stadt Perm hin, die östlichste Millionenstadt Europas heißt es, doch vom Zugfenster aus bleiben die Millionen unsichtbar, und die Geometrie der Hochhäuser wird weichgezeichnet vom Schnee und dem schmutzigen Orange der Straßenlampen.

Das Bahnhofsgebäude sieht aus wie der Albtraum teutonischer Modelleisenbahnfreunde, *Märklin Sovietico*, der Zweckbau heiligt die Mittel, PERM II leuchtet in Blau durch die hereinbrechende Dunkelheit. Auch auf dem Bahnsteig sieht es aus wie am Set eines kaltkriegerischen Agentenfilms, *Der Spion aus dem Eis* kurz vor dem Showdown, als bliesen Szenenbildner Qualm und Dampf für die nötige Stimmung in die Luft. Ich drücke mich an den Schaffnern vorbei nach draußen und zünde mir eine Pfeife an. Die Kohlewägen fahren über den Schnee, direkt ans Ende eines jeden Waggons, zwei Männer mit verrußten Warnwesten über ihren Parkas stehen darauf, der frische Kohlenachschub wird einfach in die Eingänge unseres Zugs geschaufelt. Kohlenstaub wirbelt durch die kalte Nachtluft, wie eine dunkle Wolke legt er sich vor die Aureolen der Scheinwerfer. Ich versuche, durch den Dunst am Bahnsteig den Typ mit dem Marinemantel zu entdecken, aber ich kann nichts erkennen, sehe nur Silhouetten in der Ferne. Die Schaffner schlagen derweil auf die Räder, Eisen auf Eisen, es klingt wie eine vergessene Tonspur aus Anna Karenina. Der Bernpaintner könnte mir bestimmt sagen, wozu das gut ist, auf Altgriechisch sogar, wenn nötig, wenn er denn noch lebt, oder, im Lateinlehrer-Potentialis: Wäre er noch am Leben, erklärte er mir die Eisenbahn.

Und dann steht er plötzlich vor mir, wie aus dem Nichts. Ein blauer Mantel mit Schulterklappen, darüber fast schulterlanges schwarzes Haar. Der Dunst umweht ihn etwas zu sehr, als hätte er hinter sich eine Nebelmaschine platziert. Er lehnt neben dem schmutzig weißen Zuglaufschild, auf dem in drei Sprachen unsere Reiseroute steht: Moskau – Ulan Bator – Peking. Darüber wie ein Siegel das chinesische Staatswappen, das Tor des Himmlischen Friedens, ährenumrankt, von fünf Sternen bekrönt. Ich wünschte, ich besäße den Mut, mich neben ihn zu lehnen, eine Rauchwolke auszublasen und mit gepresster Stimme zu sagen: *Der Winter in Alexandria ist milder um diese Jahreszeit* oder irgendeinen anderen blöden Agentencode. Aber ich traue mich nicht, mache nur einen vorsichtigen Schritt auf ihn zu, gebe ihm Zeit, mich zu bemerken, dann winke ich unbeholfen mit der Hand, mein Gott, wie trottelig kann man sein, schiebe vor lauter Peinlichkeit die Hand in die Manteltasche. «*Hello*», sage ich mit belegter Stimme. Er schaut mich an. «Es ist eine Zeit her, seitdem ich das letzte Mal jemanden Pfeife rauchen sah», sagt er. Allzu viel Zeit kann er nicht meinen, er ist allerhöchstens Mitte zwanzig. Aber es war anerkennend gemeint. «Ich bin Juan», sagt er. Er streckt mir seine Hand hin, ich ergreife sie. Er hat den Händedruck eines niederbayerischen Schreiners. «Fidelis», sage ich. Er mustert mich prüfend, dann grinst er: «Fidel, den Namen hab ich auch eine Weile nicht mehr gehört.»

Wie er da lehnt, sieht er wirklich wie der Star eines Agentenfilms aus, ich dagegen vermutlich eher wie ein schlecht besetzter Komparse, dem man eine Tabakpfeife als Requisit in die Hand gedrückt hat. Aber es fühlt sich gut an, überraschend gut, hier in der Kälte zu stehen und mit Juan zu sprechen, im verrauchten Parlando zweier Fremder jenseits ihrer Muttersprachen. Fremde mögen wir sein, aber wir sind Fremde in einem seltsamen Zug, Sklaven des Fahrplans, mit sechzig Stundenkilometern den Kontinent durchmessend, mit dem gleichen Ziel, zumindest für eine kleine Weile. Er zündet sich noch eine Zigarette an, da fährt der Zug plötzlich los, ohne Pfeifen, ohne Signal. Wir nehmen den erstbesten Einstieg, ziehen uns nach oben ins Warme. Dort trennen wir uns, er läuft nach hinten, ich bahne mir den Weg zurück zu Waggon 10, durch die leeren, stillen Gänge, und zum ersten Mal mischt sich so etwas wie Vorfreude in die mönchische Einsamkeit, es sind noch über sechstausend Kilometer bis nach Peking, aber Juan wird da sein, irgendwo am anderen Ende des Zuges zwar, aber er wird da sein, und wir werden zusammen rauchen, das ist schon mehr, als ich mir für die Fahrt zu wünschen wagte. Es riecht wie in einem Brikettladen, die beiden Schaffner schaufeln Kohle ins Feuer, der gewaltige Ofen am Anfang von Waggon 10 läuft an. Vor uns, im Dunkeln, liegen die Ausläufer des Ural.

Der Ural, ein weiterer Name aus dieser diffusen Nummernrevue aus Schlagworten, die mein Russlandbild bestimmen. *Jenseits des Ural.* Schon kann man nicht mehr sagen, ob es von Tolstoi ist oder von einem beruflichen Verallgemeinerer wie Peter Scholl-Latour: diese Sprache von Auslandskorrespondenten, «ob Primakows Reformen allerdings auch jenseits des Ural verfangen, bleibt abzuwarten», als lebte östlich des Gebirges eine homogene, archaische Masse aus Eisanglern und Wolfsjägern, die selbst gebrannten Wodka aus Benzinkanistern säuft und allem aus Moskau mit bäuerlicher Skepsis gegenübersteht. Jenseits des Ural, das ist die asiatische Landmasse, das ist Russland ohne Moskau, das ist Sibirien, das für restaurative Adenauerianer nur aus Gulags bestand, in dem brave Familienväter von rachsüchtigen Soffjets davon abgehalten wurden, den Trümmerfrauen daheim beim Wiederaufbau zu helfen. Der Gefangenenroman stand in allen Wohnzimmern, *Vollmond über der Taiga,* der Gefreite Köhler hält stille Wacht, ach du mein Mägdulein daheim. Sibirien, die Angstvokabel der Großväter. In den Fantasien der Nazis war der Ural der montane Grenzwall nach Osten, hier sollten Generationen von jungen Männern nach dem Endsieg ihren Wachdienst ableisten, um die Bar-

baren aus dem Schnee fernzuhalten, *Game of Thrones* 1942, die blutende Grenze, dahinter Wehrdörfer, wo sie sich mit Eisbärfellen und nackten Körpern warm hielten, die feuchten Träume von Hühnerzüchtern im Ordensritterkostüm.

Es ist stockfinster jetzt. Der Zug durchpflügt die nächtliche Schwärze, Stille legt sich über den leeren Waggon 10, die beiden Schaffner scheinen sich in ihr Abteil zurückgezogen zu haben. Ich wickle mich in die Decke und schalte den Walkman ein, weiß genau, was jetzt kommen muss, die Geschichte ist in mir, schleppend läuft das Band an, sphärische Flächen, Gitarren, das Abteil verschmilzt mit dem Gang des Black Bear Motel, dem Geruch von Pennys BBQ Ribs in Mount Vernon, Ohio, ich liege mit Gabriel auf dem Rücksitz des Chevy Suburban, wir singen laut, Karl Marx singt mit der Stimme von Cyndi Lauper, sein Bart wackelt, Lichtreflexe wandern durchs Abteil, eine Leninbüste hat das Gesicht vom Nowak, eine Gestalt wartet vor der Haustür, ich kann ihr Gesicht nicht sehen, weiß nicht, ob es J. ist, sie wendet sich zum Gehen, ich weiß nicht, ob ich mehr Angst davor habe, dass sie es ist oder dass sie es nicht ist, ich will ihr etwas zurufen, *bin nach Pyeongyang gefahren*, aber sie kann mich nicht hören, das monotone Rattern des Zuges vermischt sich mit dem Rhythmus der Kassette, Marx singt: *Is this burning an Eternal Flame*? Nacht wird's, und wir fahren in den Ural.

VII

VATER UNSER

Am frühen Morgen des 23. Juni 1940 verließ Adolf Hitler den belgischen Ort Brûly-de-Pesche in Richtung des Flugfelds von Gros Caillou. In der Nacht zuvor war ein Gewitter über die Ardennen gezogen, weshalb es nach feuchtem Waldboden roch, als er aus seiner Schlafbaracke trat und zum Wagen lief. Während seine Generäle bevorzugt Jagdschlösser oder *faute de mieux* rustikale Landgasthöfe mit Weinkeller als Kommandozentrale requirierten, waren die Führerhauptquartiere immer nur umzäunte Holzhütten, zuverlässig nach nordischen Raubtieren oder lebensmüden Nibelungen benannt. Dort schlief der gewesene Gefreite medienwirksam, asketisch, unbeweibt, Feldherr auf Feldbett. Später freilich, so plante er auf der Pritsche liegend, später wollte er deutlich unbescheidener residieren. Nach allen gewonnenen Kriegen würde sein künftiger Führerpalast zu Berlin die Schlösser der Bourbonen und Romanows zu Pförtnerhäuschen degradieren. Delegationen unterworfener Völker sollten schlittern auf blankem Marmor, sollten geblendet sein vom Glanz geraubter Edelsteine wie in einer Geschichte von Kipling oder Karl May. Vorerst aber war er noch hier in der *Wolfsschlucht I*, Stechmücken umkreisten ihn, und es roch nach nasser Erde. Die Eskorte stand schon bereit. Vor dem Schulhaus des Dorfes, das zum militärischen Kartenraum umfunktioniert war, warteten seine Künstler: Breker, Giesler und Speer, in kindlicher Aufregung vor der faschistischen Klassenfahrt. Auch Hitler war aufgeregt. Schon lange hatte er davon geträumt, Paris zu besuchen. Ein ungelebtes Künstlerleben, verschleppte Träume aus den Wiener Jahren, die immer wieder aufkamen in den endlosen Monologen an die Stiefelträger in den Chintzsesseln. Nun kam er als Eroberer, und sie sollten seine

Stadtführer sein. Breker, der Spezialist für übermenschliche Germanenhintern aus Bronze, hatte in den Zwanzigern in Montparnasse gelebt. Scheinbar beiläufig erzählte er bohemehafte Anekdoten von Picasso oder Louis Aragon beim Kaffee im *La Rotonde*, und Hitlers Augen leuchteten erregt. Beinahe schien es, als blickte er unterwürfig zu seinen Künstlern auf. In Wirklichkeit war es natürlich andersherum: Die angeblichen Freigeister trugen an diesem Morgen allesamt Uniform und Schirmmützen mit Hakenkreuz. Um kurz nach vier Uhr hob das Flugzeug ab, Richtung Westen.

Die Deutschen liebten Frankreich offenbar so sehr, dass sie sogar ihr eigenes Kaiserreich lieber im Spiegelsaal von Versailles als in Berlin gegründet hatten. Auf Le Bruns Deckenfresken schwebte der Sonnenkönig in titanischer Pose durch die Gewitterwolken vor Ghent, doch darunter drängten sich die siegreichen preußischen Pickelhauben, *ein Hoch auf Kaiser Wilhelm*, ein Reich gegründet auf Uniformtressen und blanken Säbeln. Zivilisten waren dabei unerwünscht, die ließ man dafür später an gleicher Stelle die Bankrotterklärung jenes Militärstaates mit beschränkter Haftung unterzeichnen. Der Letzte, Kaiser Wilhelm Zwo, dagegen war zeitlebens nicht in Paris gewesen, weil ihn niemand einladen wollte. Deshalb plante er, als Eroberer in die Stadt einzuziehen, doch auch das blieb ihm verwehrt. Er betätigte sich lediglich als Landschaftsarchitekt, wobei er nicht über Erdarbeiten in der Champagne hinauskam. Hitler wählte ebenfalls den deutschen Sonderweg einer Anreise über Belgien und Holland, Wilhelm gratulierte ihm dazu telegrafisch mit verhärmter Genugtuung. Dann spaltete und schichtete er weiterhin Holz im Exil. Nach Paris kam er nie.

Als Hitler in Paris ankam, war der Großvater bereits dort. Er war nicht mit sauberen Schuhen im Flugzeug in Le Bourget gelandet, nein, *Infanterie marschiert*, marschiert. Sie waren müde, sie hatten die staubigen Alleen der Picardie in den Knochen, die Flüchtlingstrecks, das Sturmläuten der Kathedrale von Amiens. Aus der Überlieferung der Väter hatten sie gelernt, dass der Krieg nach morastigen Schützengräben roch, nach Benzin und Rauch. Doch es war Juni, und die Luft roch nach Rosen, es war von einer beängstigenden Harmlosigkeit, als sie nachts durch Moussy-Verneuil marschierten, durch Vauclaire und Soissons, den schweren Duft in der Nase. Die vernarbten Landschaften an Aisne und Marne waren von frischem Gras überzogen wie von neuer Haut. Es hatte wenig Hindernisse gegeben, sie waren einfach hinter den Spitzen hergelaufen. Vor einer Woche waren sie dann in eine gespenstisch leere Stadt eingerückt. Kaum vier Jahre später würde Paris wieder frei sein, würde de Gaulle über die Champs-Élysées laufen, das Lothringer Kreuz von den Dächern wehen. Doch dieser Tag war noch fern, heute waren sie die Sieger, und sie saßen in einem kleinen Café in der Rue Saint-Éleuthère, unterhalb von Sacre Cœur – der Großvater und der Kamerad Pepi. Sie saßen in bisher ungekannter, leicht verlebter Grandeur auf den Terrassen: in roten Korbstühlen an kleinen, mit angelaufenem Messing gefassten Marmortischchen, mit poitevinischem Porzellan in Blau eingedeckt. Die aufputschende Wirkung der Amphetamine ließ nach, nun saß man bei entschleunigenden Rauschmitteln wie Cognac oder leichtem Rotwein. In den Morgenstunden hatte es ein Hornsignal gegeben, eine einzelne Trompete hatte den Waffenstillstand verkündet. In zeremonieller Wiederholung wurde der Eisenbahnwagen von Marschall Foch herausgekramt, die Demütigungsrituale der deutsch-französischen Geschichte, Bismarck in Versailles, Clemenceau in Versailles und immer wieder die Waldlichtung von Compiègne. *Vae Victis*, die Schmach der Väter getilgt. Der Großvater war in Hochstimmung. Zu Hause würde er heiraten, sagte er. Der Pepi nickte zufrieden. Seine Finger legten sich um das kühle, schwere Glas. Es waren krebsrote Finger, die aussahen wie ein Stück rohes Rindfleisch, seit er sie als Kind verbrüht hatte. Die Schmerzen, all die erduldeten Erniedrigungen, nun mussten sie doch endlich vorbei sein. Vom Cafétisch aus sahen sie die Wagen der Eskorte kommen. Fünf Mercedesladungen voller Uniformierter hielten in Rufweite. Der Führer stieg aus.

Die Wochenschau machte später daraus die Visite des großen Eroberers. Scipio in Karthago, «der größte Feldherr aller Zeiten», im weißen Mantel am Grabmal Napoleons, im offenen Wagen zwischen den Marmorpferden von Marly, mit Speer und Breker am Palais de Chaillot, doch die Anwesenden wussten, dass es kein Triumphzug war. Es war eine geheime Operation, aus Angst vor Attentaten und öffentlicher Anfeindung. In Wien war er als Befreier eingerückt, in Prag als Besatzer. Im menschenleeren Paris am frühen Morgen war er nur ein Tourist. Die Terrassen unterhalb von Sacre Cœur waren nur der letzte Schlenker auf dem Rückweg zum Flughafen. Hier stiegen sie ein letztes Mal aus. Montmartre für zehn Minuten, Blitzkriege und Blitzbesuche. Der Großvater sah sie an der Brüstung stehen: Hitler, die Künstler, die Generäle. Dann fuhren die hohen Herren weiter, ohne sie beachtet zu haben. Der Pepi runzelte die Stirn. «Bist du wirklich der Herr von Paris, wenn du nur heimlich kommen kannst?» Der Großvater verstand nicht ganz, was der Pepi meinte. Der alte Erbfeind war doch bezwungen. Wehte nicht die deutsche Fahne am Triumphbogen? Doch der Kamerad Pepi, der Eder Josef aus Pfarrkirchen in Niederbayern, verstand sehr gut. «Wenn ein Rosshändler nach der Auktion keinen Schnaps mehr trinkt, dann war's kein guter Handel.» Oder anders gesagt: «Was für einen Sinn hat es, Paris zu erobern, wennst nicht einmal einen Kaffee in Montmartre trinken kannst?»

Der Großvater starb lange bevor ich geboren wurde. Als ich als Kind zum ersten Mal sein Grab besuchte, waren Friedhofsbesuche für die Großmutter längst Alltagsroutine. Ich stand an ihrer Hand und blickte hinunter auf meine abgestoßenen Schuhspitzen, die an den schwarzen Granit der Grabeinfassung stießen. Las still im Kopf für mich die in den Stein gehauenen Namen – erst vorwärts, dann rückwärts. Sah ihr dabei zu, wie sie mit einer umfunktionierten Sodaflasche das Weihwasser nachfüllte. Segnete dann das florale Arrangement (pflegeleicht und haltbar) in der erlernten Kreuzesform: *Im Namen des Vaters, des Sohnes, des Heiligen Geistes. Amen.* Wenn dabei versehentlich Wassertropfen auf den Stein trafen, wischte die Großmutter sie sorgfältig weg. Ihre kleine Erdschaufel und die Sodaflasche versteckte sie dann hinter einem benachbarten Busch, zwischen den Gräbern von Familie Moser und Familie Weigl. Sie würden noch da liegen beim nächsten Besuch. Wie der Großvater, dachte ich. Hinterm Moser links, da lag er. Die Großmutter betete niemals am Grab. Man konnte nicht genau sagen, ob sie als Witwe hier war oder als Gärtnerin.

Der Katharinenfriedhof lag unterhalb der alten Kaiser-Wilhelm-Kaserne. Zu Allerheiligen stand immer ein Bundeswehrsoldat im Nebel neben dem Portal und sammelte Geld. Seine Paradeuniform war Novembergrau, Ton in Ton mit der Nebelsuppe, und er hielt eine Büchse in der Hand, die wie ein Bierkrug aussah. Statt Hopfendolden und Brauereinamen prangte darauf martialisch ein Eisernes Kreuz. Die Großmutter drückte mir ein Markstück in die Hand. «Wirf es rein, für die Kriegsgräber.» Zum Dank für die Spende gab es immer eine kleine Anstecknadel mit fünf Kreuzen, für die es im wirklichen Leben keine andere Verwendung gab, als sie in irgendeiner ausrangierten Blechdose aufzubewahren, zwischen Sportabzeichen und den Gewerkschaftsansteckern vom 1. Mai.

Im Sommer war es zwischen den Gräbern beinah idyllisch, im Schatten riesiger alter Eichen, zumindest bis die Friedhofssatzung der Idylle mit einer neuen Grünverordnung zu Leibe rückte. Das fallende Herbstlaub enthielt zu viele Gerbstoffe und hinterließ störende Flecken auf den polierten Grabsteinen. Oberirdische Kompostierungsprozesse waren den Hinterbliebenen offenbar zu viel *memento mori*, die Eichen mussten fallen, es blieb eine traurige Allee aus Baumstümpfen und Bänken. Auf halbem Weg zwischen Grab und Kirche stand eine Sitzbank, von der man die unteren Friedhofsterrassen überblicken konnte. Die Gravur eines kleinen Schildes verwies auf die Herkunft dieser Bank: *Gestiftet von der SPD – Arbeitsgemeinschaft 60 Plus, Ortsverein Amberg.* Während die Jusos auf der Maidult rote Kondome verteilten, machten die sozialdemokratischen Senioren sepulkrale Wahlwerbung auf einer kleinen Messingplakette. Die Zielgruppe war klar ansteuerbar: verwitwete Rentnerinnen mit Gärtnerleidenschaft, klare Werte, verbindlich, leicht nostalgisch, vor Ort verwurzelt. Besser konnte man sein Wahlkampfbudget nicht investieren. Die Friedhofsmauer war aus rotem Backstein errichtet, was sehr untypisch für die Gegend war. Tatsächlich waren vom Bau der nahe gelegenen Deutschen Gewehrfabrik noch ein paar Tonnen Klinkersteine übrig gewesen, weshalb man die Friedhofseinfassung und die Aussegnungshalle passenderweise im selben Stil fortmauerte. Über dem Eingang zum Gräberfeld war eine Inschrift abgefasst, die auch gut und gern von der Gewehrfabrik entlehnt sein konnte: *Bedenke, dass der Tod nicht zögert.* Es war der passende Wappenspruch für eine Garnisonsstadt.

Für viele Jahre kannte ich nur ein einziges Bild vom Großvater. Es hing in Amberg im Wohnzimmer über dem großen Esstisch: sein Sterbebild, wo er mit strengem Scheitel und ernstem Blick das Knödelessen von der Wand aus überwachte. Ein langsam verblassender Farbdruck vom Bestatter Prechtl, der bereits in fünfter Generation grimmige Passfotos mit schwarzem Rahmen versah. Vermutlich war es ein ungeschriebenes Gesetz dieser Sterbebilder, dass man keine freundlichen Fotos verwendete. Ich sah einen älteren Herrn in beiger Windjacke, mit dem mich keine äußere Ähnlichkeit verband. Und auch die sieben Söhne, die zumindest an Feiertagen vereint an der Tafel saßen, ähnelten sich zwar untereinander sehr, jedoch nicht dem Mann auf dem Bild. Wenn der Vater von ihm sprach, sagte er immer *unser Vater*, so sehr war er Teil dieser Sieben, als hätte er seinen Vater niemals für sich alleine gehabt.

Das zweite Bild des Großvaters lag in der obersten Schublade der alten Küchenkredenz, zwischen ein paar Postkarten aus Südtirol und einem Kalender mit alten Stadtansichten, ein Weihnachtsgeschenk der Daig Apotheke an treue Kunden, in dem akribisch irgendwelche Geburtstage vermerkt waren. *Heribert, Betty* und *Paula* 70 mit zwei Ausrufezeichen. Ich fand es durch Zufall, weil ich dort ein Depot an Multivitaminbonbons vermutet hatte. Es war ein Soldatenfoto. Ein Porträt in Uniform, schon bei der Erstellung als Heldenkitsch gedacht, nachträglich koloriert beim Foto Doff am Malteserplatz, mit blassroten Lippen und durchdringenden, blauen Augen in Agfacolor. Die Entschlossenheit mag von den Nachgeborenen hineingedeutet sein, doch diese Uniform machte aus jedem Bauernbuben einen Krieger. Ich fragte die Großmutter, wer der Soldat auf dem Bild sei. Sie warf einen kurzen Blick auf das Foto. Der Karton war bereits wellig und hatte einen Firnis aus Fingertappern. «Das ist der Opa», sagte sie. Sie sagte *ist*, nicht *war*.

Der Großvater war Soldat von Beruf. Er kannte keine romantische Sehnsucht wie der Bahnhofsfranzl. Er träumte nicht von Eroberungen, von Feldzügen in unbekannte Länder. Auch nicht von Kameradschaft und Stubenwärme. Es war ein Beruf, die Arbeit der Zweitgeborenen. Er hatte auch nicht an etwas geglaubt, für das er kämpfen würde, wie Malraux und Chiaromonte im Spanischen Bürgerkrieg. Er hatte aber auch nie dagegen rebelliert, für etwas kämpfen zu müssen, ohne zu glauben. Vielleicht glaubte er, dass er musste. Glaubensbekenntnisse musste man in der Wehrmacht keine ablegen, dafür einen Eid auf den Führer, einen heiligen Eid, mit Gott und Adolf Hitler im gleichen Atemzug. Er war Soldat geworden wie andere Großväter Schreiner oder Lehrer. Diese Berufswahl wurde im Nachhinein immer heruntergespielt. Man war schließlich in einer Garnisonsstadt, da war die Armee der größte Arbeitgeber. Da wurde man eben Soldat, so wie man im Saarrevier Bergmann wurde oder Audianer in

Ingolstadt. Er lernte das Gehorchen, das Salutieren, das Marschieren, das Schießen. Und er wurde dafür bezahlt, deutlich besser als der Kalkwerker, der sein Vater gewesen war.

Für uns Enkel erschien dieses Soldatentum weit entrückt. Die Neigung zu militärischen Karrieren war rückläufig, aus unserer Abschlussklasse leisteten noch genau zwei Personen ihren Grundwehrdienst. Der eine schielte auf die Fahrerlaubnis Klasse C, der andere war der Gewinner der Abizeitungsumfrage «Wer läuft als Erster Amok?» (Andi, 95%). Der Staatsbürger in Uniform erntete höchstens noch mitleidige Blicke, wenn er freitagabends in Flecktarn mit Dosenbier im Regionalzug saß, Haltung bewahrend in der Einsamkeit. Dabei waren gerade wir durchaus dem soldatischen Einfluss ausgesetzt dank des Pädagogengenerals. Der Pädagogengeneral war anfangs noch unser Schuldirektor, Reserveoffizier Jürgen Rupprecht, Kommandant einer Panzerbrigade auf der Alb. Martialische Formulierungen gehörten zu seinem Repertoire, *Gelände machen*, *Rüstzeug erwerben*, *Durchschlagen*. Er unterrichtete Englisch und Geschichte, Ersteres nur auf dem Papier, Letzteres mit Passion für die karolingische Reichsgründung. Bisweilen erschien er zum Unterricht in Uniform, präsentierte dann mit Stolz seine Tressen und Abzeichen, erläuterte Dienstgrade und Truppengattungen und polemisierte gegen ungediente Verteidigungsminister oder die örtliche Bürgerinitiative gegen Kampfflieger.

Das Ende der Geschichte lag erst sechs Jahre zurück, doch diese Jahre hatten ausgereicht, um den uniformierten Lehrer zu einer lächerlichen Figur zu machen: Für uns, die Nachgeborenen, war der Kalte Krieg bereits unvorstellbar, Russland wurde von Boris Jelzin regiert, der mehr durch neckisch-alkoholisierten Stepptanz auffiel als durch Säbelrasseln. Doch der Pädagogengeneral lebte in einer anderen Kontinuität, hielt die Stellungen vergangener Kriege, misstraute dem Frieden, berichtete von Geheimdokumenten, die man in verlassenen Kasernen der DDR gefunden habe, die einen Angriff auf die Bundesrepublik *en détail* vorgeplant hatten und die Defensive des Westens überrannt hätten. «Der russische Bär ist immer noch gefährlich», sagte er, vermutlich eine Schlagzeile aus dem militärischen Altherrenmagazin *Loyal*. Das motivierte seine vielen Unterrichtsfehltage, Freistellung vom Staat für die Panzermanöver im Badischen, bedingt abwehrbereit. Sein größter Tag war es, als er auf dem Weg zu einem NATO-Manöver einen Umweg nahm und mit der Fahrzeugkolonne an unserer Schule vorbeifuhr: Er saß auf dem offenen Kommandowagen und trug Barett und Sonnenbrille, die Straße bebte unter den schweren Fahrzeugen, und der Generalissimus winkte huldvoll vom Wagen, der *Weltgeist zu Jeep*, fühlte sich wie Rommel auf der Via Balbia. Zum Dank für sein langjähriges Wirken an Schul- und Kampffront wurde er schließlich zum Stabsdienst ins Ministerium befördert. Bei seiner Abschiedsrede beschwor er die beiden Herzen in seiner Brust: das Herz eines Lehrers und das Herz eines Panzersoldaten. In der ersten Reihe saßen die uniformierten Vertreter des Regionalkommandos Südwest, und die Big Band der Schule spielte zum Abschied einen Militärmarsch, der brave Elternbeirat aus Zahnärzten und Hopfenbauern kapitulierte vor so viel Zapfenstreich. Zum Abschied salutierte er auf dem Podium und schloss mit den Worten «Ich melde mich aus dem Funkkreis ab». Ein paar Monate später fuhr er mit 2 Promille am Vormittag in der Parkgarage gegen einen Betonpfeiler und wurde als kampfunfähig eingestuft.

Der Großvater war fünfundzwanzig Jahre alt, als der Krieg ausbrach. Vier Jahre hatten sie sich darauf vorbereitet, die Division war bereit, nummeriert, verpackt, verladen. Das Wehrkreiskommando lag in Nürnberg, und die Regimenter waren mit lauter Landsleuten besetzt, Bauernjungen aus dem Gäuboden, der Oberpfalz und dem Bayerischen Wald, das würde helfen auf fremden Schollen, Eroberungskriege als Klassenfahrt, die Bajuwaren in Narvik, vor Tobruk, auf der Krim, Volksgemeinschaft und Pervitin. Seit der Aufstellung der Division war er mit dem Pepi zusammen. Der Großvater hätte gerne gesagt, der Pepi sei sein Freund. Doch Freunde hatte man im Krieg nicht. Nur Kameraden.

Das dritte Bild vom Großvater war das Hochzeitsfoto. Es hing im Schlafzimmer neben einem bronzenen Kreuz aus Vierzehnheiligen über dem Nachttisch und war so für niemanden einsehbar als für die Großmutter. Als wüsste sie, dass diese Zeit ihres Lebens nicht allgemeinverträglich war. Manchmal, wenn ich mich unbeobachtet fühlte, schlich ich in das Zimmer und besah mir die Fotografie aus der Nähe. Ein Blumenstrauß, die weichen Züge der Großmutter, die am Arm dieses schmallippigen Mannes in Uniform stand. Ich fragte mich, ob es jemals etwas Zartes gegeben haben konnte, wenn als Beweisstück lediglich eine Kriegshochzeit dienen musste. Das Urteil der Geschichte über die Zeit war längst gefällt, welchen Bestand konnten Erinnerungen überhaupt haben? So hatte er ausgesehen, der Tag der Hochzeit. Kriegshochzeiten gingen schnell und ohne viel Zeremoniell. Der Pfarrer Schmutterer schickte aus Thanried den benötigten Ariernachweis per Post. Danach gab es Kuchen beim Rathauscafé. Zwei Tage nach der Hochzeit ging es für den Großvater nach Russland.

Die Operation war benannt nach einem rotbärtigen Stauferkaiser. Vielleicht lag das Nibelungenhafte darin schon angelegt, die siegreichen Blitzkriege trugen Namen aus dem Tuschekasten, *Fall Rot* und *Fall Gelb*. In der Planungsphase hatte man für den Überfall auf Russland noch unverfängliche Bezeichnungen gewählt, *Deckname Otto* oder *Fall Fritz*, aber Hitler wollte seinen Krieg im Osten, von dem er schon als Freizeit-Rhetor seiner 1-Prozent-Partei in München träumte, unbedingt mit teutonischer Schwere belegt wissen. «Wir stoppen den ewigen Germanenzug nach Westen und Süden», schrieb er in *Mein Kampf*. Friedrich Barbarossa war auf seinem Germanenzug im Fluss Saleph ersoffen, doch der Großvater setzte mit seiner Division über den Dnjepr und durchquerte die Askanische Steppe.

Als der Großvater die schiere Größe der russischen Felder sah, wusste er, dass der Krieg nicht zu gewinnen war. Von den Panzern der Roten Armee und ihren Nachschublinien verstand er nicht viel. Aber er wusste, wie hart die Bauern zu Hause mit dem Einbringen der Ernte kämpften auf ihren lächerlich kleinen Parzellen, die lediglich Briefmarken waren im Vergleich zu dieser scheinbar unendlichen Weite. Die Eisenbahnschienen führten direkt bis in die Felder, um dort beladen zu werden. Ein Land, in dem die Bauern solche Felder bewirtschafteten, konnte niemals erobert werden, da war er sicher. Zumindest nicht von ihm, dem Bauernjungen, der nur die Dimensionen der kargen Steinpfalz kannte. Von diesem Tag an blickte er verändert auf seine ihm verliehenen Orden, auf die er bislang so stolz gewesen war: das ovale Abzeichen mit dem Konterfei des bulgarischen Zaren und den beiden gekreuzten Schwertern darüber. Der bronzene Schild auf der Schulter, in den das Relief der Halbinsel Krim eingelassen war. All diese Dinge erschienen ihm plötzlich wie Tand, denn sie waren Symbole des Vorgeblichen, feierten lediglich den Anschein von etwas Unerreichbarem. Täglich wurden sie verliehen, an alle und jeden, wie eine Kelle Schnaps für die Mannschaften der alten Dreimaster nach dem Sturm. Sie kamen zusammen mit dem Nachschub für die Feldküchen auf Lastwägen, ordentlich nummeriert und in Kisten verpackt, die zugehörigen Urkunden vorgedruckt, als wäre die Geschichte schon geschrieben. Und er selbst kam sich wie ein Hochstapler vor, weil er es niemandem sagen konnte.

Sie hatten sich auf die Mius-Linie zurückgezogen und dort überwintert. Schon länger hatte sich bei den Soldaten fatalistisches Gerede breitgemacht, seit sie im Schlamm stecken geblieben waren, seit ihnen mangels Winterausrüstung die Zehen erfroren waren. Analogien zum Scheitern der *Grande Armée*, wie sie manche Kameraden machten, ließen ihn kalt, denn er wusste nichts über napoleonische Kriege, über das Tempo der *Lanciers rouges*, über die leichte Artillerie der französischen Auxiliartruppen. Er wusste auch nicht, wie viele Divisionen der Roten Armee in diesem Augenblick jenseits der Berge aufmarschierten. Er sah nur ihre eigenen Fahrzeuge, die standen unbeweglich am Boden festgefroren, während im Ural die sowjetischen Panzer vom Band liefen. Er wusste nichts von den Nickelminen in Norilsk am Polarkreis, von der Kohle aus Sachalin, unerreichbare neuntausend Kilometer entfernt, von den riesigen Öfen an der Kama, wo sie die Kanonen gossen, befeuert mit dem Holz der endlosen Taiga, die großen Räder liefen längst, und mehr noch als geleistete Eide hinderte sie ihre eigene Dummheit daran, vor Angst die Waffen niederzulegen.

Ihr Vormarsch begann noch einmal im Sommer. Erneut waren sie in irgendeiner Wolfsschanze beisammengesessen, Hitler und seine Paladine, und wieder hatte er ihnen erzählt, dass nun der entscheidende Schlag folgen würde, diesmal wirklich, «diesmal hängt das Schicksal daran», die sich bereits verbrauchende Aufputsch-Rhetorik, von jedem Ort auf einer Karte konnte das Schicksal abhängen: «Vor Moskau wird sich das Schicksal unserer Zeit entscheiden», in den Ardennen, beim Einmarsch in Prag, wo auch immer, diese ewige Zockerei, zu Operettendialogen verkommen, «meine Herren, vor Stalingrad nun wird sich das Schicksal unserer Zeit entscheiden», das blieb so bis zuletzt, noch im Berliner Bunker, als der Maßstab der Karten längst geschrumpft war, der Weltkrieg nur noch mit Wanderkarten der Mark Brandenburg geführt wurde, «bei Königs Wusterhausen wird sich das Schicksal unserer Zeit entscheiden». Doch noch waren sie weit weg, standen zwischen Dnjepr und Don und sollten nach Osten vorrücken, gegen den Kaukasus und noch weiter. Die Marine plante bereits eine Flotte für das Kaspische Meer, Kriegsschiffe sollten über den Landweg transportiert werden, um das Binnenmeer zu beherrschen, das sie nie erreichen würden. Hinter ihnen lag die eroberte Krim, das zerstörte Taurien. In irgendeiner fernen *Pax Germanica* sollten sich dort die Südtiroler ansiedeln, Gotenland würde es dann heißen, und aus Jalta würde Jaltern, oder Jalteneck, *zu Jalteneck in Banden, der treue Hofer war*, damit dort irgendwelche blonden Älpler dereinst Brettljause servieren und Lagrein anbauen.

Je näher sie dem Don kamen, desto härter wurde der russische Widerstand. Sie begannen, sich vor Kinderaugen zu fürchten, die ihre Soldaten und ihre Gewehre zählten, für die Rote Armee und für die Partisanen. Auch nachts waren sie nicht sicher, denn dann kamen die Nachtgeschwader aus dem Himmel, ein todesmutiges Regiment, das nur aus weiblichen Piloten bestand. Sie schalteten den Motor aus und kamen im Gleitflug, dann warfen sie ihre Bomben. Im Lärm der Detonationen schalteten sie ihre Motoren an und flogen in der Dunkelheit davon. *Nachthexen* nannte die Nazipropaganda die Frauen. Die Männer waren seltsam verängstigt von diesen bewaffneten Amazonen, mit Kleists Penthesilea konnten sie nicht viel anfangen. An ihre Frauen zu Hause schrieben sie Feldpostbriefe mit *Meine Liebste Du* oder *O meine liebe Frau*, erlernte Floskeln, Wörter, die gar nicht aus ihnen zu kommen schienen, aber die sich scheinbar ziemten, wenn man einer Frau schrieb, Schicklichkeiten aus dem Vernichtungsfeldzug. Walküren gab es nur in Bayreuth, die deutsche Frau sollte dem Endsieg durch Duldsamkeit dienen, durch klaglose Entbehrung und das Polieren von Granathülsen. Die deutsche Frau raucht nicht, schießt nicht, klagt nicht. Goebbels brüllte das Wort vom *Flintenweib* heraus, seine eigene Hohe Frau freilich nahm keine Flinte in die Hand, sie vergiftete ihre Kinder lieber im großbürgerlichen Salon-Stil, Kleopatra für einen Abend. In Russland dagegen feierte man die Nachthexen als Heldinnen. *Ich war so ruhig, Prothoe, wie das Meer, das in der Bucht des Felsens liegt.*

An einem Morgen im August geschah etwas Unerwartetes. In einem kleinen Waldstück stießen sie auf eine Gruppe Rotarmisten, die sie rasch umzingelten und gefangen nahmen. Es waren zwölf Frauen, zu ihrer großen Überraschung. Sie hatten sich ergeben, die Waffen niedergelegt und die Hände erhoben. Aber der gesamte Zug war von einer seltsamen Unruhe befallen. Es war, als ginge von diesen entwaffneten Frauen in Uniform eine viel größere Bedrohung aus als von jenem unsichtbaren Feind, der sie unter Feuer nahm. Es wurde viel geschrien, *los, los, weg da,* alles in Aufregung. Der Pepi und der Großvater standen am Rande der Gruppe. Sie hatten ihre Helme abgenommen. Es erschien unschicklich, dass sie ihre Gewehrläufe auf unbewaffnete Frauen richteten. Ganz nah beim Großvater stand eine, die ihn verächtlich ansah, ihre Augen wie Kohlestücke. Er musterte sie. Ihre verschwitzten schwarzen Haare hingen ihr in die Stirn, ihre Brüste zeichneten sich durch den Stoff der Uniform ab. Als er seinen Gedanken bemerkte, lief er rot an. Er kam sich blöd vor. Doch sie hielt den Blick, sah ihn durchdringend an. Er schluckte, blickte zu Boden. «So weit ist alles hier», sagte er auf Deutsch. Er erwartete nicht, verstanden zu werden, und machte eine unbeholfene Armbewegung dazu. «Russland ist so groß, so weit.» Die Frau blitzte ihn an. «Ja, so weit», sagte sie. «Aber es wird noch eng für euch Faschisten werden.» Es traf ihn ins Mark, beinahe so, als sähe er sich selbst zum ersten Mal. Er schämte sich, die Frauen an den Armen zu packen. Doch sie trieben sie alle auf den kleinen Lastwagen. Keine drehte sich um, auch nicht die mit den Kohleaugen. Der Großvater dachte noch lange an diese Augen und an ihre Worte. «Es wird eng für euch Faschisten werden.»

Es gibt keine Gnade der Geschichte. Die große Erzählung ignoriert die Existenz des Einzelnen bis auf wenige Ausnahmen des extremen Guten oder Bösen, die zu Legenden oder Gleichnissen taugen, der Rest bleibt eingegliedert in Divisionen, Regimenter, Kompanien, erfasst durch Wehrpassnummern, Feldpostnummern und Divisionsnummern. Alle Großväter waren Nazis und Mörder, nur meiner nicht, niemand würde wagen, so eine Dummheit laut auszusprechen, aber im Stillen hatten wir es alle gehofft, dieser fatale Irrglaube, der zur Ideologie wurde.

Später in Wien sah ich zum ersten Mal *Iwans Kindheit* im Kino. Iwan, der Partisanenjunge. Der Film spielt an einem großen Fluss, dort, wo die Kompanie des Großvaters die zwölf Frauen gefangen nahm. Am meisten blieb mir eine Szene am Ende im Gedächtnis, die Rote Armee im eroberten Berlin in einer Nazibehörde, eine von Filmarchitekten erdachte Essenz aus Hitleriana wie eine Sakristei, am Ende ein sakrales, gotisches Spitzbogenfenster, ein geborstener Adler aus Stahl, mit seinen Krallen noch das Hakenkreuz umklammernd, hängt von der Decke. Die Rotarmisten sind Bibliothekare in Uniform, das Gewehr noch über der Schulter, suchen sie in der Buchhaltung des Todes nach den Namen der Opfer, nach ihren Brüdern, Schwestern und Kindern. Es gibt keine Namen mehr, nur noch Gehenkte. Dazwischen liegt das Bild von Iwan, dem Jungen, «exekutiert», sagt ein Aktenvermerk, Leutnant Galzew wird der Sieg bitter auf der Zunge. Am Ende läuft Iwan in einer Erinnerung an seine Kindheit den Dnjepr entlang, Wasser umspült den Sand, am Rande stehen Pferde, die Äpfel fallen vom Wagen, wie eine gepflasterte Straße zieht sich die Spur der Äpfel hinter dem Wagen her, und die Pferde kommen und fressen sie auf, stehen wie Requisiten aus dem Paradies in der Sonne herum.

Das Pferd Fredi, es war seit dem Elsass mit ihnen gelaufen, über den Schnee am Col du Donon, den Morast am Schipkapass, hinunter in die Thrakische Ebene nach Philippopolis, durch das Sperrfeuer am Dnjepr, über die Minenfelder bei Perokop, und nun konnte es nicht mehr. Es brach zusammen. Der Kompanieführer musterte den Fredi mitleidig. «Erschießen», sagte er und ging weiter. Beinahe alle Pferde, die mit ihnen aufgebrochen waren, waren inzwischen tot. Ihre Plätze wurden von erbeuteten russischen Pferden eingenommen, die nun, wo ihre Herren tot waren, im Glied mit dem Feind marschierten, die Munition durch den Morast ziehend. Der Fredi war ihr längster Begleiter. In Friedenszeiten war er ein Ackergaul gewesen, hatte den schweren oberfränkischen Boden umgepflügt. Hatte die Kinder des Bauern auf seinem Rücken getragen, bevor man ihn in den Krieg schickte. Nun lag er im Schlamm und konnte nicht mehr aufstehen. Der Wagenfahrer zitterte, er küsste den Hals des Pferdes, gab ihm eine Handvoll Zucker, aber er konnte den Tötungsbefehl nicht ausführen. Er weinte wie ein Kind. Die Männer blickten betreten beiseite. Der Pepi erklärte sich schließlich bereit, das Pferd zu erschießen. Der Pepi mit seinen verbrühten Händen musste es tun, als wären seine Hände vom Schicksal im Voraus für diese Tat entstellt worden. Die Kompanie marschierte weiter, nur der Pepi blieb bei dem leise schnaubenden Pferd zurück. Nach einer Weile schloss er wieder zu den Männern auf. Der Großvater sah verstohlen zu ihm rüber, doch der Pepi blickte nur auf seine Stiefel, den Schlamm auf seinen Stiefeln, Infanterie marschiert. Am Abend wurden die Namen der an diesem Tage gefallenen Männer vorgelesen und schließlich auch der Name von Fredi, dem Kompaniepferd. Die Männer nahmen die Mützen ab, und einige weinten offen. Der Pepi knetete seine roten Hände. Die zwölf Frauen bekamen keine Namen, und niemand fragte, wohin der Lastwagen gefahren war.

Am nächsten Tag ging es über den Don. Das Ufer lag im Sperrfeuer, die Behelfsbrücke war von den Russen zerstört, sie bahnten sich ihren Weg über die Dächer halb versunkener Lastwägen, die Füße rutschten ihnen weg, der Grund schwankte, alles schwankte. Der Großvater klammerte sich an sein Gewehr, den Widerstand des Wassers fühlend, als er auf das Ufer zuwatete. Vor ihm lief der Pepi, eine Kugel zerschlug ihm das Gesicht, er fiel ohne einen Schmerzensschrei ins Wasser des Don. Dahinter zerschnitten Projektile zischend die Luft, Detonationen, Befehle, inmitten dieser Kulisse war ein toter Körper ein unwürdiges Geräusch, nicht wie ein Mensch, wie ein schwerer Sack Mehl, der ins Wasser klatschte. Der Vormarsch lief weiter, von hinten drückten sie, «liegen lassen», brüllte einer. Der Pepi lag mit dem Gesicht nach unten in dem seichten Wasser. Das war das Letzte, was er von ihm sah. Der Eder Pepi aus Niederbayern mit den krebsroten Fingern, der so gerne Schmalznudeln aß, der bei der Heiligen Kommunion vor Aufregung auf den Altarboden gebrunzt hatte, der den Don auf keinem Globus gefunden hätte. Sein Sohn Schorsch würde zwei Monate später zur Welt kommen, am selben Tag, als auch eine postalische Nachsendung des Krimschildes ankam, in zweifacher Ausführung für erbrachte Leistungen, adressiert an Josef Eder, Pfarrkirchen, Bayerische Ostmark, mit herzlichen Glückwünschen, Erich von Manstein, Generalfeldmarschall. Die beiden bronzenen Krimschilde wogen fünfzig Gramm, der Säugling dreitausendsiebenhundert. In der Geburtsurkunde des Neugeborenen vermerkte der Standesbeamte hinter dem Namen des Vaters ein Kreuz: Eder, Josef † . Im Tagesbericht der Heeresgruppe Süd hieß es: «Don überquert, ohne nennenswerten Widerstand. Leichte Verluste.»

Ihr Vormarsch ging weiter, an der Küstenlinie des Asowschen Meeres nach Süden, und am vierten Tag erwischte es den Großvater. Sie lagen unter Feuer, ein paar Schreie, eine Detonation, ein stechender Schmerz, mehr wusste er nicht mehr. Als er wieder zu sich kam, lag er im Feldlazarett. Man entfernte ihm einen Granatsplitter aus der Wange. Davon blieb ihm unter dem linken Auge für immer eine Narbe, als hätte man ihm den Buchstaben V ins Gesicht geritzt. Dafür gab es das Verwundetenabzeichen in Silber und Heimaturlaub. Der Zug fuhr nach Westen, entlang ihrer Aufmarschroute, durch die Verwüstung der leeren eroberten Gebiete. All die Tausende marschierten Kilometer, in die falsche Richtung. Mit niemandem konnte er über den Tod vom Pepi sprechen, denn niemand hätte es verstanden. Man betrauerte Kameraden, keine Freunde. Zu Hause in Amberg gab es weniger zu essen als an der Front.

Im Herbst erhielt er einen Marschbefehl mit unbekanntem Ziel. Weil er davon ausging, zurück nach Russland zu müssen, bat er die Großmutter, ihm die Mütze und die Handschuhe neu zu füttern. Er saß neben der Nähmaschine, als sie ihm aus einem Stück Schafsfell ein Futter nähte. Die Nadel durchstach ratternd das Feldgrau, und der Großvater betrachtete die Großmutter, wie sie konzentriert den Faden führte. Sie sprachen kein Wort. Am Abend sahen sie in der Wochenschau im Parktheater Aufnahmen vom Vorrücken auf die Wolga. Der Großvater dachte an die Eisenbahnschienen in den russischen Getreidefeldern, an die zwölf Frauen und an den toten Pepi im Schilf am Don. Er nahm sich vor, sich diesmal von der Großmutter so zu verabschieden, als wäre es für immer. Doch das ekelhafte Pathos der Wochenschau hing über allem, das bebende Tremolo des Sprechers, die lauten Fanfaren von Franz Liszts *Les Préludes*. So viel Volksgemeinschaft. Danach konnte man keine kleinen Worte mehr sagen. Er traute sich noch nicht einmal, seine Hand auf ihren schwangeren Bauch zu legen. Am Abend sperrte er sich ins Kammerl ein, um sein Testament zu machen. Er wollte seine Angelegenheiten geregelt wissen, für seine Frau und eine Kleinigkeit für eine Halbwaise in Pfarrkirchen, den Sohn vom Kamerad Pepi. Doch als er dort saß, stellte er fest, dass er nichts besaß. Keine persönlichen Gegenstände, keine Erinnerungen, nichts. Er hatte kein Leben gehabt, und das, das er nun seit Jahren führte, war in Gefahr. *Tertium non datur*, etwas Drittes gab es nicht.

Im Wehrkreiskommando eröffnete man ihnen den neuen Marschbefehl: Afrika. Die Handschuhe und die neue Fellmütze von der Großmutter musste er abgeben. Sie wurden auf einen Haufen geworfen, in Kisten verpackt und als Nachschub nach Stalingrad geschickt. Der Großvater erhielt eine neue Uniform in Wüstenfarbe, und man steckte ihn in einen Zug nach Italien. Rom sah er nur aus dem Zugfenster. Es hieß, der Papst habe sie im Vorbeifahren gesegnet, ein Fernsegen für den ganzen Zug, dann ging es in die Berge der Ciociaria. Von Neapel schiffte man sie nach Bizerte ein.

Das einzige Relikt aus dieser Zeit ist eine Feldflasche. Sie lag im Kleiderschrank der Großmutter und übte eine seltsame Faszination auf mich aus. Immer wieder fragte ich, ob ich damit spielen dürfe. Ich malte mir aus, wie kostbar es gewesen sein musste, Wasser in der Wüste mit sich zu tragen. Eines Tages zeigte mir die Großmutter das Geheimnis der Feldflasche: Sie löste den fleckigen Überzug mit den kleinen Messingknöpfen ab. Darunter lag das blecherne Ding, eingedellt und abgestoßen. Doch auf der flachen Rückseite befand sich ein Bild: eine Oase in der Wüste, mit einem Minarett, Palmen und einem Kamel – wie eine naive Kinderzeichnung, mit einer heißen Nadel in die Flasche gebrannt. Das einzige Selbstbild des Großvaters aus dieser Zeit, jenseits von militärischem Gepränge und Positur. *Afrika 1943* hatte er daruntergeritzt. Nicht nur war es anrührend, sich vorzustellen, wie er im Sande sitzend seine freie Zeit zwischen den Rückzugsgefechten auf den Höhen von Matmata damit verbracht hatte, dieses Bild zu stechen. Auch im Krieg gibt es Bier, wie es bei Brecht heißt. Vielmehr berührte es mich, dass es in seiner Wahrnehmung von Afrika offenbar etwas gab, in dem keine Panzer und keine Soldaten vorkamen. Dafür das rührend naive Bild von Palmen und Kamelen am Wasserloch, wie die Bezeichnung der unerforschten Weite auf den Karten des Mittelalters: *Africa, hic sunt leones.*

Immer hallte mir der Ausspruch Bismarcks im Kopf, vom Geschichtslehrer regelmäßig zitiert: «Ihre Karte von Afrika ist ja sehr schön, aber meine Karte von Afrika liegt hier in Europa. Hier liegt Russland, und hier liegt Frankreich, und wir sind in der Mitte; das ist meine Karte von Afrika.» Da gab es keine Kamele, keine Minarette, nur geopolitische Strategie. Ich weiß nicht, ob der Großvater wusste, dass der Sand unter ihm die Ruinen einer alten Stadt bedeckte, gewesene Größe, nur noch Literatur. Ich weiß nicht, ob er sich vorstellen konnte, dass er in Ruinen zurückkehren würde. Oder ob er Angst hatte, dass dort vielleicht gar nichts mehr sein würde – keine Stadt, keine Namen. Wie das Karthago, auf dessen Ruinen er saß, als er mit einer heißen Nadel in seine Feldflasche ritzte.

Der Großvater kapitulierte in Tunis und wurde als Gefangener nach Amerika verschifft. Als er an Bord des Atlantikdampfers den dreißigsten Längengrad überquerte, wurde zu Hause in Amberg sein erstes Kind geboren und auf seinen Namen getauft. Die Geburtsurkunde trug einen Stempel mit Hakenkreuz und Adler. Unterdessen war für den Großvater der Krieg bereits vorbei. Er verließ die Gleichzeitigkeit. Während die Großmutter noch zwei Jahre an den Endsieg glauben musste, passierte der Großvater die Freiheitsstatue und landete im Hafen von New York. Vor dem Auslaufen in Oran hatten die Kameraden ihm noch erzählt, dass die Stadt von der Luftwaffe bereits in Trümmer gelegt worden sei und ganz Amerika unter der deutschen Seeblockade ächze. Stattdessen sah er eine Stadt von einer Größe, die er sich in seinen Träumen nicht hätte ausmalen können. Er stand davor wie ein Pilger vor der Silhouette von Bologna im zwölften Jahrhundert, als aus einem Mauerring am Fuße des Apennins die Geschlechtertürme wie Wolkenkratzer aufragten, mehr als hundert Türme waren es. Selbst in Berlin gab es keine Häuser, die höher als zwölf Stockwerke waren. Er lachte bei dem Gedanken an die vermeintliche Geschäftigkeit seiner alten Welt vor dem Krieg, fühlte sich in seiner naiven Unwissenheit ertappt wie ein Kind.

Sie brachten die *Afrikaner* nach Aliceville in Alabama. Ihre Augen waren entzündet, und sie husteten schrecklich. Die Amerikaner betrachteten sie ehrfurchtsvoll, *the Rommel boys*, gezeichnet von den Sandstürmen der Wüste. In Wahrheit waren sie von Liverpool nach New York auf einem Zementfrachter gereist, überall Staub, der ihre Augen gereizt hatte. Sie arbeiteten in den Baumwollfeldern, bei der Erdnussernte und in den Tomatenplantagen, während in der Heimat die Knaben zum letzten Aufgebot rekrutiert wurden. Die gefangenen Italiener hatte man aus Nordafrika nach Schottland gebracht und auf den Orkneyinseln interniert. Als Kind war ich im Urlaub dort mit den Eltern, wir hatten eine Menge neolithischer Steinkreise besichtigt und waren irgendwann bei den Resten des alten Camp 60 gelandet. Es war der gleiche Ort, an dem einen Krieg früher der Bahnhofsfranzl gefangen war: die Bucht von Scapa Flow, wo sie ihre eigene Flotte versenkt hatten. Im Krieg der Großväter sollten die italienischen Kriegsgefangenen dort vier Dämme errichten, um die Grand Fleet vor deutschen U-Booten zu schützen. In ihrer Freizeit hatten sie sich eine Kirche gebaut: ein Illusionswerk aus aufgemalten Steinen und unbeholfenen Fresken in zwei aneinandergereihten Wellblechhütten. Der Vater rümpfte die Nase, war fast beleidigt, dass mir dieser Kitsch gefiel. Aber ich stand in dem Raum, der von außen eine Baracke war und innen eine Kirche, hier auf der kleinen Insel, wo achtzig Jahre zuvor der Bahnhofsfranzl gefangen saß, einige Irrtümer der Geschichte früher, und drinnen war Siena oder die Capella degli Scrovegni, und wenn man aus der Türe trat, dann roch es nach Meer und nach Heide, und in der Bucht ragten die rostigen Schornsteine der Schiffe auf, eine versunkene Nekropole aus korrodiertem Stahl, die *Kronprinz* von der rotgoldenen Taschenuhr, und ich dachte, wie unpassend, dass der Bahnhofsfranzl nicht hier versunken lag, sondern im See von Thanried in den dunklen bayerischen Wäldern. Der Großvater und die deutschen Kriegsgefangenen in Aliceville malten keine Kirchen aus. Sie legten vor ihren Wellblechhütten Vorgärten an: sauber parzelliert, ein Drittel Ziergarten, zwei Drittel Nutzgarten. Effizient, so hatten sie es gelernt.

Und als zum zweiten Mal die Nelken blühten, war der Krieg vorüber. Eine Stimme im Radio, Hitler war tot, *you can go home now*. Plötzlich bekam er Angst. Er hatte die Bilder aus Europa gesehen: die alten Residenzstädte in Schutt, all der goldene Zierrat in den Bombennächten geschmolzen, die Deckenfresken verkohlt. Nur eine Stadt, so sagte man, war der Zerstörung durch

Befehlsverweigerung entronnen, sie hatte sich ergeben, weiße Fahnen überall, Kapitulation, das lang verbotene Wort, es hatte sie gerettet, die Menschen und den Tand der Zivilisation. Ob seine Heimatstadt kapituliert hatte? Oder ob das gegen die Natur der Garnisonsstadt war? *Bedenke, dass der Tod nicht zögert.* In Afrika hatten ihm die Kameraden erzählt, wie sie aus der Ferne die Pyramiden hatten sehen können. Dahinter im Dunst lag Kairo, aber vor ihnen die Gräber von vor Tausenden Jahren, vom Wüstensand weich geschliffen wie von einer Brandung, sandgestrahlte Zeit. Zu Hause warteten nun all das steinerne Mittelalter, die Gotik, der Barock als Schutthaufen aus Geschichte.

Der Großvater kehrte alleine nach Hause zurück, ohne Empfangskomitee. Er fuhr von Cherbourg in offenen Zügen über die Bahnstrecken, die es noch gab, er wanderte über Land und kam schließlich an die kleine Brücke über die Eisweiher. Die hohen Türme der Kirchen hinter dem Hügel schienen unversehrt, auch das Gasthaus Lotter stand noch. Was dahinter lag, das wusste er nicht. Wusste nicht, ob seine Briefe jemals angekommen waren. Sein Sohn musste jetzt drei Jahre alt sein. Er hatte ihn noch nie gesehen. Auf der Brücke saß der kleine Bernklau Karl und erkannte ihn, er lief zur Großmutter hinauf und rief: «Ihr Mann ist zurück.» – «So», sagte die Großmutter. «Jetzt also.» Sie erhob sich, in ihrer unsentimentalen Art. Sie lief ihm nicht entgegen. Sie begann, ihm aus Kartoffelschalen und Schwarzwurzeln ein Abendessen vorzubereiten.

Nach dem Krieg waren die Karrierechancen für Soldaten gering. Der Großvater ging stattdessen zur Post, das Beamtentum versprach Solidität inmitten der Ruinen. Seltsam, dass man so kurz nach dem Untergang schon wieder in so langen Linien denken mochte, nachdem sich tausend Jahre als so kurz erwiesen hatten, doch komme, was wolle, die Pension ist sicher. Der Großvater legte den Soldaten zumindest äußerlich vollends ab und kultivierte eine gewisse Zivilität. Er bekam sechs weitere Söhne. Er war in der Postgewerkschaft und wählte nach 1969 nur noch SPD. Er liebte Fernsehaufzeichnungen des Ohnsorg Theaters, und er reiste nie wieder weiter als hundert Kilometer. Sonntags ging er zur Messe und am Nachmittag mit seinen Kindern zum Alafberg, dort gab es einen Streichelzoo und Limonade für alle, es gab auch einen alten Nazi als Besitzer, aber darüber sprach man nicht, weil die Esel so lieb waren. In den alten Kasernen war jetzt die US Army stationiert, Garnisonsstadt bleibt Garnisonsstadt. Im Kramerladen hing eine Zeit lang noch ein Keramikrelief, der dritte Preis für den schönsten Blumenschmuck im Reichsgau 1944. Als Stalingrad längst gefallen war, die Städte längst Ruinen, vergab noch irgendjemand diesen Preis, Siegeskränze aus Geranien.

Der Großvater erzählte nie vom Krieg. Höchstens von den Landschaften, der Weite der Nogaischen Steppe und der Wüste Nordafrikas, als wäre er als Tourist dort gewesen. Und von der Gefangenschaft, von den Tomatenfeldern in Alabama. Kriegervereine verachtete er, von Fahnen und Gepränge hatte er genug. Er ging auch zu keinem Reservistentreffen, wo sich die Schlosser und Elektriker noch mit den alten Dienstgraden grüßten, wo zu Jahrestagen von dezimierten Regimentern in verrauchten Hinterzimmern die verlorenen Schlachten noch einmal gefochten wurden. Und wenn sein Schwager, der Kaspar, nach fünf Halben *Dunkles Falk* wieder von der Kameradschaft anfing, von Smolensk oder Kurland, dann wurde der Großvater böse. Waffen konnte er keine sehen. Wenn einer seiner Söhne auch nur an ein Taschenmesser kam, nahm er es ihm weg. Warum, das sagte er nicht.

Die blutrünstigen Geschichten seiner Kindheit, von den Geistern der Raunächte, von der blutigen Lucie mit dem Messer oder dem Dammer mit dem Hammer, diese Geschichten, die ihm selbst als Kind einen wohligen Kitzel bereitet hatten, sie erschienen ihm mit einem Mal grässlich und roh: Wieso sollte eine Frau mit dem Messer gegen die Tür hauen, um kleine Kinder zu erschrecken? In den Dörfern des Kaukasus waren die Kinder schreiend vor ihnen davongelaufen, in Angst vor der grauen Uniform. Das hatte sie damals belustigt, sie hatten sich stark gefühlt und unbesiegbar.

Seine Orden lagen oben im Kleiderschrank der Großmutter in einer harmlosen Keksdose, eingewickelt in Seidenpapier, die Bronze wie neu, nicht abgegriffen, glänzend, als wäre keine Zeit vergangen. Der Vater zeigte mir die Dose, ich erschrak beim Anblick des Hakenkreuzes und fragte ihn, weshalb so etwas im Kleiderschrank der Großmutter lagerte. Der Vater überlegte einen Augenblick. «Dafür sind Menschen gestorben», sagte er. «Wir wollen es nicht anschauen. Aber einfach wegwerfen können wir es nicht.» Dann legte er die Dose wieder aufs oberste Bord des Kleiderschranks, wo ich nicht hochkam. Zwischen alte Handtücher und einen aus der Mode gekommenen Strickpullover.

Zweimal im Jahr schrieb der Großvater an die Witwe vom Kamerad Pepi. Zu Weihnachten und zum Todestag, *in ewiger Erinnerung*, das hatte er sich geschworen. Einmal kam die Witwe mit dem Sohn vom Pepi vorbei, der Schorsch war zwölf Jahre alt und hatte seinen Vater nie gesehen. Sie kamen mit einem Opel aus Pfarrkirchen, Mutter und Sohn, beide strohblond und verlegen. Der Großvater war nicht zu Hause, sie standen verloren im Treppenhaus herum. «Das ist eine Kriegskameradschaft zum Vater», sagte die Großmutter und schickte ihre Söhne zum Kramerladen um einen Frankfurter Kranz. Als der Großvater endlich kam, war der Kaffee kalt. Er räusperte sich. «Ich hab deinen Vater gekannt», sagte er zum Schorsch. Der Junge saß verschüchtert auf der Stuhlkante und sprach kein Wort. Die Großmutter packte ihnen für die Rückfahrt den restlichen Kuchen ein. Die Brüder sahen dem Auto nach, wie es unten beim Gasthaus Lotter um die Kurve bog. Danach gab es keine Briefe mehr.

Der Großvater überlebte den Pepi um sechsunddreißig Jahre. Fast schien es, als wäre später dieser Rest seines Lebens auf zwei bis drei Anekdoten reduziert worden, die sublimierte Essenz, die zu jeder familiären Martinigans problemlos jedem Publikum erzählt werden konnte: «Unser Vater, das hat er immer gesagt», doch er war bereits so lange nicht mehr da, dass es beinahe gleichgültig war, ob er es jemals gesagt hatte, ob es wirklich jemals so gewesen war. Für uns Kinder war es alte Geschichte, wir hatten ihn nie gekannt. An einem Jägerschnitzel-Dienstag im Jahr 1978 erhielt der Vater ein Telegramm ins Studentenwohnheim, eine kleine gelbe Notiz, die er später im Sekretär zwischen seinen abgelaufenen Reisepässen aufbewahrte. Es war eine Nachricht aus Amberg von seinem Bruder: *Unser Vater ist tot.* Er überließ sein Jägerschnitzel dem Hartinger Willi und fuhr nach Hause. Der Großvater starb an einem Dienstagmorgen. Der Tod entließ ihn aus seinen Schwüren und Gelübden, aus den gebrochenen wie den gehaltenen. *Bedenke, dass der Tod nicht zögert.* Auf den Grabstein kam keine Jahreszahl, als wollte die Großmutter nicht noch in Stein gehauen vor sich sehen, wie lange sie nun erneut alleine zum Warten verdammt war.

Als Kind nahm mich die Großmutter mit in die Soldatenandacht. Einmal im Jahr, zur Bergwallfahrt, unter freiem Himmel auf *dem Berg*. Dorthin pilgerten auch die Bataillone aus den vielen Kasernen der Garnisonsstadt, in denen nun die Bundeswehr residierte. Da saßen dann die leicht untersetzten Unteroffiziere, mit ihren mausgrauen Sonntagsuniformen und den klobigen Brillengestellen wie verkleidete Buchhalter – kaum vorstellbar, dass sie den Westen gegen General Rupprechts *russischen Bären* auch nur eine Minute hätten verteidigen können. Sie kannten keinen Kriegseinsatz, nur routinierte Simulationen, Manöver im Oberpfälzer Wald mit Schießübungen vor Pappmaché-Kulissen. Und hier, auf dem Berg, gehorchten sie nur dem Pfarrer. Sie standen zackig auf, bekreuzigten sich in Reih und Glied, sagten «amen» statt «jawohl», folgten den Regeln der Liturgie, als wären es Befehle: Erhebet die Herzen – *wir haben sie beim*

Herrn. Der Geruch von Bratwürsten und glühenden Kiefernzapfen zog herüber und legte sich um die grauen Kompanien mit ihren zu kleinen Baretten in allen Farben, das unmartialischste Aufgebot, das man sich vorstellen kann. Und sie sangen *Maria, breit den Mantel aus*, ein Meer aus tiefen Männerstimmen zwischen den Bäumen, und ich hörte meine helle Kinderstimme über dem Chor:

Maria, hilf der Christenheit
Zeig Deine Gnade allezeit
Komm uns zu Hilf in allem Streit
Verjag die Feind all von uns weit.

Nach dem Segen kaufte mir die Großmutter einen Meter Kaugummi, und ich dachte für ein halbes Jahr nicht an Soldaten.

VIII

SIBIRIEN

Hinter dem Ural empfängt uns der Winter mit einer Wucht, als wäre all die schneeverwehte Kälte zuvor nur das sanfte Idyll aus einer Schneekugel gewesen, das *Schneierl von Mariazell*, Winterkitsch unter einer Glasglocke, am Abteilfenster vorbeiziehend mit verträglichen sechzig Stundenkilometern. Die Temperatur sinkt plötzlich rapide ab, als hätte die Bergkette alle winterlichen Unbilden ferngehalten. Grau und weiß fällt der Frost über die Lande her, der Schnee türmt sich neben der Strecke, und die Sonne kommt nicht mehr durch, es wird auch nicht mehr richtig hell an diesem Morgen. Ich habe beschissen geschlafen, immer wieder geweckt von der Kälte oder wirren Traumfetzen, entstellten Erinnerungen an J., dazwischen russische Lautsprecherdurchsagen mitten in der Nacht, wenn der lange, schwere Zug zum Stehen kommt. Das Rattern hatte mit einem Mal aufgehört, und das Licht eines Bahnhofs drang durch die Eisschicht am Fenster. Zwei Uhr nachts, irgendeine Stadt im Ural, Jekaterinburg vielleicht, das für ein paar Jahrzehnte den Namen von Lenins Stellvertreter Jakow Swerdlow trug, ich erinnere die Farbe des Bahnhofsgebäudes aus jenem fernen Sommer nach dem Abitur, das matte Gelb zwischen der Ordnung der Säulen, meine Füße in klobigen Sandalen. Irgendwo südlich des Bahnhofs muss der Ort sein, wo das Ipatjew-Haus gestanden hatte, in dessen Keller man den letzten Zaren und seine Familie ermordet hatte, in den Achtzigern abgerissen aus Sorge vor einer Wallfahrtsstätte für Monarchisten, die Abwehrkämpfe greiser Männer kurz vor ihrem Verschwinden. An der Stelle des Hauses haben sie vor ein paar Jahren eine goldgedeckte Kathedrale gebaut, *Tempel auf dem Blut* heißt sie, zaristischer Pilgerort mit kirchlichem Segen, *ewiger Fluch den Bolschewiki*, hier hatten sie die heilige Familie umgebracht, die Kinder mit den Bajonetten erstochen, die Mädchen und sogar den kleinen Hund der Zarin.

Der Nowak nannte diese Geschichte immer einen rührseligen Schwank, eine Adelsfantasie aus dem Klatschmagazin. Es erboste ihn, dass man den ermordeten Zarentöchtern überhaupt Mitgefühl entgegenbrachte, dass ihre Namen in den Geschichtsbüchern standen, mit Seide eingewebt in die Tapisserie großer Stammbäume von Unterdrückern. Dem Schicksal des King-Charles-Spaniels der Romanows wurde mehr Platz in der Erinnerung eingeräumt als den zehntausend Kindern, die unter ihrer Herrschaft elend verhungert waren, das erzählte der Nowak ungefragt jeder Erstsemester-Julia aus Bludenz oder Sankt Andrä am Zicksee, die nur ein bisschen gegen die FPÖ demonstrieren wollte, ideologischer Rigorismus und Dosenbier in der dritten Reihe, bis sie die Flucht ergriff. Er redete sich in Rage, machte vor niemandem halt, auch nicht vor seinen Eltern am ersten Weihnachtsfeiertag daheim im Waldviertel. Gerti und Andi sahen ihn ratlos an, den Mund voller Gans: «Aber der Hund, den hätten sie doch nicht umbringen brauchen, was kann denn der arme Hund dafür?» Auf der Zugfahrt zurück nach Wien saß er ganz still und brütete vor sich hin, enttäuscht von der Welt, von den Freunden, von seinen Eltern, die alle wieder einmal durch den Gesinnungstest gefallen waren. Ich frage mich, was er wohl gerade macht, glaube die Antwort zu kennen, weiß sogar, was er mir jetzt wegen J. sagen würde. Sie hatten sich beide nie gemocht, sie ihn nicht für seine Härte, er sie nicht für ihre Irrationalität. Er würde mich verspotten für meine *primitive Aufwallung kleinbürgerlicher Gefühlsscheiße*, und trotzdem würde ich ihn gerne sehen und wüsste gerne seinen Verstand an meiner Seite, unbestechlich und hart, als Hilfstruppe gegen meine elende Sentimentalität.

Inzwischen habe ich nicht nur Topografie zwischen J. und mich gebracht, Gebirgszüge und sibirische Riesenflüsse, mehr als zweitausend Kilometer seit Moskau, ich bin auch der Gleichzeitigkeit enteilt, trotz der gemächlichen sechzig Stundenkilometer des Zuges, vier Stunden Vorsprung auf J., mit denen ich nichts weiter anzufangen weiß, als an sie zu denken. Wir erreichen Tjumen. Im Großen Vaterländischen Krieg zogen sogar die Hauskatzen in die Schlacht, von diesem Bahnhof aus, als die Nazis für neunhundert Tage Leningrad belagerten, um die Stadt und ihre Bewohner in besonderer Grausamkeit zu vernichten. *Die Pläne des Führers sehen keine weitere Verwendung für diese Siedlung vor*, so hieß der Todesbefehl für die Stadt. Weil die Leningrader Bevölkerung in ihrer Not gezwungen war, alles zu essen, aß sie auch ihre Katzen. Die Hauskatzen aus den Salons, mit langem Stammbaum und gestriegeltem Fell, und die räudigen Straßenkatzen, für die das Leben nicht einmal einen Namen bereithielt. Sie stillten den Hunger der Menschen für ein paar Wochen, aber es war niemand mehr da, um die Ratten zu fangen, die aus der Newa krochen, die Ratten, die alles fraßen, auch die Leinwände, die einmal Rembrandt bemalt hatte oder Jan van Eyck oder Tizian.

Trotz Hunger und Bomben beschloss man, die Kunstwerke der Stadt vor den Ratten zu retten: die Bildnisse der dekadenten Herrscher, der fleischigen Putten, der flämischen Heiligen, der üppigen Stillleben mit den vollen Tellern der Bourgeoisie. Schostakowitsch schickte eine Symphonie, Sibirien schickte zur Rettung eine Armee: In Tjumen sammelte man die Katzen des Ostens, das letzte Aufgebot im Kampf gegen die Faschisten, Tanja, Dascha, Wassilissa, grau, schwarz, weiß, getigert, sie wurden in einen Zug verladen, in den Waggons stapelten sich Körbchen über Körbchen, Rotarmisten fütterten diese ungewöhnlichste Brigade, über die dünne Lebensader der Eisenbahn kamen sie aus Sibirien nach Westen, zur Rettung der Bilder einer bereits überwundenen Geschichte, für eine Zeit danach.

Auf der letzten gemeinsamen Reise mit J. erwiesen sich Katzen als schlechtes Omen. Wir hüteten für einige Wochen ein Haus an der pontinischen Küste, südlich von Rom, eine verlebte Strandvilla, der in Würde gealterte Optimismus der Sechzigerjahre, der letzte Besitz einer verarmten Baronin vom Starnberger See, der langsam verfallende Lebenstraum, aus der Konkursmasse des Gatten herausgekauft, Gott hab ihn selig, den Claus, *il Conte di Feldafing*, das Familienwappen war noch schemenhaft erkennbar unter den Rußschichten der Kaminplatte. Auf der einen Seite des Hauses war das Meer, dahinter die Inseln, Ponza, Ventotene, wo Mussolini die italienischen Kommunisten inhaftiert hatte. Auf der anderen Seite lag ein verwilderter Garten, in dem an die hundert Katzen lebten, blinde, verstümmelte, halb verhungerte Katzen, der ganze Garten war ein großes Katzenasyl. J. war immer mit Hunden aufgewachsen, mit Katzen wollte sie nichts zu tun haben, und nun schrien sie die ganze Zeit, ein vielstimmiges Kreischen, Tag und Nacht. Es war wie ein Menetekel, als entweihten die Katzen ihre perfekte Kulisse, die schwindende Grandezza des Hauses, die lepinischen Berge, dahinter die Campagna und die Castelli, die Vororte der Weltgeschichte. An den verbliebenen guten Tagen konnte sie darüber hinwegsehen, an den meisten Tagen stritten wir. Die Katzen fütterte ich zweimal am Tag, am Sonntag mit Pastete vom Supermarkt. Einmal kam die Baronin für einen Tag vorbei, zusammen mit der Tierärztin aus Starnberg, Doktor Heller-Nachtmann, um im Akkord die wilden Katzen auf einem schräg gestellten Bügelbrett zu kastrieren. Immer nach fünf Katzen gönnte sie sich eine Pause von fünfzehn Minuten, sie ging hinunter zum Strand und tauchte kurz ins oktoberkühle Tyrrhenische Meer. Ihr kurzes struppig-graues Haar trocknete auf dem Rückweg ins Haus, wo die wartenden Katzen in den grauen Plastikboxen schrien. Wenig später fuhren wir zurück nach Rom, links das Meer, rechts der gedemütigte Horizont, gefangen in einer seltsamen Zwischenwelt, die halb verfallene Moderne neben den antiken Ruinen, der geduldige Stein, wartend, wechselnden Herren dienend. In der Abendsonne übte eine Feuerwehreinheit die Rettung aus halb verbrannten Häusern, ihr Übungsplatz war eine Pappkulisse zwischen den alten Steinbögen im Parc degli Acquedotti, künstliche Ruinen zwischen antiken. J. hatte ihren Kopf ans Fenster gelehnt, sie war müde. Wir sprachen kaum. Sie begann, mich zu verlassen. Nicht ganz, aber immer häufiger.

Ich habe mich mit Juan im Speisewagen verabredet, schaue schon seit einer Stunde auf die Uhr und zähle die Minuten, halb aus Einsamkeit, halb aus Hunger. Als ich mein Abteil verlasse, lehnt der chinesische Schaffner im Gang und summt vor sich hin. Sein Kollege schneidet Gemüse im Dienstabteil, und die Gerüche mischen sich mit dem Kohledunst zu einer seltsam archaischen Heimeligkeit, die halb abgelegte Uniform, das künstliche Holzfurnier, das Spitzendeckchen, fast wie eine liebevolle Illustration in einem Kinderbuch. Ich weiß nicht, was er da summt, es klingt pentatonisch, «die chinesische Musik kennt über fünfzig Tonarten», sagte der Professor immer; ich kenne keine davon, habe die *Einführung in die Chinesische Musik* im zweiten Semester verbummelt, J. war für ein paar Tage zu Besuch in Wien, und wir verlagen die Zeit in der leeren Wohnung, vertaten die guten Momente verschwenderisch, weil sie so selbstverständlich schienen. Sie war gelöst wie selten, fast übermütig, küsste mich im 13er-Bus, malte einen bebrillten Penis in das Gästebuch des Freud-Museums in der Berggasse und sondierte abends beim Würstelstand auf der Pilgrambrücke die Namen von toten Habsburgern für künftige Kinder, «unsere Kinder», sagte sie, sie sagte es nur dieses eine Mal in all den Jahren, im letzten Licht des warmen Tages, als ihr Atem nach Bosna roch. Später wollte sie davon nichts mehr wissen, nannte es nur abfällig «deine reaktionären Tagträume». Als sie zurückfuhr, hing ihr Geruch noch eine Weile in der Wohnung, ich bemerkte es, aber ich dachte nicht daran, ihn zu konservieren, er gehörte zu mir.

Von Waggon zu Waggon zu gehen, ist bei diesem Wetter ein kleines Abenteuer, die Enden der Wagen sind erfroren, ein mächtiger Überhang aus vom Fahrtwind geformtem Eis fasst die

Lücke zwischen den Waggons ein, als passierte man eine Schleuse aus Schnee, Eis und Stahl. Unten fliegen die Funken von den Schienen wie in einem heroisierenden Revolutionsgemälde, Fortschritt und Wille, *Avanti Popolo!*, ich werfe den Rest meiner mintgrünen Sobranie in den Spalt hinunter auf die Gleise, der Wind wirbelt den Goldfilter durch die Luft, dann wird er von der Dunkelheit unter den Rädern verschluckt.

Im russischen Speisewagen herrscht keine Etikette. Auf einem kleinen Tisch steht ein alter Laptop, auf dem irgendein B-Movie läuft, Schüsse fallen, und die Dialoge verhallen ohne Publikum. Darüber hängt ein hochglänzendes Stillleben mit Äpfeln und Weintrauben, das mitsamt dem antikisierenden Goldrahmen träge vor sich hin wackelt. Die Küchenbesatzung wirkt auch eher wie die schlurfige Belegschaft eines niederösterreichischen Wertstoffhofs, Bauschutt hinten links, die Bretter schmeißt da hinein, hoffentlich kommt heut keiner mehr. Juan sitzt an einem der hinteren Tische, und er ist nicht alleine: Neben ihm sitzt eine ältere Frau mit kurzen grauen Haaren. Juan winkt mich zu ihrem Tisch. «Das ist Fidel Castro», sagt er zu der Frau. «Aus Deutschland. Er hat Liebeskummer, deshalb fährt er nach Nordkorea. Hab ich was Wichtiges vergessen?» Er grinst. Kann man so sagen, denke ich. Vorausgesetzt, Dan und Yani gibt es wirklich, und ich bekomme wie versprochen mein Visum von ihnen. Die Frau mustert mich einen kurzen Augenblick über ihre Lesebrille, dann streckt sie mir die Hand hin. «Ich bin Elsie», sagt sie. Juan sieht mich prüfend an: «Elsie ist meine Tante, sie begleitet mich bis nach Shanghai.» Ich habe keine Ahnung, ob ich das glauben soll oder ob er mich veräppelt, aber ich muss so irritiert aussehen, dass Juan laut zu lachen beginnt. «Du kannst schon fragen», sagt er. «Ist mir schon klar, dass ich nicht wie ein schwedischer Olaf aussehe.» Elsie strubbelt ihm durch sein dunkles, schwarz glänzendes Haar. «Nein», sagt sie, «ein Olaf bist du nicht.» Ich bekomme die Schnellversion, vermutlich schon Hunderte Male so erzählt: Juan ist ein Waisenkind aus Bogotá, auf der Straße aufgewachsen, ein schwedisches Ehepaar adoptierte ihn, als er sechs Jahre alt war. Er wuchs in einem großen Haus am Rande von Uppsala auf. Elsie ist die Schwester seiner Adoptivmutter, so etwas wie eine Patentante. Ganz einfach. Elsie grinst süffisant.

In der Speisekarte steht Rind, man bekommt Schwein, was aber nicht weiter schlimm ist, weil es ohnehin wie ein seltsamer Luxus anmutet, in diesem Zug etwas Warmes zu essen, es sind auch sechstausend Kilometer bis zum aseptischen Bordbistro der Deutschen Bahn mit seiner Selektion badischer Rotweine im Plastikfläschchen, von salonhafter Orient-Express-Romantik ganz zu schweigen. Elsie mustert mich. «Sind Sie ein Fotograf?», fragt sie und deutet auf die alte Rolleiflex neben mir auf dem Tisch. «Ich bin Musiker», sage ich, «Komponist.» Es klingt etwas großspurig. *Komponist*, sie raunt ehrfürchtig. Ich will ihr die Illusion nicht verderben, wenn sie einen Mozart in mir sehen will, dann soll sie es tun, ich sage ihr also nicht, dass ich zweimal durch die Klavierprüfung gefallen bin, dass mittlerweile zwei meiner Kommilitoninnen eine Schamanen-Ausbildung absolviert haben, dass ich lediglich die Musik für einen Vorabendkrimi und zwei Fernsehfilme geschrieben habe, der eine spielte in der Provence, der andere in Ligurien, die Dramaturgie war identisch, die Instrumentation ähnlich, der Lohn spärlich.

Beim Gedanken an den ohnehin spärlichen Lohn wird mir ein wenig mulmig. Der Bratschen-Hubert hadert vermutlich mehr mit meinem ausgeschalteten Telefon, als J. es tut: Wahrscheinlich hat er mir inzwischen mehrfach auf die Mailbox gebrüllt, mir die endgültige Löschung aus seiner Kontaktliste angedroht. Am Tag vor meiner Abreise hatte er angerufen, um mir sein neues Projekt vorzustellen, *Esel bringen Glück* oder so, für das er im kommenden Frühjahr unbedingt meine Musik benötigen würde. Eine ausgebrannte Managerin strandet auf einem desolaten Hof in Südtirol, saniert ihn und heiratet den armen Bauern, und irgendwo stehen im Sonnenuntergang noch zwei andalusische Esel rum, «nichts Besonderes, aber du weißt ja, die Neubauer geht bei der Redaktion immer. Lass uns doch einfach morgen noch mal quatschen», sagte er mit dieser öligen Stimme. *Quatschen.* Ich hasste dieses Wort, sowohl seinen Klang als auch seine Bedeutung, die die Nutzlosigkeit des Gesprächs und die verlorene Lebenszeit schon vorwegnahm. Es kam nie etwas dabei heraus, der Bratschen-Hubert hatte auch keine Ahnung von Musik, er hatte sich nur diesen einen Spleen angewöhnt, der so ging: «Wir könnten doch die Melodie von den Violinen in die Bratschen verlegen.» Das war das Antrainiert-Ungewöhnliche, und diesen Stehsatz brachte er immer, selbst wenn keine Violinen vorkamen. Er hörte keinen Unterschied zwischen Celli und Violinen, es war nur ein ekelhafter, kompetenzheischender Deppensatz, den er auswendig gelernt hatte. Wenn man ihm beim nächsten Mal erzählte, dass nun die Bratschen führten, dann nickte er wissend, das sei jetzt von der Klangfarbe her schon ganz anders, für Kenner wie ihn sowieso, aber auch die normalen Zuschauer würden subtil das Dunklere fühlen. Ich nickte brav und ließ ihn in dem Glauben seiner Bratschen-Kompetenz, mehr Subversion war im Vorabendprogramm nicht möglich. «Herr Komponist, sind Sie frei von Ihrem bürgerlichen Produzenten?», würde der Nowak spöttisch sagen, Lenin für alle Gelegenheiten, vergeblich gegen alle Bratschen und die glücklichen Esel dieser Welt. Vielleicht ist es ja doch nicht so schlecht, wenn der Hubert mich für alle Zeiten aus seinem Telefonbuch löscht.

Was heißt schon Komponist, bürgerliche Kategorien und unerfüllte Träume? Ich war zwölf Jahre alt, als *Braveheart* ins Kino kam. Blut und Hoden, jeder sprach davon, zweihändige Riesenschwerter in den Innereien schreiender Engländer, ein episches Gemetzel. Schottlandfieber erfasste die Bayern, die sich natürlich als Schotten Deutschlands fühlten, Rebellen aus dem Hochland in seltsamen Trachten und einträchtiger Sezessionsromantik. Nur ich blieb ausgeschlossen von dieser Welt, in der plötzlich alle Schotten waren, geschützt durch pädagogische Verbote meiner Eltern vor zu viel drastischer Gewalt, musste mir also aus Erzählungen erschließen, warum der Fleischmann Markus im Schulbus auf den Sitz stieg und brünftig «Freiheit!» brüllte, so lange, bis der Busfahrer ihn per Durchsage anschnauzte, er solle gefälligst die Straßenschuhe vom Polster nehmen. Mein einziger Zugang zu diesem geheimen Herrschaftswissen war ein Tonträger: Die Filmmusik war nicht altersbeschränkt, ich kaufte sie mir auf der Klassenfahrt im HMV von Exeter, da stand es, *Braveheart,* Musik komponiert von James Horner, ein kleines Fenster zum Verborgenen immerhin, und so lauschte ich auf nächtlichen Busfahrten durch Devon dem sehnsüchtigen Schmachten der Dudelsäcke und dem melancholischen Wabern der Streicher, und ich malte mir in Ermangelung der Filmbilder meine eigene Geschichte zu dieser Musik aus, Powderham Castle, Dartmoor bei Nacht, Ginster und Heidekraut, es war nicht Schottland, es war nicht *Braveheart,* es war nicht die Wahrheit, aber ich träumte zu fremden Melodien.

Und dann sah ich im Kino zum ersten Mal *Titanic,* Hollywood am Grund des Atlantik, die Kamera schwebte durch das dunkle Wasser auf den Meeresboden zu, wo das zerborstene Wrack lag, vom Rost zerfressen wie das versunkene Schiff des Bahnhofsfranzl in Scapa Flow, der Stahl derselben Epoche, zum Zerreißen gespannte Schiffsketten über den löchrigen Planken, und dazu ein sehnsüchtiger Dudelsack, doch es waren die exakt gleichen Melodien wie bei *Braveheart,* der Komponist hatte sich bei sich selbst bedient, und das nahm mir jede Emotion, weil ich in buchhalterischer Genauigkeit die Harmonien vorhersagen konnte, die Berechenbarkeit der Gefühle drängte sich auf, und alles schien hohl. Zum ersten Mal verstand ich wohl wirklich die Funktionalität der Musik, all das, was Aleksandra Staniszewskis klavierpädagogische Salonhaftigkeit vor mir verborgen hatte, den mathematischen Zusammenhang zwischen Notation und Emotion, es schien plötzlich in erhellender Eindeutigkeit vor mir zu liegen. *Komponist*, so nannte ich mich großspurig in den Liner Notes der selbst gebrannten CDs, die ich mit Gabriel im Rosenwirtkeller aufnahm, hochtrabende Titel, billige Harmonien, es war wunderbar, jeden Tag etwas Neues, *eine Komposition von Fidelis Lorentz*. Ich schrieb Lieder für J. mit traumwandlerischer Sicherheit, ohne Angst vor Pathos oder Peinlichkeit, es ging mir wie selbstverständlich von der Hand. Als ich nach Wien ging, um Komposition zu studieren, war ich mir absolut sicher, genau das zu tun, was ich wollte. In keinem meiner Träume kam der Bratschen-Hubert vor.

Am Nachmittag halten wir in Omsk, der mächtige Bahnhof verbirgt die Stadt, ein marmorner Empfangssaal der Verbannung, Omsk war der Ort der Katorga, Dostojewskis *Totenhaus*, das Exil für die Dekabristen, für mich nur eine halbe Stunde lang, stattdessen denke ich an den Senger Fabi, der nach dem Abitur für eine Zapfanlagenfirma nach Omsk ging, Speziallösungen Liquid Food, Gebietsdirektion Ost, das klang nach kapitalistischem Gauleiter, vier Jahre *work hard – play hard*, vier Jahre Kamelot Hotel und vier Jahre Weitwinkel-Selfies mit leicht bekleideten Damen, die anschließende Verlobung mit Ksenija überstand nur zwei Jahre Traumhaus mit Doppelgarage im Baugebiet Breitenrain West. Ich vertrete mir ein wenig die Beine, laufe über den verschneiten Bahnsteig und fotografiere den Zug: Die Fenster sind noch halb vereist, die Waggons zusammengefroren, das dunkle Grün der Wagen und die beiden parallelen gelben Linien, die die Abteilfenster einfassen. Der Verschluss der Rolleiflex schnappt, scheint ungerührt von den sinkenden Temperaturen, diese Zuverlässigkeit überrascht mich jedes Mal. Ich betrachte die Kamera, die beiden Linsen sind schon leicht eingetrübt und verkratzt, wirklich scharf werden die Fotos nicht mehr, «aber für dich reicht's», hatte Gabriel gesagt, als er mir die Kamera schenkte, «scharf wird's nicht mehr, aber dann sparst dir wenigstens den Vintage-Deppenfilter am Handy».

Vor den Fenstern zieht die sibirische Campagna vorbei, die unbewohnbare Barabasteppe, der Horizont trügt schon im Sommer mit verschobenen Perspektiven, gaukelt endlose Waldessäume vor, die beim Näherkommen nur einzelne Birkengruppen sind, wie durch lange Brennweiten aneinandergerückt. Im Winter verschwimmt die schneebedeckte Leere der Steppe mit dem milchigen Himmel. Wenn man einen Fluss überquert, kann man keine Tiefe erkennen, denn es gibt nirgends Halt für das Auge, alles ist weiß, das Ufer und der gefrorene Strom. Einzig die Brücke gibt eine Ahnung, wo man sich in diesem Weiß befindet, wie in den frühen Fotografien von Édouard Baldus, wo nur die menschlichen Bauwerke wie grafische Elemente vor dem Weiß stehen, nur der völlige Stillstand der Architektur materialisiert sich auf dem Silberbromid, Brücken, Viadukte, die Monumente des Fortschritts aus Backstein, dem Marmor des frühen Kapitalismus. Die Bahnhöfe sind menschenleer, keine Spur von dem allerorts besungenen emsigen Treiben am Zug. Ich hatte so viele Transsib-Reportagen gelesen, die vermutlich alle voneinander abgeschrieben hatten, denn immer wurde dieselbe Babuschka-Romantik bedient, von namenlosen Großmüttern auf Bahnsteigen, die ihren gesalzenen Fisch aus leeren Kinderwägen heraus verkauften, von allein reisenden Fischern vom Baikalsee, die Frostschutzmittel aus Kanistern tranken und dann Sowjetlieder zu singen begannen, um irgendwann im traurigen Vollsuff zuzugeben, Tolstoi in der Seele zu tragen. Denn alle Russen tragen schließlich Tolstoi in der Seele, wie man weiß, oder zumindest Gogol. Ich frage mich, ob in einer russischen Wochenzeitung eine Reise durch Deutschland ähnlich klischeereich daherkäme, *auf der schwäbischen Eisenbahn*, mit einem Biberacher Kuckucksuhrvertreter in Kniestrümpfen, der nach der achten Halbe Kellerbier Goethe zitiert und gerührt das Horst-Wessel-Lied zu trällern beginnt, *zum Kampfe steh'n wir alle schon bereit, trulla trulla, trullala.* Ja, das ist sie, die deutsche Seele. Aus Deutschland berichtete: Iwan Iwanow.

Es ist bereits Nacht, als wir Nowosibirsk erreichen. Als wir in der Dunkelheit in die Stadt rollen, stelle ich mich auf den Gang und blicke aus dem Fenster. Die große Stahlbrücke über den Ob, beinahe einen Kilometer breit, sieben Bögen spannen sich über den Fluss. Der Schaffner hatte den gleichen Gedanken, er steht ein Fenster weiter, das Notlicht erleuchtet spärlich sein Gesicht, und so teilen wir diesen kurzen Augenblick, *Nowosibirsk querab*, obwohl wir keine gemeinsame Sprache sprechen, ein kurzer Anflug von Melancholie auf seinem Gesicht, bevor er seine Mütze wieder aufsetzt und den Dienst in der Kälte tut. Der Bahnhof ist ein Riesenbau in Form einer Lokomotive, die Fassade ist in einer Baumarktvariante von Katharinenpalast-Blau gestrichen. Im schmutzigen Orange der Nachtbeleuchtung wirkt die Farbe noch knalliger, fast wie Lebensmittelfarbe auf einer Kindertorte. Ich höre Bernpaintners Stimme im Ohr, *appropinquare, appropinquo, appropinquas*, passt auf eure Nieren auf, *appropinquat*, auf einem russischen Bahnhof darf man nie einschlafen, das ist gewiss! Ich streune ziellos über den dunklen Bahnsteig, und schon ist mir dieses einsame Herumschleichen so vertraut, dass ich erschrecke, als mir jemand zuwinkt. Es ist Juan.

«Na, fühlst du dich wohl hier, Kommunist?» Er grinst. «Das muss dir doch gefallen, die ganzen roten Sterne. Nur das Wetter taugt nichts.» Er bietet mir eine Zigarette an. «Wir haben immer noch Kuba», sage ich. Juan lacht. «Zu schwül», sagt er. «Das ist ein Klima für Zigarren, nicht für Menschen. Dieses Schweden hat mich weich gemacht.» Ich blicke ihn an, es ist nur halb im Scherz, irgendetwas Ernstes liegt in seinem Ton. Er bläst eine Rauchwolke in die kalte Luft. «Bei der Legion hab ich gedacht, ich verbrenne. Und dabei waren das nur die Pyrenäen.» Habe ich mich verhört? Legion? «Du meinst doch nicht ...?» Er nickt, «doch, genau die,

Légion étrangère, 4. Fremdenregiment.» Mein Blick muss Entsetzen ausstrahlen, denn Juan beginnt zu lachen: «Keine Sorge, nur für zwei Monate. Dann bin ich abgehauen. Aber bis dahin haben sie mir alles beigebracht, was man wissen muss.» Es klingt traurig. Ich mustere ihn, seine gepflegten Haare, den eleganten Mantel. Er zuckt mit den Schultern, beinahe entschuldigend: «Das ist der Teil der Geschichte, den Elsie oder meine Eltern lieber weglassen. Du kannst einen Waisenjungen aus Kolumbien in einer Villa wohnen lassen, du kannst ihm auch einen Matrosenanzug anziehen, aber wie ein Lars oder ein Jesper sieht er trotzdem nicht aus.» Er nimmt einen Zug von seiner Zigarette. «Und das haben sie mich spüren lassen», sagt er. «Die Larse und die Jespers. Bis ich sie verdroschen habe.» Es ist die Version von Juans Leben, die nicht für den Rotary Club von Uppsala taugt: Er prügelte, klaute, bestahl sogar die Eltern. Dann, kurz vor dem Abitur, lief er fort, per Anhalter bis Castelnaudary. Er war bereit für die Prüfung, hatte seine Wut angestaut und seinen Körper gestählt, wollte sein wie Jean-Claude van Damme in *Der Legionär*, als Waffenbruder unter Ausgestoßenen und Heimatlosen. Zwei Monate robbte er sich durch den Staub, marschierte und schlief im Verbund, schoss auf bewegliche Ziele und brüllte kalte Eidesformeln. «Und dann?», frage ich. Er überlegt einen Augenblick. «Dann bin ich zurück nach Schweden.» Der verlorene Sohn wurde umarmt, geküsst, gebadet, machte die Schule fertig und studierte. Mehr will er nicht erzählen, er bläst den Rauch heraus und sieht mich an: «Die einen fahren nach Nordkorea, die anderen zur Fremdenlegion, so einfach ist das.»

So einfach ist das? Ob er mir damit sagen will, dass ich besser umkehren soll, frage ich. Juan grinst: «Es ist doch, wie Gandalf sagt: *Es gibt Dinge, die selbst die Weisen nicht wissen.*» Dann verabschiedet er sich und läuft zu seinem Waggon. «Ich seh dich morgen», sagt er noch, bevor er einsteigt. Ich blicke ihm nach, spüre eine seltsame Aufregung, die ich mir nicht erklären kann. Doch es ist wunderbar, dass Juan aus allen schmerbäuchigen Aphoristikern, die man für lebensweisheitsvolle Sinnsprüche heranziehen kann, Gandalf gewählt hat, den unprätentiösen Zauselbart mit Vorliebe für Pfeifenkraut, von einem Fremdenlegionär hätte ich eher Ernst Jünger oder Céline erwartet. Der Nowak hätte jedenfalls aus dem Stand fünfzehn Gründe gefunden, ihn für dieses Zitat zu hassen: «Lenin sagt, Eskapismus ist die Masturbation der Kaltblüter.» Oder: «Aus meiner Heuristik heraus sind Leute, die Fantasyromane zitieren, sowieso reaktionäre Vollpfosten», so was in der Art hätte er gesagt und seine Marocaine Super geraucht und den Rauch unter gespielten Schmerzen herausgepresst, der Nowak, aber ich verbiete ihm das Maul, denn ich mag Gandalf, habe ihn immer gemocht, seit diesem Hörspiel aus Kindertagen, als er Deutsch sprach, mit der Stimme von Bernhard Minetti, das war verschmitzte Grandezza, die Tragik der Königsdramen verborgen hinter großväterlichem Charme, so musste Gandalf sein. Der Nowak hat keine Ahnung, trotzdem habe ich kurz das Gefühl, ich müsse Juan in Schutz nehmen, obwohl ich keinen Schutz bieten kann und Juan keinen braucht.

Ich schließe die Abteiltür hinter mir und lösche das Licht, blicke aus dem Fenster auf die vorbeiziehende nächtliche Stadt. Die Aufregung lässt nicht nach, wirre Gedanken drängen sich auf, Aporie und Vermissen, ich denke an Gabriel, den Nowak, aber auch an Juan, weiß der Teufel, am Ende lande ich dann sowieso bei J.

Wäre J. tot, sie könnte für mich immer die bleiben, die sie niemals war. Doch so bin ich gezwungen, mich mit dem Gedanken an eine unfreiwillige Begegnung anzufreunden, auf einem Bahnsteig beim Umsteigen, in einem Café, eine Zufallsbegegnung, genau wie auch unser erstes Treffen ein Zufall war.

Wir hatten uns in Regensburg kennengelernt. Es war die meinem Heimatort nächste Großstadt, eine halbe Stunde mit dem Auto von Marienstein. Früher war ich mit den Eltern zu irgendeinem Vollkornbäcker dorthin gefahren oder ins Kaufhaus, dunkle

Jacken und Schuhe für Beerdigungen oder die Kommunion von Cousin Sven kaufen. Später hingen wir als Schüler manchmal am Bahnhof herum, um Mädchen zu beobachten oder zumindest heimlich zu Burger King zu gehen. Die Altstadt war ein denkmalgeschütztes Blendwerk, *das mittelalterliche Wunder Deutschlands,* den Zerstörungen der Geschichte durch Randlage entkommen und nun herausgeputzt dank EU-Strukturfonds und Fassadenprogramm. Diese geschichtsvergessenen Illusionen schienen zu sagen: So könnte Deutschland ohne Hitler aussehen, eine vom Luftkrieg verschonte Kulisse für Christkindlmärkte und Priesterweihen. Eine Laune der Geschichte zur Identität zementiert und nun für alle Ewigkeit in der blödesten Epoche aller Zeiten gefangen, ewiges Mittelalter, Teil des deutschen Mitte-Fetischs wie Mittelstand, Mittelscharfer Senf, Mittelgebirge und Mittelmaß, *in medio tutissimus ibis.* Und trotzdem gab es dort auch das andere, in Würde ergraute Punks aus dem Bayerischen Wald, ein kurdisches Musikcafé, eine Austernbar am Friedhof, einen Jazzgott mit einer passablen Halbgottentourage, ein Kino mit einem gelb gerauchten Verschlag hinter der Leinwand, wo man nach dem Film versackte und bis zum Morgen *Karate* hörte. Es war dieses typische Gefühl in Bayern, man kannte genügend gute Leute, um sich sicher zu sein, dass die Welt besser wäre als das reaktionäre CSU-Klischee, und dann kamen die Wahlabende, und man merkte, dass man immer nur die anderen 40 Prozent getroffen hatte.

Es war ein Zufall, dass ich an diesem Tag in der Stadt war. Ein anrührend unansehnlicher Flyer bewarb eine Whiskywanderung, der Veranstalter war ein unsicherer junger Mann mit brüchiger Stimme. Als er mir seinen Flyer in die Hand drückte, konnte er mir nicht in die Augen schauen, es war herzzerreißend. Auf dem Papier waren optimistisch bereits sämtliche Folgetermine bis in den Herbst abgedruckt, wobei mir sofort klar war, dass es mangels Interesses vermutlich nicht einmal einen Ersttermin geben würde. Es war offensichtlich, dass niemand an dieser Wanderung teilnehmen würde, und ich überlegte in Nowak-Tradition, ob es dumm-caritativ oder falsch-systemerhaltend wäre, würde ich mich aus Mitleid zu einer Teilnahme durchringen. Ich tat es doch, schrieb ihm eine Mail und meldete mich an für den ersten Termin im Mai. Schlecht gelaunt und in Erwartung eines quälenden Abends ging ich zum verabredeten Treffpunkt, wo der junge Mann mit Namen Dirk nervös auf mich wartete. Er trug ein T-Shirt mit dem Logo seiner Veranstaltung, das er vermutlich in nächtlicher Fleißarbeit selbst erstellt hatte. Ich fragte ihn, worauf wir noch warteten. «Es kommt noch jemand mit», sagte er. Dieser Jemand war J.

Als ich sie sah, wusste ich, dass sie aus dem gleichen Grund hier war wie ich. Sie wusste es auch, es war wie eine geheime Losung, an der wir uns erkannt hatten. Sie lachte auch nicht über meinen Vornamen. Die Wanderung ging hinauf auf den kleinen Höhenzug über der Donau, die Römer hatten hier einmal Rotwein angebaut, *Vinum Bavaricum,* ein elender Sauerampfer, trotz des wohlklingenden Namens kulinarisch ähnlich verlockend wie der zu verkostende Whisky. Irgendwo auf einer Wiese war eine Picknickdecke vorbereitet, grünes Tartanmuster und Talblick, die Türme des Domes im weichen Abendlicht. Dirk schenkte drei Gläser ein, brachte gälische Trinksprüche aus und pries die Nuanciertheit der Torfaromen, er schmeckte Heidekraut und Quellwasser, mir brannte die Kehle, und ich hustete. J. stieß mir den Ellbogen in die Rippen, ich solle der Sache gefälligst mehr Ernsthaftigkeit entgegenbringen.

In diesem Augenblick ertönte eine Melodie, erst etwas quäkend, dann klarer: Auf einem benachbarten Hügel stand ein Dudelsackspieler, Dirk hatte es mit hölzerner Liebenswürdigkeit inszeniert, es war zwar kein Schotte, sondern ein Mitglied der Mittelalter-Metalband *Gaudium Brutalis,* aber er spielte *Highland Cathedral,* und es fühlte sich an wie die Filmmusik von *Braveheart*, oder war es *Titanic*, vom anderen Ufer schwebten diese Klänge aus meiner Kindheit herüber, als ich im Bus durch das nächtliche Dartmoor fuhr. Es war alles unpassend, und trotzdem wollte ich nirgendwo anders sein. Dirk schwitzte vor Freude über seine geglückte Überraschung. Später beschuldigte J. mich manchmal im Scherz, ich hätte Dirk als bezahlten Laiendarsteller angeheuert, als einen Mitleidskomparsen, um ihre Aufmerksamkeit zu bekommen. Damals sagte ich ihr, wir hätten zumindest eine Gemeinsamkeit: eine Schwäche für die verlorene Sache. Sie sah mich eine Weile an. Dann lächelte sie. Dirk öffnete eine Tupperdose mit Shortbread und referierte über die aromatischen Unterschiede von Speyside und Islay, wir saßen auf der Picknickdecke im Tartanmuster, und manchmal berührten sich unsere Schultern, ich versuchte, nicht zu übermütig zu werden, um es noch einigermaßen zufällig wirken zu lassen, mein Kopf wurde schwer, aber da war dieses kindliche Hochgefühl im Bauch, das nicht von Speyside-Aromatik ausgelöst werden kann, sondern nur von J., ihrer Schulter in der Dämmerung und ihrem schwarzen Haar. Ich wünschte mir damals, wir könnten noch eine Weile so sitzen, mit dem torfigen Übermut in der Kehle, bevor irgendeine aufkeimende Vernunft den Abend beenden musste. Eine kleine Weile nur. Und wenn ich bei allem Unglück jetzt in meiner sibirischen Mönchszelle daran denke, dass daraus Jahre wurden, dann ist das vermutlich mehr, als ich zu hoffen wagte, vielleicht sogar mehr, als ich verdient habe.

IX

ARCANA REGNI

Der Vater war der sechste von sieben Brüdern. Sentimentalität kam ohnehin nicht infrage, und weil in der Nachbarschaft immer noch ziemlich viele Adolfs herumliefen, hatte die Großmutter beschlossen, die Namenswahl ihrer Kinder nicht ideologisch zu überfrachten, nicht einmal mit Märtyrern der römisch-apostolischen Kirche. Der Vater hätte also Wolfgang heißen können oder Dieter, aber im Kalender stand an diesem Tag im Januar ein anderer Name. Es wäre auch Thomas möglich gewesen, der zweite Namenspatron dieses Tages, doch einen *ungläubigen Thomas* wollte sich die Großmutter nicht ins Haus holen, also wurde es pragmatischerweise *Manfred*, nicht wie *Manfred* von Lord Byron, nicht nach Manfredi di Sicilia, nur wie der Name im Abreißkalender der Apotheke am Roßmarkt, *Manfred, Thomas, Caroline*, darunter die Weisheit des Tages: *Auf harten Winters Zucht folgt die gute Sommerfrucht.*

Der Vater wurde 1954 geboren, im Jahr des Wunders von Bern, neun Jahre nach Hitlers Tod, und schon sagten sie «Wir sind wieder wer», dank Leutnant Walter und dem Gefreiten Rahn, unter der Führung von Hauptmann Herberger, den Krieg verloren, aber nun gewann man wenigstens gegen die Gulaschkommunisten in Bern, später dann die Wasserschlacht von Frankfurt, es folgten große Siege in München, Rom und Rio, goldene Pokale, *wir sind wieder wer*, das ging von nun an so weiter, wie oft musste man denn Weltmeister werden, um endlich nicht mehr über Auschwitz zu reden? Die sichtbaren Spuren des Krieges ließen sich beseitigen, darüber reden wollte ohnehin keiner, außer der Onkel Kaspar, *aber der war halt nun mal ein Nazi.*

Hin und wieder fuhren sie in den Wald nach Thanried, die Großmutter und die sieben Brüder. Die Theres lebte längst nicht mehr, man besuchte kurz ihr Grab bei Mariä Namen, danach empfing sie die Gustl in der Bahnhofsrestauration, die nun *Gasthaus Waldfrieden* hieß, gespielter Frieden und falsche Höflichkeit. Die Großmutter fragte auch nicht nach dem Bild ihres Vaters, das Wirtshaus hatte die erste Renovierung hinter sich, seither war das Foto vom Bahnhofsfranzl verschwunden, dafür standen die Trophäen der örtlichen Vereine herum, goldene Pokale und Bilder von rotgesichtigen Schützenkönigen mit Wurstketten um den Hals. Die Nachmittage verbrachten sie nicht im Gasthaus, sondern bei den Nonnen, im Kloster wurden Oblaten für die Eucharistie hergestellt, die Schwestern backten den Teig aus Wasser und Mehl, der Vater half beim Hostienausstechen. Schwester Jubilata hatte vier Motive gebacken, Kreuz, Lamm, Taube und *IHS*, *Jesus, Heiland, Seligmacher*, der schwere Hostienbohrer stanzte vor, dann wurden sie herausgebrochen, Hunderte, Tausende Leibe Christi. *Du gibst Dich mir so wunderbar, o großer Gott, zur Speise dar* stand an der Wand des kleinen Lagerraumes neben der Bäckerei. Die runde Form ließ einiges an Teig übrig, unkonsekrierte Backwaren vom Tisch des Herrn, die aßen die Brüder später auf dem Heimweg nach Amberg.

Die Hostien verteilte der Vater als Ministrant am Sonntag im Hochamt. Er hielt den Kauenden die goldene Patene unters Kinn, um das mögliche Herabfallen von Krümeln vom Leib Christi zu verhindern. Die Gemeinde kniete in wilder Formation auf den Kommunionbänken vor dem Hochaltar, den Mund erwartungsvoll geöffnet, in vorkonzilischer Steifheit, die Alten kniffen die Augen zusammen, die Versehrten, denen Teile des Gesichts fehlten, neben ihnen die jungen Mädchen in seinem Alter, denen er beim Kauen in die Augen blicken konnte. Manchmal hätte er sie gerne mit der Patene am Hals berührt, ganz vorsichtig und zärtlich, aber er traute sich nicht, daneben saß meistens schon einer seiner Brüder und zog eine Grimasse. Am Ende nahm der Pfarrer die Patene und kippte alle aufgesammelten Hostienbrösel in seinen Messwein, *dein Blut, das für euch und für alle vergossen wird*, mit etwas Oblatenaroma aus Schwester Jubilatas Backstube angereichert, *zur Vergebung der Sünden*, er leerte den Kelch mitsamt Sättigungsbeilage, *tut dies zu meinem Gedächtnis*, schmatzte genüsslich in das Aufbrausen der Orgel hinein.

Die Heilige Kommunion gab es nur auf nüchternen Magen, daher mussten alle Brüder hungrig zur Messe erscheinen. Der Sättigungseffekt des Leibes Christi war relativ gering, weshalb der Großvater seine sieben Söhne auf dem Heimweg noch kurz in den *Deutschen Kaiser* ließ, wo jeder zwei saure Bratwürste bekam. Der *Kaiser* war ein Wirtshaus zwischen Kirche und Kaserne, dort saßen die Versehrten aus zwei Weltkriegen, mit fehlenden Augen und Beinen, schon seit dem frühen Morgen in Qualm und Dampf, Schweiß und Pisse, der Sperlbauer bewegte sich schon nicht mehr, ein beißender Geruch ging von ihm aus, er ließ seinen Urin nur mehr die Hosenbeine hinunterlaufen, irgendwann würde man ihn dann hinauswerfen, und er würde nach Hause torkeln. Der Vater versuchte, sich zwischen ihnen hindurchzudrücken, mit seinen Sonntagsschuhen nicht an ihre Krücken zu stoßen, und war froh, als sie wieder draußen waren. Später hielten Spielautomaten Einzug, statt der sauren Bratwürste gab es nur noch Trockenbrezen und Schnupftabak. In den Neunzigern hieß der *Kaiser* dann kurzzeitig *Pizzeria Luigi*, ich erinnere noch das windige Schild, ein letztes Aufbäumen mit einem italienischen Pächter, Pizza Regina mit Kochschinken, der ehrwürdige Name usurpiert, «ein Itaker im *Deutschen Kaiser*, das geht doch nicht», kein Kaiser, maximal ein Vittorio Emanuele, der Savoyer mit dem Panzer mit Rückwärtsgang. Danach stand das Gebäude leer, die zerbrochenen Scheiben mit Klebeband fixiert, die Freitreppe zum Eingang bröckelte schon, die einst ehrwürdige Veranda mit den gusseisernen Säulen war von Moos überwuchert, das Kaisertum passé.

Für den Vater war es eine repressive Welt. Hinter seinen nachträglich weichgezeichneten Erinnerungen lag die Brutalität der Garnisonsstadt, alte Nazis, Besatzersoldaten, Kriegsversehrte ohne Arme und Beine in den Wirtshäusern, ihre Gehstöcke versperrten dem Jungen den Durchgang, ihre Derbheit stieß ihn ab. Die Brüder waren größer und stärker als er, die Straßen waren dreckig, die alten Häuser ruinös, der Putz bröckelte nicht malerisch wie in Habana Vieja, sondern feucht im Oberpfälzer Nebel, einzig die Kirchen sahen manierlich aus. Den Namen durfte man nicht trauen, die *Pfälzer Weinstube* schenkte nur fränkischen Literwein aus, das *Café Paradies* war der Treff für alte Tanten und die Junge Union, am schwarz gestrichenen *Walfischhaus* bröckelte der Putz, und der Wal, der Jona verschlang, war kein Wal, sondern ein Karpfen, weil der Holzschnitzer nur das fertigen konnte, was er selber kannte. All diese Profanität deutete der Vater später in etwas Heiliges um, er sprach von Amberg wie ein Tourismusmanager und verhinderter Heimatdichter, er bewegte sich nicht mehr als Zwölfjähriger durch seine eigene Geschichte, sondern als Erwachsener durch eine altstadtsanierte Kulisse, als der, der er später war: ein Heimatloser, Suchender, der sechste von sieben Brüdern, der Einzige aus seiner Familie mit einer anderen Postleitzahl.

Es gab nur einen, der mehr in ihm sah, der Lehrer Huber, *ein echter Volksschullehrer*, wie der Vater später sagte. Der Lehrer Huber kannte die Familie, hatte alle Lorentz-Buben persönlich unterrichtet. Den Fußweg nach Gärbershof unternahm er einzig wegen des Vaters, und er überredete die Großeltern, den Jungen auf die höhere Schule zu schicken, aufs humanistische Gymnasium. Der Lehrer Huber war *im Lager* gewesen, so hieß es weichmachend, als hätte er nur irgendwo hinten im Geschäft nach ein paar Kisten gesucht, im Lager. Dachau trauten sie sich nicht zu sagen, und den zerschundenen, vernarbten Rücken verbarg das Hemd. Der Großvater hatte dem Gymnasium eigentlich nicht zustimmen wollen, aber er genierte sich vor dem Lehrer Huber, es beschämte ihn, dass der Lehrer seines Sohnes in Dachau gewesen war, während er selbst als Hitlers Soldat gedient hatte. Er dachte an die Blechdose mit den Orden drüben im Schlafzimmer und fühlte, wie seine

Ohren rot wurden. Er druckste ein wenig herum, dann stimmte er zu. Als der Lehrer Huber gegangen war, sagte er: «Aber wenn er nur einen Fünfer hat, dann geht er auf die Luitpoldschule wie seine Brüder auch.»

Das humanistische Gymnasium lag in Sichtweite der Eisweiher und des kleinen Dorfes auf einem Hügel, man blickte zu ihm auf, seine Dachreiter und Türmchen gehörten zur Silhouette der Stadt, zusammen mit den großen Kirchen, den Trutzburgen der Gegenreformation. Dort gab es keinen Lehrer Huber mehr, dort sagte man *Herr Professor*, und der Herr Professor Winter war nicht in Dachau gewesen, sondern in Smolensk mit der Heeresgruppe Mitte. Der Schuldirektor ließ sie antreten wie zum Appell, mit einer unzeitgemäßen Zackigkeit, zur Einschulung wurden die Namen der Sextaner vorgelesen, zusammen mit den Berufen der Eltern, *Postbeamter und Hausfrau* klang aus dem Munde des Pedells wie eine Drohung. Solche Appelle gab es oft, Mahnungen an die deutsche Jugend zum Jahrestag der Schlacht von Narvik oder zur schmerzvollen Erinnerung an die alten Kameraden am *Tag der Schmach*, dem 8. Mai. Später freilich lachten die ehemaligen Knabenschüler über die alten Nazis, in den kommenden studentischen Heldengeschichten, wo jedes Rebellentum solchen Anklang fand, dass in der Rückschau jeder gerne ein Rebell war, keine Biografie ohne Revolte, kein runder Geburtstag ohne Anekdoten aus der *Kampfzeit*, später war jeder ein 68er gewesen, auch die damals Zehnjährigen, sogar die Pädagogikstudenten waren in der ersten Reihe marschiert, Aug in Aug mit der berittenen Kavallerie, fast in den Untergrund gegangen, aber am Ende dann doch Konrektor in Baar-Ebenhausen geworden, Philologenverband statt RAF, die Überlebenden schreiben die Geschichte. Aus der Distanz ließ sich später gut lachen, doch damals, in der zugigen Aula des Gymnasiums, war es noch schwer, ein Held zu sein, denn der Direktor war immer noch Furcht einflößend genug, dass er einer Bildungslaufbahn im Wege stehen konnte, genau wie all diese Kriegsveteranen, die Latein und Mathe unterrichteten, die einen demütigen konnten, einen wie ihn, den Kleinhäusler-Jungen aus Gärbershof, Vater bei der Post, Mutter Hausfrau, auf dessen Heimweg es keine geteerten Straßen gab, der über die nassen Wiesen lief, um in sein Dorf zu kommen, immer getrieben von dieser einen großen Angst, nicht gut genug zu sein, der sechste von sieben Brüdern, *mene mene tekel upharsin*, bei sieben Brüdern war die *lingua franca* der Spott, er durfte nicht scheitern, «sonst kommst auf die Luitpoldschule wie deine Brüder auch».

Er durfte nicht scheitern. Er hatte die Angst in den Augen seiner Mutter gesehen, es gab ihm einen Stich, ihre Unsicherheit vor dem Herrn Professor, die erlernte Untertänigkeit, das Mädchen aus Thanried, das keinen Fehler machen wollte in Gegenwart solch hoher Herren, wie damals beim Regierungsrat Weymann, sie, die den eigenen Vater nur vom Bild kannte. «Mach bloß immer das, was der Herr Professor sagt. Ich kann dir nicht helfen.» Der Vater wollte sie nicht enttäuschen, sie nicht, den Lehrer Huber nicht, niemanden, aber seine Angst zu versagen wuchs immer mehr. Er konnte niemanden um Rat fragen, niemanden bitten, um nichts. Seine Brüder lernten Vogelnamen statt Griechisch und Latein, sie tarnten ihren Neid als Verachtung.

Am Fuße des Hügels lagen die *Weißen Väter*, ein Internat am Rande der Stadt. Als Kind liebte ich den Namen, stellte mir die Weißen Väter wie lauter uralte chinesische Weise vor, Orakel mit langen, geflochtenen Bärten, *der Alte vom Wandernden Berge*. In Wirklichkeit waren es Mönche, die Gesellschaft der Missionare von Afrika, die hier auch ein Internat betrieben, ein potthässlicher Bau aus den frühen Sechzigern, und die Weißen Väter nahmen gutes Geld für Nachmittagsbetreuung. Dem Versprechen vom Aufstieg durch Bildung durch etwas Geld nachzuhelfen, das erschien ein gutes Investment für manche Bauernkinder. Der Vater meldete sich selbst dort an, die Gebühren für die Nachhilfe erarbeitete er sich bei der Gärtnerei Schlaffer, wo er eine Stunde pro Tag die anfallenden Fleurop-Grußkarten schrieb. Die Frau Schlaffer führte das Geschäft alleine, nachdem ihr Mann in den Ardennen gefallen war, sie hatte im Krieg gut verdient, die Nachfrage nach Trauergestecken war groß gewesen. Nun waren verspieltere Arrangements gefragt, ferne Liebende schickten sich Blumensträuße, gaben die Botschaft für die Grußkarten telefonisch durch, der Vater schrieb sie mit gestochen scharfer Handschrift auf die Grußkarten: *Liebste Irmgard, in Treue, Dein Harald, Dein Sigi, Dein Richie, ich vermisse Dich sehr, tausend Küsse und zwölf Tulpen*. Pro Karte bekam er ein Zehnerl, zum Muttertag gab es einen Zuschlag. Mit dem Blumengeld bezahlte er die Weißen Väter, und nach einem Jahr hatte er sich an der Schule eingewöhnt, seine Zensuren in Latein wurden besser, die Angst weniger.

Kurz vor Pfingsten gab es schulfrei. Adenauer war tot, und die Bundesrepublik bekam Staatstrauer verordnet. Der Vater saß vor dem Fernseher und betrachtete die Honoratioren, de Gaulle, hochbetagt, der alte General überragte sämtliche Ehrengäste, sogar den amerikanischen Präsidenten, als spottete die Geschichte des offiziellen Protokolls. Als de Gaulle dort in der Kirchenbank saß, hatte er kurz die Augen geschlossen. Vielleicht dachte er an das Treffen in Colombay, als er mit Adenauer über den Samt der alten Teppiche lief, zwei Kinder anderer Epochen, die Leben bereits gelebt, als die Geschichte noch einmal nach ihnen rief und sie in ihren Dienst stellte, wie de Gaulle es später formulieren würde, als er mit Malraux zum letzten Dinner saß, den Wein aus dem Rhônetal in den sanften, faltigen Händen. Oder er dachte an die Umarmung von Paris nach der Unterzeichnung des Élysée-Vertrags, als sich die beiden Alten staksig in die Arme fielen. Adenauer war sich des historischen Moments bewusst, aber er stand etwas steif und unsicher daneben, er war zwar Rheinländer, aber eben auch Preuße, doch dann zog ihn der alte General zum Bruderkuss heran, drückte seine Lippen auf die runzlige Haut des Alten, *es lebe Europa*.

Neben dem Sarg stand eine Ehrenwache der Bundeswehr, Offiziere mit hängenden Mundwinkeln. Sie alle waren Ritterkreuzträger, wie der Kommentator extra betonte, die Meriten aus den vergessenen Jahren galten nun wieder etwas, eine Botschaft an die Kameraden, *wir sind wieder wer*. Und irgendwie schien es zu passen in dieses Pontifikalrequiem im Dom zu Köln, dass keine Widerstandskämpfer geladen waren, aber die Ritterkreuzträger des *Ancien Regime* den Sarg beschirmten, es war klar, welche Linien hier weiterlaufen sollten, die Ästhetik war Feldgrau und Schwarz, Stahlhelme unter der entrückten Gotik, dann fuhr das Schiff mit dem Sarg den Rhein hinunter, der Vater Rhein, Siegfried von Xanten und Drusus, alles in allem mehr Wagner als Heine, das sollte auch so bleiben.

Der Vater wurde ein Volksschullehrer, ein Dorflehrer, genau wie der Lehrer Huber. Er unterrichtete alle Fächer, von Englisch bis Mathematik. Als er seine erste Stelle antrat, war die Mutter gerade schwanger. Sie studierte noch, also suchten sie sich eine gemeinsame Wohnung in der Mitte zwischen Universität und Dienstort, gleiche Entfernung für jeden, das war pragmatisch, da musste man sich nicht so genau fragen, ob man dort wirklich leben wollte. Die Wohnung war zugig und ein wenig düster, überall war grauer Teppichboden verlegt, und das Bad wurde nicht richtig warm.

Die neue Schule war auf dem Land, eine Dorfschule am Rande des Schulamtsbezirks, auf der Grenze zwischen Ober- und Niederbayern, wo immer der Nachname vor dem Vornamen kam, der *Berger Max*, die *Bösl Tina*. Die meisten Schüler waren Bauernkinder, Schule war für sie keine Chance, sondern eine lästige Randerscheinung, zu Hause durfte man schließlich schon mit zwölf den großen Traktor fahren, «ein PS kostet einen Tausender, dann wissens Bescheid!». Sie sagten Sätze wie «wenn der Rummenigge den reingemacht hätte, dann wären wir Weltmeister geworden». Oder «wenn die Amis nicht gekommen wären, dann hätten wir den Krieg gewonnen». Dieses *Wir* war ein erlerntes, sie hatten es von ihren Vätern abgehört, die geerbten Ressentiments, die großen Unterkiefer, dieses ewige *Alles hätte anders sein können, wenn nur der Führer hinter Kiew nicht an die Wolga abgebogen wäre,* dann würden die Hände jetzt nicht nach Dünger riechen und die BayWa nicht um 17 Uhr schließen.

Noch in den Neunzigern wurde es von Schulkindern mit Zähneknirschen vorgetragen: «Wir hätten den Krieg leicht gewonnen, wenn der Ami nicht eingegriffen hätte.» Hätten sie uns mal machen lassen, *uns,* also den Opa, den Kramhuber Beppi und den Hitler. Das erzählten die Bauernbuben aus Lobsing und Oberdolling, die nie einen Krieg gekannt hatten, außer das alljährliche Derby in der Kreisliga. Sie kannten die Namen aller Bayernspieler von den Sammelkarten, den Matthäus, den Wohlfahrt, den Aumann, sie kannten die PS-Zahlen von Traktoren und Sportwägen, aber sie wussten nicht, was Oradour-sur-Glane war oder Lidice. Ihren Vätern hatte man es ebenfalls nicht beigebracht, denn was muss ein Hopfenbauer auch schon über Kriegsverbrechen wissen, reicht doch, wenn sich die anderen daran erinnern. Im Kollegium schüttelte man den Kopf über den Furor des Vaters, so redete man halt hier, *was regst dich denn so auf?*

Die Landschaft war ohne Schnörkel, im Winter kein Schnee, nur umgepflügte Erde, verrottend, flurbereinigt, kein Halt mehr für das Auge und die Fauna. Raiffeisenkreuz und Jesuskreuz hingen in Eintracht, der Siloturm wie ein Bergfried, der Kampanile der umliegenden Zuckerrübenfelder, nur ein wenig kleiner als der Kirchturm. Die Bauernjungen nannten ihre Kirche *Unser Vater,* «gestern bei Unserem Vater», in tiefstem Bayerisch. In Wirklichkeit hieß sie Sankt Salvator, wir mussten später dorthin zum Kommunionsausflug, ein Wallfahrtsort auf dem Jura, zwischen Hopfenfeldern und kleinen Waldstücken, nichts als ein paar Gehöfte um eine Kirche gruppiert, daneben der Ausflugsgasthof, wenig ambitioniert nur darauf spezialisiert, den Pilgern Bier und pappige Zitronenlimo zu verkaufen, dazu der Geschmack von zwei Tage altem Schmalzgebäck, diese poröse, abgestandene Süße. Die Reihen mit Andenkenständen waren schon damals rückläufig, es kam niemand mehr außer denen, die mussten, so wie wir, wir defilierten mit den übereifrigen Tischmüttern hindurch, es gab eine Andacht, wo man die Geschenke weihen lassen konnte, die Heiligenbilder und die ferngesteuerten Autos, Unser Vater, Sankt Salvator, der Erlöser der Welt, auf dem Altar und im Wirtshaus, Streuselkuchen und Weißbier zu den salomonischen Säulen am Hochaltar, etwas zu viel Mystik für diesen Ort, Heiligenbildchen und Wetterkerzen für 50 Pfennig, man kaufte sich einen Rosenkranz und einen Meter Kaugummi, der auf der Heimfahrt im Haar von Michi Küffner endete.

In diesem Sommer nahm mich der Vater mit auf eine Reise, er zeigte mir die Route auf der Landkarte, ein ausladender Halbkreis durch Frankreich, nur wir beide im blauen Opel Kadett. Es war seine Idee gewesen, er hatte extra dafür ein Zelt gekauft, ein Igluzelt mit goldener Außenhaut, die Heringe fein säuberlich in eine Ledertasche sortiert. Der Vater hieß mich nach der Tabac-Reklame Ausschau halten, denn dort hoffte er, eine Süddeutsche vom Vortag kaufen zu können, in Langres, Cluny oder Gueret, burgundischen Kleinstädten, wo wir das goldene Zelt in alten Stadtgräben aufschlugen und abends davorsaßen, der Vater in die Nachrichten von gestern vertieft, mit der wohligen Distanz wirkte die Bonner Republik wie ein Theaterstück, und er goss sich noch einen Pinot noir aus dem Carrefour in seinen Plastikbecher und erklärte mir anhand der Überschriften vom Vortag die politische Lage. Tagsüber liefen wir durch sommerkühle Kirchen, St. Front in Périgueux, dieses byzantinische Kuppelgebirge, Vesunna Petrocoriorum, es war die Partnerstadt von Amberg, danach schwamm ich für Stunden alleine in dem kleinen Schwimmbad über den Pinien, die Echsen sonnten sich auf den zerbrochenen Steinen der Einfassung, der Vater saß mit der Zeitung unten vor dem goldenen Zelt, und wenn ich kam, außer Atem vom Schwimmen, dann gingen wir nach vorne zu diesem kleinen Lokal am Empfang, wo sonst niemand saß, der Wirt war ein Holländer, er hatte saure Limonade und übersalzene Pommes frites, dieser kulinarische Ausnahmezustand, Dinge, die ich ansonsten niemals bekam, aber hier, in der tief stehenden Abendsonne unter den Pinien des Périgord, war alles erlaubt. Der Vater war entspannt wie nie, er erzählte mir die Episoden der Zeitgeschichte, von Willy Brandts Misstrauensvotum und, als es dunkelte, von der Beerdigung Adenauers und den verbissenen Mündern der alten Nazis, er sprach als Lehrer und als Zeitgenosse. Es roch nach Plastik, die Zeltplane sonderte ihre synthetische Palette ab, nachdem die Sonne den ganzen Tag daraufgebrannt hatte.

Am Ende der Reise fuhren wir nach Paris. Am Arc de Triomphe ließ er mich in der Litanei der Ortsnamen suchen und freute sich, als ich dort Amberg entdeckte. Ein erfülltes Relevanzkriterium für die Verewigung in Kalkstein war, Austragungsort einer Schlacht mit napoleonischer Beteiligung zu sein. Am Ende wurde jedes Scharmützel zur Schlacht befördert, Amberg, Marienstein, Rovereto, Montebello, weil man den ruhmreichen Heerführer zu einem Strategen vom Range eines Belisar oder Alexander machen wollte, ein kleines Gefecht nur sei es gewesen, sagte der Vater, zwischen Witzlhof und Poppenricht, wo heute der Netto-Parkplatz ist.

Es blieb unsere einzige gemeinsame Reise. Danach verabschiedete sich der Vater aus der Entwicklung und machte es sich bequem, er konservierte seinen Musikgeschmack und hörte zum Frühstück nur noch Dire Straits oder Tracy Chapman, die mit jedem Jahr anachronistischer wurden. Aber er schien zufrieden mit der Zeit nach dem Ende der Geschichte, die Schlachten gewonnen, ohne zu kämpfen, die Fragen der Zeit von den anderen gelöst. Er ging nicht einmal mehr zum Bund Naturschutz, sondern bestellte sich Subskriptionswein aus dem Burgund, ließ seine Fotos in einem Fotoklub entwickeln, und manchmal lachte er laut bei der Lektüre des *Streiflichts* beim Frühstück. Von der erlangten Kreditwürdigkeit kauften die Eltern das kleine Haus in Marienstein.

Als Kind waren Zärtlichkeiten rationiert, genau wie das Christbaumanzünden, die Kerzen brannten am Heiligabend, dann wurden sie gelöscht, am zweiten Feiertag noch mal angezündet und dann, mit etwas Glück, noch einmal an Dreikönig. In der Schule zählten gute Leistungen, genau wie beim Klavierspielen und beim Turnen. Klugheit wurde goutiert, aber nur in Form von Wissen, nicht im kontroversen Diskurs. «Red nicht daher wie ein siebengescheiter Dachdecker», sagte der Vater dann. Ich ahnte, dass die naheliegende Nachfrage, weshalb ausgerechnet ein Dachdecker als Symbol für Besserwisserei gelten sollte, auf wenig Resonanz stoßen würde, und hielt den Mund. Er fuhr mich fünfmal die Woche zum Training, holte mich danach ab und fragte nie, wie es gewesen war.

Eines Abends lief *Ein Engel an meiner Tafel* im Fernsehen, die Verfilmung des Romans von Janet Frame. Der Vater war gerührt wie selten, er sah sich selbst darin. Die kleine Janet bekam einen Ausweis für das Athenäum und durfte sich Bücher ausleihen, die schöngeistige Überwältigung, als das kleine Mädchen durch den marmornen Portikus in die Bibliothek trat und die Bücher in das proletarische Elternhaus mitbrachte, darin erkannte er sich, und er hatte Tränen in den Augen. Als der grobe Vater, der alle seine Kinder mit dem Gürtel schlug, dem jungen Mädchen ein Heft für seine Gedichte schenkte, weinte er.

Solche offenen Gefühle gab es sonst nur in Bezug auf seine Heimatstadt. Es war eine Stunde Weg bis nach Amberg, wenn wir die Großmutter besuchten. Auf jeder Hinfahrt, wenn er vom Pittersberg aus die Bergkirche am Horizont sehen konnte, begann er zu singen. *Amberg, ach Amberg, grün im Fichtenkranz, gold im Sonnenglanz*, ein Lied, das ihm der Lehrer Huber in Heimatkunde beigebracht hatte, vielleicht hatte er es sogar selbst geschrieben. Er sang, bis ich älter als seine Schüler war, dann verstummte er und sang nur noch für sich.

Solche Nostalgie war nur ihm vorbehalten und nur bei diesem einen Thema. Bei allen anderen Gelegenheiten wurde es als nutzloses Gefühl diffamiert. In meiner Klasse war Florian Obermeier, ein kleiner, untersetzter Treibauf mit einem runden, sommersprossigen Gesicht. Er konnte rennen und prügeln, war laut, er hatte das unbeschwerte Charisma eines Bauernjungen, der noch immer so jung war, dass ihm niemand sagte, er rieche nach Kuhstall. Irgendwann würde der Tag kommen, da er den Geruch wahrnehmen würde, sei es nur in einem Nasekräuseln seines Gegenübers, irgendwann würde er diese muffige Süße aus den Kleidern haben wollen. Aber der Tag war noch fern, und er rannte mit seinem roten Schädel über den Bolzplatz, und er sang mit dieser verschwitzten Robustheit immer nur ein Lied: *Patrona Bavariae*, eine Schunkelschnulze, «Patrona Bavariae, hoch überm Sternensää», die Melodie war eingängig, und ich sang sie zu Hause dem Vater vor. Er lachte mich aus, fragte unwirsch, woher ich diesen Dreck hätte. «Das ist Musik für Vollknaller», sagte er. «Du darfst nie der einfachen Melodie vertrauen. Da wo sie alle mitklatschen, da wird es gefährlich.»

Er selbst sang abends manchmal mit der Gitarre, nur für sich, wenn er sich unbeobachtet fühlte. Es waren die Worte anderer, geliehene Träume, von Hannes Wader oder Alex Campbell, aber es waren seine Gefühle, seine ungelebten Leben, der Straßenmusiker, der den Ring im Ohr trug, auf dem Weg nach Süden, weiter bis ans Meer, *in leeren Wagen während mancher langen Fahrt, wenn der Motor mit mir sang,* diese Sehnsüchte, die nicht zu seinem Leben zu passen schienen, sie alle verschmolzen in einem Lied, das er immer und immer wieder sang:

Große Wünsche, Träume,
Alles liegt so weit zurück,
Vertane Zeit, verpasste Chancen,
Und oft unverdientes Glück.
Zu viel von dem, was ich mir wünschte,
Habe ich niemals erreicht,
Und meine Lieder klingen nicht mehr

So wie damals, frei und leicht.
Heute singe ich um mein Leben.

Ich saß auf der dunklen Treppe vor der halb geschlossenen Türe und lauschte, fühlte mich wie ein Dieb, aber ich war wie betrunken von diesem Lied, dieser hymnischen Vergeblichkeit. Einmal fragte ich ihn, was das bedeutete: Heute singe ich um mein Leben. «Das sind doch nur Lieder», sagte er. Er sah mir nicht in die Augen. Später sang er nur noch in der Schule, seine klare Stimme verschwendet für die Gottesdienste am Ende des Jahres, Gitarren *Laudato Si* mit schunkelnden Religionslehrern.

In seinem Keller archivierte er die Abschiedsgeschenke seiner Schulklassen, Jahrgänge der Scheußlichkeiten, Zinnteller, Bierkrüge mit Rauten, Bierkrüge mit Löwen, mit Neuschwanstein oder mit dem großen Staatswappen, mit Gravur im Zinndeckel, *in ewiger Erinnerung an Ihre 9b*, er hatte vierzig 9bs gehabt in seinem Leben, jedes Jahr eine andere, für sie blieben sie immer nur diese eine Klasse, und er dieser eine Lehrer, für spätere Erinnerungen und nostalgische Rückschauen auf ein Podest zementiert, beim Vater waren es dann beschriftete Pappkartons mit Jahreszahlen, sauber archiviert im Keller, nicht, weil er sie irgendwann noch einmal hervorholen wollte, sondern nur aus Anstand gegenüber der Geste nahmen sie ihren Platz ein in dem kleinen Kellerraum neben meinen alten Kinderzeichnungen und den Schlittschuhen in allen Größen, trotz Erderwärmung aufzuheben für kommende Enkelgenerationen.

Erst als wir später diesen Keller in Marienstein ausräumten, begriff ich vollends, dass diese scheinbare Nostalgie des Vaters auch eine Form des Soldatischen war. Es war seine Art der Pflichterfüllung gegenüber dem Beruf, der Familie, der Vergangenheit. In seinem ehrlichen Kampf gegen alles Grobe und Laute und gegen das *Wir sind wieder wer*, für die Bauernkinder und die Wiesenbrüter war er selbst ein Soldat geworden, er diente der guten Idee mit aller Härte, die er aufbringen konnte.

X

DIE DISZIPLIN DER ZEIT

Morgengrauen in der Taiga, *Taiga,* man kann das Wort nicht einmal denken, ohne sich wie Konsalik zu fühlen. Die Sümpfe haben wir hinter uns gelassen, farbige Holzhäuser ziehen sich die bewaldeten Hänge empor, die Weite der Steppe ist endlosen Wäldern gewichen. Ich richte mich langsam auf, es hat keinen Zweck, die unschlagbare Wellness-Mischung aus Kälte und Erinnerung lässt mich nicht schlafen. Alle Uhren gehen falsch, der Zug bleibt in der Vergangenheit verhaftet, hier gilt immer noch Moskauer Zeit, obwohl wir vier Stunden weiter östlich sind, als bestimmte die vorvergangene Zeit auch den Fahrplan, als wäre Nostalgie das Metrum, die Taschenuhr des Bahnhofsfranzl zeigt mir die Zeit zu Hause, sechs Stunden Nacht hat J. noch vor sich, während ich es vor Kälte kaum aushalte, gegen die Fahrtrichtung sitzend, den Blick zurück. Am Bahnhof von Krasnojarsk leuchtet eine Digitalanzeige in flackerndem Gelb durch den Morgennebel: Uhrzeit 08:47 Uhr, Außentemperatur 50 *Grad minus.*

Krasnojarsk, mit dem Namen verbinde ich nichts, außer diffuse Sprachfetzen aus der Kindheit, es müssen die späten Neunziger gewesen sein, Meldungen aus der Tagesschau, formelhaft, daher so einprägsam, der ehemalige General Lebed, der Boris Jelzin durch seine Empfehlung im zweiten Wahlgang das Präsidentenamt sicherte, eine politische Dankbarkeitskarriere und ein prunkvolles Büro im Kreml warteten, stattdessen ließ sich Lebed zum Gouverneur von Krasnojarsk wählen, man sagte, er ging in die Provinz, um sie auszupressen wie ein römischer Statthalter, wie Marcus Lepidus oder Avidius Cassius, um mit dem sagenhaften Reichtum des Ostens am Ende doch noch Präsident zu werden, doch sein Hubschrauber flog in eine sibirische Stromleitung, die Todesnachricht schaffte es nur noch in die Rubrik *Vermischtes*.

Fünfzig Grad unter null, das muss ein schlechter Witz sein. Der Vorhang ist am Fenster festgefroren, ich reiße ihn von der Eisschicht, das Stück Stoff steif wie ein Faltenwurf aus Marmor, eine versteinerte Bewegung, wie der Mantel der Lenindenkmäler oder der Bart des römischen Moses von San Pietro in Vincoli. Durch einen Spalt im Eis dringt etwas Sonnenlicht herein, und ich sehe das blasse Rot des Wintermorgens auf den brachialen Schloten des Heizkraftwerks, dann überqueren wir den gefrorenen Jenissej, ein Eismeer voller Nebel und Dampf, als hätte man eine Stahlbrücke über die Flüsse der Unterwelt gespannt, Acheron oder Lethe, dahinter ein gewaltiges Eisstadion, selbst das Wasser der Danaiden gefriert bei minus fünfzig. Ich denke an die Kinderträume von großen Flüssen, sich mit einem Floß bis zur Mündung treiben zu lassen, *bin auf dem Weg nach Süden und will weiter bis ans Meer*, das sanfte Ausfransen in einem mediterranen Delta, der Endpunkt aller Roadmovies und Sehnsuchtserzählungen von der Donau bis zum Mississippi, doch in Sibirien speisen alle Lebensadern die eisige Kälte des Nordmeers, der Ob, der Jenissej, was macht das mit den Kinderträumen, wenn alle Flüsse am Ende ins Polarmeer münden?

Ich hole mir bei den Schaffnern heißes Wasser aus dem Samowar, eine Tasse russischer Instant-Kaffee und ein Müsliriegel sind mein Frühstücksritual. Zu Hause gäbe es jetzt ein Frühstücksei, darüber ein paar Tropfen Maggi geträufelt, diese Unart hatte ich mir von J. abgeschaut. Es war die erste Tradition, die ich aus ihrer Familie kennenlernte, sie genierte sich ein wenig dafür, aber ertränkte dennoch fast trotzig den gesamten Eidotter in Maggi. Sogar ihr Vater, dieser riesige amerikanische G. I., tropfte sich das dunkle Gold aufs Ei, «*can you pass the Maggie*», sagte er, es klang mehr nach britischer Premierministerin als nach teutonischer Würzmischung. Es wurde in Bezug auf J. mein erster Akt von kultureller Aneignung, seither aß ich wie selbstverständlich jedes Ei nur noch mit Maggi. Ich erinnere mich, wie J. mich bei meiner neuen Gewohnheit musterte, erst ungläubig, dann spöttisch, später triumphierend, irgendwann gar nicht mehr. Ein blödsinniger Gedanke kommt mir in den Sinn: Was, wenn ich J. nicht wiedersehe und wenn von all den gemeinsamen Ritualen, Berührungen, Gerüchen, den Küssen an geliebten Stellen des Körpers, dem Mundwinkel, der Halsbeuge, des Schlüsselbeins, *clavicula*, der Briefe, der Reisen, der Tränen, wenn am Ende von all der geteilten Zeit nur eine beiläufige Frühstücksgewohnheit in meinem Leben übrig bliebe, viel zu oft gemacht, um noch als Madeleine zu taugen, Maggi Würze auf dem Ei, als bliebe von Mykene nicht das Löwentor oder die Geschichten der Atriden von Iphigenie und Elektra, sondern nur ein Tropfen Olivenöl im griechischen Joghurt, der Gedanke macht mir solche Angst, dass ich ihn mitsamt dem Brühkaffee hinunterwürge.

Eier mit Maggi, *jedem Mann ein Ei, dem braven Schweppermann aber zwei*, das war ein Spruch des Vaters gewesen, kein Frühstücksei der Kindheit ohne diese Weisheit, es war, natürlich, was sonst, eine Amberger Legende. Der Ritter Schweppermann hatte die Verfolger des Kaisers auf eine falsche Fährte gelenkt, indem er seinem Pferd die Hufe umgekehrt beschlagen ließ, so lockte er die Feinde in die andere Richtung. Abends, beim siegreichen Festmahl, hatte ihm dann der Kaiser vor allen Rittern gedankt und ihn zum Dank für seine Tapferkeit mit zwei Eiern bedacht. Abgesehen davon, dass das große Rittermahl seltsamerweise nur aus einem Ei pro Gast bestand, fand ich es immer ungerecht, dass dem Kaiser sein eigenes Leben nur ein lumpiges Ei als Bonuszahlung wert war, aber der Vater führte uns eines Tages zum Grab des Ritters im Kreuzgang der Klosterburg von Kastl, auf dem Sarkophag aus schwarzem Marmor stand eine steinerne Urne, lorbeerbehangen und mit zwei Eiern bekrönt, darunter stand tatsächlich als Epitaph der Eierspruch, stand da in Stein gemeißelt, also musste es stimmen, dachte ich: *Jedem Man ein Ey, dem braven Swepfermann zwey.* Natürlich hatten sie in Amberg auch eine Kaserne nach Schweppermann benannt, neben all den Preußenkaisern und Weltkriegsgenerälen stand der cholesterinlastige Ritter, der Regionalproporz galt also auch für Kasernenpatronate.

Der Hunger treibt mich in den Speisewagen, das Rindschwein verkneife ich mir diesmal, aber eine Suppe bekomme ich, passabel und heiß. Auf dem Laptop läuft heute kein russischer Copthriller, sondern irgendeine DJ-Show von einer Baleareninsel, nackte Hintern rotieren zu *Ibiza Party Sound Vol. 23*, den Sonnenbrillen und Frisuren nach zu urteilen, ist die Party mindestens zehn Jahre alt. Außerdem sind da Juan und Elsie, die beiden wirken schon fast wie Inventar im Waggon, das elegante ungleiche Paar. Elsie blickt schon länger nicht mehr aus dem Fenster, liest stattdessen Bücher, es ist allerdings nicht *Krieg und Frieden*, sondern ein amerikanisches Sachbuch über Möglichkeiten der Postwachstumsgesellschaft, also deutlich mehr Fiktion als Tolstoi. Juan hat eine Dose Baltika vor sich stehen, was mich seltsamerweise befremdet, in meiner Fantasie ist er wohl immer noch Legionär und nicht auf dem Weg zu irgendeinem Businessstudium mit dem Olof-Palme-Stipendium des Rotary Clubs Uppsala. Die beiden sind auf keiner Mission, sie sind auf einer Reise, auf einer langweiligen Reise durch monotone Winterlandschaften, die ein Mittagsbier durchaus rechtfertigen, den transsibirischen Lebenstraum erfüllt man sich nebenbei, warum auch nicht, wenn man ihn mit der Shanghai Business School verbinden kann. Elsie bemerkt, dass ich sie anschaue, und legt ihr Buch beiseite. «Was willst du eigentlich in Nordkorea?», fragt sie. Ich zucke nur mit den Schultern, weil mir die Antwort so blöde vorkommt. Sie schüttelt leicht spöttelnd den Kopf. «Ist das eine Art von deutscher Romantik, die ich nicht verstehe?» – «Wohl eher nicht», sage ich. «Mein Urgroßvater war Seefahrer. Sonst sind mir keine Sentimentalitäten in meiner Familie bekannt.» Sie mustert mich einen Augenblick. «Du musst das Lisao lesen. Kennst du das Lisao?» – «Es klingt wie eine portugiesische Kabeljaupfanne», sage ich. Elsie zieht etwas gekränkt die Augenbrauen hoch. «Das Lisao ist ein chinesisches Klagelied. Wörtlich übersetzt heißt es in etwa so viel wie *Trauer nach der Trennung*. Darin macht sich ein Verstoßener auf die Reise durch sagenhafte Länder bis ans Ende der Welt. Kommt dir das bekannt vor?» Sie lächelt etwas zu spöttisch, es gibt mir einen kleinen Stich. Sie bemerkt es sofort. «So hab ich es nicht gemeint», sagt sie.

In Ilansky laufe ich kurz über den Bahnsteig, um mir eine Cola zu kaufen, es ist schneidend kalt, und es gibt nur Pepsi. Noch bevor ich wieder eingestiegen bin, fährt der Zug ohne Signal plötzlich los, kein Pfiff, kein Ruf, langsam wie in Zeitlupe rollt er an. Ich stehe daneben, noch bevor ich verstehe, was passiert, spüre ich dieses entsetzliche Ziehen im Bauch, dieses fast vergessene kindliche Ohnmachtsgefühl, mein Wagen ist am anderen Ende des Zuges, ich laufe los, suche nach der nächstbesten Türe, sie ist verschlossen, der Zug nimmt Fahrt auf, beginnt, mich zu überholen, da winkt mir aus einer offenen Türe eine Schaffnerin, in völliger Gelassenheit hält sie mir die Hand hin, ich muss nur ein paar Meter über den Schnee sprinten, dann ziehe ich mich hinauf, sei gepriesen, heilige Provodniza, ich falle beinahe auf sie, sie lacht wie über einen gelungenen Witz. Ich bin außer Atem, weiß nicht, in welchem Waggon ich bin, und lehne mich erst einmal gegen die Türe, um zu verschnaufen. *Wagen 3* steht dort neben dem bullernden Ofen, vor dem ein frischer Berg Kohlen liegt. Die Provodniza blickt mich an, hebt den Zeigefinger, spielerisch mahnend, als schimpfe sie ein Kind aus. «Vorsicht», sagt sie, «nicht verloren gehen.» Langsam bekomme ich wieder Luft, «danke», schnaufe ich. Sie lacht. «Hast du eine Zigarette?» Ich habe eine, sogar in Pastellfarben und mit Goldfilter. Sie stöhnt gespielt auf, «ah, Sobranie». Sie zündet sich die Zigarette neben dem Kohleofen an, was kümmert sie das Rauchverbot, sie ist die Königin von Waggon 3, außerdem riecht es ohnehin wie im Kesselraum der Titanic, dagegen kommt das bisschen Tabak nicht an.

Wie sie da steht, mit der vom Ruß verschmierten Uniform, die verschwitzten Haare unter dem Schirm der in die Stirn geschobenen Mütze, den mondänen Goldfilter im Mundwinkel, sieht sie ungeheuer verwegen aus. Ich frage sie, ob ich ein Foto von ihr machen kann. Sie grinst, weiß um die Lässigkeit ihrer Pose, weiß, wie gut sie aussieht. Der Verschluss der Kamera klickt leise in das Rattern des Stahls hinein. Mein Blick fällt auf ihre Hände, und ich erschrecke, wie alt mag sie sein, fünfunddreißig vielleicht, höchstens vierzig, aber ihre Hände sind alt, uralt, zerschunden vom Kohleschippen, der Arbeit endloser Winter. Als sie meinen Blick bemerkt, lacht sie, ein raues Lachen. Dann streckt sie mir fast kokett ihre Hände hin. Die Innenflächen sind schwarz vom Ruß, aber darunter liegt der Schmerz, der Nowak könnte die Alsergrunder Lenin-Festspiele eröffnen mit einer Eloge auf diese zerfurchte Landkarte der *Harten Arbeit™*, die Provodniza mit den alten Händen. Ich wage es nicht, sie zu berühren. Dafür nimmt sie im Gegenzug meine beiden Hände und betrachtet ihre Innenflächen, streicht vorsichtig über die Haut. «Das sind die Hände eines Kindes», sagt sie. Sie hat recht. Die mühsam verheilten Schrunden vom Reckturnen, diese ewigen Wundmale, sind verschwunden. Ich glaube zwar manchmal, sie noch zu sehen, aber das ist nicht wahr. Diese vormals rissigen Handflächen, die Aleksandra Staniszewski damals im Klavierunterricht noch zu Metzgerpranken degradiert hatte, sie sehen nun tatsächlich aus wie das, was sie sind: das Werkzeug eines Komponisten. Es sind nicht die Hände eines Pianisten, aber die eines Musikers, immerhin. Sie drücken die Tasten des elektronischen Klaviers in meinem Studio, achtundachtzig gewichtete Plastiktasten, mein Arbeitsgerät zur Komposition, mit diesen Tasten steuere ich Terabytes an Klangbibliotheken, Streicher, Holz, Blech, Schlagwerk, alles mit meinen Händen, kann mit meinem Zeigefinger ein Violintremolo erzeugen, dass es dem Bratschen-Hubert zwischen drei Spritzweinen die Rührung in die Augen treibt. Sie drücken die Elfenbeintasten von Alfonsito, dem Flügel im Wohnzimmer, nur noch zum Vergnügen. Die Hände eines Kindes in den alten Händen der Provodniza. Ihre rissigen Fingerkuppen gleiten über meine Innenflächen, mit aller Sanftheit, die diese gemarterten Hände noch aufbringen können. Ich spüre, wie es mir warm wird. Die Letzte, die so über meine Handflächen strich, war J. Ich erschrecke und ziehe die Hände zurück. Die Provodniza lacht und küsst mich auf die Wange wie eine entfernte Patentante ihren Firmling. Dann zieht sie ihre Mütze gerade und zeigt den Gang hinunter: «Wagen 10.» Ich blicke mich im Gehen noch einmal nach ihr um, doch sie steht bereits wieder am Ofen und tut ihre Arbeit.

Es dämmert vor dem Fenster. Die Bäume an der Strecke verstellen den Horizont, ein hölzernes Spalier, das mich unwillkürlich an zu Hause denken lässt, an die mathematische Ordnung der Hopfenfelder, ein ganzer Landstrich nur dem Bier untertan. Die meiste Zeit sah man nur einen kargen Verhau aus Draht und Holz, dazwischen aufgewühlte Erde und die Spuren von Traktoren im schmutzigen Braun. Im Sommer rankte sich immerhin etwas Grün an den Drähten entlang, doch es blieb immer ein eintöniges Grün ohne Blüten. Nur einmal im Jahr, für ein paar Tage, geschah etwas Magisches: Das Licht wurde herbstlich weich, und die Ernte wurde eingebracht, und an diesen wenigen Tagen roch die Luft, roch alles nach Hopfen, nach den zerriebenen Dolden, dem Lupulin, und ein grüner Staub lag über der Landschaft, flimmerte in der weichen Sonne, legte sich wie ein Film über die Straße, kleine Dolden lagen herum, wirbelten auf, und die alten Bäuerinnen flochten Kränze daraus. Danach waren die Straßen schmutzig und braun vor Erde, und die Gärten wurden wieder zu bloßer Agrargeometrie. Auf der Straße lagen die Reste des Drahts, der sich in die Autoreifen fraß und jedes Jahr ein Leben kostete, der Vater war auf vielen solcher Beerdigungen gewesen. Ich lief mit J. durch die dunstige Abendsonne über diese gewundenen Landstraßen, die durch namenlose Weiler führten. In den alten Hopfendarren, auf den knarzenden Holzböden, schliefen wir auch später noch in dem grünen Staub dieser kurzen Tage. Das letzte Mal war trotz der weichen Kulisse von derart pflichtschuldiger Sachlichkeit, dass wir beide wussten, dass es das letzte Mal war.

Warum muss sie mich verlassen? Alle Versuche, es mir selbst zu erklären, scheitern. Es klingt alles viel zu logisch, viel zu griffig, wie die Prosa von Staatsoberhäuptern, wenn sie in ihren Memoiren die Grabsteine der Soldatenfriedhöfe beschreiben, marmorne Spaliere, Namen und Jahreszahlen, doch aus diesen Namen und der Opferbereitschaft für das Land erwuchs in diesem Augenblick, als die französische Militärkapelle das letzte Hornsignal in die normannische Meeresluft hinausblies, in diesem Moment erwuchs die Verpflichtung, die Gesundheitsreform durch den Senat zu peitschen, die Bankenaufsicht zu privatisieren oder was auch immer, diese mit politischen Adjektiven aufgeladenen Selbstermächtigungen, von Spindoktoren retrospektiv platziert, posthume Narrative an Gedenksteinen, «nehmen wir Iwojima oder die Normandie, was meinst du?» Weiß der Teufel, weshalb, weiß der Teufel, wann sie beschloss, mich zu verlassen. Es ist ohnehin zu spät.

Die Dunkelheit tut mir nicht gut, ich stelle mir seltsame Dinge vor: Was, wenn ich mich geirrt hätte? Wenn J. nicht zurückkäme, um mich endgültig zu verlassen? Wenn sie zurückkäme im Zug aus Antwerpen, um mir zu sagen, dass sie von nun an bei mir bleiben würde, dass wir zusammen in dem kleinen Haus leben, drei Kinder bekommen und alt werden würden, dass sie sich jeden Tag ein Klavierstück von mir wünschen würde, *Fidel pero desdichado*, Leninzitate für alle Gelegenheiten und jeden Wochentag Maggi und Ei, *und am Sonntag zwey*, und obwohl ich weiß, dass nichts von alledem wahr ist, denke ich noch weiter, halte den Zug an und mache mich auf den Heimweg, all die Tausende Kilometer in Eile zurück, *wie konnte ich mich so irren*, sie wartet vor dem Haus auf mich, doch ich weiß, es gibt kein neues Leben im alten. Bevor ich mir ihr Gesicht vorstellen kann, höre ich auf.

Der Schaffner singt leise auf dem Gang. Ich kann so nicht liegen bleiben. Die Kohleöfen bullern, die ganze Luft riecht nach Kohle wie ein altes Ostberliner Mietshaus, die Funken schlagen, Stahl auf Stahl durchs Eis, wie in diesem Bild von Lenin, ein Heiligenbild, der Steuermann in der Lokomotive der Geschichte, der Zug rast durch eine eisige Winterlandschaft, der Heizer schaufelt mit grimmiger Entschlossenheit Kohle in den Ofen, der Widerschein des Feuers färbt sein Gesicht in revolutionärem Rot, der Dampf zischt aus den Rohren, doch Lenin blickt nur aus dem Fenster, seine Mission liegt woanders, Wladimir Iljitsch fährt in nachtschwarzer Dunkelheit nach Petrograd, ich stelle mir das Flackern des Feuers auf dem Gesicht der Provodniza mit den alten Händen vor, noch zweimal durch die Kälte, ich will die Tür zu Wagen 5 aufmachen, da ruft mich jemand. «Wo willst du denn hin?»

«Hier bin ich», sagt die Stimme. Ich sehe nur die Glut einer Zigarette im Dunkeln, die Augen sind von einer Kapuze verschattet, aber ich weiß natürlich, dass es Juan ist. Er lehnt an dem Überhang aus Eis am Ende des Waggons. «Willst du eine rauchen», fragt er, «oder suchst du jemanden?» Ich stelle mich neben ihn und ziehe meine Pfeife hervor. Wir rauchen eine Weile, schweigend, blasen den Rauch in die Eisnacht. «Stimmt das mit deinem Seefahrer?», fragt Juan. Ich nicke, weiß nicht, ob er es in der Dunkelheit gesehen hat, aber ich weiß, dass er mir glaubt. Und mit einem Mal beginnt Juan zu singen, auf Französisch, ich erkenne es sofort, es ist das Marschlied der Legion, ich habe es schon früher gehört. Und in diesem Augenblick fällt mir ein Gesicht ein, lange vergessen, dazu ein Name, der Geruch des allerersten Pfeifentabaks, MacBaren Navy Flake, gepresste Plättchen im bayerischen Sommer, der Geruch des Waldes, während hier unter dem Strelnikov-Zug die Funken schlagen, umfasst vom Eis, fast einen Meter dick.

Au Tonkin, la Légion immortelle
À Tuyen-Quang illustra notre drapeau.
Vous les morts, nous vous serons fidèles.
Dormez en paix dans vos tombeaux

Er hieß Jonas und kam aus München. Nach der Scheidung seiner Eltern waren seine Mutter und er aufs Land nach Marienstein gezogen. Er wurde mit Skepsis empfangen, denn hier kannte sich jeder schon seit dem Kindergarten. Seine Art zu sprechen reizte zur Parodie, immer etwas zu laut und die Vokale überbetont. Die Mitschüler riefen ihn *Brüllaffe* oder *Stotterbene*, doch er nannte sich nur *Admiral*, und auch jenseits der nautischen Vergeblichkeit beeindruckte mich seine anmaßende Überzeugung, über seine Spitznamen selbst bestimmen zu können. Ich fand ihn irgendwie interessant – vielleicht lag es auch an seiner Art, sich zu kleiden: Er trug in der Regel eine abgenutzte sandfarbene Uniformjacke mit breiten Schulterklappen, die nach britischer Tropenexpedition aussah. Damit wäre er zehn Jahre später sogar in Marienstein als stilsicherer Hipster gefeiert worden, doch damals, in einem Pausenhof voller unironischer Sport-Logos, wirkte es so, als hätte sich ein obdachloser Großvater ins Fitnessstudio verirrt.

Ich hatte damals gerade mit dem Turnen aufgehört, meine Hände waren zum ersten Mal seit Jahren nicht mehr blutig. Trotzdem war ich mir der Wirksamkeit gelegentlicher Schulhofakrobatik bewusst, schließlich war es die Pubertät, und das immer leicht erschrockene Staunen der Mädchen, wenn man von der Treppe einen Rückwärtssalto auf das Pflaster machte, erzeugte ein wohliges Schweben. Außerdem genoss ich es, etwas zu tun, was Darek ganz bestimmt auf die Palme gebracht hätte: Mädchen zu beeindrucken, war in seinen Augen ein niederes Motiv – das konnten auch Clowns oder Zirkusakrobaten. Aber es fühlte sich so wunderbar rebellisch an, das so mühsam Erlernte endlich in eine angenehme Wirklichkeit zu überführen, darüber zu verfügen wie über geheimes Wissen, in nachlässiger Schlampigkeit, in Jeans und Jacke, es endlich zu gebrauchen, befreit vom Joch der Disziplin. Niemand würde mir hier auf die Knie schlagen, und für ein ehrfürchtiges Raunen reichte es allemal. Auch wenn mir die Sprunggelenke wehtaten.

Dem Admiral muss das irgendwie imponiert haben, denn plötzlich setzte er sich zu mir. Ohne Einführung fing er an, in seinem abgehackten Duktus zu erzählen. Er verzichtete unbescheiden darauf, sich vorzustellen – eigentlich der Habitus langgedienter Kommunalpolitiker, die sich nach dreißig Jahren Wichtigkeit und Weihnachtsfeiern nicht mehr ausmalen können, dass man sie nicht kennt. Das passte irgendwie zu seinem altertümelnden Kleidungsstil. Wir verabredeten uns fürs Wochenende.

Der Admiralspalast war eine unscheinbare Doppelhaushälfte in einem Neubaugebiet am Rande der kleinen Stadt. Die Straßen der neuen Siedlung waren alle nach irgendwelchen Kräutern der Provence benannt, Lavendelstraße, Oleanderweg, Magnolienstraße, weil die CSU im Gemeinderat von Marienstein jeden Vorschlag eines Frauennamens verhinderte – Marie Juchacz, Toni Pfülf, sie alle wurden für nicht straßenwürdig erklärt, deshalb gab es am Ende immer nur Pflanzen und Vögel. Das Haus in der Magnolienstraße 17 war jedenfalls reichlich unprovenzalisch. Im Treppenhaus hingen gestickte Ansichten von Fürstenfeldbruck von eher zweifelhaftem künstlerischem Wert, dazu eine Auswahl an Zinntellern mit oberbayerischen Motiven. Nichts ließ auf das schließen, was mich in seinem Kinderzimmer erwartete.

Es war, als beträte ich ein Marinemuseum. Von den Wänden grüßten düstere Ölgemälde von Windjammern in schwerer See, die schwülstige Dramatik der Buchumschläge von Romanheftchen, die es neben der Kasse in der Lottoannahmestelle zu kaufen gab. Auf der kleinen Kredenz stand eine Unmenge an Schiffsbuddeln, die jeder Hafenkneipe zur Ehre gereicht hätten. Wenn es ein Wohnmagazin für Kajütenausstattung gegeben hätte, dann hätte man hier Fotosessions abhalten können. Seine Sentimentalität war verkappt, aber sie war da, unter den Marschliedern und dem stoppelkurzen Haarschnitt vom Salon Gisela.

Ich erzählte ihm von meinem Urgroßvater, dem Argonauten aus dem Wald, ein zuvor mit niemand geteiltes Geheimnis, das uns fortan verband. Wir tranken Whisky von den Orkneyinseln als Reminiszenz an den Bahnhofsfranzl und an Scapa Flow, wir rauchten alte Pfeifen mit Tabak der Marke Navy Flake, dessen zu festen Blättern gepresste Herbheit sich so wunderbar unter den Fingern zerreiben ließ, wenn man die Pfeife stopfte, und meine Fingerkuppen rochen nach dieser herben Süße, über die Schrunden und das Magnesiumcarbonat legte sich langsam der Tabak wie ein Schutzfilm, wohlig und betäubend. Wir bliesen Rauchringe in die Luft und ergingen uns in Metaphern, Hemingway, Shackleton, Admiral Tegetthoff, Julius von Payer, wir waren alleine damit, und nur deshalb war es natürlich richtig.

Und nachts kletterten wir aufs Dach des Hauses und setzten uns rittlings auf den First. Unter uns lag die Geometrie der Kleinstadt: parzellierte Vorgärten und gepflasterte Höfe, in Waschbeton eingehauste Mülltonnen und Thujenhecken, alles von der Nacht leidlich verborgen. Die Dachziegel waren überraschend warm von der Herbstsonne und klapperten bei jeder kleinen Bewegung. Der Admiral nannte das Dach seine Kommandobrücke, und durch das offene Fenster klang der Plattenspieler herauf. Aus der Ferne drang das Rauschen der Bundesstraße herüber, und manchmal ging unten auf der Straße jemand mit dem Hund vorbei. Mehr Nautik war in Oberbayern nicht möglich.

Wir nahmen die Autofähre von Hamburg nach Harwich, es war eine zwanzigstündige Überfahrt. Im Dezember waren die Außendecks völlig leer, die wenigen Autoreisenden vertaten die Zeit in Ruhesitzen oder in den Duty-free-Shops an Bord. Der Nordwind wehte uns die Glut aus der Pfeife, es war unwirtlich, aber es musste wohl so sein, paramilitärische Selbstkasteiung, als müsste durch das Aushalten ein Beweis erbracht werden. Die Heimfahrt geriet weniger martialisch. Eine Wiederholung schien nicht angebracht, und so gingen wir unter Deck, um im Bordkino *Lethal Weapon 4* anzuschauen.

Danach waren wir Freunde, für eine kleine Weile. Rauchen blieb unsere geheime Übereinkunft, ich entdeckte diese wunderlichen Blechschachteln mit den schönen Namen: *Pergamon*, *Sanssouci*, *Caledonia*, krebserregendes Bildungsbürgertum in Dosen. Fortan trug ich immer mindestens drei Sorten Tabak mit mir herum. Nach und nach ersetzten die Tabakbrösel den Kreidestaub in meinen Taschen: Sie hingen überall. Bis zu dem Tag, an dem der Admiral mir eröffnete, dass er nicht mehr zur Schule kommen würde, weil er zur Marine gehen wollte. Nicht irgendwann. Sondern jetzt.

Es war, als strickte er am Klappentext seiner Biografie, ich hörte es mich im Kopf sagen: Mit siebzehn Jahren von der Schule ans Meer geflohen wie einst Graf Luckner. Ich wusste nicht, ob ich ihn bewundern sollte für diese Radikalität und diesen Mut oder ob ich ihn hassen sollte, weil er mich einfach zurückließ. Fast schämte ich mich dafür, dass er mir mehr wie der Urenkel des Bahnhofsfranzl schien als ich selbst. Als verriete ich durch mein Zurückbleiben nicht nur unseren unausgesprochenen Pakt, sondern auch meine eigene Geschichte. Aber ich wusste, dass mein Ozean nicht an der Nordsee lag. Ich verabschiedete ihn am Bahnhof. Er hatte nur einen grauen Seesack dabei und überspielte seine Aufregung durch viel zu lautes Lachen. Als der Zug losfuhr, legte er die Hand an die Schläfe wie zum Salut – es sollte wohl ein Scherz sein, aber dafür trug er die falsche Jacke. Es war noch einmal die abgewetzte Tropenjacke von damals.

Er war fort, und ich stellte mir vor, dass er bereits auf irgendeinem Schiff Dienst tat, noch nicht auf dem Atlantik vielleicht, aber zumindest vor der Küste Helgolands kreuzend, die rauen Nähte der Uniform noch ungewohnt auf der Haut, doch die Matrosenmütze in Händen kreisend, mit nervösem Stolz das Bändchen mit dem Schiffsnamen streichelnd, *Seeadler* vielleicht oder *Albatros*, die bewaffnete Zoologie in Zeiten der Parlamentsarmee.

Eines Abends rief er mich an: nicht aus Wilhelmshaven, sondern aus einer Kaserne im Pfälzer Wald. Den Personaloffizier hatte wohl seine Verbissenheit beeindruckt, die jugendliche Härte sah er ans Meer verschwendet, weshalb er ihm eine Laufbahn bei der Truppe als Fallschirmjäger empfahl. Dort verpflichtete er sich für vierzehn Jahre. Er erzählte von Absprüngen über sumpfigem Terrain und von Gewaltmärschen mit schwerem Gepäck. Alle vertrauten Metaphern waren bereits konsequent überschrieben: die Weite des Meeres, der Wind, die fremden Häfen. Stattdessen Stiefelwichse, Stubendienst, Schießübungen. Technische Einstreuungen zu Transportfliegern, der neue Karriereweg bereits vorgezeichnet, General schien für ihn offenbar genauso gut zu funktionieren wie Admiral. Ich dachte an die Gemälde in seinem Kinderzimmer, Dreimaster in schwerer See, sie hatten nicht einfach austauschbar gewirkt wie Bandposter bei wechselndem Musikgeschmack. Die Worte gingen uns aus. Er telefonierte von einem öffentlichen Fernsprecher in der Kaserne, im Hintergrund waren laute Stimmen zu hören, verzerrte Funksprüche aus einer fernen Welt, was die Fremdheit noch steigerte.

An diesem Abend stellte ich ihn mir vor, wie er in seiner Stube lag: auf dem Rücken in einem Stockbett aus Metall. Es sah aus wie ein Filmbild aus irgendeinem Kriegsfilm, und in allen Kriegsfilmen sind diese Szenen unglücklich. Niemals liegt der Held auf dem Rücken und freut sich auf den Morgenappell, die Schlacht oder zumindest über die Qualität der Matratze. Immer vermisst er jemanden. Es war mir nicht mehr möglich, ein anderes Bild zu bekommen – ich konnte ihn nicht sehen, wie er freudig auf dem Rücken einschlief, endlich in der Gesellschaft von seinesgleichen. Zu einer dunkel lackierten Holzdecke aufblickend, von schwerem Atmen umgeben, in irgendeiner pfälzischen Kaserne, vermutlich noch nach einem tumben Wehrmachtsjagdflieger benannt.

Danach habe ich ihn noch zweimal gesehen. Einmal in Uniform, ein paar Jahre später in Wien. Ich studierte bereits, spielte donnerstags Klavier in einem Kaffeehaus und vertrank dort die Abendgage mit dem Nowak. Er hatte sich selbst eingeladen, stand steif in seiner Uniform aus schmutzig grünem Punkttarn unter dem blinden Silber der hohen Wandspiegel, als wäre er eine Allegorie gegen die visuelle Dekadenz des Ortes, den rosaroten Carraramarmor, den verspielten Deckenstuck. Sein Kopf war kahl rasiert, er sah aus wie ein uniformierter Champignon. Wir debattierten leicht angeheitert den üblichen linken Mist, halb im Spaß, halb ernst, und er saß am Rande wie ein Fremdkörper, das Relikt einer verleugneten Vergangenheit, meiner, irgendeiner. Der Admiral spürte die Fremdheit auch: Er sprach laut und grob, erzählte von Manövern mit italienischen Fallschirmspringern in den Abruzzen, zeigte unförmige silberne Abzeichen her, die noch hässlicher waren als die Orden meines Großvaters. Er bestellte sich einen schottischen Whisky, ein verklausulierter Versuch der Anknüpfung an die Vergangenheit vielleicht. Aber der Ton, in dem er bestellte, war mir so fremd, dass keine Nostalgie aufkam. Wir fanden nicht mehr zueinander. Der Versuch hing eine Weile in der Luft, dann war es offenbar. Nach etwa drei Stunden ging er wieder.

Ein letztes Mal traf ich ihn vor zwei Jahren in München an der U-Bahn-Station Ostbahnhof. Eine Zufallsbegegnung. Er trug wieder eine Uniform, U-Bahnwache stand darauf. Es war dem Marineblau näher als die Uniform der Fallschirmspringer, doch es hatte beinah etwas Ziviles, er sah eher aus wie ein Schaffner. Die letzte Bahn fuhr ein, und der Wind aus dem Tunnel zog über den Bahnsteig, die Geometrie der Wandverkleidung aus den Achtzigern leuchtete in Orange. Wir verabredeten uns auf ein Wiener Schnitzel im *Alten Simpl*, «irgendwann schaffen wir es», beide mit der unausgesprochenen Gewissheit, dass wir es niemals einlösen würden.

Ich muss bei Juan schon die ganze Zeit an den Admiral gedacht haben, er erscheint mir auf seltsame Weise fast wie sein Wiedergänger. Doch bis auf den blauen Mantel hat er das Militärische vollends verborgen, er wirkt beinah bübisch und zart mit seinen schulterlangen Haaren, mit seinen im Rotary Club geschulten Manieren. Ich denke an die sandfarbene Tropenjacke des Admirals, als er noch kein Admiral war, als er neu aus München an die Schule nach Marienstein kam, gerade sechzehn Jahre alt, die Sentimentalität irgendwo unter der lauten Grobheit versteckt.

Au cours de nos campagnes lointaines,
Affrontant la fièvre et le feu,
Oublions avec nos peines
La mort qui nous oublie si peu.

Und es ist, als wären wir zu Juans Gelöbnis in jener Höhle in den Pyrenäen, aber statt des lichten Kalksteins ist es eine Gletscherspalte über uns, ein Überhang aus Eis, aus dem Stahl gewachsen und vom Wind geformt, und wir rauchen in diese martialische Grobheit hinein, die Nacht umfängt uns, und wir singen von der Blutwurst für die Elsässer und die Lothringer, aber nicht für die Belgier, dieses dumpfe Marschlied, in einer Polarexpedition statt einer Wüstenquerung. Es ist mir, als wäre ich wieder fünfzehn Jahre alt, wir sitzen rittlings auf dem Hausdach und zwingen der Vorstadt die Romantik ab, der Admiral und ich, wir trinken Whisky, und von unten kratzt diese grässlich sentimentale Shanty-Platte herauf. Woran Juan denkt, weiß ich nicht, ob an Sternennächte in Uppsala oder an die Wüste, aber er kennt alle Strophen des Liedes, singt sie bis zum Ende. Fast feierlich ist es. Unsere Augen leuchten in der sibirischen Nacht, und ich halte noch eine Weile in der Kälte aus, will den Moment verlängern für einen abhandengekommenen Freund – den ersten, den ich je verloren hatte, aber nicht den letzten.

XI

NAUSKI

Hinter Ulan-Ude zweigt die Strecke ab. Die transsibirische Variante läuft einfach noch stur dreitausend Kilometer weiter nach Osten, einmal die Entfernung Lissabon–Warschau, bis nach Wladiwostok ans Japanische Meer. Der Zug Nummer 4 dagegen biegt hier nach Südosten, auf die mongolische Trasse. Morgen sollen wir in Ulan Bator sein, dann weiter durch die Wüste Gobi bis nach Peking. Das wilde Tal hier heißt nach dem Fluss Selenga, es hängt wie ein eisiger Blinddarm am russischen Riesenreich. Die Schienen laufen neben dem Fluss her, den ich anfangs für eine Straße gehalten habe: eine schneebedeckte Rinne mit Autospuren darauf. Erst nach einer Weile begreife ich, dass es die gefrorene Selenga ist. Die Reifenspuren stammen von ein paar Verrückten, die auf dem Eis dahinrasen. Manchmal sieht man sie für einen kurzen Moment, zwei Autos liefern sich ein Rennen, nebeneinander in dem schmalen Flussbett, dann ein einzelner Wagen, der sich um sich selbst dreht, er schlittert aus dem Blickfeld.

Ich erinnere die Geschichten der Großmutter, dass alle zehn Jahre ein besonders kalter Winter den tiefen See von Thanried in Gänze zufrieren ließ. Dann war das Eis so dick, dass die Menschen zu Fuß zur Messe über den See nach Sankt Mariä Namen hinüberliefen. Es gibt ein Foto davon, wo die Großmutter als Kind auf dem Eis steht, ein kleines Mädchen an der Hand seiner Mutter. Das mächtige Kloster überragt die Szenerie, das Dorf pilgert hinauf zur Kirche, schwarze Mäntel, schwarze Röcke, wie eine Prozession. Ich glaube, Glockengeläut zu hören, sehe die Hand der Großmutter, fest in die der Theres gepresst. Natürlich muss sie an den Grund des Sees gedacht haben, an den toten Körper ihres Vaters, des Bahnhofsfranzl, sein stilles Seegrab zu einem Sarkophag aus Eis gefroren. Trotzdem sprach sie später immer nur von den vielen Menschen auf dem Eis – den Kirchgängern, den Eisfischern und den Stockschützen. Von Autos auf dem Klostersee habe ich hingegen noch nie gehört.

Die Straßen entlang der Strecke werden mehr und mehr zu Wegen und Pisten. Die Zivilisation verdrückt sich aus diesen Breiten, Menschen und Häuser sieht man keine, nur Kühe überqueren die Gleise, der Zug muss permanent hupen. Das hat etwas Prärieartiges, ein arktisches Dakota-Flair, mit all dem Steppengras über dem Schnee und dem Eis. Zwischen den beiden Bergketten liegt auch ein großer See: Gussinoje Ozore, der Gänsesee. Harmlos wie sein Name liegt er da, ansatzlos aus der Topografie gekerbt wie der Lago Trasimeno, nur viel größer. Die Gleise führen an seinem westlichen Ufer entlang. Die Dramatik der Szenerie ist gewichen, fast, als wären wir mit der Abzweigung von der transsibirischen Hauptstrecke auf einen Seitenstrang der Geschichte abgebogen, ein verträglicheres Spin-off der altbekannten Epik, Familienfernsehen, Nachmittagsprogramm, adaptiert für den kleinen Bildschirm. Der große See wirkt wie ein gefrorener Fischteich.

Wie anders dagegen heute Morgen der Baikalsee, die Strahlen der aufgehenden Sonne brachen sich im zerklüfteten Eis, das Morgenrot war darin, schien direkt aus dem See zu kommen wie eine Aureole, wie ein mythisches Schimmern aus der Tiefe. Ich dachte an Thoreaus Waldensee, wir lasen das Buch damals gleichzeitig, der Admiral und ich, die Mundhöhle taub geraucht vom Pfeifentabak, und ich prägte mir ein Wort ein, das ich nicht verstand: *Valhalla of Ice*, ich mochte den Klang trotz der nordischen Anmutung, aber ich konnte mir nichts darunter vorstellen, ich kannte nur gefrorene Fischweiher und Schneekanonen in Sportgastein. Doch das hier war eine Walhalla aus Eis, der Baikalsee, mehr als tausend Meter tief, ein Weltreich mit einer Geschichte des Schmerzes. Von Irkutsk hingegen habe ich nichts gesehen außer den Bahnhof. Die Stadt von der Nacht verborgen, das *Paris des Ostens* im Dunkel. Diese sehnsüchtigen Zuschreibungen von fremder Geografie haben immer etwas Vergebliches in ihrer Anmaßung. Weil niemand ein Glasgow des Südens haben will. Und weil es mehr braucht für ein Isar-Athen als ein paar dorische Säulen und geraubte Ägineten, eingehaust in grauen Kalkstein von der Donau.

Der Bahnhofsfranzl hatte ausschließlich die Nachahmungen gekannt, denn er hatte zeitlebens immer nur Hafenstädte gesehen: all die angeblichen Varianten von Paris am Meer, Buenos Aires, Shanghai oder Maracaibo, die Vergleiche ließen ihn kalt, das war für ihn nur Architektur und vor Anker zu liegen ein notwendiges Übel. Er hatte seiner Mutter eine Postkarte aus Ostasien geschickt, die überschaubare Silhouette einer ordentlichen Kleinstadt, Kaiserliches Schutzgebiet Kiautschou, Tsingtau, das *Cuxhaven des Ostens*, mit neoteutonischen Türmchen und Germania Brauerei, doch die Stadt war ihm gleichgültig gewesen, er hatte nur Augen gehabt für die goldene Farbe der Wellen im Gelben Meer.

Auch in Wien hatte man sich für kurze Zeit auf See hinausgewünscht, die maritimen Träume des Alpenlandes, *Österreich auf allen Meeren.* In der einzigen gewonnenen Seeschlacht seiner Geschichte siegte das Bergvolk durch das Rammen der feindlichen Schiffe, eine überholte brachiale Art der Seekriegsführung aus den Zeiten des Attischen Seebundes, Trieren mit bronzenen Rammspornen, vielleicht hatte Admiral Tegetthoff seinen Herodot gelesen, er stammte aus der Untersteiermark, fern von allen Meeren, seine Vorfahren hatten als Husaren gedient oder bei der Infanterie. Später erhielt er noch eine große zeremonielle Aufgabe: Als überqualifizierter Charon überführte er an Bord der legendären *Novara* den Leichnam des Kaisers Maximilian von Mexiko zurück nach Triest, um ihn in der Kapuzinergruft zu bestatten. Nach seinem Tod erhielt er ein Denkmal im 2. Wiener Gemeindebezirk, eine Marmorsäule in Sichtweite des Wurstelprater, geschmückt mit stilisierten Schiffsschnäbeln aus Bronze wie eine *Columna Rostrata* im alten Rom, in Erinnerung an den letzten Rammsieg der Seefahrt.

Österreich auf allen Meeren, dieser nie verwundene Schmerz, von der imperialen Größe zur alpinen Kleinigkeit degradiert zu werden, wenn überall noch die Zeugnisse von einst von dem verlorenen Maßstab zeugen – die zu großen Kopfbahnhöfe, die einmal von Wien an die Enden des Reiches führten, nach Triest, nach Sarajevo, Prag und Krakau, nun überdimensionierte Haltestellen für die Lokalbahn nach Klosterneuburg und Hütteldorf-Hacking. Sogar die Nachrichtensendung des ORF hat noch die alte Sichtweise in sich, trotz Kreisky-Ära, der sich drehende Globus der *Zeit im Bild* hat nicht den kleinen Alpenstaat im Zentrum, sondern der Blick schweift über den verlorenen Balkan, Istrien, wo einst die Flotte lag, Triest, wo sich Maximilian zum Kaiser von Mexiko krönen ließ, Ungarn, die Bukowina, all dieses verlorene Terrain liegt da ausgebreitet wie eine verblichene Generalstabskarte, die alte Hegemonie beschwörend, eine viel zu pompöse Wandtapete für die Anmoderationen der Wintersportergebnisse oder der Koalitionskrise im Burgenland.

Auch der Bahnhof von Sljudjanka heute Morgen schien überproportioniert, erinnerte in seiner Anmaßung an das Gebäude in Thanried, aus dem der Bahnhofsfranzl stammte, als zentralistische königliche Baudirektoren ihre Kulissen ins Nirgendwo setzten, dem Hinterland und den Bedürfnissen unangemessen, die sie versorgen sollten, stattdessen nur der Größe der Monarchen verpflichtet. Der Bahnhof von Sljudjanka war aus weißem Marmor, und er lag im Schnee. Ich fragte mich, ob es hier auch einen Bahnhofsfranzl gab, einen sibirischen Bahnhofssergej, der hier im Schneeland davon träumte, Rebsorten aus dem Burgund zu pflanzen und einen leichten Rotwein zu keltern.

Der Zug folgt dem Flusslauf, die Berge werden kleiner. Die entrückten weißen Gipfel wie damals in den Apuanischen Alpen mit

J., Carrara, die Berge sahen aus wie schneebedeckte Gipfel, doch es war kein Schnee, es war der weiße Marmor. Die Stadt war in Gänze daraus erbaut, und es führte eine Allee aus Orangenbäumen hindurch, die Früchte, nur zur Zierde, blieben ungeerntet und lagen achtlos auf dem teuren Stein herum, aufgeplatzt vom Fall, ein Gefühl ungeheurer Dekadenz. Im Tal dahinter lag der Arbeiterfriedhof für die staubigen Marmorsklaven, seit zweitausend Jahren war dieser Beruf ein Todesurteil. Früher produzierte man die Postamente für Gottkaiser in Rom, nun die luxuriösen Verkleidungen für Bankenfoyers oder die Wandelhallen arabischer Großflughäfen. Ich lief mit J. durch diese weiße Stadt, sie hielt noch meine Hand, wir hatten Marmorstaub auf den Schuhen, und in der Luft lag der süßlich-stechende Duft von langsam verfaulenden Orangen.

Wir fahren nach Osten, gegen die Zeit. Ich sitze entgegen der Fahrtrichtung, mein Blick geht nur zurück. Die Ruinen eines alten Eisenbahnwerks ziehen vorbei, aufgelassene Hallen, deren Stahlskelette wie alte Abteikirchen wirken. Vielleicht wären Choräle die richtige Musik für diese erfrorenen Lande, ein Kyrie für meine kalte Einsamkeit. Und zum ersten Mal seit Beginn meiner Flucht will ich J. anrufen, ich denke, wenn ich ihr nichts davon erzählen kann, dann wären alle Blicke umsonst gewesen.

Es ist später Nachmittag, als der Zug in den Grenzbahnhof von Nauski einfährt. Das Ende der Welt ist ein inflationär verwendetes Qualitätssiegel, vermutlich von denen am häufigsten gebraucht, die noch nie am Ende einer Welt waren, nur am Ende der S-Bahn-Linie mit Pendlerparkplatz und Postwirt, Brechtmuseum, «hier war B. B. auf einen Pfiff», am Ende der Welt. Doch selbst vom Ende der Welt geht noch ein Regionalbus hinaus in die Peripherie. Tasmanien kommt mir in den Sinn, und Hobart, die alte Walfängerstadt, plumpe Säulen, untersetzte Architektur, selbst der Zierrat ist wehrhaft gegen die Elemente, den Antarktischen Ozean, eine Stadt nach Süden gerichtet, ans Ende der Welt, wo nichts mehr kommt, eine Nutzlosigkeit, die Häuser ziehen sich den Hang hinauf, gewürfelt, wartend, Ausschau haltend, als ob das Panorama Segelschiffe brächte, doch niemand kommt aus dieser Richtung. Es ist nicht Lissabon, mit Europa im Rücken, wo der Blick in die Neue Welt geht, wo der Reichtum liegt, es ist der Blick ins Feindliche, ins Eis hinunter, von wo die Winde heraufziehen. Der Bahnhof von Nauski steht wie ein zu großer Wellenbrecher vor der kleinen Stadt, celestefarbener Granit vor Häusern aus Wellblech. Auch hier scheint jede Spielerei in der Architektur verschwendet. Die mongolische Grenze liegt hinter der nächsten Biegung des Flusses, außer Sichtweite.

Wir müssen den Zug verlassen, weil er auf die mongolische Spurbreite umgerüstet wird. Vier Stunden soll das dauern. «Vielleicht auch fünf», sagt der Schaffner. Warten kann man im Bahnhofsgebäude, dort ist es warm. Auf dem Gang treffe ich die Provodniza mit den alten Händen. Sie winkt mir zu und will mich überreden, gemeinsam mit den anderen Schaffnern zum Supermarkt zu fahren, um Wodka zu kaufen für zu Hause. «Es ist Wodka aus dem See, *Gussinoje Ozore*», sagt sie und zwinkert vielsagend. Ich weiß nicht, ob das die Parodie eines Werbeslogans ist oder ein Übersetzungsfehler. Aber mich zieht es hinunter zum vereisten Fluss. Seit ich diese Autos dort gesehen habe, lässt es mich nicht in Ruhe.

Als ich den Bahnsteig betrete, fühlt es sich an, als bekäme man mit Schleifpapier die Haut poliert, so kalt ist die Luft. Die Temperaturanzeige sagt minus vierzig Grad. Juan stöhnt gespielt auf, vermutlich sehnt er sich schon nach einem Gewaltmarsch durch die algerische Wüste. Auch er will zu diesem Supermarkt, trippelt ganz unmilitärisch hinter den Schaffnern her. Ich blicke ihnen nach, wie sie auf die schneebedeckte Fläche vor dem Bahnhof treten, von der ich annehme, dass es eine Straße ist. Ein blauer Marinemantel, davor die dunklen Uniformen der Schaffner, auch die schmale Silhouette der Provodniza ist dabei. Für einen Augenblick bin ich versucht, ihnen nachzulaufen. Aber ich packe meine

Kamera und laufe in die andere Richtung, folge den streunenden Hunden. Durch den festgetretenen Schnee auf dem Bahnsteig leuchtet matt das Rot des gemusterten Pflasters hindurch.

Ein Trampelpfad führt durch den Schnee hinunter zum Ufer der Selenga. Die erfrorenen Bäume ragen wie Scherenschnitte über das Eis hinaus, florale Baldachine wie im Wiener Jugendstil, darunter parkt ein einzelnes Auto. Es ist ein unscheinbares japanisches Fabrikat. Der Fahrer, ein etwa vierzigjähriger Kerl, lehnt am Fond und raucht eine Zigarette. Seine Nase ist rot unterlaufen. Ich biete ihm eine meiner bunten Sobranies an. Er lacht kehlig, vermutlich findet er rosafarbene Zigaretten den letzten Tand. Aber er zündet sich gleich eine an und macht ein wohliges Grunzgeräusch. Zum Tausch hält er mir seine Blechschachtel Belomorkanal hin, die zur Hälfte aus einem hohlen Filter bestehen. Ich frage ihn mit Händen und Füßen, ob ich eine Runde mit ihm fahren kann, hier auf dem Eis. Er grinst mich an, es fehlt ihm ein Eckzahn.

Als er losfährt, drehen die Reifen kurz durch. Dann fängt er das Auto ab und beschleunigt langsam. Die dünne Schneeschicht knirscht kaum hörbar unter den Reifen, es ist beinah unwirklich leise. Fast bin ich enttäuscht, wie sehr es sich nach einer Winterfahrt auf dem Feldweg anfühlt. Dann zieht er die Handbremse, das Heck bricht aus. Wir drehen uns zweimal um die eigene Achse, ich greife instinktiv nach einem Haltegriff. Er grinst breit herüber, freut sich über mein Erschrecken mit dem Stolz eines Karussellbetreibers, der dem Publikum genau das bietet, was es will. Lenin wäre natürlich niemals Eisdriften gefahren, und wenn, dann hätte es ihm keinen Spaß gemacht, der Nowak würde den Kopf über mich schütteln, aber der Nowak ist weit weg, der Fahrer lacht laut auf, wir drehen uns weiter.

Dann rollt der Wagen aus, wir kommen in der Mitte des Flusses zum Stehen. Vor dem Fenster nichts als der Schnee und die Hügelkuppen auf beiden Seiten des Tales. Er steigt aus und bedeutetet mir, das Steuer zu übernehmen. Jetzt ist schon alles egal. Ich rutsche hinüber auf den Fahrersitz, starte den Motor, fahre vorsichtig los, gebe Gas und spüre, wie wenig Halt die Reifen haben. Es ist ein seltsamer Kitzel, nicht unähnlich dem Stolpern beim Turnen. Die scheinbare Kontrolle über den Körper und der Augenblick, in dem sie einem entgleitet. Das war ein körperliches Gefühl, ein Kribbeln in den Füßen und ein leichtes Ziehen im Bauch, eine seltsame Sensation, immer und immer wieder wiederholt, der Moment vor dem Stolpern, nicht wissend, ob man fällt oder sich abfangen kann, dieser Sekundenbruchteil, wenn man anlief und sprang und noch während des Absprungs oder im Schwung merkte, dass das nicht gut gehen würde, weil man eine Millisekunde zu früh losließ oder zu viel Schwung hatte. Aber es gab keine Chance mehr abzubrechen – man musste immer durchziehen, sonst hätte man sich wirklich wehgetan. Aber das Ausführen war bereits vergeblich, man wusste schon im Ansatz, dass diese Schraube, dieser Tsukahara, dieser Abgang misslingen würde. Es ging nicht mehr ums Gewinnen, um die Schönheit, nur noch darum, sich nicht zu verletzen. Man drehte sich, machte die Schraube, obwohl man noch in der Luft wusste, wie Darek den Kopf schütteln würde, diese Mischung aus Enttäuschung und Abschätzigkeit.

Mein Beifahrer ist nicht abschätzig. Er ermutigt mich, schneller zu fahren, lacht laut und nimmt sich noch eine Sobranie. Ich schäme mich ein wenig für dieses brünftige Gefühl, aber es ist von einer eigentümlichen Kraft. Wir fliegen über das Eis, keinen Halt mehr unter uns, ich weiß, dass jede Bewegung am Lenkrad, jedes Bremsen uns aus der Bahn werfen wird, zum totalen Kontrollverlust wird. Ich habe nur das Wissen darum, aber keine Macht über die Situation – alles, was ich tun kann, ist nichts zu tun. Bäume ragen ins Flussbett hinein wie kalte Finger. Es gibt keine Möglichkeit, ihnen auszuweichen, man kann nur hoffen, dass die Fahrrinne breit genug ist, jede Berührung mit einem Ast wäre das mögliche Ende. Die Notwendigkeit, auf das Nichts zu hoffen, dieser Gedanke verfestigt sich plötzlich, zusammen mit einem Würgereiz. Und dann ist da mit einem Male ein vergessenes Gefühl, die Ahnung einer großen Angst, lange verdrängt. Ich bin zehn Jahre alt, die Innenflächen meiner Hände sind verklebt und blutig, ich bin ein Kind, ich bin doch nur ein Kind. Es muss aufhören.

Ich gehe vom Gas und lasse das Auto ausrollen. Der Kitzel in meinen Füßen hält an, meine Hände sind schwitzig. Es dauert lange, bis wir schließlich zum Stehen kommen. Dann reiße ich die Türe auf und klettere hinaus, spüre keine Kälte, nur den Wind. Trotz leichtem Schwindel richte ich mich auf. Der Fahrer blickt mich fragend an. Soll er mich für einen Idioten halten, aber ich fahre keinen Meter mehr in diesem Auto. «Ich laufe zurück», sage ich. Es können höchstens drei, vier Kilometer sein bis zum Bahnhof. Der Fahrer zuckt etwas ratlos die Achseln. «*Kholod*», sagt er und macht eine frierende Bewegung mit seinen Schultern. Ich drücke ihm die Hand und überlasse ihm die restliche Schachtel Sobranies. Dann halte ich fragend meine alte Rolleiflex hoch. Ob ich ein Foto bekommen könnte? Er wirft sich übertrieben in Positur, ich warte einen Augenblick, bis er die Spannung nicht mehr halten mag. Dann drücke ich den Verschluss und bedanke mich noch einmal. Er lächelt nur kurz, dann fährt er davon. Flussabwärts, auf der gefrorenen Strömung. Ich weiß nicht einmal seinen Namen.

Ich klettere die steile Böschung am Ufer hinauf. Das Ostufer, sagt irgendeine Stimme in mir. Es gibt keinen Weg, nicht einmal einen Trampelpfad. Alles ist überzogen von einer vereisten Schneeschicht. Aber ich kann nicht noch einmal auf den Fluss, also mache ich mich auf den Weg, quäle mich durch den tiefen Schnee. Bei jedem Auftreten kracht die kleine Eisschicht, schiebt sich kratzend an meinen Beinen entlang, bis ich knietief im Schnee versunken bin. Jeder Schritt ist eine Qual. Es dauert es eine Weile, bis die Erregung verfliegt. Doch dann spüre ich die Kälte. Stahlbad, Stahlbad, sage ich. Ich plappere dummes

Zeug in meinem Kopf vor mich hin, ohne den Mund zu öffnen, denn der eiskalte Wind schmerzt an Zähnen und Zahnfleisch. Am schlimmsten an der linken Hand, denn ich Idiot habe meine Handschuhe im Zug vergessen. Die Rechte kann ich schützen, indem ich den Ärmel der Jacke darüberziehe. Ich versuche, den Ärmel auch über die linke Hand zu ziehen, aber dann kann ich die Rolleiflex nicht mehr tragen, sie fällt mir zu Boden. Also weiter, weiter. Blödsinniges, monotones Dahinlaufen, Keuchen, Kälte, Schmerz, keinen Blick mehr für irgendetwas um mich herum. Ich hasse mich für diese saudumme Idee, warum zum Teufel musste ich auf diesen vereisten Fluss, wäre ich mit Juan gegangen, wir säßen jetzt wohl in der beheizten Bahnhofshalle bei übersüßten Keksen vom Supermarkt. Es sticht mir in der Lunge, doch ich kann nicht stehen bleiben. Die Kälte beißt mir in die schutzlose linke Hand, es ist kaum auszuhalten. Einen Moment überlege ich, ob ich die Kamera nicht einfach in den Schnee legen und zurücklassen kann. Dann könnte ich mir zumindest den Ärmel über die Finger ziehen. Aber ich bringe es nicht über mich, es war ein Geschenk, sage ich. Ein Geschenk von Gabriel, für sechzig Mark auf einem Flohmarkt in Freising gekauft, als Begleiter für unsere gemeinsame Reise durch Amerika, damals mit siebzehn Jahren. Am Ende hatte ich damit zweihundert Fotos von Rasthöfen gemacht, von Motelreklamen und Highways im Morgenlicht: vorhersehbare Americana, die Imitation von Fernweh durch die Augen zweier Kinder. Ein Bild zeigte einen einsamen Diner in Michigan, *Paul Skinner's Restaurant*, ein schwungvoller Neonschriftzug auf dem Dach, daneben verlief die Interstate 69 bis nach Port Huron an der kanadischen Grenze. Wir verwendeten es später als Cover für das Album unserer Band The Lost Road, neun Balladen mit Überlänge, ohne Bratschen, nur Klavier und Gitarre, *Music and Lyrics by Fidelis Lorentz & Gabriel Richter*, auf wenig war ich jemals wieder so ungebrochen stolz gewesen. Nein, sage ich, ich kann die Rolleiflex nicht zurücklassen. Nicht so sehr wegen der Vorstellung, dass der Schnee sich um die Verschlüsse legen würde, die gewesene mechanische Präzision zerrostend wie die salzigen Winde die alten Geschütze auf den halb versunkenen Schiffen von Scapa Flow. Die auf dem Film geborgenen Bilder der Reise würden verschwinden, aber es scheint mir nichts gegen diesen symbolischen Tausch, als würde ich mit der Kamera auch den Freund zurücklassen, all unsere gemeinsame Zeit verraten und ihn so am Ende auch noch verlieren. Ich umklammere die Kamera mit den kalten Fingern, so fest ich kann.

Ein eisiger Wind kommt auf, er bläst mir die beißenden Schneekristalle in die Augen. Ich beginne, eine Taubheit in der linken Hand zu verspüren. Doch ich laufe weiter, immer am Ufer entlang. Es scheint mir plötzlich alles wie die vollkommene Sinnlosigkeit. Die Ross Sea Party fällt mir ein, eine vor Tragik triefende, längst vergessene Fußnote der Polargeschichte. Jeder erinnert sich an Shackleton, an die heroische Vergeblichkeit, *Männer gesucht für gefährliche Mission.* Die Ross Sea Party waren die unsichtbaren Zuarbeiter des Großen Scheiterns, ihr Scheitern also doppelt sinnlos, und in all den schmissigen Anekdoten, die man um Shackletons abenteuerliche Rettung erzählt, werden die Toten der Ross Sea Party immer vergessen, sie waren eben auf der falschen Seite des Südpols. Aeneas Mackintosh war ihr glückloser Kommandant, ein Schotte mit Hang zur Melancholie, er hätte wohl bei der Raiffeisenbank Hallertau-Jura keinen Hauskredit bekommen. Er erfüllte seinen Arbeitsvertrag und starb, als er für Shackleton Vorratsdepots auf dem Ross-Schelfeis anlegte, Proviant für eine Reise, die niemals stattfinden sollte. Und während die Welt in Shackletons epischer Niederlage das Heldentum feierte, blieb Aeneas Mackintoshs Opfer nur der vernachlässigbare Beitrag zu einer niemals ausgeführten Mission, und er wurde vergessen. Er blieb mit den toten Schlittenhunden im Eis zurück. Hundeschlitten, was gäbe ich um einen Hundeschlitten, *kling, Glöckchen, klingelingeling, kling, Glöckchen, kling.*

Der gefrorene Schnee bricht unter meinem Gewicht, ich habe das Gefühl, immer tiefer einzusinken, es ist wie Waten durch tiefes Wasser, es kostet mich zunehmend Kraft, mich aus dem Schnee herauszuwuchten. Ein Brief fällt mir ein, ein Brief von Fidel an Che aus der Kampfzeit in den Bergen, als er ihm wütend davon berichtete, dass er einen Panzer von Batistas Truppen erbeutet hatte, ihn jedoch nicht benutzen konnte, weil er in einem Schlammloch festsaß. Er saß in der Sierra Maestra und orderte zehn Ochsengespanne zu dem Panzerwrack, um es aus dem verdammten Schlamm zu ziehen. Dieses tropische Feuchteln der Sierra, wie sehr ich es gehasst hatte, doch es scheint mir nun nichts Verlockenderes zu geben als diese zirpende Hitze, ich würde mich in jeden kubanischen Morast legen, um dieser sibirischen Schneekälte zu entkommen. Einen Brief werde ich an J. schreiben, ich verspreche es mir, wenn ich heil hier rauskomme. Fidels Ochsen zogen schließlich den Panzer aus dem Schlamm. Er hatte das Halten der Frontlinie, ja den Sieg der Revolution riskiert, weil er Männer für die Bergung abzog. Camilo lag unter Beschuss, aber sie wussten, ein einziger erbeuteter Panzer könnte ihnen den Sieg bringen. Als sie den Panzer endlich herauswuchteten, zerstörte die Kraft von zwanzig Ochsen die Lenkung des stählernen Ungetüms und machte es unbrauchbar. Alles war vergebens gewesen. Einen Brief will ich schreiben, einen Brief an J., wenn ich hier heil rauskomme.

Es ist völlig still. Nur meine Schritte, das Brechen des Eises und des Schnees, als bahnte sich ein Bär seinen Weg durch einen Winterwald. Der Fluss macht eine große Biegung, als wollte er meinen Weg noch verlängern. An seinen Rändern zerfranst er in Nebenläufe und Altwasser. Ich denke zurück an das Eisfischen in meiner Jugend, der Admiral und ich an den gefrorenen Altwassern des Altmühlkanals, der Fluss gebändigt und zur Wasserstraße gefasst. Immer wenn ein Frachter vorbeifuhr, auf seinem Weg zum Schwarzen Meer, die Fahrrinne mühsam freigepflügt, dann geriet das träge Wasser in Aufruhr, und die Bugwelle drückte gegen die Seitenarme. Wir standen auf der mächtigen Eisdecke, der Pfeifenrauch hing in der kalten Luft, und die gewaltige Kraft des Schiffs lief mit einem Ächzen durch das Eis, übertrug sich auf unsere Füße, ein Zittern, eine Spannung über dem Totholz der Bäume, die aus dem Altarm ragten, als stemmte sich die Erde gegen das Wasser, und mit einem Seufzen brach an den seichten Stellen das Eis.

Meine Linke ist inzwischen völlig gefühllos, sie hat sich um die Rolleiflex verkrampft und ist daran festgefroren. Ich kann weder die Finger bewegen, noch spüre ich etwas in der Hand. Keine Kälte, aber auch nicht die Wärme meines Atems, nicht einmal mehr den Schmerz. Eine Angst macht sich in mir breit. Was, wenn ich die Hand nicht mehr bewegen kann? Wenn mir die Finger erfrieren? Blödsinn, sage ich mir. Minus 40 Grad Außentemperatur versus 36 Grad Körpertemperatur, das macht, das macht, einen Scheißdreck macht's, ich bin eh gleich zurück am Bahnhof. Stattdessen beginne ich, im Rhythmus meiner Schritte Aufzählungen zu machen. Römische Kaiser in der Abfolge ihres Regierens, Augustus, Tiberius, Caligula, Claudius, Nero, Galba, dann weiß ich nicht mehr weiter, der Lehrer Bernpaintner wüsste es, er wüsst es ganz sicher, dekliniere *manus*, die Hand, der Schmid Berti, auf geht's. Metrolinie D in Buenos Aires, westwärts: Callao, Bulnes, Scalabrini Ortiz, Plaza Italia. Als müsste ich mir durch das Funktionieren des Gedächtnisses das Funktionieren des Körpers beweisen. Ich lebe noch. *Manūs, manui, dem Karl Liebknecht, dem haben wir's geschworen, der Rosa Luxemburg reichen wir die Hand, manum, manū,* Nerva, Trajan, Hadrian, Lenin, Nowak, in Ulan-Ude steht der größte Lenin der Welt, ein Riesenschädel aus Bronze, zwei Eier im Glas, Palermo, *den Karl Liebknecht, den haben wir verloren, die Rosa Luxemburg fiel durch Mörderhand.*

Es hat zu dämmern begonnen. In der Ferne sehe ich die Konturen von Häusern, *Thálatta! Thálatta!*, das muss Nauski sein.

Der Fries des Bahnhofsgebäudes zeichnet sich gegen den Himmel ab, es ist das größte Gebäude des Ortes, wie in Thanried, denke ich, wie in Thanried am See. Es kann nicht mehr weit sein, noch eine halbe Stunde vielleicht. Ich fühle keine Erleichterung, ich haste keuchend durch den Schnee, haste durch den Schnee wie damals.

Ich saß mit dem Admiral in einem ausgetrockneten Bachbett über der Schneegrenze, wir waren fünfzehn Jahre alt. Es war zu dunkel, um noch bis ins Tal abzusteigen. Wir sahen die Lichter der Talstation und der kleinen Stadt dahinter. Es schien alles so nah, dass kein wirklicher Ernst aufkommen wollte – in Sichtweite dieser alpinen Geranienherrlichkeit mit Lüftlmalerei, über uns der Fels und der Schnee, es war so surreal, dass wir selbst nicht wussten, ob es noch Spiel war oder schon Ernst. Wir zogen uns unsere Socken über die Hände und lehnten uns aneinander. Irgendwann begannen wir, uns gegenseitig im Minutentakt Faustschläge auf die Schulter zu versetzen, damit wir nicht einschliefen. Beim ersten, noch grauen Licht des neuen Tages wankten wir hinunter ins Tal und über das Pflaster der kleinen Stadt zum Bahnhof. Das schmutzige Orange der Straßenlampen mischte sich mit dem kalten Morgen, und unsere Schritte waren laut auf den leeren Straßen, arrhythmisch vor Müdigkeit. Wir schliefen zwei Stunden auf der Wartebank vor dem Bahnhofsgebäude, dann nahmen wir den ersten Zug nach München. Und jetzt taumele ich wieder zu einem Zug, müde und kalt, doch ich fühle, dass es kein Abenteuer mehr ist, ich taumele wie ein Kind durch eine Geschichte, die ihm zu groß geworden ist. Und ich schwöre mir, schwöre es in das Keuchen meines Atems hinein, dass ich J. anrufen werde, wenn ich noch etwas in der Hand spüren kann. Die Hoffnung entkommt mir nicht.

Meine Schritte hallen dumpf auf dem Pflaster des Bahnsteigs, es ist, als hätte ich das Gehen auf festem Boden verlernt. Es schmerzt an den Sohlen, aber es ist nichts, ist nichts.

Der Zug steht wieder auf dem Gleis, der vertraute dunkelgrüne Zug Nummer 4, Wagen 10. Ich haste zum Einstieg und schwinge mich hinauf. Für einen kurzen Augenblick erkenne ich mein Spiegelbild in der vor Schmutz blinden Fensterscheibe: Mein Bart ist weiß und gläsern, kristalline Eiszapfen hängen darin, jeder Schweißtropfen ist in der kalten Luft sofort gefroren. Die Wärme des Waggons beißt auf der Haut, das Auftauen schmerzt im Gesicht, doch die linke Hand bleibt taub. Die Rolleiflex ist mir an die Haut gefroren, ich reiße sie herunter, es muss wehtun, es muss, doch ich spüre nichts. Neben mir bullert der große Kohleofen, dieser schwarze Stahltank, ich spüre seine Wärme im Gesicht, er muss ein paar Hundert Grad haben. Einen Augenblick zögere ich, aber ich muss es wissen. Ich werde J. anrufen, sage ich mir, in die Ahnung des Schmerzes hinein. Ich bin bereit für den erlösenden Schmerz, bereit, mit einem Schrei zurückzuzucken. Es zischt, als ich die Hand auf den heißen Stahl lege. Ich spüre nichts.

XII

NOCTURNE

Frédéric Chopin, *Nocturne Nr. 1*, ich erinnere den Fingersatz der linken Hand von damals, b-Moll, 6/4-Takt, *Larghetto*, was auch immer das genau heißen soll, weniger *Largo* und mehr *Andante*, also im Grunde wie *Andantino*, nur etwas schwerer, so hatte es Aleksandra Staniszewski gesagt, gelernt ist gelernt, die linke Hand spielt also ein fortlaufendes Arpeggio aus Achteln, das ist nicht weiter schwer, die Brillanz des Stückes liegt in der schwebenden Rechten, aber ich frage mich, ob ich mit meiner linken Hand jemals wieder etwas anderes anstellen werde, als Briefe zu beschweren oder kleine Kinder zu erschrecken. Ich lege die beiden Hände nebeneinander auf den kleinen Abteiltisch, stelle mir die Tastatur von Alfonsito vor und versuche, die Noten der Nocturne zu spielen, aber die linke Hand regt sich nicht. Sie liegt einfach nur vor mir, ein bewegungsloses Stück Fleisch, halb gefroren, halb verbrannt. Dem Aussehen nach müsste sie mir unfassbare Schmerzen bereiten, doch genau das ist das Absurde: Ich spüre nichts.

Es ist kurz vor Mitternacht, als sich der Zug wieder in Bewegung setzt. Die Pässe sind kontrolliert und gestempelt, «*Welcome to our country*», sagt die mongolische Soldatin. Wir passieren die Stacheldrahtverhaue der Grenzlinie, durchqueren das Niemandsland, eine nächtliche Eiswüste entlang des Flusses. Ich halte meine linke Hand in den schwachen Lichtschein, der durch das Abteilfenster fällt. *Ich spüre nichts*. Wie ein Klumpen hängt sie an meinem Arm, malträtiert von der Kälte und dem heißen Stahl, doch ich spüre nichts. Ich greife in meine Tasche und suche nach dem Messer, das J. mir geschenkt hat, *Fidel pero desdichado*, klappe es auf und schneide mir die Hautfetzen von der Handfläche und von den Fingern. Es tut nicht weh, als gehörte die Hand nicht zu mir.

Es ist absurd, keinen Schmerz zu fühlen. Ich kenne alle Arten von körperlichem Schmerz, es gibt einen eigenen Raum dafür in meiner Erinnerung: Ich denke zurück an die Freitagabende, als in der Turnhalle das Licht aufflammte, als mit martialischem Surren die großen Röhren die Szenerie erhellten, eine hohe Halle, deren Gebälk dem Zehnjährigen entrückt war wie eine Kirchendecke, wo die unverputzten Ziegel ihr Scharlachrot über den Raum legten, der Marmor des Zweckbaus. Ich stand unter dieser Decke und blinzelte unsicher ins Licht, in der Aufregung und Überforderung der Dinge, die sie uns zumuteten, meine Hände immer feucht von einem leichten Angstschweiß.

Es ist absurd, keinen Schmerz in meiner linken Hand zu spüren, denn ich weiß genau, wie er sich dort anfühlt. Jahrelang war es in meine Hände, in meinen Körper eingeschrieben, Turnen bedeutete Schmerz. Ich fürchtete ihn nicht, körperlicher Schmerz war kontrollierbar, lokal, behandelbar. Angst hingegen hatte ich vor der Demütigung. Angst davor, etwas nicht zu schaffen, um dann vor allen vorgeführt zu werden. Etwas nicht zu schaffen, bedeutete immer, verlacht zu werden. Verlacht von den anderen, die froh waren, dass diesmal nicht sie die Zielscheibe des Spotts waren. Verlacht aber vor allem von Darek. «Schwach», schrie er. «Zu schwach.» Manchmal schlug er einem vor Wut auf die Knie oder auf den Bauch. Manchmal warf er auch Dinge nach einem, seinen Schuh oder eine Trinkflasche. Dann drückte er einen zu Boden, wir ächzten vor Schmerz, er machte auf unseren Rücken einen Handstand, als wäre es die Dominanzgeste einer unbekannten Spezies, die uns unter ihr kaudinisches Joch zwingen wollte. Aber meistens zuckte er nur verächtlich die Mundwinkel. *Schwach*. Es war echte Enttäuschung, als wäre es unter seiner Würde, hier mit uns Schwächlingen zu stehen, anstatt im olympischen Hain von Nymphen vergöttert zu werden, als wäre es nicht Demütigung genug, dass er in einem fremden Land in einem alten Haus mit Ölofen wohnte und einen gebrauchten VW Passat mit dem Aufdruck *Küchenstudio Löwinger* fuhr.

Er war wegen eines Traums nach Marienstein gekommen. Es war nicht sein eigener, es war der vergebliche Traum des Max Kagerer vom Kunstturnen in der Provinz. Der Max arbeitete im Büro des lokalen Bauunternehmers. In den Sechzigern war er Deutscher Meister am Barren gewesen, seither hatte er Bauchspeck angesetzt. Für die Leute war er der Kagerer Max, aber er selbst sah sich als Sportfunktionär. Er litt darunter, dass alle nur Fußball schauten, «was haben sie nur mit dieser plumpen Bolzerei?», aber in der Kreisklasse war eben jedes Spiel ein Lokalderby. Er überzeugte seinen Schulfreund Alfons Löwinger, den Besitzer einer mittelständischen Küchenfirma, dass die Zeit reif wäre für eine Bundesligamannschaft im Kunstturnen, TSV Marienstein, hier in der Hallertau. Nach dem Ende des *Pax Sovietico* fuhren sie mit einem nichtfarbenen Audi 80 durch die verschwindenden Lande, einen ADAC-Straßenatlas von 1984 im Handschuhfach und ein Bündel Geldscheine in der ledernen Herrentasche. Sie speisten in verwaisten Landgasthöfen, und bei den Überlandfahrten durch den herbstlichen Nebel lief eine Kassette mit Schlagern von Engelbert, dazu qualmten sie ihre billigen Fehlfarben Zigarillos aus dem Autofenster. Sie überzeugten schließlich drei Turner, ihr Glück in der bayerischen Provinz zu suchen: Es winkte eine Festanstellung in Alfons' Küchenfirma, vormittags sollten sie ein paar Arbeitsplatten in Terrazzo-Optik herumschleppen, den Rest der Zeit sollten sie trainieren und die kleine Stadt gefälligst in die Bundesliga hinaufturnen. Einer der Auserwählten war Dariusz Klimek, genannt Darek, ein ehemaliges Mitglied der polnischen Olympiamannschaft von 1988 mit leichten Wadenproblemen und zwei kleinen Kindern, alles in allem also die perfekte Voraussetzung für eine Beschäftigung beim Küchenstudio Löwinger.

Weil die Politik ihre Sportförderung an Nachwuchsarbeit gebunden hatte, musste der TSV Marienstein professionalisiert werden. So wurde aus einer kleinen Turnabteilung plötzlich das

Kaderzentrum Ostbayern, und aus Darek wurde über Nacht unser Trainer. Er stand plötzlich in der Halle, ein fremder Geruch, kalter Rauch und Deodorant, «ich bin Darek», wir waren sieben Jahre alt. Zuvor hatte der Kagerer Max das Training geleitet oder irgendein anderer Sportkamerad aus der Alten Zeit mit leichter Bierfahne und mittelschweren Rückenproblemen. Es hatte uns niemand gefragt, ob wir ein Leistungssport-Upgrade wollten, es geschah einfach. Darek sprach nur ein paar Worte Deutsch und hatte im Grunde keine Lust, eine Handvoll Kinder zu trainieren. Aber es war Teil seines Vertrags, und der Max legte gerne noch ein paar Scheine Begrüßungsgeld drauf.

Im Training sprach er ohnehin nicht viel. Schlimm wurde es nur, wenn er «noch mal» sagte. *Noch mal*, er sagte es immer wieder, die Demütigung, es so lange tun zu müssen, bis es gelang oder bis man vor Erschöpfung zusammenbrach, bis er einen endlich erlöste, vor den Augen der anderen, aufgereiht im Spalier, manche hämisch lachend, froh, dass sie es diesmal nicht waren, manche verschämt den Blick senkend, weil sie den Schmerz nur zu gut kannten, *noch mal*, bis zum Ende. Weinen durfte niemand, für Wut und Scham gab es nur zensierte Gefühlsausbrüche, Toilettengang oder gespieltes Lachen. Manchmal stellte ich mir vor, wie es wäre, einen Trainer zu haben wie in einem dieser Sportfilme aus Hollywood, hart, aber gerecht, einfühlsam im richtigen Moment. Ich stellte mir vor, wie der alte Meister, ein Veteran unzähliger Gefechte, am Stock daherhinkte, zum letzten Aufgebot, mit einer Augenklappe, ein Versehrter der Triumphe, und wie er im Gang vor der Halle eine Motivationsrede an mich hielt, wie ich mich gesehen fühlte und unter dem Klang eines fiktiven Heroen-Soundtracks die Halle betrat, auf dem Weg zum Happy End. Stattdessen schlich ich mich zum Gladiatorenmarsch im Spalier auf die Bodenfläche, Komparse in Polyester, auf dem Rücken die gemeinsame Losung in Flockdruck: *Küchenstudio Löwinger*.

Viermal die Woche trainierten wir zu Hause, in der kleinen

Turnhalle neben dem alten Stadion. Freitags fuhren wir dann mit Darek in die große Stadt, dort trainierten wir gemeinsam mit der Konkurrenz. Es war schlimm, dorthin fahren zu müssen, die Angst vor diesen Freitagen war jedes Mal nagend: die Angst vor dem ständigen Vergleich und die Angst, dabei zu versagen. Doch es wäre noch schlimmer gewesen, nicht hinfahren zu müssen, nicht ausgewählt zu werden, denn das hätte für alle sichtbar bedeutet, dass man nicht mehr gut genug war. Das Sportzentrum dort war ein Komplex aus den späten Siebzigerjahren, es atmete den Geist der alten Bundesrepublik, von unsportlichen Architekten mit Sinn für Treppenaufgänge entworfen. Beim Betreten umfing einen sofort der Geruch von Gummiboden und Reinigungsmitteln, das hatte etwas Betörendes wie Tankstellenbenzin, aber auch etwas Mystisches, weil dieser Boden den Schweiß aller Tage aufsog und bewahrte. Meine viel zu große blaue Sporttasche mit den Magnesiaflecken hing mir in den Knien, ich versuchte, Zeit zu schinden, als könnte das Trödeln mich noch retten vor dem, was hinter den Drehkreuzen lag, dann die Umkleide, die letzten schwitzigen Schritte durch den dunklen Gang, dann die Hallentür, Buchenholz, Maßanfertigung, mit den versenkten Türgriffen. Dahinter die Halle, das Neonlicht, der Staub, der Klang der Geräte, die Hände auf den Barrenholmen, das Umgreifen, das Einsinken in die Matten beim Abgang, das Vibrieren der Tumblingbahn, das Knallen des Sprungbrettes, das sich einen halben Meter vom Pferd wegbewegte, wenn jemand sprang, die Angst, der Handschweiß, die ritualisierte Begrüßung, man musste jeden begrüßen, immer, die Gleichaltrigen begrüßten einen mit demonstrativer Herausforderung, man war im nächsten Wettkampf schließlich in derselben Riege, die Älteren dagegen mit gespielter Herablassung, mit laut klatschendem Handschlag, Legionärsgrüße, die bandagierten Handgelenke, die weißen Hände, die raue Haut.

Magnesia, dieser Kreidestaub, war der Begleiter meiner Jugend. Ich hatte ihn in allen Poren. So, wie man den alten Männern beim Rosenwirt immer den Schnupftabak ansah, die braunen Reste unter der Nase, auf dem Handrücken, die Brösel auf der Kleidung, so war es bei uns mit der Magnesia: Sie war unter den Fingernägeln, sie pappte in den Schrunden der Handflächen, in den Haaren, überall. Die Reckriemchen, zwei weiße Riemen aus Kalbsleder, die man an den Händen trug, waren mit einer Kruste aus Magnesia überzogen, wie geologische Schichten häuften sich Monate des Trainierens übereinander, aneinandergepresst durch die Schwerkraft, zusammengebunden von getrocknetem Blut. *Einschmieren* hieß der Befehl. Beim Einschmieren stand man über die Gefäße aus Metall gebeugt, die oben einen Kelch besaßen wie ein Taufbecken. Es hatte auch immer etwas Sakrales, wenn man sich vor jeder Übung die Hände präparierte, als salbte man sich für den Opfergang. Das waren immer die längsten Sekunden. Die Kreidezeit. Wenn man dann die Riemchen aneinanderschlug, stiegen Wolken aus Magnesia auf. Die Sporttasche war ebenfalls voll davon, wann immer man sie öffnete, roch es nach Kreide. Alle textilen Nähte waren weiß, nie wurde man wirklich sauber.

Den Schmerz zu zeigen, hatten sie uns verboten, wir waren alle längst zu kleinen Soldaten geworden. Über Blutergüsse oder blaue Flecken am ganzen Körper klagten wir nicht, im Gegenteil, es waren Trophäen wie Kriegsverletzungen, mit der Hüfte aufs Pauschenpferd geknallt, mit dem Oberarm auf die Barrenholme, die Zehen blutig vom Schleifen über die Matten, die Hände aufgerissen am Reck. Sie hatten uns gelehrt, dass der Schmerz dazugehörte, Jammern war etwas für Schwächlinge, *et facere et pati fortia Romanum est.* Wir lachten über die Theatralik gefoulter Fußballer, die sich mehrmals überschlugen und dann mit zermartertem Gesicht ihren Schmerz herausbrüllten, was für eine Operette, was für Clowns. Man verkniff sich die Tränen und hob die blutende Hand: «Darek, ich hab mich verletzt.» Darek kontrollierte immer zuerst das Reck, ob die frisch mit Schleifpapier und Zuckerwasser präparierte Stange verschmiert war. Dann schickte er einen zum Hallenwart, der an den Medizinschrank ging und etwas Kältespray darauf sprühte, auf das Gemisch aus Hautfetzen, Blut und Magnesia. Es brannte fürchterlich. Danach meldete man sich bei Darek zurück, der einen dann zum Krafttraining schickte. Manchmal gab es dazu auch einen freundschaftlichen Klaps, das machte das Aushalten erträglicher.

Aushalten, aber wofür? Es gab keine gemeinsame Sache. Ein Mannschaftssport war es nur auf dem Papier, jeder kämpfte für sich allein. Am Ende wurden zwar die Punkte aller Turner addiert, doch für Darek zählten nur die Einzelwertungen, er las sie hinterher wie Zeugnisnoten vor, «Fidelis am Seitpferd nur 8,90, das ist schlechter als der Scheringer.» Für die jämmerlichen Pokale und Medaillen tat man es auch nicht: Es war sogar verboten, bei der Siegerehrung Emotionen zu zeigen, Jubel und gereckte Fäuste waren etwas für Proleten, man ging im Gleichschritt aufs Treppchen, der Schweiß bereits getrocknet und das Blut weggewischt, alles wohltemperiert, auch der Applaus. Es gab keinen Affekt, auch keine Prämien, keine Meisterfeiern oder Mannschaftsausflüge, es gab nur Selbstkontrolle. Das waren die höheren Weihen: der Schmerz, die Disziplin, die Schönheit. «Es liegt bei dir», das hatte Darek hundertmal gesagt, das war seine einzige Motivationsrede im Repertoire, dieser eine kurze Satz mit polnischem Akzent, Fehler und Chance, auserwählt oder eben nicht, *es liegt bei dir.*

In den erträglichsten Momenten war es einfach nur langweilig. Da war es verhockte Zeit auf den Rücksitzen der Fahrgemeinschaften, über Landstraßen, über den Jura, Wettkämpfe in fremden Turnhallen, immer gleich dekoriert, Turnerkreuz, Vereinswappen, manchmal war die Bodenfläche gelb, manchmal war sie blau, auf dem Heimweg trug man immer noch den Trainingsanzug, hielt man die gewonnene Medaille in der Hand oder strich verstohlen über den Pokal. Und wenn man Glück hatte, fuhr der Vater vom Felix noch in Landshut durch den McDrive. Wettkämpfe waren im Grunde egal, für enthemmten Jubel wie auf dem Fußballplatz gab es ohnehin keinen Raum, alles war kontrolliert, nicht einmal fluchen durfte man, dafür zogen einem die Kampfrichter zwei Zehntelpunkte ab.

An Sonntagen dann Schauturnen in irgendeinem niederbayerischen Kaff, Landau, Vilsbiburg oder Geiselhöring, vierzig Minuten Fahrt durchs agrarische Hinterland auf dem Rücksitz eines verrauchten Audi 80, damit wir beim Provinzturnfest vor ein paar Gurkenbauern auftreten konnten, wir waren die Stargäste und ließen es raushängen, ein paar leichtfertig hingeschlenzte Kreisflanken, Salti, vorwärts, rückwärts, doppelt, dafür gab es dann für unsere Mannschaft eine Spende vom örtlichen Sponsor, einem mittelständischen Heizungsbauer oder einer Dachziegelfirma. Das Geld bekam der Kagerer Max in bar in einem Kuvert, für uns gab es nur Applaus, eine selbst belegte Wurstsemmel und trockenen Kuchen von den Mamis der Bubenmannschaft, F-F-F-F, *Frisch, Fromm, Fröhlich, Frei!* Zerrende Lautsprecher und der ekelhafte Geruch von Luftballons mit Firmenlogo, *Brunner – Dachziegel aus Meisterhand.*

Und manchmal war es auch schön. Wir fuhren mit Darek ins Trainingslager, ich war acht Jahre alt, die Mauer war gerade ein Jahr offen, und wir reisten mit zwei Autos nach Polen, das Kaderzentrum Ostbayern nach Bielsko-Biała, *Bjelsko Bjaoua* sagte Darek, er war guter Laune und gelöst wie nie, er war zurück in seiner Heimatstadt, er fuhr ein deutsches Auto und zeigte seine jungen Padawane vor. Wir trugen teure Trainingsanzüge und große Sporttaschen, aber nach einer halben Stunde mit der polnischen Mannschaft fühlten wir uns wie Hochstapler. Einer der Turner hieß Waldek, Waldek Walidi, er war vielleicht zehn oder elf Jahre alt, sein glänzendes schwarzes Haar hing ihm in die Stirn, und er turnte mit einer unvergleichlichen Anmut, denn nichts an seiner Perfektion war prahlerisch, es war die pure Kontrolle. Darek war stolz, «so geht das, siehst du?». Wir trainierten zweimal täglich in einer Militärkaserne und schliefen in einem Sportinternat am Rande der Stadt, *Hala Sportowa* stand über dem kleinen Komplex, ein paar Gästezimmer, ein Restaurant, eine Turnhalle, ein leeres Schwimmbad, ein verlassenes Stadion, alles roch modrig. Das Essen war grässlich, es gab weiche Wurst mit weichem Brot, die Wurst war so elend matschig, dass sie im Mund zerlief. Wir würgten sie hinunter und teilten uns später die Salzstangen aus unserem Reiseproviant. *Es liegt bei dir.* Von der Stadt sahen wir nicht viel, aber über allem lag dieser Geruch der Fremdheit, rasselnde Verbrennungsmotoren von Polski Fiat, Braunkohlestaub, er schien in der Luft zu stehen, in den Straßenunterführungen aus klobigem Beton und vor der Turnhalle. Obwohl die Gebäude neu waren, fühlte es sich an, als wäre man in einer sehr alten Stadt, alles schien gebraucht, sogar die frische Farbe, die Abnutzung war spürbar, auch bei den Menschen, sie war in der Langsamkeit jener Tage im Juni, sogar in unseren Bewegungen beim Training. Einmal ging Darek mit uns in ein Kaufhaus, es gab eine riesige Musikabteilung, Raubkopien für ein paar Złoty. Ich hatte keine Ahnung, was ich kaufen sollte, also suchte mir der Kagerer Max eine Kassette von Queen aus. «Die sind gut», sagte er.

Abends spielten wir auf dem Zimmer Brettspiele, wir waren zu jung, um zu rauchen oder an Sex zu denken, wir waren einfach nur müde, müde in einem fremden Land.

Der Vater holte mich in Marienstein bei der Turnhalle ab, und zum ersten Mal lag ich wieder in der vertrauten Heimeligkeit meines Bettes, die Mutter hatte es frisch bezogen und mich zugedeckt, da hörte ich vor dem Einschlafen die Queen-Kassette, und zum ersten Mal vernahm ich Freddie Mercurys Stimme. Ich war acht Jahre alt. *Innuendo* war gerade erschienen, und ohne den Grund für die Traurigkeit der Musik zu begreifen, ohne zu wissen, dass Freddie Mercury sich mit opernhaftem Pathos bereits von der Welt verabschiedete, just in dem Moment, als ich ihn entdeckte, lag ich auf meinem Rücken und blickte in den dunklen Raum hinein, der erfüllt war von dieser Stimme, und eine unendliche Sehnsucht nach dem Verlorenen ergriff Besitz von mir. Ich sehnte mich zurück in die Welt des Sporthotels, ich roch diesen seltsamen Moder in der *Hala Sportowa*, und auf meiner Zunge lag noch der undefinierbare Geschmack dieser ekelhaft weichen Wurst. Da lag ich, und die Tränen liefen mir über die Wangen, weil ich wusste, dass all dies für immer verloren war. Und obwohl ich noch vor einer Stunde keinen Pfifferling dafür gegeben hätte, mir die Erinnerung an das Heimweh, an die elende Schinderei, an die Angst zu erhalten, so sehr wünschte ich mir, wieder dort zu sein, oder zumindest die Gewissheit, diesen Geruch nicht zu verlieren, und auch nicht die schwarzen Haare von Waldek Walidi.

Später, als ich siebzehn war, stahl ich mir den Schlüssel für die Turnhalle, um nachts darin ein Mädchen zu treffen. Kaderzentrum Ostbayern. Sie hieß Christine und hatte strohblondes Haar. Wenn sie lachte, dann lief sie puterrot an, was eine seltsame Anmut hatte. Sie warf sich mit Grazie in den Moder der alten Matten. In der Dunkelheit konnte ich ihre blauen Augen nicht sehen. Ich wollte sie küssen. Immer hatte ich mir ausgemalt, wie es wäre, mich mit ihr über diese Matten zu wälzen. Diese sanften Häfen unsanfter Niederlagen, in die ich so oft nach verunglückter Akrobatik gestürzt war, mit blutigen Handflächen, mit zerschundenen Knien. Als könnte mir die Berührung ihrer Haut Linderung für all die erlittenen, nie vergessenen Schmerzen bereiten. Sie lachte trotz des Schweißes. Doch ich konnte sie nicht küssen. Ich dachte an die Wahrheit der Popsongs und an die Abende in diesen großen, zugigen Hallen. An die Melancholie der frühen Abende im Winter, wenn das große Hallenlicht eingeschaltet wurde. Doch in jener Dunkelheit, als ich ihr leises Lachen neben mir hörte, vermochte ich es nicht, sie zu küssen, obwohl ich es in meiner Fantasie bereits so oft getan hatte. *Es liegt bei dir*. Trotzdem fühlte ich mich so sicher und weich wie lange zuvor nicht.

Und wenn wir dann am Freitagabend nach dem Training zurückfuhren, über die Autobahn zurück nach Marienstein, es dämmerte schon, dann legte Darek diese Musik auf, dieses eine, unmögliche Lied, *Something More Than This* von Savage, von dem wir immer dachten, es sei polnisch, weil man nichts verstand, weil das Englisch des Sängers wie ein Grubenarbeiter aus Zabrze klang. Wir saßen auf dem Rücksitz, die Hände zerschunden, die Erleichterung in uns, und wenn er dieses Lied auflegte, dann wussten wir, es war wirklich vorbei, wir glitten durch die Dämmerung, die Leuchtreklamen der großen Stadt zogen an uns vorbei, es war wie fliegen, und es tönte diese seltsame Musik, dieses seltsam unvollkommene Pathos, und wir lehnten uns aneinander, lagen übereinander auf dem Rücksitz, und wenn das Lied vorbei war, schrien wir: «Noch mal, Darek.» Und er tat uns den Gefallen, er duldete diese Ausgelassenheit nur hier, auf seinem Rücksitz, für eine Stunde Autofahrt durften wir Kinder sein, er lachte über uns, aber es war nichts Boshaftes mehr in ihm, wir fürchteten ihn nicht, es war die Versöhnung in dieser einen Stunde Autofahrt, wenn alles vorbei war, alles vergessen schien, die Angst, die Schmerzen, es blieb nur die Erschöpfung, und es gibt nichts Schöneres als Erschöpfung, wenn sie zu nichts führen muss als zu einem Freitagabend zu Hause, die Mutter würde ihr afrikanisches Pilau machen, und ich würde vor dem warmen Ofen in der dunklen Küche kauern in der Stille, während von drüben der Fernseher ertönte, diese Vorfreude auf das Kindsein. Wir wollten alle diesen Moment verlängern, diese erlösende Autofahrt, diese wohlige Müdigkeit, unsere Körper aneinandergequetscht, die wunden Hände, die wunde Haut.

Und jetzt ist dieses seltsame Lied von Dareks Auto auf Gabriels Kassette, *Something More Than This*, die Wahrheit der Popsongs, und ich versuche, den Moment zu verlängern, alle Ebenen verschieben sich, ich gleite wieder durch die Nacht, es ist die sibirische Nacht oder die mongolische, der Zug rattert, und ich höre dieses Kauderwelsch, das ich nicht verstehe, stattdessen formt meine Erinnerung die Fantasiesprache, die wir dazu sangen, Laute nur, und ich bin ein Kind, ich bin ein Kind, ich bin ein verlassenes Kind in dieser fahrenden Mönchszelle nach Osten, ich rufe nach den Verlorenen in meiner eigenen Geschichte, rufe nacheinander ihre Namen, rufe nach den Turnern, dem Admiral und dem Nowak, doch am lautesten rufe ich nach J., rufe die drei Worte, die ich zu feige bin, ihr zu sagen, die drei Worte, die eigentlich auf dem Zettel an meiner Haustüre stehen müssten: *Bleib bei mir.*

Ein kühler Luftzug vom Gang her, ich spüre die Kälte auf meiner Haut.

Du Kind, sage ich zu mir.

Mein Name sei Pyrrhus. Noch eine solche Liebe, und ich bin verloren.

XIII

SCAEVOLA

Ich erwache mit einem unterdrückten Schrei auf den Lippen, kann es einen Moment lang kaum glauben, doch es ist kein Traum: Ein unfassbarer Schmerz durchströmt meine linke Hand. Es ist finster im Abteil, von außen dringt kein Licht herein, der Zug durchquert die Wüste Gobi, hier gibt es keine vorbeiziehenden Lichtreflexe, hier beleuchtet sich die Zivilisation in der Nacht nicht selbst. Ich lasse das Licht im Abteil aus, versuche, nur dem monotonen Rattern des Zuges zu lauschen, das Pulsieren des Stahls mit dem Pulsieren in der Hand zu synchronisieren. Noch nie war ich so dankbar für Schmerz, aber es ist kaum auszuhalten. Die Kälte der Luft spüre ich kaum, ich fühle nur die Hand, als würde sie verbrennen. Ich krümme mich auf dem Boden des Abteils, wimmere Schmerzenslaute vor mich hin, auch «Mutter, Mutter» wimmere ich, als würde mir das Linderung verschaffen, als wüsste ich nicht genau, dass die Mutter nur mit mühsam verhohlener Enttäuschung in der Stimme über die lebensverachtende Selbstverstümmelung meiner Hand sprechen würde, als missachtete ich damit die Schmerzen meiner Geburt. Ich rolle mich ein wie ein alter Hund, jaule leise vor mich hin und lecke meine Wunden.

Eisige Kälte, Wachträume im Halbdunkel, ein kleines Boot rudert unter einem riesigen Überhang aus Eis entlang, unterhalb des Mount Erebus, dieses mächtigen antarktischen Vulkans. Die Besatzung, ein Teil der unglücklichen Terra-Nova-Expedition, witzelt angesichts des Eises, was für ein tragisches Ende ihrer Heldengeschichte es wohl wäre, wenn ausgerechnet jetzt dieser Überhang abbrechen und sie zermalmen würde. Doch sie wussten nicht, welches unpassende Ende die Geschichte tatsächlich für sie bereithielt. Im Boot saß Commander Harry Pennell, seine

Kameraden nannten ihn «Penelope», er brachte die Terra Nova aus der Antarktis zurück nach Europa, aus der Stille des Eises in den Großen Krieg, hinein in das lärmende Inferno der Seeschlacht am Skagerrak, wo die dieselbetriebenen Stahlkolosse aufeinander feuerten, die Gefechtslinie haltend, gegen die Dünung, gegen das Feuer des Feindes. Ihm gegenüber der Bahnhofsfranzl, der Urgroßvater, der kein Eismeer kannte und keine Vulkane, nur den Ozean und die böhmischen Wälder, durch den Sehschlitz des Gefechtsturms blickend, gegensätzlichere Perspektiven waren kaum möglich, die Welten, für die sie kämpften, hatten nichts miteinander zu tun, und dennoch waren sie zu Feinden erklärt, sie schossen aufeinander, und eine Granate zerschlug die Panzerung der Queen Mary, und Commander Harry Pennell, der das Eis überlebt hatte und die Stille, der in der Dunkelheit der südlichen Hemisphäre nach Geräuschen navigieren konnte, der laut Vertrag immer bereit gewesen wäre, auf einem Hundeschlitten zu erfrieren, er sank auf den Grund des Meeres. In einer Kirche in Northamptonshire sang man Choräle zu seinen Ehren, *Eternal Father, Strong To Save*. In einer Hütte in der Antarktis liegen heute noch die Vorräte, die er dort vor mehr als hundert Jahren hinterließ: erfrorenes Gebäck, erfrorenes Kaffeepulver, erfrorenes Robbenfleisch.

Noch vor Sonnenaufgang hält der Zug in Ulan Bator. Gedämpfte Geräusche dringen ins Abteil, ich weiß, ich sollte mich aufrichten, sollte zumindest einen Blick aus dem Fenster werfen, aber ich schaffe es nicht. Als wir wieder anfahren, bin ich beinahe erleichtert. Im Zwielicht betrachte ich meine Hand: Die Haut hängt in Fetzen, auf einigen Fingern haben sich Blasen gebildet, ein Teil ist grotesk angeschwollen wie nach einem allergischen Schock. Erfrorenes Robbenfleisch, ich kann sie nicht bewegen. Scaevola, denke ich, diese Geschichte vom missglückten Königsmord, der Römer Mucius Cordus legt aus Trotz seine rechte Hand ins Feuer, sie verbrennt vor den Augen des Königs Porsenna, er schenkt ihm das Leben, seither heißt er Scaevola, Linkshand. Titus Livius, *Ab urbe condita*, beim Bernpaintner hatten wir es im Lateinunterricht übersetzt: *Mein Körper ist wertlos, meine Ehre nicht.* Ich blicke auf meine linke Hand. Es sieht nicht aus wie die Hand eines Metzgers, es sieht eher aus wie die Arbeit eines Metzgers, krebsrotes Fleisch mit leichter Marmorierung, scharf angebraten.

Der Schmerz lässt nicht nach, aber den Hunger spüre ich trotzdem. Ich brauche fast eine Stunde, bis ich mich aufgerichtet und umgezogen habe. Die Hand wickle ich in ein sauberes Hemd, ich will niemandem den Appetit verderben. Die chinesischen Schaffner sind gut gelaunt, sie haben gestern im Supermarkt von Nauski groß eingekauft, russisches Bier in durchsichtigen Plastikeimern steht herum, entweder ist das die Monatsration für die Großfamilie zu Hause, oder es sind für heute Abend im Zug wilde Bacchanalien angesetzt, eine Äquatortaufe für Eisenbahner, von der ich nichts weiß. Der russische Speisewagen ist verschwunden, er wurde an der Grenze abgekoppelt und fährt nun im nächsten Zug in der Gegenrichtung zurück nach Moskau. Vermutlich darf der Koch sein Rindschwein nur auf russischem Boden zubereiten. Stattdessen hängt nun ein mongolischer Waggon am Zug, der leider aussieht, als käme er aus dem Salonzug von Hermann Göring, direkt nach dem Krieg von Karinhall in die Wüste Gobi. Bester Jägerkitsch, operettenhaft arrangiert, kulissenhafte Opulenz, gepaart mit allerlei Jagdwerkzeug, vergoldete Hirschgeweihe, an der Decke ein stilisiertes Hakenkreuz-Fries aus Holzimitat. Darunter an den Wänden hunnisches Waidwerk, Dschingis Khan *meets* Spessarträuber, *Sankt Hubertus, hilf*! Überhaupt kann man sich Göring und Dschingis Khan ganz gut beim Rehragout vorstellen, vielleicht zusammen mit Franz Josef Strauß oder anderen jagenden Breitärschen der Weltgeschichte. Jedenfalls ist das nicht der ideale Ort, um wahlweise J. oder meine linke Hand zu betrauern. Gerade bei Letzterer beschwört der Einrichtungsstil ungute Bilder von abgerichteten Hunden herauf, die meine Fährte aufnehmen.

«Um Gottes willen», ruft Elsie, als sie meine Hand sieht. Ich bin zu genant, sie nach Behandlungsmöglichkeiten zu fragen, weil mir durchaus bewusst ist, dass eine bürgerliche Altliberale aus Uppsala nicht zwangsläufig mit meiner kindlichen Lappland-Folklore kompatibel ist. Doch am liebsten würde ich mich auf der Stelle von ihr in Rentierfelle einwickeln und mir Astrid Lindgren vorlesen lassen. Fidelis regrediert, höre ich die mütterliche Analytikerin in meinem Kopf sagen. Zum Glück ist Elsie weitaus weniger verstockt als ich und kommt von selbst mit den Hausmitteln um die Ecke: «In Urin einlegen», sagt sie. «Sofort in Eigenurin baden.» Das klingt unappetitlich genug, um effektiv zu sein, aber wenig heldenhaft, natürlich endet der Mythos von Mucius Scaevola rechtzeitig, bevor er sich Gedanken über schmerzlindernde Salben machen kann. Ob er wohl nach der Konfrontation mit König Porsenna hinters Kapitol zur Urintherapie ging?

«Du solltest besser auf sie hören und draufpinkeln», sagt Juan trocken. «Sonst wirst du zum neuen Capitaine Danjou.» Wer das sei, frage ich. Juan grinst. Capitaine Danjou sei der Held von Camerone gewesen. Er hatte zuvor in irgendeinem Algerienkrieg seine Hand verloren, weshalb die Legion einen Schrein mit einer hölzernen Handreliquie von ihm verehrt, die einmal im Jahr wie eine Fronleichnamsmonstranz herumgetragen wird. Natürlich, ein Legionärsmythos. Im Grunde ist es auch nicht weiter verwunderlich, dass diese Schlägertruppe auch einen Kult um gewaltsam amputierte Gliedmaßen betreibt. Aber das vergällt mir dennoch die Poesie ein wenig. Ich beschließe, zumindest inhaltlich eher bei Scaevola zu bleiben. Trotzdem bade ich die Hand am Abend für eine halbe Stunde in Urin, indem ich mir eine Keksdose aus dem Göring-Speisewagen ausleihe und unter tätiger Mithilfe des Eisenbahnertees befülle. Seltsamerweise löst es keinerlei Ekel aus. Im Gegenteil. Mucius Scaevola, denke ich trotzig. Wenn man für Rom die Rechte ins Feuer legt, dann ist es nur billig, für J. und die Liebe die Linke an die Kälte zu verlieren. Trotzdem suche ich vorsichtshalber nach der Nummer der Auslandskrankenversicherung.

Am Nachmittag hält der Zug in Tschoir, ein Bahnhof wie eine Filmkulisse, dahinter duckt sich die Stadt, kein Gebäude ist höher als ein Stockwerk, *John Ford Country* mit Pagodendächern, dann eine Jurtensiedlung. Vor dem Bahnhof steht das Denkmal eines Kosmonauten: der erste und einzige Mongole im Weltall, Dschügderdemidiin Gürragtschaa, der Bernpaintner hätte seine Freude daran gehabt, uns diesen Namen deklinieren zu lassen, wie Plautus' angeblicher Enkel Neptuns, Bumbomachides Clytomestoridysarchides, *es dekliniert der Fidelis*, doch Gürragtschaa trägt nicht nur den Leninorden, sondern anstatt eines Familiennamens den Ehrentitel *Sansar*, das heißt übersetzt Weltraum. Es ist ein seltsames Denkmal, ein etwas verunglückter Stilmix. Weil man die sandige Weite vor dem Bahnhof nicht fassen kann, hat man um die Statue ein paar grobe Steinplatten ausgelegt, das verstärkt den Eindruck einer Insel. Das Podest selbst ist mit gelben Klinkersteinen eingefasst wie in einem alten Freibad, und darauf sitzt ein zackiger Steinblock, grob behauen wie ein misslungenes Zitat des Felsens von *Apollo und Daphne*. Auf dem Stein steht Sansar in Heldenpose, der muskulöse Körper ist bis zum Zerreißen gespannt, nur um die Hüfte flattert züchtig ein kleines Stück Stoff, der titanische Knackarsch der Bahnstrecke zugewandt. In seiner Linken liegt eine Rakete, er hält sie nicht fest, sie scheint ihm zu entgleiten. Zu allem Überfluss haben sie den Stein und die Figur mit einer Art silbernem Schutzlack überzogen, was sie leider etwas billig aussehen lässt, wie einen Zinnsoldaten in Silberpapier. Die Flugdauer von *Sojus 39* betrug eine Woche vom Start in Baikonur bis zur Landung in der kasachischen Steppe. Eine Woche, so lange wie die Durchquerung der asiatischen Landmasse im Zug Nummer 4 zwischen Moskau und Peking. In dieser Zeit hatte Sansar einhundertvierundzwanzigmal Mal die Erde umrundet.

Die Sonne taucht die Weite in ein so weiches orangerosa Licht, man möchte einen Seidenschal daraus machen. Inmitten des großen Nirgendwo einer sich bis an alle Horizonte erstreckenden Wüste steht ein einsamer Streckenposten in neonfarbener Warnweste, einsam auf dem Posten, pflichtbewusst seinen Dienst tuend. In einer Siedlung, die nur aus einem Bahnhof und vier Häusern besteht, grüßt der Bahnbeamte den Zug. Im Garten des Hauses, dessen Grundstück sich mit einem niedrigen Mäuerchen von der direkt dahinter beginnenden Unendlichkeit abgrenzt, spielt ein kleiner Junge, eigentümlich hopsend, ein Ausbund an kindlicher Freude in einem riesenhaften Panorama.

Es ist die letzte Nacht im Zug, morgen werden wir in Peking sein. Wenn alles nach Fahrplan läuft, habe ich dort zwei Stunden Zeit, um mein Visum zu bekommen und dann den Zug zu erreichen, der mich nach Pyeongyang bringen soll. Doch meine Hand macht mir Sorgen. Die Schmerzen sind immer noch stark, aber vor allen Dingen haben sich ein paar Stellen von krebsrot in ein dunkles Blau verfärbt. Eine der Blasen habe ich mit dem Messer geöffnet, es tat höllisch weh, und Blut lief heraus. Meine Fähigkeiten, mir die Situation schönzureden, kommen an ihre Grenzen, ich fühle mich langsam wie ein Greis im Politbüro, der Durchhalteparolen herausgibt: *Erfrorene Hände sind ein gutes Zeichen, nach dem Winter kommt der Sommer.*

Ich frage mich, ob ich irgendjemanden überzeugen könnte, dass es das Richtige ist, morgen nicht zum Arzt zu gehen, sondern weiter nach Nordkorea zu fahren. Die Eltern schließe ich wegen Befangenheit aus, aber auch sonst fällt mir niemand mehr ein, die Liste derer, die ich fragen könnte, ist ohnehin kurz geworden. Gabriel könnte ich fragen, er würde mich zum Arzt schicken, brich die Reise ab. Niemand würde verstehen, weshalb sich diese Frage überhaupt stellte, nicht einmal der Admiral. Ich würde mir gerne einreden, dass der Urgroßvater es verstünde, der Seefahrer von Thanried müsste doch zumindest das Gefühl verstehen, was ist schon eine kaputte Hand, wenn man sein Schiff selbst versenkt, aber ich spüre, dass der Vergleich nicht zur Rechtfertigung taugt, denn die Vergeblichkeit ist die Lesart der Nachgeborenen, sie stand nie für sich selbst. Am Ende bleibt mir nur Darek, denke ich, Kältespray auf die Wunde und ans nächste Gerät, Bodenturnen geht auch mit blutenden Händen, *es liegt bei dir*.

Die Mongolen salutieren, als der Zug den Bahnhof und ihr Land verlässt. China spielt laute Musik, übersteuerter Instrumentalpop, Bette Midler, *From A Distance*, es ist wie eine militaristische Karaoke-Show. Ich muss die Hand hochhalten, kann nicht schlafen. Elsie hat mir eine Packung Schmerztabletten gegeben, ihre Migräne muss bis Shanghai warten, ich habe mir vier Stück eingeworfen und warte, dass sie wirken, ein bisschen zumindest. Ich dekliniere die Möglichkeiten, ich könnte in Peking in ein Krankenhaus gehen, könnte die Reise abbrechen, einen Flug buchen, wäre übermorgen zu Hause, vielleicht ist J. noch da, ich könnte ihr gegenübertreten mit dieser kaputten Hand wie mit einer Rechtfertigung, zumindest für einen Gesprächseinstieg würde es reichen. Die ganze Zeit schon stelle ich mir vor, sie anzurufen, ich habe es mir in der Eisnacht von Nauski geschworen. Aber J. hat die Romantik schon lange für beendet erklärt, der Charme der verlorenen Sache war längst verflogen. Wenn sie mich so sähe, hätte ich höchstens ihr Mitleid. Und ich habe es versprochen, *bin nach Pyeongyang gefahren*, ich kann nicht auf halber Strecke umkehren.

Nein, Mitleid will ich keines, nicht jetzt. Da wählte ich lieber die analytische Schärfe des dialektischen Materialisten aus dem Waldviertel. Der Nowak konnte messerscharf argumentieren, warum jede caritative Handlung und jedes Mitgefühl eine dumme, nutzlose Gefühlsregung war. Mit seiner eiskalten leninistischen Logik rechnete er dir jede sentimentale Regung in eine Ecke hinein, ich fühlte mich dann jedes Mal wie ein plumper, gefühlsduseliger Idiot. Erst auf dem Heimweg, wenn ich alleine war, fiel dieser Bann von mir ab, dann fühlte ich mich betrogen und wurde wütend. Der Nowak duldete keine Sentimentalitäten. Die Ausnahmen von diesen Regeln definierte er, oder vielleicht war es Lenin, wer weiß? Wenn er selbst sentimental war, was nicht selten vorkam, gab es dafür gute Gründe, genauso, wenn er unsachlich argumentierte. Auf den Vorwurf, seine Argumentation sei aber doch sehr polemisch und tendenziös, antwortete er: «Willst du meine Meinung oder ein orthopädisches Zweitgutachten?» Am Ende zog er immer eine Mauer hoch, an der man zerschellen musste. Ich ahnte, woher das kam, aber er ließ keine Einblicke zu. Irgendwann entdeckte ich zufällig im Handschuhfach seines Autos ein paar alte CDs, meist ideologisch Erwartbares wie Ernst Busch und Sigi Maron, aber es war auch ein *Best Of* von Rainhard Fendrich darunter: harmloser Wohlklang, Austropop mit Schwiegersohnlächeln und Saxofonsolo. Es war offensichtlich, dass das Album dort lag, um gehört zu werden, aber nicht gefunden werden durfte. Als der Nowak das nächste Mal einen martialischen Lenin zitierte, fragte ich ihn, ob das aus einem Songtext von Rainhard Fendrich gewesen sei. Ich bereute es im nächsten Augenblick, er erschrak wie ein Kind. Einen Moment sah es aus, als würde er zu weinen beginnen, doch er hatte sich im Griff, er stand einfach auf und ging wortlos. Danach sprach er nie wieder mit mir.

Als die Besatzung der versunkenen *Endurance* in drei Nussschalen auf dem Meer trieb, auf der Suche nach festem Boden zwischen den antarktischen Eisschollen, plante Shackleton, eine kleine Insel in der Gruppe der Südlichen Shetlands anzusteuern, Deception Island. Er meinte sich zu erinnern, dass dort eine kleine Kapelle stand. Norwegische Walfänger sollten sie gebaut haben, um nach ihrem blutigen Wüten dort zu beten, Blut, Schweiß und Tran wie in Melvilles Nantucket. Für Shackleton hatte die Möglichkeit einer Kapelle der Walfänger nichts Spirituelles, er suchte keinen Ort der Andacht, aber er juchzte innerlich, weil er das

Holz des Kirchenbaus für die Verstärkung seiner Boote gebrauchen konnte. Er plante bereits, wie er die Querverstrebungen der Decke nutzen würde, um die jämmerlichen Rettungsboote hochbordiger zu machen, um den Winterstürmen der Drake Passage trotzen zu können, er hätte sogar aus dem Gnadenbild der heiligen Maria vom Berge Karmel eine Ruderpinne gekerbt, wenn es nötig gewesen wäre. Es war nur ein Plan von vielen, verworfen bereits ein paar Stunden später, weil die Drift sich änderte, weil ein Spalt im Eis sich schloss, die Möglichkeit der Geschichte, ein anderes Ende zu nehmen, war vertan.

Der letzte Morgen im Zug, vor dem Fenster graubraunes Umland, zersiedelt und abgehängt, der Winter bleibt, aber der Gefühlszustand der Landschaft verändert sich, je näher wir Peking kommen. Juan klopft an meine Abteiltür. «Ich hoffe, du hast dir die Hände gewaschen», sagt er und grinst. Als er meine Linke aus der Nähe sieht, zieht er seine schwarzen Brauen zusammen und stößt etwas Luft durch die Zähne. «So wird das nichts mit dir und der *Légion*. Nicht einmal beim Musikkorps.» Vielleicht denkt er auch ernsthaft über die Gefahren des Lebens als Zivilist nach, wenn die Verstümmelungen auch außerhalb der Schlachtfelder so einfach kommen. Wir trinken ein Bier im Speisewagen, an der chinesischen Grenze wurde Görings Salonwagen zurück in die Schorfheide geschickt und gegen Deng Xiaopings Wohnzimmer getauscht, Plastikcharme der Achtziger und VEB Colditz, aber aus der Küche riecht es wunderbar. Juan fixiert mich eine Weile über sein Glas hinweg, dann rückt er mit dem heraus, was er sich ganz offensichtlich vorgenommen hat: «Du weißt, dass es eine ziemlich dumme Idee ist, nach Nordkorea zu fahren», sagt er, «nicht nur wegen deiner Hand.» Ich versuche ein Grinsen, aber es wirkt wohl eher gequält. Juan runzelt die Stirn: «Ich meine, was erwartest du? *Dolce vita* bei Betonkommunisten? Beschissenes Wetter? Nichts zu essen?» Er blickt mich an. «Vielleicht will ich genau deswegen dorthin», sage ich. «Dahin, wo es außen genauso beschissen aussieht wie in mir drin.» Es klingt fast trotzig. «Ah», sagt Juan, «sehr clever. Wenn es dir kalt ist, am besten in die Kälte gehen. Und ich dachte, ich wäre der Soldat von uns beiden.» Er runzelt die Stirn, aber er wirkt nicht so, als hätte er wirklich etwas anderes erwartet. Er unternimmt auch keinen weiteren Versuch, trinkt nur still sein Glas leer. Danach stehen wir noch eine Weile nebeneinander am Gang und blicken schweigend aus dem Fenster. Man kann die Große Mauer von hier aus sehen, auf den Hügelkuppen blitzen die steinernen Brüstungen hervor, wie ein gewaltiger Breitengrad liegt sie über der Geografie, doch weder Juan noch ich können etwas sagen, das Arsenal der flapsigen Sprüche ist aufgebraucht, und für Pathos sind wir zu müde. Jeder wartet darauf, diesem Zug zu entkommen.

Im Abteil packe ich meine Sachen, das Messer, die Taschenuhr, die Pfeife. Vor genau zehn Tagen bin ich aufgebrochen, eine Woche lang war diese Mönchszelle jetzt mein Zuhause, fast achttausend Kilometer seit Moskau, zehntausend Kilometer von daheim. Ich betrachte das schmutzige Fenster, das Eis ist verschwunden, der Staub aus sieben Zeitzonen liegt wie ein Weichzeichner über der Aussicht, jeder braucht dringend ein Bad, auch Waggon 10. Ich nehme das Messer in die Hand und knie mich unter den Tisch. Die Tischplatte sieht von unten genauso aus wie erwartet: Es ist das Gästebuch der Transsib-Reisenden, übersät mit Filzstift-Signaturen und Initialen in Herzchen, ich ritze drei Buchstaben darunter, *F. P. D.*, das muss genügen.

Bevor wir Peking erreichen, wird es dann mit einem Mal doch hektisch in diesem Zug der Langsamkeit. Die Schaffner putzen ihr Dienstabteil mit bislang ungesehenem Elan, entfusseln ihre Uniformhosen und stellen die Plastikeimer voller Bier auf den Gang, 120 Liter sibirisches Bier im Spalier. Als wir in den Bahnhof einfahren, schwappt eine Welle aus Schall über uns zusammen, verzerrte Glockenschläge hallen vom Band, eine entstellte Version von *Der*

Osten ist Rot zur vollen Stunde, Durchsagen, Rufe, Telefonklingeln, alles auf einmal, die Zivilisation hat ihre ganze Geräuschkulisse aufgeboten, uns zu empfangen. Es dröhnt eine immer gleiche Tonfolge, D – E – D, das Gehör sagt es mir, es ist antrainiert, nicht angeboren, Disziplin statt Genie, *es liegt bei dir*. Plötzlich fühlt es sich an wie ein gewöhnlicher Personenzug, Unbekannte mit Rollkoffern hasten durch den Gang, das Telefon am Ohr, zu irgendeinem Ausgang, eine Wolke aus Parfum zurücklassend. Ich verabschiede mich von meinen beiden Schaffnern, dann trete ich hinaus in die Halle, meine Tritte fühlen sich unsicher an, zum ersten Mal fester Boden, wie nach einer langen Schiffsreise.

Und dann stehen wir uns gegenüber auf dem Bahnsteig. Wie immer muss es am Ende schnell gehen, es wird hektisch, und die Koffer sind zu schwer für lange Dialoge. Ich mache noch ein Foto zum Abschied. «Schwedische Delegation am Bahnsteig», sage ich, sie lachen beide, aber sie schauen schon auf die Uhr. «Versprich mir, dass du etwas mit deiner Hand unternimmst», sagt Elsie. Ich verspreche es, bin überrascht, wie leichtfertig es mir über die Lippen kommt. Sie nickt. «Vergiss nicht, das Lisao zu lesen. Es gibt noch eine andere Übersetzung für den Titel. *Begegnung mit dem Schmerz.*» Dann umarmt sie mich kurz, und wir verabschieden uns mit der Höflichkeit zweier Menschen, die sich niemals wiedersehen werden. Früher hätte darin vielleicht noch ein Gran Untröstlichkeit gelegen, weil das Ende immer die Möglichkeiten erhielt. Sie wäre immer Elsie aus dem sibirischen Winter geblieben, nur was man verliert, gehört einem für immer. Doch sobald sie zu Hause ist, wird sie mich als Freund auf Facebook hinzufügen, und sie wird mit schlecht belichteten Handyfotos von der Konfirmation ihrer Enkelkinder und gelegentlich geteilten Artikeln des *Arbetarbladet* über Sozialabbau im schwedischen Rentensystem ihr eigenes Bild in meiner Erinnerung überschreiben.

Auch Juan umarmt mich, mit etwas zu viel Kraft klopft er mir auf den Rücken. Er sieht beinahe unverschämt adrett aus, in seinem blauen Mantel. Dann greift er in seine Tasche und zieht ein Paar dünne weiße Handschuhe hervor. «Für dich», sagt er und drückt sie mir in die Hand. «Die kann man notfalls auch zum Essen tragen. Falls man etwas an der Hand hätte, meine ich.» Es sind keine Handschuhe, die man gegen die Kälte trägt. Der Stoff ist fein wie bei einer Paradeuniform. Auf dem Handrücken prangt eine kleine goldene Stickerei, die auf den ersten Blick wie die bourbonische Lilie aussieht. Doch es ist in Wahrheit eine von sieben Flammen gekrönte Granate, das Wappen der Fremdenlegion. Darunter stehen die Worte *Honneur et Fidélité*. Es müssen seine alten Uniformhandschuhe sein, die er zusammen mit dem Képi nach dem Marsch bekommen hatte, in der Höhle aus Kalkstein in den Pyrenäen. Ich muss schlucken. Juan grinst nur. «Ich besuche dich, Kapitän», sagt er. «Falls du wiederkommst.» Ich drücke ihm die Hand und wünsche ihm alles Gute für Shanghai: «Besser Kapitalist als Legionär», so etwas hätte ich zum Nowak auch gesagt. Es sollte nur ein Scherz sein. Juan lächelt. «Für den Augenblick», sagt er. «Ich habe mich dagegen entschieden, Soldat zu sein. Vielleicht machst du das auch eines Tages.» Dann nimmt er seinen Koffer und läuft mit Elsie in Richtung Ausgang. Ich blicke ihnen nach, wie sie in der Menge verschwinden. Der Marinemantel leuchtet noch eine Weile durch den bunten Farbbrei, Gandalf der Blaue, dann verliere ich ihn aus dem Blick und bin wieder allein.

Mit einem Mal spüre ich eine seltsame Aufregung. Ob mit dem Visum alles geklappt hat? Was, wenn es Dan und Yani am Ende gar nicht gibt? Ich halte vergeblich Ausschau nach zwei Typen mit blonden Bärten und Surfbrett-Schmiss, stattdessen entdecke ich im Getümmel einen schmalen älteren Herrn im beigen Anzug, der suchend ein Schild hochhält: *Blue Frontier Travel* steht darauf. «Warten Sie auf mich?», frage ich ihn. Er zieht eine gefaltete blaue Karte heraus und betrachtet das Foto darin. «*Mister Fidelis*», sagt er dann und nickt. Er übergibt mir das blaue Dokument, es ist das Visum. Auf der Vorderseite prangt ein ährenumranktes Emblem, es zeigt einen Stausee über einem brutalistischen Wasserkraftwerk, daneben eine Stromleitung, gekrönt von einem fünfstrahligen roten Stern. «Halbseiden», schießt es mir durch den Kopf, es sieht wie die Parodie eines sozialistischen Staatswappens aus. *Tourist Card* steht darunter. Ich blicke den Mann etwas zweifelnd an, er nickt lächelnd. «Gute Reise», sagt er, dann wendet er sich zum Gehen.

Ich stehe am Bahnsteig, um mich herum drücken Menschen in zwei Richtungen, die Ankommenden hasten davon, neue Reisende drängen heran, ich stehe zwischen den Gezeiten, aber ich kann mich immer noch nicht losreißen von diesem seltsamen Zug. Die Schaffner laufen an mir vorbei, die Provodniza mit den alten Händen ist auch dabei, sie winkt mir im Vorbeigehen kurz zu, freundlich, aber ohne ein weiteres Wort des Abschieds. Ich habe die letzten Tage ein bisschen zu oft an sie und ihre Hände gedacht, deshalb schmerzt diese Beiläufigkeit ein wenig. Einen Augenblick stelle ich mir vor, wie es wäre, wenn ich ihr nachlaufen würde, sie einholen in dieser überfüllten Riesenhalle, ihr meine kaputte Linke zeigen und ihr meine Geschichte erzählen würde, zwei Menschen und drei alte Hände in einer fremden Stadt. Ich könnte es ihrer Reaktion überlassen, wie es weitergeht: Wenn sie lächelt, bleibe ich und gehe zum Arzt, bleibe ich bei ihr in Peking, ob für zwei Stunden oder zwei Wochen, wann immer ihr Zug zurück nach Moskau geht. Wenn sie lacht und mich fortschickt, fahre ich nach Nordkorea.

Ich laufe los. Mir bleiben genau zwei Stunden bis zur Abfahrt des nordkoreanischen Zuges. Es gibt keine Möglichkeit, einen anderen Zug zu nehmen – es ist dieser Zug oder keiner. Ein letztes Mal argumentiere ich gegen meine Vernunft an: Ich kann nicht zum Arzt gehen. Wenn ich den Zug verpasse, kann ich nicht nach Nordkorea einreisen. Ich denke an den Zettel, den ich für

J. an der Haustüre hinterlassen habe. *Bin nach Pyeongyang gefahren.* Ein letztes Mal drehe ich den Kopf, versuche, die Mütze der Provodniza im Gedränge zu entdecken. Doch im Grunde weiß ich, dass ich mich längst entschieden habe.

Stattdessen hole ich Juans Uniformhandschuhe aus der Manteltasche. Mein Gefühl sagt mir, dass ich meine malträtierte Linke besser nicht vorzeige, damit man mir nicht die Einreise verwehrt. Es sieht dermaßen leprahaft aus, dass ich niemandem verdenken könnte, mich in Quarantäne zu nehmen, um sicherzustellen, dass ich keine ansteckende Seuche aus dem dekadenten Westeuropa ins Gelobte Land einführe. Auf der Innenseite des Handschuhs ist ein Initial eingestickt. Es ist der Buchstabe J., J. für Juan. Es schmerzt, als ich mir den Stoff über die Hand ziehe.

Mit einem lauten metallischen Scheppern schließen sich die Türen, es klingt, als würden sie von außen verriegelt. Ich denke an Lenin im plombierten Zug, und noch mehr denke ich an den Nowak, ob er einen Spruch zur erfrorenen Hand parat hätte, ob seine Katze wohl noch lebt, an Gabriel, den Admiral und an Juan, und ich denke an J., alle, die ich verloren habe. Ob sie wohl noch an mich denken? Der Zug rollt an, hinaus in die Kälte, hinaus ins Ungewisse.

XIV

ORTSKUNDE DER VERGANGENHEIT

Und wenn ich falschliege? Wenn J. wirklich zurückkommt, um zu sprechen, wenn sie sich noch gar nicht endgültig entschieden hat? Wenn sie von mir erwartet, ihr dieses Ende auszureden? Was, wenn es noch eine Möglichkeit gibt? Ein abgedroschener Spruch fällt mir ein, er hämmert unbarmherzig gegen meine Stirn, Sun Tzu zu meiner Verteidigung, der Konfuzius der Soldaten, immer etwas zu martialisch für die Glückskekse im Chinarestaurant, dafür aber von Polit-Strategen und Wahlkampfleitern gerne herangezogen: *Alle Schlachten sind bereits gewonnen, bevor sie gekämpft werden*, auch häufig zitiert von ungedienten Coaches bei Wochenendseminaren in der Wirtschaft, Motivationstraining für das mittlere Management, *Waschmaschinenverkauf ist Krieg,* und was für den freien Markt gilt, stimmt für die Liebe allemal. Wenn Sun Tzu recht hat, dann ist umgekehrt auch jede Schlacht bereits verloren, bevor sie gekämpft wird. Dann brauche ich mich nicht zu quälen, dann ist es besser davonzulaufen. Doch was, wenn ich falschliege? Wenn weder Sun Tzu noch ich irgendeine Ahnung von der Liebe haben?

Früher, denke ich, früher hatten wir solche Szenen im Spaß durchgespielt, J. und ich, Abschied und letzte Worte, ein Bahnsteig unter gusseisernen Säulen, sie trägt einen Koffer und steigt in den Zug, dreht sich ein letztes Mal um und hebt die Hand, der perfekte Windstoß fährt ihr durchs Haar, ich murmele irgendeinen Satz, der mir im wirklichen Leben nie einfallen würde, «möge aus meinen Gebeinen ein Rächer erstehen» oder so ähnlich, dann rollt der Zug an, und sie verschwindet zu Streicherklängen in g-Moll aus meinem Leben. Auch damals im Spiel schien es klar, dass sie mich verlassen würde, nicht umgekehrt. Aber wir hatten gemeinsam einen Verhaltenskodex aufgestellt.

Erstens: Trennungen nie nach 20 Uhr. Zweitens: alle Geschenke sofort zurückgeben. Drittens: keine Hitlervergleiche, solche Spielereien hatte sie immer geliebt. Ich sehe sie vor mir, wie sie auf dem Teppich sitzt, ihre Beine angewinkelt und ihren Kopf schräg gelegt, wie sie es immer tat, wenn sie spottete. Ich spüre eine solche Aufwallung von Zärtlichkeit, dass es mir einen Stich in die Brust gibt, und ich will auf der Stelle umkehren, wenn es nur eine kleine Möglichkeit gibt, dass ich mich irre. Aber ich habe ihre Stimme am Telefon gehört. Die Uhr ist abgelaufen. Die Schlacht verloren, nicht kampflos, aber die Kämpfe liegen lange zurück.

Die Zerbrochene Brücke endet in der Mitte des Flusses. Sie führt nirgendwo hin. Der Fluss Yalu trennt die Mandschurei von der koreanischen Halbinsel, trennt China von Nordkorea. Auf einer alten portugiesischen Karte ist Korea eine Insel, weil man den Yalu für einen Teil des Gelben Meeres gehalten hatte, als umschlösse die Japanische See ganz Korea. Wer weiß, wie oft dieser kartografische Irrtum von braven Mönchen auf Pergament kopiert wurde, in wie viele braganzische Atlanten, in wie viele Landschlösser auf hellen Marmor gemalt. In einem Anflug von Ironie hat die Geschichte zumindest die Nordhälfte wieder zu einer Insel gemacht, und auch die Zeitrechnung ist eine andere hier, Moskauer Zeit ist passé, wir fahren über eine Stelzenbrücke zurück ins zwanzigste Jahrhundert, über den Fluss Yalu, der in Nordkorea Amnok heißt. Er entspringt im Immerweißen Gebirge am Paektusan, dem heiligen Berg der Nordkoreaner, einem gewaltigen Vulkan mit einem tiefblauen Kratersee. Für die Kims ist er ihr Berg Sinai, nach ihrer eigenen Überlieferung ist dort Kim Jong-il am Ufer des Himmelssees geboren, unter dem gleißenden Licht eines leuchtenden Sterns, Weihnachtsevangelium und Parsifal in einem.

Hier, genau in der Mitte des Flusses, verliert man für einen Augenblick die Draufsicht, hier hat man die beiden verschiedenen Welten für einen kurzen Moment zusammen im Blick. Rechts, am Nordufer des Yalu, liegt Dandong, die chinesische Grenzstadt.

Links liegt Sinŭiju, die erste Stadt auf der nordkoreanischen Seite des Flusses. Am größten ist der Unterschied nachts, dann leuchtet die Skyline von Dandong verschwenderisch und hell, Sinŭiju dagegen hat keine Silhouette, es liegt in völliger Dunkelheit.

Die Zerbrochene Brücke verläuft direkt neben meinem Fenster, läuft neben der neueren Freundschaftsbrücke, die China mit Nordkorea verbindet. In der Mitte des Flusses reißt sie ab, bleibt noch eine Weile im Blickfeld wie ein ausgestreckter Arm, dann verliere ich sie aus den Augen. Es ist, als hätten wir die Leinen zum Festland gekappt. Dann haben wir die Brücke hinter uns, der Zug fährt jetzt auf koreanischem Boden. Meine Hand macht mir Sorgen, ein brennender Schmerz, aber ich wage nicht, den Handschuh abzunehmen, zumindest nicht, bis wir alle Grenzkontrollen hinter uns haben. Es sind eine Menge Soldaten im Zug, sicher werden sie bald auch mein Abteil kontrollieren. Ich bin alleine im Abteil, der ganze Waggon ist fast menschenleer. Auf den Sitzbänken reisen Kartons statt Menschen, mit Schnüren säuberlich zusammengebunden, bei näherem Hinsehen erkenne ich Insulinspritzen, Asklepios fährt mit uns, vielleicht hat er am Ende auch noch etwas für meine Linke übrig.

Die Fehler der Kartografen sind inzwischen korrigiert, die Landvermessung mag stimmen, aber für mich beginnt ab jetzt das Unbekannte, vermutetes Terrain. Ich fühle eine leichte Aufregung, weil ich die Regeln nicht kenne, weil ich nicht weiß, worauf ich mich noch berufen kann. Ein wenig ist es wie damals, als ich J. wiedersah, als ich am Flughafen wartete und nicht wusste, ob sie mich noch erkennen würde.

Wir hatten uns wiedergesehen nach der schlechtesten Whiskywanderung der Welt, wir kannten uns erst ein paar Wochen, es war aufregend und schön. Dann eröffnete sie mir, dass sie bald nach Mexiko gehen werde. Sie hatte ihr Studium geschmissen, drei Semester Medizin, ihre Mutter untröstlich, *das Kind wirft sein Leben weg, aber bitte schön.* Um sich nicht einfach für das nächste Desaster zu immatrikulieren, hatte sie sich etwas Zeit erkauft mit einem sozialen Jahr in Lateinamerika, es war alles bereits festgelegt, die Unterkunft war gemietet, das Arbeitsvisum ausgestellt, der Nowak hätte theatralisch mit den Augen gerollt, Selbstfindung in der Dritten Welt, die *Grand Tour* der Privilegierten, aber das war nicht mein Problem. Mein Problem war, dass ich begann, sie in dem Moment, in dem ich sie gefunden hatte, bereits wieder zu verlieren. Es blieben uns fünf Monate. Ich nutzte sie gut, aber es waren nur fünf Monate.

Zum Abschied gab es keinen Bahnsteig, nur eine Sicherheitskontrolle am Flughafen, dahinter lag kein Horizont, nur Wartezeit zwischen Nackenkissen und Duty-free-Shops. «Natürlich, eine verlorene Sache.» Sie lachte, dann war sie fort. Ich hatte eigentlich vorgehabt, mich in Wien für die Aufnahmeprüfung anzumelden, Studiengang Komposition, ich sollte an meiner Mappe arbeiten und für die Klavierprüfung üben. Stattdessen suhlte ich mich im Verlassensein, morbides Herumflanieren, die Traurigkeit der Wandelgänge an diesen nebligen Orten, wo scheinbar immer Herbst war, denn natürlich war es Herbst. Nach ein paar Wochen rief sie mich an. «Ich habe ein Klavier für dich gefunden», sagte sie. «Du kannst kommen und genauso gut hier üben.» Ich brauchte es mir nicht schönzureden. Ich würde für drei Monate nach Chiapas fliegen, um dann im Anschluss die Prüfung zu bestehen, das war ein fast vernünftiger Plan. Sie schrieb mir Briefe voller Vorfreude, doch in meine Euphorie mischte sich die Angst vor dem Wiedersehen. Die Angst, dem Moment nicht zu genügen. Ich las ihre Briefe vom Ende her, *Ich küsse Dich* stand dort, es war im Präsens geschrieben.

Nie werde ich jenen ersten gemeinsamen Tag in den Bergen vergessen, die Küsse vor dem staubigen Rollfeld, sie hatte mich nicht umarmt, sie war mir um den Hals gefallen, noch nie zuvor war mir jemand um den Hals gefallen, ihre Haare schlugen mir im Wind ins Gesicht. Nie werde ich die Fahrt in die Wolken des lakandonischen Urwaldes vergessen, hinauf in die kleine Stadt, wo die Zapatistas vor dem Rathaus ihr Communiqué verlesen hatten, sanfte Stimmen durch die schwarzen Sturmhauben: «Verzeihen Sie die Unannehmlichkeit, aber dies ist eine Revolution.» Nie den ersten gemeinsamen Gang durch die Stadt, diesen steilen Anstieg, ihre Hand in meiner, über jahrhundertealte Steine, den frischen Regen, den Geschmack des Brotes und des Kaffees, als wir auf den Stufen dieses kleinen Platzes saßen, als wäre es Rom und wir nur in der Sommerfrische, an diesem ersten Tag des Wiedersehens, an dem der Abschied noch so wunderbar weit weg lag.

Ich betrachtete sie voller Dankbarkeit, dass sie mir meine erlernte Distanziertheit einfach nicht gestattet hatte, die Zweifel weggeküsst, bevor ich jede Möglichkeit auf ein gutes Ende mit einem flapsigen Spruch wegironisiert hätte, um nur keine Schwäche zu zeigen. Ich hatte das Umarmen nicht gelernt, jede zärtliche Berührung musste ich mir mühsam abringen. Gefühlsausbrüche waren etwas für Fußballspieler und Italiener, so ging das Credo der Großmutter, so hatte ich es verinnerlicht. Vermutlich hatte J. schon damals von dieser Unart gewusst, aber noch gab es genug Liebe, um großzügig darüber hinwegzusehen. Später, Jahre später, war diese Großzügigkeit aufgebraucht. Dann würde sie mir meine Gehemmtheit um die Ohren schlagen, im Streit jeden Versuch von Sachlichkeit als Gefühlskälte abtun, mich dort treffen, wo sie am meisten verletzte: «Zumindest brauche ich keine Maschine mit Tasten, damit ich meine Gefühle zeigen kann.»

Das Klavier war ein Musikschulklavier, und es befand sich in einem ehemaligen Frauenkonvent, *Convento de la Encarnación*, unweit des großen Platzes. J. hatte sich dort gleich nach ihrer Ankunft zum Klavierunterricht angemeldet, einzig mit der Absicht, mir Zugang zu einem Instrument zu verschaffen. Als sie mich durch den grünen Innenhof zum Musikraum führte, war es fast wie früher in dem alten Klassenzimmer der Volksschule von Marienstein, das Aleksandra an den Nachmittagen zum Klaviersalon umgewidmet hatte, vormittags Heimat- und Sachkunde, ab 14 Uhr Chopin. Das Klavier selbst war ein kleines Nordiska mit hässlichem hellbraunem Furnier, weiß der Teufel, wie es aus Schweden ins feuchte Hochland gekommen war. Es war etwas verstimmt, und ein paar Tasten im Diskant hingen schon. J. war aufgeregt wie ein Kind, ihre Ohren waren rot, als ich mich ans Klavier setzte und ein paar Töne spielte. «Passt das», fragte sie, «ist es gut genug?» Ich küsste sie. «Es ist perfekt», sagte ich. Ich hätte auch mit zwei Fingern auf einem Plastikkeyboard geübt, wenn ich nur in ihrer Nähe sein konnte. Aber das konnte ich ihr natürlich nicht sagen.

Danach führte sie mich in ein kleines Café zwei Straßen weiter. Die Regale an den Wänden quollen über vor schweren Büchern, auf deren Rücken ein Pantheon linker Autoren, auch die langbärtigen Deutschen brav hispanisiert, *Carlos Marx* und *Federico Engels*, auf der ersten Seite vormals zum Eigentum gestempelt von der städtischen Bibliothek Corpus Christi in Texas, nunmehr enteignet von diesem kleinen *Café Librerinto* in der Straße des 12. Oktober. Auch die Communiqués der Zapatistas hingen dort, zusammen mit großformatigen Fotografien der Rebellen, Subcomandante Marcos mit Pfeife auf einem Pferd, fast unwirklich, als hätte man Dietrich von Bern fotografiert, dazu eine Gruppe bewaffneter Frauen aus Oventic, die Gesichter mit schwarzem Stoff verhüllt, nur die durchdringenden Augen stachen hervor. Ich stellte mir bereits vor, wie ich hier meine Nachmittage verhocken konnte, von bibliophiler Ideologie bewacht. «Dachte ich mir, dass dir das gefällt», sagte sie. Als ich uns an der Theke Kaffee bestellte, grinste mich die Frau hinterm Tresen an. «Ach, du bist das.» Ich verstand die Vertraulichkeit nicht ganz, sie deutete hinter sich an der Wand nach oben. Dort hing auf einer Leinwand in Acryl gemalt das Porträt eines Mannes mit dunklem Bart. Es zeigte unverkennbar mich, und es war unverkennbar von J., und ich schämte mich für meine Angst, sie würde mich nicht wiedererkennen. «Hast du noch mehr Überraschungen?», fragte ich sie. Sie lächelte zufrieden. «Nein», sagte sie. «Das muss dir fürs Erste genügen.»

Wir nahmen ein Taxi und fuhren zu dem kleinen Hinterhaus, in dem sie wohnte. Auf der Motorhaube des Autos prangte die Inschrift, dieser Wagen führe mit dem Blut Jesu Christi im Tank, *la Sangre de Cristo*, göttliches Benzin, erhältlich bei Pemex für den normalen, staatlich bezuschussten Literpreis. Ich dachte an die Aufkleber auf den Kofferraumdeckeln deutscher Familienautos, der Jesusfisch, *ICHTYS*, ein Anagramm und einst das Geheimzeichen der Christen in der römischen Diaspora, ein kleines Mosaik an den Wänden, jetzt trivialisierter Stoßstangenschmuck von Religionslehrern im Straßenverkehr, die nach meiner Erfahrung eher fuhren wie ein Eselskarren aus Galiläa, daran änderte weder die Christophorus-Plakette am Innenspiegel noch das Blut Jesu Christi im Tank etwas.

An diesem Abend saßen wir zusammen in dem gelben Zimmer, das zugleich Küche und Wohnzimmer war. Wir saßen aneinandergelehnt, die Dunkelheit umschloss uns, und keiner sagte ein Wort. Ich suchte in meinem Kopf nach Worten aus alten Liedern, den Liedern des Vaters und der Mutter, in denen ihre Barden von den unerfüllten Wünschen sangen, als müsse ich ihre verlorenen Hoffnungen abgleichen und einlösen. Ich hörte draußen die Kinder des Viertels über die Straßen laufen, hörte die leise Musik aus der Kirche am Eck, roch den Schweiß, die Pinien und die Nacht. Selten waren Worte so unnötig wie in diesem Augenblick, und trotzdem suchte ich in meinem Kopf danach, nach den Versen des Widerspruchs, als müsste ich mir etwas beweisen, ich glitt davon auf den fremden Worten eines unpassenden Liedes, seines Ursprungs beraubt, im seltsamen Gefühl von wohliger Fremdheit. Doch dann nahm J. meine Hand, und wir küssten uns, wir schliefen miteinander in der Dunkelheit. Das Sternenlicht drang durch die Löcher in Dach und Wand, die Kälte griff nach uns, aber wir lagen nebeneinander, und ich träumte von spätsommerlicher Wärme, von einem Wasserbecken unter französischen Pinien und von rotem Sandstein.

Am Morgen weckte uns der Klang von *Raindrops keep falling on my head* über einen großen Lautsprecher. Es war der Wasserverkäufer, der seine Kundschaft beschallte, Trinkwasser-Kapitalismus über den Wolken. Nach zwölf Takten *Raindrops* kam immer eine Durchsage vom Band: «*Agua Pura. Agua Fresca. Pura Agua Fresca*», das plumpe Heilsversprechen nach der Privatisierung der Wasserversorgung. J. setzte sich auf meinen Bauch. Mit ihren Fingern durchwühlte sie meinen Bart und riss mir mit chirurgischer Präzision die eingewachsenen Haare aus. «Bevor sie sich entzünden», sagte sie. Mit forschendem Blick durchkämmte sie den Bart, eine Mischung aus Neugierde und Fürsorge, ich spürte Fingerkuppen und ihren Atem auf meiner Haut, dafür nahm ich das schmerzhafte Reißen jederzeit in Kauf. Danach musste sie zur Arbeit, ich hatte Mühe, ihr zu folgen, sie bewegte sich wie selbstverständlich durch die mir fremde Stadt. Ihr Spanisch war schon vorher nahezu perfekt gewesen, doch inzwischen hatte sie sich den Dialekt des Hochlands angeeignet, als gehörte sie schon ganz hierher. Als ich es ihr sagte, grinste sie, zufrieden mit sich selbst: «Ja, nicht schlecht für jemanden, der aus einem Ort kommt, in dem der häufigste Nachname *Kotzbauer* ist.»

Drei Monate sahen wir uns jeden Tag und jede Nacht. Drei Monate übte ich Klavier, drei Monate arbeitete ich an meiner Mappe und komponierte zwei ganz passable Stücke, eins davon in g-Moll. Drei Monate saß ich in Sichtweite meines Porträts im *Librerinto*, trank Unmengen Kaffee und fühlte mich schon selbst wie ein gebrauchtes Möbelstück dort. Nach ihrer Arbeit kam J. dorthin und holte mich ab. Manchmal sprachen wir auch über die Zukunft, dann seufzte sie gespielt und sagte, in Zukunft könne sie dann nur noch allein ins *Librerinto* gehen, immerhin würde ich dann hier noch über der Theke hängen. Es war nur ein halber Scherz. Und irgendwann waren die drei Monate vorbei.

An unserem letzten Tag fuhren wir hinauf zu den Höhlen in den Bergen über der Stadt. Die Wälder waren voller militärischer Kontrollpunkte, überall automatische Waffen und stämmige Kerle, aber keiner der Soldaten hatte Lust, auf einen zapatistischen Rebellen zu treffen, weshalb ihre Präsenz noch blödsinniger wirkte. Wir liefen unter den Pinien dahin bis zum Höhleneingang, stiegen hinunter in die felsige Kühle, doch mir waren alle Spaliere aus Stalaktiten egal an diesem Nachmittag, der unser letzter war, gleich ob es Aglarond gewesen wäre oder Lascaux. Wir schlenderten stumm durch die verzweigten Gänge, und irgendwann sang ich ihr *Maria durch ein Dornwald ging*, und das Echo machte einen Bergarbeiterchor aus mir, ich setzte eine zweite Stimme darüber und eine dritte, zwischen den Felswänden schwirrten die Stimmen, und sie grinste zufrieden, «irgendeiner von denen wird die Prüfung schon bestehen», sagte sie. «Die anderen behalte ich bei mir.»

Am nächsten Morgen fuhren wir ins Tiefland hinunter zum Flughafen. Ich war taub vor Abschiedsschmerz und starrte aus dem Fenster, wir hielten uns an den Händen, aber wir konnten nicht sprechen, obwohl ich den Drang verspürte, jede Minute zu nutzen, eine seltsame Ineffizienz der Liebe schien es zu geben, und jeder Kilometer, den wir so sprachlos zurücklegten, lastete auf mir wie eine verpasste Gelegenheit, ein seltsames Renditedenken schien Besitz von mir ergriffen zu haben, als gäbe es einen Tauschwert für die letzten Minuten, die immer doppelt zählten. Als müsste ich mich schon vorbereiten für eine Welt ohne sie. Wir küssten uns zum Abschied, wir weinten beide. «Das letzte Mal vor dem nächsten Mal», sagte J., ich winkte ihr nach, bis sie verschwunden war.

Und bei allem, was ich später falsch gemacht habe, was ich an großen Taten unterlassen und an kleinen Worten versäumt:

Niemals werde ich dieses erste Wiedersehen vergessen, damals bei meiner Ankunft an diesem Provinzflughafen in Chiapas, *Angel Albino Corzo*, niemals die angesammelte Müdigkeit dreier Flüge, die Langstrecke ausgesessen mit seichten Komödien und Nudelsuppe, nie diese Angst vor der ersten Begegnung, vor einer möglichen Fremdheit, vor zu viel Erwartung und zu wenig Liebe. Ich laufe durch Korridore der Staatenlosigkeit auf muffigen braunen Teppichböden, laufe mit gesenktem Blick durch diese juristisch gewidmeten Zwischenwelten, vollklimatisiertes Niemandsland, wird sie da sein? Der Weltuntergang kommt erst nach der Gepäckausgabe. Ich richte mir noch einmal nervös meine Kleidung, als hätte ich einen ersten Eindruck zu machen, als begänne hier alles noch einmal bei null, dann gehe ich in Richtung Ausgang. Die gläserne Tür öffnet und schließt sich rhythmisch, als ich näher komme, ich spüre, wie die Hitze hereindringt, durch den Spalt kann ich nach draußen sehen, und inmitten all der Menschen ist ihr Haarschopf. Ich kann sie sehen. Sie ist da.

XV

TERRA INCOGNITA

Die Demokratische Volksrepublik Korea riecht nach Braunkohle und nach meinem alten Erdkundelehrer. Es ist exakt dieselbe Mischung aus Aftershave und Zigaretten wie damals bei Studiendirektor Fischer, Gott habe ihn selig. Seine dröhnende Stimme ist eine meiner ältesten Erinnerungen an die Schulzeit. Mit der Emphase eines Grandseigneurs nannte er uns Zehnjährige *meine Herren* und schmetterte wie ein preußischer Generalstäbler, vor einer vielfach geflickten Wandkarte stehend, sein Lieblingsthema wie ein Mantra in den Raum: «In-dus-trie-land Deutschland.» Dann strich er mit seinen faltigen Händen fast zärtlich über die Symbole auf der Karte: gekreuzte Hämmer für Bergbau an der Ruhr, eine Phiole für Chemie am Rhein, die Marker der Zivilisation auf der Oberfläche der Erde, sie schienen ihm mehr zu bedeuten als die Formgebung und Faltenwürfe der Tektonik. Er residierte in einem schäbigen Kabuff am Ende eines dunklen Ganges, das er mit seinen weißgoldenen Lord Extra vollqualmte, seine schwere Armbanduhr lag vor ihm auf dem schmucklosen Schreibtisch, der einzige persönliche Gegenstand in einem ansonsten leeren Zimmer, in dem er pubertierende Schüler wegen erfundener Beschwerden vom Unterricht freistellte. Seine Signatur auf einem Stück Papier bedeutete Freiheit, weshalb wir ihn ehrfürchtig *Liberador*, den Befreier, nannten. Der Befreier liebte seine Schüler auf eigentümliche Weise, weshalb er ihnen durchaus zugestand, dass es bisweilen wichtigere Dinge im Leben gab als eine Doppelstunde Physik am Mittwoch. «Was sollen wir schreiben?», fragte er verschmitzt. «Kopfweh? Bauchweh?» Dann lachte er sein raues, kehliges Lachen und zog an der Zigarette. Vermutlich hat ihn dieser filterlose Liberalismus am Ende den Aufstieg zum Schulleiter gemäß den Beförderungsrichtlinien des bayerischen Kultusministeriums gekostet, den Posten bekam ein beflissener Parteisoldat mit Wochenkarte fürs Solarium, er blieb der Befreier bis zum Schluss. Im selben Jahr, als die Staatsregierung den Gesundheitsschutz entdeckte und per Verordnung auch das fischersche Kabuff zur Nichtraucherzone erklärte, starb er.

Von nichts ist dieser Zug weiter entfernt als von einer Nichtraucherzone. Seit einer Stunde habe ich einen Mitreisenden im Abteil, ein schmaler Mann mit kurzen schwarz gefärbten Haaren, die Farbe so satt, als wäre sie gerade erst frisch aufgetragen worden. Auf den Knien hält er einen braunen Aktenkoffer, am Revers seines grauen Anzugs prangt ein Abzeichen, eine Fahne mit den Köpfen von Kim Il-sung und Kim Jong-il, sie strahlen beide mit schneeweißen Zahnreihen in die Welt. Es wirkt seltsam ungewohnt, normalerweise blicken Alleinherrscher eher mit weihevollem Ernst oder väterlicher Strenge von ihren Porträts, ein huldvolles Lächeln vielleicht, aber Zähne sieht man nie. Der Mann im Abteil lacht auch nicht, er sitzt mir gegenüber und blickt mich an. Hin und wieder zündet er sich eine Zigarette an, ich kann die Marke nicht erkennen, er bläst den Rauch aus und mustert mich verkniffen. Er hat ganz offensichtlich nicht denselben Zahnarzt wie seine beiden Großen Führer.

An der Grenze hat man mir ein paar Dinge abgenommen: mein Telefon, vielleicht mit dem Ziel, mich vor mir selbst zu schützen, damit ich nicht doch noch meine Mailbox abhöre, wo mich wechselweise J. und der Bratschen-Hubert verfluchen. Das kleine Messer von J., offenbar gilt es hier als Waffe, nicht als zeremonieller Käseschneider mit tragischem Motto. Die Taschenuhr vom Bahnhofsfranzl, damit konnten sie nichts anfangen, weder als sentimentaler Anachronismus noch als hippe Nutzlosigkeit, offenbar war es ein derart unüblicher Gegenstand, dass Misstrauen angebracht schien. Ich hoffe nur, sie schrauben sie nicht auf, um hinter dem hundertjährigen Uhrwerk einem Sprengmechanismus auf die Spur zu kommen. Man versicherte mir, dass die Dinge nicht angetastet werden, sie würden bis zu meiner Abreise verwahrt und mir an der Grenze wieder übergeben. Dann wurde alles vor meinen Augen in eine silberne Metallkiste gelegt, etwas verbeult, aber mit violettem Samt ausgekleidet, und dann versiegelt wie die Habseligkeiten vor dem Bezug einer Gefängniszelle, verwahrt bis zum Tag der Freilassung.

Die Leere des verschneiten Hinterlandes ist den Vororten einer großen Stadt gewichen. Als wir über den vereisten Fluss fahren, erkenne ich am Ufer die Silhouette einer riesigen steinernen Fackel, die alle umliegenden Hochhäuser überragt, eine schlanke Säule aus Granit, mindestens so hoch wie der Kölner Dom, bekrönt von einer roten Flamme. Wir haben Pyeongyang erreicht. Auf der falschen Karte des portugiesischen Kartografen trug es den Namen Tauxem, doch von dieser Stadt ist nichts mehr übrig, auch nicht von der alten Kaiserstadt Koryos, nach den amerikanischen Bombardements war es eine Wüstenei aus Trümmern und Schutt, eine Kraterlandschaft wie in Montecassino. Dort hatte man die Abtei Stein für Stein wiederaufgebaut, *dov'era e com'era,* wo es war und wie es war, die gestaffelten Kreuzgänge von Donato Bramante, die Gewölbe und die Freitreppen, doch anders als in Montecassino ist in Pyeongyang nichts, wie es war, keine wiederaufgebaute Illusion. Die Stadt hatte im Jahr 1953 wieder bei null begonnen, bei der ursprünglichen Bedeutung ihres Namens, *flaches Land*, nachdem mehr als tausend Bomber die Geschichte schmelzen ließen, das, was Lenin über Petrograd dachte, aber nie zu tun wagte, man müsse die Architektur zerstören, um die Geschichte zu zerstören, doch die Paläste der alten Zaren überlebten die neuen Herrscher. Zumindest architektonisch gibt es in Pyeongyang kein neues Leben im alten, auch keinen Revisionismus *à la berlinoise*, keine als Museum getarnten Preußenschlösser, die besser zum Selbstbild passen als die Zweckbauten verschwundener Länder.

Der Architekt Kim Jong-hui hatte in Moskau studiert, war also bei den *Ingenieuren des Glücks* in die Lehre gegangen. In den Bombennächten, während die alte Stadt noch brannte, schickte man ihn hinaus, damit er für alle sichtbar vermessen und zeichnen konnte, die Menschen mussten sehen, dass ihr Kampf nicht vergeblich war, um nicht im Augenblick der Katastrophe zu verzweifeln wie beim Erdbeben von Lissabon, *dies ater*, Allerheiligen 1755, Risse durchzogen die Stadt, der Tejo hatte sich in seinem Bett zurückgezogen, die Menschen schauten in den Abgrund, der Boden des Meeres wurde sichtbar, zerborstene Schiffe, versunkene Reichtümer, das Atlantis der eigenen Geschichte, dann kam das Wasser zurück, eine riesige Flutwelle, und zerstörte den königlichen Palast und die große Bibliothek am Ufer, wo die Aufzeichnungen der Entdecker lagen, das Kataster der Weltmeere, die kartografierten Ozeane, die Berichte der Reisen, auch die falsche Karte der Insel Korea, alles sank hinab auf den Grund. Die Pläne zum Neubau der Stadt wurden in zwei Versionen gefertigt – die erste Variante war radikal, dachte in neuen Sichtachsen, legte breite Magistralen durch den Schutt, die zweite Variante zog die Linien vorsichtiger, denn sie arbeitete die Standorte der zerstörten Kirchen und Klöster der Baixa ein, die sich wie Hindernisse in die neuen Achsen legten, fünfzig Altlasten, die sich nicht einfach ignorieren ließen. Anders als in Lissabon nahmen die Planer des neuen Pyeongyang keine Rücksicht auf die Standorte der vormaligen Kirchen, obwohl die Stadt einmal mehr als hundert davon besessen hatte, die Missionare nannten sie das *Jerusalem des Ostens*, doch die noch zu bauenden Wallfahrtsorte der neuen Ideologie duldeten keine alten Götter neben sich.

Am Bahnsteig solle ich abgeholt werden, hat man mir gesagt, denn es ist Fremden in diesem Land nicht erlaubt, auch nur einen Schritt allein zu tun. Ich hatte bereits davon gelesen: zwei Begleiter für jede Gruppe, vom Staat abgestellt, ideologisch sattelfeste Agenten mit Tourismusdiplom. Alles ist minutiös durchgeplant, von irgendeiner höheren Stelle genehmigt. Als ich aussteige, werde ich sofort in Empfang genommen. Ich bin allein in diesem kalten Februar, der einzige Fremde im Zug, aber es warten trotzdem zwei Menschen auf mich, eine Frau und ein Mann, ein Betreuungsschlüssel wie für einen legasthenischen Habsburgerthronfolger, sie flankieren mich links und rechts und begrüßen mich auf Deutsch: «Guten Tag, wir werden Ihre Begleiter sein. Hatten Sie eine gute Reise?» Der Mann ist der Ältere von beiden, ich schätze ihn auf Ende fünfzig, er ist auch der Leiter der Delegation, er ist klein und schmal, bartlos wie das ganze Land, sein schwarzer Haaransatz wandert bereits nach hinten. Er trägt den gleichen grauen Anzug wie mein Abteilnachbar im Zug, aber er hat kein Parteizeichen am Revers. Er gibt mir die Hand und lächelt etwas angestrengt, er nickt schon, bevor er überhaupt etwas sagt. «Ich bin Herr Li», sagt er, «und das ist Fräulein Cho.» Die Frau ist höchstens Anfang zwanzig, sie lächelt nicht, nickt nur, als sie meine Hand schüttelt. Ihre dunklen Haare fassen ihr Gesicht ein wie ein Helm, sie trägt einen kurzen schwarzen Wintermantel mit Pelzkragen. Fräulein Cho, das klingt nach James Bond der Sechziger, nach einer Doppelagentin mit vergifteten Schuhen. Fräuleins gibt es keine mehr, zum letzten Mal hörte ich dieses Wort in der Grundschule, die Religionslehrerin ließ sich so anreden, eine ältliche Dame mit Seidentuch und Puderduftwolke, Fräulein Weinzierl, sie war für dialektische Ausdeutung theologischer Feinheiten wie die Zweifel des Judas Iskariot oder den wütenden Jesus nicht zu haben, sie war dafür zuständig, dass die Kommunionkinder am Weißen Sonntag in sauberen Zweierreihen zum Altar liefen, dafür gab es dann Fleißbildchen mit lieblichen Heiligendarstellungen, die heilige Barbara mit dem Turm oder Sankt Korbinian mit dem Bären. Aber vermutlich ist es nicht der richtige Zeitpunkt für eine Diskussion über unpassende Anredeformen, also nicke ich nur brav. «Ich heiße Fidelis», sage ich. Herr Li nickt. «Ich weiß», sagt er.

Er hat diese Begrüßungen schon oft gemacht, das merkt man, hat schon einige deutsche Studienräte am Bahnhof abgeholt, mit professioneller Freundlichkeit, aber seine Anstrengung dabei ist spürbar. Ich frage mich, woher die Distanz kommt, ob das zur Inszenierung gehört oder ob es einfach nur mein eigenes Misstrauen ist, nachdem man mir meinen Ausweis und meine persönlichen Dinge abgenommen und sie in einer Blechdose verschweißt hat. Vielleicht fragen sich die beiden auch, weshalb sie im tiefsten Winter einen einzelnen Typen mit ungepflegtem Vollbart durch ihr Land führen sollen, Melancholiker in der Nebensaison, aber womöglich ist es ihnen auch ziemlich egal. Sie sehen auch nicht so aus, als hätten sie eine Schwäche für tragische Familienmottos. Dafür hat Herr Li einen straffen Zeitplan. «Kommen Sie bitte», sagt er, ich werfe meinen Rucksack über die Schulter und folge den beiden, sie sprechen in ihrer Sprache miteinander, ich verstehe kein Wort, aber ich weiß, dass sie über mich reden. Wir laufen durch die hohe Halle in Richtung Ausgang. Im Vorbeigehen werfe ich einen Blick in den Wartesaal: aufgereihte Plüschsessel wie im Bordkino eines Ozeandampfers, sechs, sieben Reihen vielleicht, die alten Sessel in Grün und Gelb, darüber gehäkelte Spitzendeckchen, waschbare Schonbezüge mit Blumenmustern, das versaut mir die martialische Propaganda ein wenig, *unsere Herzen sind hart, aber die Rücken weich.*

Vor dem Bahnhofsgebäude steht ein Auto, direkt vor dem großen Portal mit den übergroßen Porträts der beiden Kims. Es fühlt sich so an, als wäre ich auf ein Filmset geraten, in die Komparserie eines Historienfilms, von den Kostümbildnern monochrom in blaue und graue Anzüge gesteckt. Als wir näher kommen, springt ein Mann aus dem Wagen und öffnet uns den Kofferraum. «Das ist unser Fahrer», sagt Herr Li. Ich gebe ihm die Hand und stelle mich vor, er nickt eifrig. «Er kann kein Deutsch», sagt Herr Li. Der Fahrer kann kein Deutsch, er bekommt auch keinen Namen, er ist *der Fahrer*, dann steigen wir ein, Herr Li setzt sich auf den Beifahrersitz, Frau Cho setzt sich neben mich auf den Rücksitz. Sie sagt noch immer kein Wort, überlässt das Sprechen ihrem Kollegen, der rattert irgendwelche Fakten herunter, die Anzahl der Fenster in irgendeinem Gebäude, sie sei identisch mit den Tagen der Herrschaft von Kim Il-sung, oder waren es Jahre? «An manchen Tagen vergehen Jahrzehnte», sagt Lenin mit Nowak-Stimme, ich kann kaum folgen. Wir fahren durch die Stadt, es fühlt sich an wie eine Taxifahrt, vor dem Fenster das wiederaufgebaute Pyeongyang, mir schießen wieder die Stehsätze aus irgendwelchen Reportagen durch den Kopf, *graue Tristesse in einem abgeschotteten Land*, doch abgesehen davon, dass auch sämtliche durchgestylte Promi-Wohnungen auf Instagram komplett grau oder beige sind, ist Pyeongyang beim besten Willen nicht grau, im Gegenteil. Selten haben Farben im städtischen Raum so orchestriert gewirkt, kuratierte Farbspektren, die matten Pastelltöne der Wohngebäude, dazu das dunkle, kräftige Rot der staatlichen Propaganda, es ist dermaßen geordnet theatralisch, dass es zwangsläufig wie ein Bühnenbild wirken muss. Die *graue Tristesse* ist eine ideologische Beobachtung, sie bezieht sich auf die Abwesenheit von Werbung und Konsum im öffentlichen Raum, keine Fast-Food-Leuchtreklame am Hauptbahnhof, doch gerade als ich das zu verstehen beginne, zieht eine Automobilwerbung an uns vorbei, die Wirklichkeit überholt meine Vorstellung mit *Pyeonghwa Motors*, ein einzelnes Billboard steht inmitten der Ordnung zwischen den martialischen Durchhalteparolen, Kompaktklasse für die klassenlose Gesellschaft. Herr Li dreht sich zu mir um, ich habe ihm nicht zugehört, er nickt angestrengt: «Es ist ein sehr wichtiger Ort für uns. Wenn wir dort sind, zeigen Sie bitte Respekt, ja?»

Wir parken am Fuße eines kleinen Hügels neben einer weitläufigen Brunnenanlage, die Fontänen wegen Kälte stillgelegt, aber die geometrisch betonierten Wasserläufe lassen sich trotzdem noch erahnen, darüber eine marmorne Formation koreanischer

Najaden im Tanz, ein wenig Zartheit im Schatten der riesenhaften Bronzestatuen. «Wir haben einen Blumenstrauß für Sie besorgt», sagt Herr Li, er überreicht ihn mir lächelnd, aber bestimmt, es ist ein unscheinbares Bouquet in Plastikfolie, und ich frage mich, ob nicht auch noch eine vorbereitete Grußkarte in meinem Namen beiliegt, so wie damals die Fleurop-Liebesgrüße vom Vater mit seiner beim Lehrer Huber geschulten gestochen scharfen Handschrift. Der Fahrer wartet beim Wagen, Herr Li und Frau Cho steigen mit mir die Treppe zu den Figuren hinauf. Auch hier lächeln sie wieder mit vollen Zahnreihen wie in einer Walt-Disney-Version der eigenen Geschichte. «Zwanzig Meter hoch», flüstert Herr Li ehrfürchtig, höher als die riesenhaften Steinköpfe des amerikanischen Mount Rushmore, Kim Il-sung und Kim Jong-il, die Brillen sorgsam modelliert und in Heldenbronze gegossen, Jupiter und Mars Ultor mit Kassengestellen. Direkt vor uns lässt sich ein Brautpaar unter den Göttern fotografieren, die Augenlinie ist unterhalb der bronzenen Schuhspitzen, der Mensch muss sogar zum Schmutz der Schuhsohle aufblicken, die Gesichter der Kims sind um eine veritable Genickstarre entrückt. Es wirkt brachial, Riesen auf den Schultern von Zwergen, alles unter sich erdrückend. Als ich an der Reihe bin, nehmen mich Herr Li und Frau Cho in die Mitte. Sie haben ihre Wintermäntel ausgezogen und führen mich in ihren grauen Anzügen bis zum Sockel der Statuen. Dort verbeugen sie sich, dann gibt er mir ein Zeichen, den Blumenstrauß niederzulegen. Ich lege ihn zu den anderen, die da sauber aufgereiht auf dem grauen Stein liegen, die welkende Ehrfurcht in Plastik gewickelt.

«Vielleicht möchten Sie gerne ein Foto machen?», fragt Herr Li. Es ist ziemlich eindeutig, dass er genau das von mir erwartet, es scheint zur minimalen Respektsbekundung zu gehören wie der Blumenstrauß. Ich habe zwar keine große Lust, eines meiner kostbaren zwölf Bilder auf dem Film für diese Statuen zu opfern, aber ich will am ersten Tag niemanden in eine unangenehme Situation bringen, weder ihn in Verlegenheit noch mich in Erklärungsnot. Als ich die Rolleiflex hervorhole, lacht er. «Gibt es so etwas überhaupt noch?» Er möchte sie anfassen, streicht etwas spöttisch über das Metall, es erscheint ihm ziemlich rückständig, das Zweiauge aus der Zweistaatlichkeit, *Made in West Germany*. «So eine alte Kamera, und das funktioniert noch, ja?» Ich blicke durch den Sucher, er zeigt mir die Welt wie immer seitenverkehrt gespiegelt, Vater und Sohn haben auf dem steingrauen Podest die Plätze getauscht, Kim Il-sung steht hier auf der rechten Seite und streckt den linken Arm visionär von sich, unter der segnenden Riesenpranke wartet bereits das nächste Brautpaar.

Die Statuen werden flankiert von Fahnen aus Stein, riesige Banner aus rotem Granit, umgeben von mehr als zweihundert überlebensgroßen Bronzestatuen, eine Ehrengarde aus Arbeitern und Soldaten, doch anders als bei den lächelnden Halbgöttern sieht man bei den Menschen nur harte Gesichtszüge, Entschlossenheit und Gewehre. Dahinter liegt das große Gebäude des Revolutionsmuseums wie ein steinerner Schrein mit einem riesigen Wandmosaik des Paektusan. Ich frage mich, welche Geschichte man dort erzählt, was die Schulklassen dort sehen, die Familien beim Ausflug in die Stadt, das Entree lässt eher martialische Museumspädagogik vermuten, anders als in Kuba, wo sich das Revolutionsmuseum wie die Ausstellung in einer niederösterreichischen Kleinstadt anfühlt, wie die Schaukästen in Grundschulen, diese Schuhe haben sie getragen, die Stiefel von Célia, die Pfeife von Camilo und das Barett von Che, man war mit jedem per Du, nicht distanzlos wie schwedische Möbelhäuser, sondern erstaunlich liebevoll. In den Wänden des Treppenhauses befanden sich noch die Einschusslöcher der Gefechte, die *Barbudos* hatten den Palast erst erobert, bevor er ihr Museum wurde, die Geschichte selbst in den marmornen Wänden, keine konstruierte Hülle aus dem EU-Strukturfonds kurz vor Ablauf der Antragsfristen, Förderung für ein Heimatmuseum gab es immer, auch ohne eine Idee von Heimat, und irgendwas musste man ja schließlich mit dem Leerstand machen, sonst kam Scientology, oder irgendwelche Nazis zogen ein, leider war der alte Kasten denkmalgeschützt, sonst hätte man schon längst einen Wohnblock mit Fitnessstudio und Großparkplatz draufgebaut.

«Sehen Sie dort», sagt Herr Li und zeigt über die Baumwipfel, dort läuft ein riesiges Bronzepferd, auf seinem Rücken halten sich mit Mühe ein Arbeiter und eine Reisbäuerin. «Das ist Cheollima», ein geflügeltes Pferd aus den alten Sagen des Landes, der koreanische Pegasus, vielleicht hat ihn ja ein Kim persönlich gezähmt und eingeritten. Tatsächlich sieht die Statue des heiligen Pferdes eher so aus wie der fliehende Schimmel in einem russischen Monumentalgemälde, *Der letzte Tag von Pompeji* von Karl Brjullow, ein apokalyptisches Wimmelbild im Ascheregen, ein von Raserei gepacktes Pferd steigt, die Angst in den Augen, die Nüstern aufgebläht im Angesicht des Todes, der ausbrechende Vesuv spiegelt sich in den glänzenden, weit aufgerissenen Augen des Pferdes, an seinen Rücken klammert sich ein halb nackter Ikarier, todgeweiht. «Cheollima ist ein Symbol für unsere Geschwindigkeit», sagt Herr Li routiniert, weil er es immer an dieser Stelle sagt, er sagt es sicher zum hundertsten Mal, trotzdem würde ich mich diesem Pferd nicht nähern wollen. Das Reiterstandbild befindet sich ohnehin in einer weltweiten strukturellen Krise, dieser alten Symbolik bedienen sich nur noch Despoten, und das Bild eines halb nackten Putin auf einem sibirischen Wildpferd hat eher etwas Gruseliges, als wolle sich ein zu alter Mann mit dünner werdendem Haar in die Pferdeträume kleiner Mädchen einschleichen. Und die jüngsten Propagandafotos von Kim Jong-un auf einem strahlenden Schimmel im Schnee beschwören auch nicht zwangsläufig eine Renaissance des Genres herauf. Vielleicht wäre eine motorisierte Heldenbronze zeitgemäßer, Elon Musk im offenen Sportwagen, vierzig Tonnen Bronze für Kühler und Motorhaube, von künstlicher Intelligenz entworfen und dem Land Brandenburg finanziert, grausam, aber nicht unmöglich. Bislang gibt es einzig in Petrograd einen Helden im motorisierten Zeitalter, Lenin steht dort vor dem Finnländischen Bahnhof auf einem Panzerwagen, doch auch hier hat man sich nur die Spitze zugetraut, zu viel automobile Technik zerstört den Mythos, der Rest ist stilisiert, kubistisch und aus schwarzem Marmor. Vielleicht ist es ja ganz gut, dass sich die Sehnen der Pferde nicht einfach so in Benzinleitungen umformen lassen.

Wir fahren weiter, ein paar Meter nur, zum Kim-Il-sung-Platz. «Unser Großer Führer Kim Il-sung», sagt Herr Li, «er ist immer noch unser Präsident.» Obwohl er bereits seit dreißig Jahren tot ist. Ein Platz, der diesen Namen trägt, muss natürlich das Allergrößte sein, ich ahne es schon, eine koreanische Version von Tian'anmen. Er ist an drei Seiten bebaut, offen zum Fluss hin, dahinter ein Stilmix aus Stalinallee und Pagodendächern. Der Platz selbst mit seinem grauen Betonpflaster hat den Charme eines Baumarktparklatzes in Wiener Neustadt, eine öde Steinwüste ohne Grün, hier soll man auch nicht sitzen oder verweilen, hier wird vorbeimarschiert und gewunken, und das so oft und regelmäßig, dass auch die Tribünen vor den Gebäuden aus Stein sind. «Wollen Sie kein Foto machen?», fragt Herr Li ungläubig. An der Fassade des Ministeriums für Außenhandel hingen früher zwei riesige Porträts von Marx und Lenin, nicht lächelnd, sondern verkniffen, in Öl und mit vergoldeten Rahmen, in zwei Fensteröffnungen befestigt, beide hat man inzwischen abgehängt, aber Lenin würde sein eigenes Abhängen sogar begrüßen – unsere Vorstellung von Zukunft muss aus der Zukunft kommen und nicht aus der Vergangenheit, das hat mir zumindest der Nowak immer wieder um die Ohren gehauen, immer gegen jede Nostalgie agitierend, auch nach drei Bieren noch, und ich frage mich, wann ich bereit bin, das Bild von J. abzuhängen, oder ob ich nicht längst dabei bin, einen Altar zu bauen.

Als wir zum Auto zurücklaufen, hält mich Herr Li am Arm fest. «Möchten Sie gerne einen Kaffee trinken?», fragt er und zeigt auf ein Gebäude am östlichen Ende des Platzes, umgeben von einer Peristasis aus achteckigen Pfeilern, darüber die Darstellung eines koreanischen Soldaten, der mit grimmiger Entschlossenheit ein Trompetensignal bläst. Es ist die Frage, die ich am wenigsten erwartet hatte, weder von ihm noch an diesem abweisenden Ort. Er weiß es, deshalb grinst er stolz. «Wir haben ein Kaffeehaus hier, das wird Sie an Wien erinnern», sagt er. Woher weiß er, dass ich in Wien gelebt habe? Herr Li ist beinah aufgekratzt, «hier gibt es das Café Sacher. Kennen Sie das Café Sacher?» Café Sacher in Pyeongyang, es fühlt sich wie eine Falle an, wie in einem Zeichentrickfilm für Kinder, ein selbst gemaltes Schild mit rotem Pfeil, *Eiscrème zu verschenken*, dahinter lauert ein Panzerknacker mit Vorschlaghammer. «Café Sacher, kommen Sie!» Zwischen den Säulen führt eine Tür nach innen, es gibt kein Schild, ich vermute hinter den Granitmauern eher ein Mausoleum oder eine Waffenkammer als ein Café, doch ich folge Herrn Li in ein dunkles Foyer, dann in einen kargen Nebenraum mit hohen Decken. Neben der Tür hängt eine ältliche Leuchtreklame, eine gelbe Porzellankanne auf braunem Grund. Herr Li zeigt mit dem Finger darauf: «Hier steht es, *Helmut Sachers Kaffee*.» Ich muss lachen. Tatsächlich, ich kenne das Café. Aber es heißt nicht Sacher wie das berühmte Hotel hinter der Oper, es heißt *Sachers*. Ich erinnere die Filiale im Siebten, ein altes, unscheinbares Tantencafé mit überholtem Mobiliar, ich hatte mir dort ein paarmal eine Golatsche geholt, bevor die Straße gentrifiziert wurde und drei Häuser weiter ein stylischer Kaffeeröster eröffnete mit der typischen Wiener Mischung aus Single Origin Nicaragua und Pasteís de Nata. Jedenfalls hatte Helmut Sachers Westbahnstraßen-Café eher gewirkt wie eine gelb gerauchte Kulisse aus einer Kottan-Episode, nichts hatte darauf hingedeutet, dass der Besitzer dieses Ladens ein altsozialistischer Nostalgiker war oder, *au contraire*, ein wagemutiger Unternehmer mit dem

Pioniergeist für neue Märkte in Nordkorea, dafür war das Dekor zu sehr wie eine Mistelbacher Konditorei in den Neunzigern.

Ich weiß nicht, wer hier wem aufgesessen ist, ob Herr Li wirklich glaubt, er führte die Besucher in eine koreanische Filiale des Hotels von Anna Sacher im 1. Bezirk, oder ob die Touristen diese kleine Spielart mit dem *S* als Genitiv einfach kaufen, weil es eine gute Geschichte ist, Sachertorte mit Schlag in Pyeongyang, *you know*?

Das Café selbst hat mit kakanischer Ringstraßengrandezza wenig zu tun, wirkt eher wie eine umfunktionierte Museumsgarderobe, es gibt keinen Schmuck bis auf eine seltsame Wanduhr aus Metall, auf der braunen Theke am Ende des Raumes steht eine riesige silberne Espressomaschine mit zwei Handhebeln. «Vielleicht möchten Sie uns auf einen Kaffee einladen», sagt Herr Li, «man kann hier mit Euro bezahlen.» Ich zähle ihm das Geld ab, drei Tassen Kaffee für ihn, Frau Cho und mich. Herr Li blickt mich vorwurfsvoll an: «Denken Sie auch an den Fahrer», sagt er. Wie aus dem Nichts steht er hinter uns und lächelt, er hat weiterhin keinen Namen, aber offenbar eine Vorliebe für Cappuccino. Natürlich denke ich auch an ihn und bezahle für vier Tassen Kaffee genauso viel wie im echten Hotel Sacher. Wir sitzen dann in diesem kargen Raum mit den kalten Bodenfliesen und rühren in den weißen Porzellantassen, *Helmut Sachers Kaffee* steht in Gold auf Spitzenpapier, es hat nichts von Kaffeehaus, nichts von Wien, aber irgendetwas hat es, wie damals mit J. in Mexico City, wir lebten für ein paar Wochen in Narvarte, ein Bezirk südlich der hippen Viertel wie Condesa und Roma Norte, die Straßen waren von alten Jacarandabäumen gesäumt, im Abendwind regnete es filmreif violette Blüten, die Gentrifizierung stand schon vor der Tür, das erkannte man an den zunehmend stilsicheren Cafés, die die alten *Tortas*-Läden an den Ecken verdrängten, aber auch an der steigenden Anzahl junger Frauen, die ihr Hausschwein an der Leine ausführten. Gleich ums Eck lag ein Laden namens *Nibelun-*

gengarten, beim Vorbeilaufen stellten wir uns vor, was der Teutone zu bieten haben könnte, der Name ließ irgendeine Hipster-Fantasie vermuten, Rheingold und Riesling, aber es war am Ende nur ein zugiger Biker-Treff im ersten Stock, die in Plastik geschweißte Speisekarte mit einer Übersetzungssoftware in irgendein Fantasiedeutsch übersetzt, es gab Bratwurst und Bitburger, und man fühlte sich eher wie im Hähnchengrill an der Bundesstraße 10 als beim letzten Abendmahl auf der Etzelburg mit Dankwart und Volker von Alzey.

Danach fahren wir ins Hotel. Das Yanggakdo International ist ein Hochhaus auf einer Insel im Fluss, wie der Bug eines riesigen Eisbrechers teilt es den gefrorenen Taedong, siebenundvierzig Stockwerke hoch, und auf dem Dach sitzt wie ein gelandetes UFO das obligatorische Drehrestaurant. Das Foyer ist mit grauen Marmorplatten verkleidet, vor den Aufzügen hängt ein riesiger Kristalllüster, Modell Schalck-Golodkowski, wie aus dem Tagungshotel in Suhl. Herr Li zeigt auf eine hölzerne Theke mit einem Telefonsymbol, *International Telephone Calls* steht dort. «Falls Sie telefonieren möchten», sagt er. Eine Seite des Raumes wird von einem riesigen Aquarium eingefasst, es ist nicht beleuchtet, das dunkle Wasser wirkt wie eine stumme Bedrohung. «Lassen Sie uns essen und dann zu Bett gehen», sagt Herr Li. Meinen Einwurf, es sei erst kurz nach sechs Uhr, lächelt er weg. «Sie müssen sich ausruhen. Wir haben morgen viel vor.»

Das Abendessen wird uns in einem leeren Restaurant serviert, wir sitzen alleine in einem für dreihundert Gäste ausgelegten Saal, ein opulentes Wandgemälde ist das Herz des Raumes, ein Bergmassiv, das ein wenig so aussieht, als hätte Willi Sitte eine Fortbildung bei Bob Ross belegt, weihevolle Wandtapeten, links und rechts mit grünen Samtvorhängen eingefasst wie eine Theaterbühne. Herr Li und Frau Cho sitzen mir beim Essen gegenüber, sie haben ihre Mäntel abgelegt, es gibt kalte Nudeln, der Fahrer ist nicht dabei. Herr Li hat mir ein Bier bestellt, «Fassbier», wie er nicht müde wird zu betonen, «Original Fassbier». Als wir fertig sind, zündet er sich eine Zigarette an. Es klingt beinahe schmerzhaft, wie er den Rauch herauspresst.

«Ist es schwer, Musik für Filme zu komponieren?» Ich erschrecke fast. Zum ersten Mal überhaupt wendet sich Frau Cho an mich. Ihre Stimme klingt sehr jung, aber sie spricht viel akzentuierter als Herr Li. Zum ersten Mal sehe ich auch ihre Zähne, sie trägt eine Zahnspange, das schmälert die Bond-Aura ein wenig. Ich bin etwas überrascht über diese Themensetzung, aber es wirkt sehr bewusst platziert, als rechnete man auch mit einer bestimmten Antwort. «Nicht schwerer als jede andere Arbeit», sage ich. Sie lacht, es wirkt gekünstelt. «Wissen Sie denn, was unser großer Führer Kim Jong-il über Filmmusik sagt?» Ich verneine aufrichtig, ich kenne keine Zitate von Kim Jong-il, ich kenne nur die Bilder aus dem Internet, wo er ausdruckslos auf die Errungenschaften aus der koreanischen Landwirtschaft blickt, auf übergroße Rettiche und Salatköpfe. Nicht einmal der zitataffine Nowak hatte jemals einen Kim-Ausspruch eingestreut. Aber Frau Cho hat sich vorbereitet, in perfekter Artikulation haut sie mir den Kim um die Ohren: «Es gibt keine Musik, die überall passt. Nur eine Musik, die dem konkreten Leben gerecht wird, kann die Herzen der Menschen bewegen.»

Eine peinliche Pause entsteht, ich weiß nicht, was ich sagen soll, weiß nicht, ob das eine Belehrung war oder eine Beleidigung. Herr Li schaltet sich ein. «Dieser Film, bei dem Sie die Musik gemacht haben, *Mein Sommer in der Provence*, ich verstehe diesen Film nicht», sagt er. Mir fällt beinah das Original Fassbier aus der Hand, weiß nicht genau, ob vor Schreck oder vor Lachen, kennt er wirklich diesen Film? Ich wette, dass nicht einmal meine Eltern ihn gesehen haben, doch Herr Li weiß offenbar, wovon er spricht, hat sich zur Vorbereitung den Film angeschaut. Ob sie wohl auch einen Stuhl zur Probe bestellen, wenn ein Schreiner nach Nordkorea reisen möchte? Oder war das eine

Fleißarbeit in der Nebensaison? Eins ist jedenfalls gewiss, sollte ich jemals die Notwendigkeit verspüren, meinen Weg zurück ins Telefonbuch des Bratschen-Hubert zu finden, dann bräuchte ich ihm nur von diesem Gespräch zu erzählen, dass sich ein nordkoreanischer Staatsbeamter seinen provençalischen Vorabendkitsch in der Mediathek angeschaut hat, in einem abgedunkelten Sichtungsraum mit den Porträts der beiden Kims über dem Schreibtisch. Herr Li blickt mich ratlos an: «Dieser Film hat kein *Dzongza*, verstehen Sie? Keinen wahren Kern. Sie ist eine Ärztin. Sie kann Menschen helfen. Wieso sollte sie am Ende eine Kellnerin sein wollen?»

Wir verabreden uns für den nächsten Morgen. «Wir holen Sie um halb neun. Bitte ziehen Sie sich ordentlich an, ja?» Dann fahre ich mit dem Aufzug in den 17. Stock. Die Etage ist dunkel, der Teppichboden knistert unter meinen Füßen, es fühlt sich an, als wäre ich der einzige Gast. Im Zimmer versuche ich, Juans Handschuh von der Linken zu ziehen. Es schmerzt fürchterlich, als zöge ich mir die Haut ab, die offenen Wunden scheinen mit dem Textil zu verwachsen. Mich würgt es beim Anblick, ein grausiges Gemisch aus Fleisch, Eiter und Hautfetzen, durchsetzt von einem unregelmäßigen Muster aus Stoffresten vom abgelösten Innenfutter des Handschuhs. Ich versuche, die Wunden vorsichtig unterm Wasserhahn zu säubern, für einen kurzen Augenblick denke ich an seltene Keime in nordkoreanischen Wasserleitungen, aber ich verwerfe den Gedanken, versuche stattdessen, unter dem laufenden Wasser die Finger zu bewegen und eine Faust zu ballen, aber es gelingt mir nicht. Kaum vorstellbar, dass ich mit dieser Hand einmal Klavier gespielt oder am Reck geturnt habe. So malträtiert sah sie selbst zu Dareks schlimmsten Zeiten nicht aus, als die Wundmale auf den Innenflächen über ein Jahr nicht verheilten.

Álvaro Obregón verlor seine rechte Hand mitsamt dem Unterarm in der Schlacht von Celaya, Pancho Villas Waterloo, für Obregón war es der Grundstein seines späteren Ruhms, *el Manco de*

Celaya. Dazu gehörte auch, dass er seine Verstümmelung bestmöglich inszenierte. Der leere Ärmel der Kriegsversehrten war ihm nicht theatralisch genug, er ließ sich seine Jacketts im Arm ausstopfen und dann unterhalb des Ellbogens amputieren, sauber durchtrennt wie mit der Guillotine. Später, nach Präsidentschaft und Ermordung, stellte man ihm zu Ehren ein Denkmal auf, eine Säule von äußerlicher Harmlosigkeit, in einem kleinen Park in San Ángel gelegen, sorgsam eingehegt in unspektakuläres, pflegeleichtes Stadtgrün, es sah nicht nach Kriegerdenkmal aus, vielmehr wie die Würdigung für einen kommunalen Stadtbaumeister, doch in der Stele befand sich ein Schrein, und darin lag eingelegt in Formaldehyd die verlorene Hand des Generals wie einer der namenlosen Embryos in der schaurigen Biologiesammlung von Dr. Holzmann. Alle Schulklassen von Mexico City mussten am Wandertag hinauspilgern, in jenen Stadtteil im Süden, der seinen Namen trug und wo die amputierte Hand ausgestellt lag, bis man irgendwann entschied, die Reliquie anderweitig zu verwahren, nachdem man genug Kinder mit dem Anblick traumatisiert hatte.

J. war von dort mit mir noch einmal zur Universitätsbibliothek gelaufen. Wir waren zum dritten Mal gemeinsam in Mexico City, viele Jahre später, wie Touristen auf den Pfaden unserer eigenen Geschichte, doch J. hatte keinen Sinn mehr für einhändige Präsidenten und gescheiterte Revolutionen, sie wurde wütend, wenn ich nur darüber sprach. «Was soll das sein, die Poesie des Scheiterns?», giftete sie, der Nowak hätte es vermutlich genauso gesagt oder Herr Li, was hat die Kinderärztin im Café in Aix-en-Provence zu suchen? *Ärztin, lass das Kellnern sein, komm herüber, reih dich ein!* Es war ein heißer Tag Anfang September, die Wiesen auf dem Campusgelände waren voller Menschen. Vor der Bibliothek war eine Kundgebung protestierender Studenten, rote Fahnen unter dem roten Stein, sie skandierten zornig unter dem großen Wandbild von Juan O'Gorman, der gemauerte

Optimismus einer anderen Epoche, ich sagte es ihr genau so, und sie wurde wütend. «Du bist deshalb so ins Scheitern anderer verliebt, weil du nicht weißt, was du selbst willst», sagte sie. Dann ließ sie mich einfach stehen und ging weiter. Ich stand alleine an dem Ort einer Erinnerung, die ich für unverwundbar gehalten hatte: Wir beide zum ersten Mal unterhalb dieses wunderbaren Baus, sie war rot angelaufen vor freudiger Erregung, das riesige Wandbild wie ein Glossar unserer gemeinsamen Sprache, als gäbe es unsere Geschichte auf einem pompejanischen Fresko oder auf dem Teppich von Bayeux, sie hatte mich geküsst, «Das hier ist der schönste Ort», sagte sie damals. Es erschien mir schon nicht mehr wirklich, ich zweifelte an unseren eigenen Bildern, das selbst Erlebte nur noch Mythos wie das sagenhafte Heroon des Aeneas in Latium, nicht nur die Steine waren verschwunden, sondern auch die von Vergil beschriebenen Flüsse waren nicht mehr auffindbar, versandet, vertrocknet und überbaut, die Geografie stahl sich davon und ließ die Geschichte im Stich. Es würgt mich, dieses Gefühl, einen Ort zu verlieren. Ich muss an Steinweyer denken, an das verschwundene Haus der Familie meiner Mutter, die heimatlos gewordene Kindheit aus der Erzählung von Alwine und Edmund, für die es keinen anderen Ort mehr gibt als die trügerischen Landkarten meiner Erinnerung.

XVI

DAS VERLORENE ECK

Die Steinweyer-Oma hieß Alwine. Direkt hinter ihrem Haus lag die Grenze zu Frankreich. Ein Sprung über den kleinen Bach reichte aus, sie zu überwinden. Hinter dem Haus begannen der Wald und ein anderes Land. Wo heute noch das Wasser verläuft, endeten die Weltreiche meiner Kindheit, Rom, Bullerbü und Gondor, es reichte ein Buchenast als Zepter, um sie zu beherrschen. Hinter den Himbeerhecken und dem schmiedeeisernen Gartentor begann das Unbekannte mit einem beherzten Sprung auf die andere Seite.

Der Westwall verlief direkt durch den Garten. Ein Spalier aus tonnenschweren Panzersperren wie eine Wirbelsäule aus Beton. Von der Terrasse aus blickte man immer darauf, es gab Cola und Kranzkuchen, dazu Gartenskulpturen aus dem Nazireich. Als Kind dachte ich erst, es wären Grabsteine. Auch mit schwerstem Gerät war diesen Narben der Geschichte nicht beizukommen, was die amerikanischen Panzer nicht vermochten, schaffte auch kein Bagger der örtlichen Baufirma. Der Limes verblieb für die Ewigkeit im Garten der Alwine, zwischen den Salaten der Saison und gelben Strauchrosen aus der Pflanzenwelt Kuntz.

Den Streifen Land zwischen dem Waldrand und den Weinbergen, wo das Haus der Alwine stand, nannte man das *Verlorene Eck*. Ich hatte irrtümlich angenommen, dies sei den kartografischen Verschiebungen geschuldet, einmal bei Frankreich, dann wieder bei Deutschland, wenn Territorien arrondiert werden, dann schneidet man sich hier noch ein Eck ab, dann kann es schon mal verloren gehen auf den diversen Kongressen der Weltgeschichte, wo die Sieger irgendwelcher Kriege mit Lineal und Zirkel die Landkarten neu vermessen. Doch der Name kam in Wahrheit daher, dass es dort einfach nichts gab. Nur zwei

Kilometer weiter nördlich begannen die Weinberge, und man sah an den Formen der Winzerhöfe, dass es sich dort gut leben ließ, das Terroir warf seit hundertfünfzig Jahren Riesling ab, den man in der ganzen Welt gerne trank, in Grandhotels, an Kaiserhöfen oder auf der Titanic. Auch der Onkel Theo besaß dort ein Weingut, er hatte sich eingeheiratet, doch seinen halbtrockenen Weißen trank man nur im Sportheim von Steinweyer. Das Verlorene Eck lag zwei Kilometer zu weit südlich, in Sichtweite des Guten Lebens, aber durch seinen Namen streng davon getrennt. Es war der Grenzstreifen, dort behalf man sich mit den zwei Dingen, die immer gehen, wenn man gar nichts hat: Tabak und Korbflechten. Aus Hundsdornzweigen flocht man Körbe, später dann aus den Weidenruten der Rheinauen, Körbe für die sperrigen Kinderwägen, aber auch für die Weinlese, die Winzer kamen und luden sie auf ihre Wägen, fuhren schnell zurück auf die Sonnenseite. Neidvoll blickte man die zwei Kilometer nach Norden, dort kürte jedes Dorf seine eigene Weinprinzessin, im Verlorenen Eck reichte es dann nur zur Kartoffelkönigin, ein Morganatentitel mit korbgeflochtenem Diadem, kein Vergleich zum Kranz aus rotem Weinlaub. Kartografisch nah und doch unerreichbar wie all die anderen Spielorte der Weltgeschichte, die hinter den Weinbergen lagen: das Nibelungenland, der Wasgenstein, das Hambacher Schloss und die Burg Trifels.

Auf der anderen Seite lag Wissembourg, ein französisches Städtchen. Dahinter der Gaisberg, eine sanfte Erhebung, wo ich als Kind mit der Alwine zum Beerenpflücken hinaufging. Dort oben am Schafbusch häuften sich die Kriegerdenkmale, der kleine Buckel war immer erst Feldherrnhöhe, danach Grabhügel gewesen. Zwischen weinenden Bronzelöwen entdeckten wir auch die Plakette für den gefallenen General Abel Douay. Zu Kriegsbeginn war er aus dem Ruhestand reaktiviert worden, er leitete die Militärakademie Saint-Cyr, ein prestigeträchtiger Pensionistenjob mit schönen Uniformen und geringen Risiken. Doch als die Preußen vor den Toren standen, konnte er sich dem Ruf seines alten Freundes Napoleon III. nicht entziehen. Die beiden waren zusammen Schlachtenbummler der Weltgeschichte gewesen, in Algerien, auf der Krim und in Solferino, und nun sollte ein elsässisches Gehöft sein Schicksal werden. In den ersten Stunden dieser ersten Schlacht des Krieges tötete ihn ein Artilleriegeschoss aus der Ferne, in allen vorherigen Kriegen hatte diese Distanz am Feldherrnhügel ausgereicht, in der Schlacht an der Alma oder in Montebello, doch der Leiter der kaiserlichen Militärakademie hatte sich verrechnet. Sein Tod soll ein gewaltiger Schock für den Kaiser gewesen sein, ob nun wegen des Verlusts eines alten Freundes oder wegen des Verlusts der strategischen Position, aber der kleine General lag aufgebahrt im Gut Schafbusch, die abrückenden Franzosen hatten keine Zeit, ihn anständig zu begraben. Die Preußen fanden seinen Leichnam, in dem Gemälde von Anton von Werner liegt Abel Douay auf einer alten Matratze, den Kopf erhöht durch einen umgedrehten Holzstuhl, mit seinem kleinen Hund, der den toten Körper bewacht, es hat etwas seltsam Liebliches, das halb gegessene Mahl auf dem Tisch, dem gegenüber die polierten Stiefel des preußischen Kronprinzen, der auf den toten General herabschaut, *mein war der Sieg, sein sei der Lorbeer.*

Die Weißenburger Senke, dieses Scharnier der Militärgeschichte, durch diese hohle Gasse mussten sie kommen, alle, Römer, Karolinger, die Preußen, die Nazis, ein Hin und Her, alles drückte sich dort hindurch, zwischen Vogesen und Schwarzwald, der Bienwald, man mauerte sich ein, nach Vauban kamen André Maginot und Fritz Todt, sie bauten Kasematten, Bunkerarchitektur im Bauhausstil, sie veränderten die Topografie mit Verhauen und Schützengräben, mit den Zähnen der Siegfriedlinie, die sie in die weichen Linien der Vogesen gruben, ein brachiales Betongebiss, das aus dem Gras wuchs. Heute mag es von Moos überwuchert sein, aber so viel Romantik kann der Waldboden nicht aufbringen, dass er diese Gewalt weichzeichnen könnte.

Gewalt kannte die Alwine schon von Kindheit an. Ihr Vater, der Michael Hasselwander, war ein Maurer aus dem Pfälzer Wald, er war jähzornig und trank. Wenn ihn die Wut packte, machte er vor nichts halt. Seine Vorfahren waren einst aus Tirol gekommen, sie hatten hohe Föhren an Steilhängen gefällt, das Leben war wenig wert gewesen, und die Axt saß ihnen locker. Alwines Mutter, die Hedwig, hatte nichts besessen als das, was sie am Leibe trug, dazu gehörte ein versilbertes Medaillon mit einem frommen Mädchen in einem Rosenhain, das mit gefalteten Händen zum Himmel schaut. Auf der Rückseite war eine Fürbitte eingraviert:

O Jésus
Je vous demande
De bénir
Tous ceux que j'aime

Die Familie der Hedwig war arm und, was noch schlimmer war, aus Frankreich. Ihre Mutter war ein Waisenkind aus dem Heiligen Forst gewesen, die bei Ordensschwestern in Lothringen aufgewachsen war. Von ihnen hatte die Hedwig das geweihte Medaillon bekommen, ihren einzigen Besitz. Ihre ältere Schwester hatte sich ertränkt, weil sie von einem deutschen Soldaten vergewaltigt worden war, sie stieg mit einem Steinbrocken und dem Kind in ihrem Bauch in die Mosel bei Pont-à-Mousson, die Mirabellen blühten, man fand ihre Leiche dreißig Kilometer stromabwärts mit Trauerweide im Haar, doch die Hedwig sprach niemals davon, man sagte immer nur, die Schwester sei *ins Wasser gegangen*, einer dieser sprachlichen Verharmloser wie *zur Seite geschafft*, *hinter den Wald gefahren* oder *in Klingenmünster sein*. In Klingenmünster befand sich die Kreis-Irrenanstalt. Später wurde sie umbenannt in Pfalzklinik, sie war idyllisch am Rande des Waldes gelegen, die roten Mauern der Burg Landeck über Weinbergen, aber der Name blieb ein ewiges Stigma. *In Klingenmünster sein* war sogar schlimmer als tot.

Der Michael Hasselwander und die Hedwig bekamen drei Kinder, die Alwine war die Älteste, ihre jüngeren Brüder hießen Jakob und Matthes. Für Maurer kamen gute Zeiten, denn der Westwallbau hatte begonnen. Sie bezogen ein kleines Haus im Oberdorf von Steinweyer, ein altes Fachwerkhaus, das der Michael instand setzte. Das Mauerwerk leuchtete weiß, die Fensterstürze waren aus rotem Sandstein. Es war ihr ganzer Stolz. Als der Führer zu Besuch kam, um sich die neuen Bunker anzuschauen, schmückten sie ihr Haus mit Kränzen und hängten eine Fahne aus dem Fenster. Die Kinder des Verlorenen Ecks bildeten ein Spalier vor dem Dorfbrunnen, die Alwine war auch dabei. Sie trugen Blumen im Haar, als wären sie für eine Hochzeit geschmückt. Der Führer winkte in die Menge, er schien sie zu segnen, aber er aß nichts von der gegrillten Sau, die der Bürgermeister hatte auftragen lassen. Für eine kleine Weile schien alles im Lot, doch Hitler hatte es eilig, er überfiel Polen, noch bevor der Mörtel trocken war. Zwei Tage später erklärte Frankreich seinen Eintritt in den Krieg, und damit wurde Steinweyer zur Roten Zone: Die Front verlief durch die Gärten, und alle Bewohner mussten das Dorf verlassen. Die Frauen und Kinder schickte man nach Bayern, in Sicherheit, sagte man, bis zum Endsieg. Der Michael Hasselwander ging nicht mit nach Bayern. Er ging in den Krieg, nach Osten, zusammen mit den übrigen Männern. Als er sich verabschiedete, gab er der Alwine einen Brief. *Bleib immer bei deiner Familie* stand darin, es war eine Floskel, ein Stehsatz aus der Sprachlosigkeit eines groben Mannes. Doch für die Alwine wurde dieser im Abschied mit fahriger Hand geschriebene Satz zum Wappenspruch, der letzte Wunsch ihres Vaters, den sie nie wiedersehen sollte.

Als der Krieg zu Ende war, kehrte die Hedwig mit den Kindern nach Steinweyer zurück. Doch es war nichts mehr da. Das Haus war weg, das ganze Dorf war verschwunden, nur eine leere Fläche vor den Panzersperren am Waldrand. Es gab keine rauchenden Trümmer, keine verkohlten Ziegel und geschmolzenen Besitz. Alles war sauber planiert und eingeebnet, man hätte glauben können, hier wäre nie ein Dorf gestanden. Die Alwine verfluchte die Franzosen und die Amerikaner. Doch es waren keine Bomben gewesen, die die Häuser zerstört hatten. Es war ein Befehl des Gauleiters der Saarpfalz. Er hatte Steinweyer abreißen lassen, während seine Bewohner evakuiert waren, wollte ein Musterdorf errichten. Wäre das alte erst einmal weg, dann würde keine heimatliche Sentimentalität mehr im Wege der neuen Siedlungsplanung stehen. Es war architektonische Flurbereinigung, die hutzelige Fachwerkarchitektur war ihm ein Gräuel. Was anderswo als mittelalterlicher Fotohintergrund erwünscht war, durfte auf Dauer nicht der technischen Entwicklung der deutschen Landwirtschaft im Weg stehen: große Maschinen für große Felder und große Höfe. Doch seine Wehrdorf-Ästhetik überdauerte nur beim Deutschen Weintor mit den klobigen Quadern und seinen gedrungenen Anbauten, Riesenfässer aus dunklem Holz und geschnitzte Balken im Wikinger-Stil, abstoßende Grobheit und lieblicher Wein. Das Hakenkreuz schlug man später heraus, doch der große Adler verblieb im Stein, er umkrallte einen Kranz aus Weintrauben, und es schien, als duckte sich das brave, maschinengefräste Landeswappen, das man nach dem Krieg darunterhängte, unter seinen mächtigen Schwingen.

Auf dem Papier gab es Steinweyer noch, doch die Wirklichkeit war weiter als die Landkarten. Das Dorf war verschwunden und mit ihm ihr Zuhause. Die Alwine bezog mit ihrer Mutter und den beiden Brüdern eine Holzbaracke im nahen Flüchtlingslager von Weiler. Hier waren vorher Zwangsarbeiter untergebracht gewesen, später Kriegsgefangene und nun die heimatlosen Frauen und Kinder des Verlorenen Ecks, das nun Teil der Französischen Besatzungszone war. Es gab nichts zu essen, aber es gab einen Passierschein, einen Stempel mit der Signatur *Délégation Superieure*. In all dem Chaos des Weltuntergangs muss es immer noch Raum für einen Schriftsetzer geben, der für fiktive Behörden die Heraldik gestaltet. Alle heimatgeschichtlichen Abhandlungen sprechen von der *Stunde null*, aber der neue Stempel war ja längst in Auftrag gegeben, schon vor Monaten auf der Krim, als die Alwine mit ihren Brüdern in der Nacht die Bombengeschwader auf Nürnberg fliegen sah, da saß Churchill mit Stalin und Roosevelt bei einer Zigarre im Liwadija-Palast von Jalta, es war die ehemalige Sommerresidenz des letzten Zaren, der Premier trug einen weißen Leinenanzug, mit dem er auch als Landschaftsmaler an der Riviera durchgegangen wäre, und er setzte durch, dass man General de Gaulle und seinen Franzosen auch den Status einer Siegermacht zugestehen würde. Von diesem Moment an hatten fiktive französische Behörden begonnen, die Verwaltungseinheiten von noch nicht eroberten Gebieten zu bestimmen, sie hatten Briefköpfe gestaltet und Distrikte eingeteilt, noch bevor sie gewonnen waren. Zur selben Zeit saß die formelle Regierung Frankreichs, der traurige Rest der Kollaborateure von Vichy, in einem noch obskureren Exil auf dem Hohenzollernschloss von Sigmaringen, von wo aus sie in die Vergangenheit hineinregierten, in ein Terrain, das sie längst nicht mehr besaßen, genehmigten Umgehungsstraßen für Dörfer in der Ardèche, die sie längst verloren hatten, während sie auf das Eintreffen der III. Algerischen Armee und den Galgen warteten.

Die Franzosen rückten über die Lauter, besetzten plangemäß die Weinberge, wie so oft schon in der Geschichte. Der neue Militärkommandant von Landau, Capitaine Rochard, bezog Quartier in einer alten Villa mit einem Türmchen und einem Sandsteinsockel aus rotem Bossenwerk, die Nazis hatten zuvor einen jüdischen Weinhändler daraus vertrieben und es sich dort bequem gemacht, der undeutsche Geist hatte offenbar Geschmack gehabt beim Parkettlegen wie bei der Bilderauswahl. Die Armee gestand dem Capitaine ein Dienstmädchen zu, man schickte ihm eines aus den Flüchtlingslagern, es war die Alwine. Sie war voller schlecht unterdrückter Wut, denn sie sah in den Besatzern die Zerstörer ihres Hauses, womöglich hatten sie auch ihren Vater getötet, und jetzt sollte sie vor ihnen buckeln. Doch sie bewunderte auch den Offizier, den wohlerzogenen Abkömmling eines alten Geschlechts aus dem Limousin, aufgewachsen in einem Palais an der Creuse, im honigfarbenen Sandstein verwitterte der alte Wappenspruch der Familie: *Jeder zu seiner Zeit.* Sie bewunderte seine elegante Frau, eine italienische Gräfin aus Nizza, die Manieren ihrer drei Töchter und ihr zartes Klavierspiel. Sie machte einen Knicks, schlich leise über das glänzende Intarsienparkett der Villa, schlief in einem Zimmer unter dem Dach mit buntem Fensterglas und alten Schnitzereien am Geländer, und sie schämte sich noch mehr als je zuvor, wenn sie aus dieser Welt in die Baracke zurückkehren musste an den Wochenenden, zur Hedwig und ihren Brüdern, denen sie jede Woche ihr Lohngeld schickte, für ein halbes Huhn oder ein Paar schlecht geflickte Schuhe. Nach einem halben Jahr wurde Capitaine Rochard versetzt. Seine Frau hätte die Alwine gerne mitgenommen, doch sie musste bei ihrer Familie bleiben, der Michael Hasselwander hatte es in seinem Brief von ihr verlangt, das sagte sie unter Tränen. Zum Abschied schenkte ihr Madame Rochard ein Netz Orangen. Sie waren abgerieben und matt, und dennoch leuchteten sie. Die Welt um sie lag in flauem Schwarz und Weiß, die kahlen Bäume, das Grau der Wintermäntel, der Schnee lag über den Weinbergen, und sie hielt das Netz Orangen umklammert, fast verschämt verbarg sie es vor den neidvollen Blicken der Mitmenschen, als trüge sie einen Sack Gold auf den Knien. Es war das erste Weihnachten in der Baracke des Flüchtlingslagers.

Die Hedwig arbeitete tagsüber im Wald, zusammen mit den Männern, die Alwine blieb bei den Brüdern im Lager. Auf die Rückkehr des Vaters warteten sie vergebens. Er galt als vermisst, deshalb gab es weder Kondolenz noch Witwenrente, weder vom Tausendjährigen Reich noch von seinen Rechtsnachfolgern. In späteren Jahren erhielt er in Steinweyer einen Grabstein mit seinem Namen, doch es blieb für immer ein leeres Grab. Der Michael kam nie wieder aus dem Krieg zurück. Stattdessen kam ein junger Mann aus der Eifel, der mit ihm gedient hatte, *ein Kamerad*, wie er sagte. Er hieß Edmund Jungbluth, war nur zwei Jahre älter als die Alwine, und er hinkte leicht, weil sein Beinschuss noch nicht ganz verheilt war. Er hatte dichtes schwarzes Haar und trug noch seinen verschlissenen Soldatenmantel. Der Michael Hasselwander war in den letzten Kriegstagen in Ungarn erschossen worden, von einem Scharfschützen oder von einem Partisanen, wer weiß das schon, doch sie hatten ihn in einem Massengrab beerdigt, und ihm sei die Aufgabe zugefallen, die Hinterbliebenen zu unterrichten. Die Hedwig nickte nur, sie hatte nun Gewissheit, aber keinen Totenschein, den Sold würde sie niemals bekommen. Doch die Alwine beschloss in diesem Augenblick, dass ihre Gebete doch erhört worden waren, denn der Herrgott hatte einen Überlebenden aus dem Krieg zu ihr geschickt. Fünf Jahre später heiratete sie den Edmund, es gab Rollbraten mit Kartoffeln, und der Stempel des Standesbeamten hatte bereits ein neues Wappen.

Die Alwine hatte beschlossen, dass der Edmund ihr Erlöser sein würde. Fast zehn Jahre war sie nun ohne Zuhause gewesen, erst als Evakuierte in Bayern, nun als Heimatlose im Flüchtlingslager. Es hatte kein Leben vor ihr gelegen, nur Wochenrationen, überall nur geduldet. «Bau uns ein Haus», sagte sie zum Edmund. Für sie selbst, ihre beiden Brüder und die Hedwig, *O Jésus, je vous demande de bénir tous ceux que j'aime*. Das tat er. Er kehrte nicht mehr in die Eifel zurück, sondern blieb in Steinweyer, er mauerte zunächst aus Bruchsteinen und Schutt ein kleines Haus, gerade groß genug für seine neue Familie. Es war im Grunde auch nicht viel größer als die Baracke im Flüchtlingslager, aber es war aus Stein und hatte ein Satteldach, das war der Alwine wichtig. Später dann kauften sie sich ein Stück Land unten am Wald, der

Grund war billig, denn die Panzerhöcker liefen hindurch, doch es blieb genug Platz für ein großes Haus und Kinder.

Die verwundete Landschaft entwuchs dem Krieg nur langsam. Beton blieb der Baustoff der Zeit, zum Fachwerk gesellten sich Zweckbauten westdeutschen Understatements, Kassenhäuschen und Bushaltestellen, später Sparkassenfilialen und Turnhallen. Die Verteidigungsarchitektur vermoderte im Wald, in den Ein-Mann-Bunkern versteckten sich die Kinder beim Spiel. Dann und wann trat ein Reh auf eine Mine, der nächtliche Knall ließ die Fensterscheiben zittern. Der Wald wuchs aus den Sehschlitzen der Bunker, in einem tausendjährigen Reich wäre die Tarnung vollkommen geworden. Die Panzergräben wurden zu Weihern, voll mit Zuchtfischen des Kreisfischereivereins Südliche Weinstraße. Der Onkel Arnold nahm mich später mit dorthin zum Angeln, da, wo früher die Kanonen standen, saßen nun die Angler, auf der anderen Seite die Franzosen, die die deutschen Karpfen wegfischten, in der Nacht nur mit ihren farbigen Knicklichtern als Leuchtpunkte zu sehen wie militärische Positionsmarker.

Die Alwine bekam fünf Kinder, ihre Mutter half ihr, so gut sie konnte. Auch ihre beiden Brüder blieben in der Nähe. Der Jakob war irgendwann nach Klingenmünster gekommen. Man sagte nicht, weshalb. Er sei halt nervös, leider. Sehr nervös. Ihr jüngster Bruder Matthes, genannt *der Vetter*, war zeitlebens ihr engster Freund. Der Vetter war eine Plutarch-Figur, ein Hüne mit dröhnender Stimme, sein schallendes Lachen war kratzig von zu vielen filterlosen Zigaretten. Um seine Kondition war es nicht allzu gut bestellt, er keuchte beim Metzeln, wenn er ein Tier zerlegte, war er außer Atem, aber zufrieden. Seine Liebesbeweise kamen in unbeschrifteten silbernen Dosen: eingemachte Hausmacherwurst. Bei der Alwine standen noch Jahre später die silbernen Dosen wie Munition im Depot der nahen Maginotlinie, das Vermächtnis des Vetters, der ganze Schuppen war voll davon, silberne Stapel, Schwartenmagen eingemacht für die Ewigkeit, Rationen für einen Atomkrieg oder irgendeine künftige Hungersnot. Manchmal erreichte mich ein Päckchen aus dem Verlorenen Eck, ich erkannte Alwines steile, verschnörkelte Handschrift, es war ein Essenspaket wie früher, sie stellte sich mich als einsamen Studenten in einer Dachgeschosswohnung vor, als Schlafburschen einer alten Witwe vielleicht, wie sie es kannte. Und so erreichten mich die Carepakete mit den silbernen Dosen, die sich alsbald bei mir stapelten, während studentische Kochabende längst folkloristische Wettbewerbe waren, bei denen man die exotischsten Speisen seiner jüngsten Reisen auftischte, zum Zeichen der Weltgewandtheit, wie die Stempel im Reisepass, «du weißt ja, dass man für die echten Tamales nur Bio-Mais nehmen kann wie in Cholula, wenn die Agaven blühen», und ich saß am nächsten Abend allein über der groben Hausmacherwurst des Vetters in den silbernen Dosen, die Frontrationen, als wäre es die Feldpost aus einer verlorenen Heimat.

Der Vetter wohnte mitten im Wald, und er war stolz darauf, dass man Bruchweiler vom Weltraum aus erkennen konnte. Genau genommen war es die Waldlichtung, die man auf dem Satellitenbild sah, eine große Rodung aus der Herrschaftszeit des Sonnenkönigs, die sich vom All aus als Insel inmitten des riesigen grünen Meeres ausnahm. Auch sonst schien Bruchweiler wenig Kontakt zum Festland zu haben, denn der ganze Ort bestand aus nur drei Familiennamen. Der Vetter heiratete die *schmale Ellen* und zog zu ihr auf den Brossardhof. Seitdem gab es bei Wahlen einen einzelnen roten Schandfleck in der Auszählung. Unter anderen Umständen hätte der Wahlleiter die Stimme einfach verschwinden lassen, doch weil jeder wusste, dass es die Stimme des Vetters war, unternahm niemand etwas: Die Legende vom Hasselwander Jähzorn war auch bis Bruchweiler gedrungen, und den Vetter wollte niemand zum Feind. Für viele Jahre, bis er krank wurde. Anfangs schrie er vor Schmerz, dann wurde er immer bleicher. Der Doktor Bernhart untersuchte ihn, verbot ihm die filterlosen Reval und gab ihm noch ein Jahr. Der Vetter fuhr mit seinem Auto in den Wald und starrte für eine Stunde stumm in die Bäume. Als er dann nach Hause kam, zündete er sich eine Zigarette an und sagte zu seiner Frau: «Wenn eines Morgens die Tür zum Schuppen offen steht, dann geh dort nicht hinein.» Er brauchte ein paar Monate Leiden, um den Mut dafür aufzubringen. An einem Dienstagmorgen ging die schmale Ellen aus dem Haus und fand die Schuppentüre offen. Sie zog sich ihr schwarzes Kostüm an, bevor sie beim Arzt anrief. Dann saß sie in der Küche und blickte auf die rissigen Innenflächen ihrer Hände, bis sie die Leute kommen hörte. Es brauchte vier Männer, um den Vetter vom Balken zu schneiden.

Als Kind war Steinweyer für mich ein Paradies. Es sah aus wie das Dorf in einer Modelleisenbahn und war so wunderbar klein, die Telefonnummern waren dreistellig, und selbst ich, der nur in den Ferien dorthin kam, kannte beinahe jeden. Der Geiger Emil war der Ortsvorsteher, er ließ sich aber gerne in einem kleinen Akt der Anmaßung mit Bürgermeister anreden. Das Amt bekleidete er seit Jahrzehnten, er hatte es einst mit der gewagten Plakatkampagne *Immer vor Ort* gewonnen. Seither musste er keinen Wahlkampf mehr führen, einen Gegenkandidaten gab es nie. Das für Plakate gesparte Geld spendete er öffentlichkeitswirksam dem Spielmannszug, der davon alle fünf Jahre einen Ausflug ins Bayerische machte. Alle waren zufrieden, und die Alwine sagte stolz: «So geht bei uns Demokratie.» Sie vergaß auch nie zu betonen, dass der Bürgermeister in ihrer Schuld stehe, weil ihm der Edmund einst die Vorhangstangen in seinem Wohnzimmer geschmiedet hatte. Es sei immer gut, einen guten Draht zu den Mächtigen zu haben, sagte sie. Auch mit dem leutseligen Ministerpräsidenten war man per Du, man kannte sich vom Faschingszug, und er wohnte im Nachbardorf. Zur Not ließe sich wohl auch noch die Telefonnummer von Capitaine Rochard ausfindig machen, dachte ich.

Das Haus lag am Waldrand, aber es war trotzdem wie ein Mittelpunkt des Dorfes. Es war ein ewiges Kommen und Gehen, das Karidol des Verlorenen Ecks, und es schien beinahe gleichgültig, wer kam: Hauptsache, es war voll und laut. Die Alwine legte Wert darauf, dass die Leute sagten: «Dies ist ein gastliches Haus.» Vorne an der Haustüre klingelten nur Fremde, wer öfter kam, ging hintenrum über die Terrasse, das Ritual der Vertrautheit. Und wer hintenrum kam, der hatte sofort einen Kaffee in der Hand, dazu Kranzkuchen oder irgendeine Variante von Paris-Brest, die üppige Krokantcreme tropfte dann auf Tischdecken, Damenblusen und die Fotos vom letzten Faschingsumzug. Wer wollte, der blieb zum Essen, es gab immer Unmengen an Fleisch, der Vetter versorgte seine Schwester gut. Zum Essen ging man selten, höchstens runter ins Sportheim, dort traf man dann genau dieselben Leute wie in der Waldstraße. Und es gab große Portionen: Fleischklöße mit Meerrettichsoße oder Wurstsalat mit Pommes frites.

Später wollte ihr die Mutter noch eine Freude machen und lud sie zum Essen ein, wir packten sie ins Auto und fuhren eine halbe Stunde in die Vogesen, dort gab es einen Landgasthof mit französischer Küche, *Quenelles de Brochet*, im Foyer schlief ein alter Hund, über den man hinwegsteigen musste. Dahinter hing an der Tapete ein großes Bild von Helmut Kohl, der hier oft gegessen hatte, das beeindruckte die Alwine, der Mann hatte schließlich einen gesegneten Appetit gehabt. Sie selbst saß vor der langen Speisekarte und wusste nicht weiter, am Ende bestellte sie das Gleiche wie die Mutter, «für mich auch», sagte sie, dann aß sie schweigend ihren Fisch, kein Gespräch, kein lautes Lachen wie sonst immer. Auf der Heimfahrt fragten wir sie, ob es ihr denn geschmeckt habe. Sie überlegte einen Augenblick, dann sagte sie nur: «Ich kenn den Zander anders.» Die Mutter war wütend, sie wusste, was die Alwine meinte. Sie bevorzugte den Zander am Fischerfest in Steinweyer, wo ihre Söhne die Essensmarken verteilten, panierte Filets mit Remoulade aus dem Plastikeimer, dazu spielte ein Alleinunterhalter aus Impflingen auf seinem Keyboard, *Funky Roland* stand auf dem Instrumentenkoffer, *Musik mit Niveau für jeden Anlass,* die Alwine ging nie vor Mitternacht nach Hause.

Die Traditionen von Steinweyer wurden mit der Zeit musealisiert, das ganze Dorf arbeitete bei Daimler, es gab keine Korbmacher mehr, dafür ein Korbmachermuseum ohne Besucher im Bürgerhaus, und auch der Tabak, den sie all die Jahre angebaut hatten, lohnte sich nicht mehr. Vierzig Jahre hatte die Alwine Tabakfelder gehabt, die Waldäcker nach dem Krieg für ein paar Mark gepachtet, sie war immer die Schnellste beim Brechen der großen Blätter gewesen, Virginia hier, Burley da. Bei der Ernte mussten alle helfen, auch die Kinder, ihre Unterarme waren schwarz verklebt vom Teer. Nach dem Brechen saßen dann die Erwachsenen unter dem überdachten Innenhof auf ausrangierten Autositzen und fädelten die Blätter auf lange Schnüre und sangen dazu. Im Tabakschuppen hingen sie dann zur Trocknung wie Baldachine von der Decke, wenn die tief stehende Sonne durch die Ritzen hineinfiel und alles in ein weiches Orange färbte und der Staub davor tanzte. Als Kind legte ich mich auf den Boden und blickte hinauf zu den sehnigen Blättern, und ich stellte mir vor, es wäre die schuppige Rüstung des steinernen Ritters Foma Drachensohn. Bisweilen strich der Wind hindurch und ließ die Tabakblätter rascheln wie Buchseiten.

Als sie zum letzten Mal Tabak einfuhren, nahmen sie uns alle mit hinaus aufs Feld. Der blaue Wagen war nur noch halb beladen. Der Edmund zog ihn mit seinem Silvretta-Fahrrad, die Alwine saß vorne auf dem Wagen wie auf dem Kutschbock eines Landauers, wir Kinder fuhren daneben auf unseren Fahrrädern her. Die Sonne stand tief, und der Vater radelte voraus, um uns an der Biegung zum Weißen Kreuz abzupassen, für ein letztes Foto. Wir sahen ihn auf der Straße sitzen, auf dem warmen Asphalt in der Julisonne, vor den gemähten Wiesen auf der großen Waldlichtung, die man vom All aus sehen kann. Wir riefen seinen Namen und fuhren auf die Kamera zu, die letzte Schar Husaren, die Alwine lachte auf dem Kutschbock, und der Vater fror den warmen Augenblick ein, eine hundertfünfundzwanzigstel Sekunde aus vierzig Jahren gebrochenen Virginiablättern und Teer an den Händen, eine hundertfünfundzwanzigstel Sekunde nur. Das Foto war unscharf, doch die Alwine ließ es beim Foto Holler einrahmen und hängte es über die Eckbank, wo es in der Schummrigkeit über den gelb gerauchten Tapeten in Würde alterte, immer geadelt mit der geübten Bildunterschrift *Letzte Ernte*. «Letzte Ernte», sagte die Alwine auch, als sie die Personen auf dem Bild längst nicht mehr sehen konnte.

Der Tabak war weg, es blieben nur noch die Himbeeren im Garten, riesige, weitläufige Hecken, ein rot behangenes Labyrinth, sie wucherten über die Panzerhöcker bis zum eisernen Gartentor. Wenn wir im Sommer nach Steinweyer kamen, schickte die Alwine mich immer zuerst in den Garten, ich rannte nach hinten und stopfte mir den Mund voll, Hände und Kragen rot verschmiert, die Alwine lachte nur. Die Himbeeren kamen in alles hinein, in das Vanilleeis unter die Sprühsahne, in die Dampfnudelsoße, sogar in den sauren Quark, abgeschwächt von den Äußerlichkeiten, drangen sie doch durch, mal süß, mal sauer, schwimmend im Joghurt, auf halbtrockenem Brot, doch nichts war so intensiv wie diese nach der Ankunft geernteten Beeren, direkt in den Mund geschoben, zweite, dritte Ernte.

Ich erinnere die Ankünfte in der Dunkelheit in Steinweyer, die langen Nachtfahrten durch den Bienwald, die Rehe standen am Straßenrand, ihre Augen leuchteten in der Nacht, die Anspannung beim Vater, ob noch eines die Straße kreuzte, im Treppenhaus bei der Alwine hing ein kapitales Hirschgeweih, es war, als beträte man das Haus eines Jägers, *Geweih Arnold* stand darunter, erlegt vom gleichnamigen Onkel mit einer Mercedes E-Klasse nach Sonnenuntergang. Der kleine Ort war stockdunkel, nur das Haus, das letzte Haus am Wald, war beleuchtet, das einzige Licht am Ende einer langen, dunklen Straße. Die Alwine wartete schon, die Eltern bekamen Kaffee, und ich durfte ein Bad nehmen, sie hatte den Kessel angeheizt, und ich saß in der Badewanne auf einem seltsamen Gummiteppich, der über die alte Emaillewanne gelegt war, es fühlte sich komisch an für einen Moment, bis das Wasser einen ganz umgab, dann war es wunderbar, der Kessel bullerte, sie öffnete die gusseiserne Ofentüre und legte Holz nach, ich sah den Widerschein des Feuers auf den schwarzen Fliesen, das Wasser war warm, und ich vergaß, dass ich auf dem Gummiteppich saß, so heimelig war es, der mächtige Holzofen, ein seltsamer Anachronismus, denn unten gab es längst Satellitenfernsehen, Fußball-Bundesliga auf einem Privatsender, der Klang der Stimmen drang durch die Lüftungsschlitze des Kaminofens, die Stimme vom Edmund, der jeden Fehlschuss des 1. FC Kaiserslautern kommentierte, obwohl das Spiel schon Stunden zurücklag und er das Ergebnis vom Videotext kannte, aber die Alwine legte ein Holzscheit nach, und die Mutter rieb mich nach dem Baden trocken, danach hockte ich auf dem falschen Perserteppich und sah das Ende der Fußballsendung, die Moderatoren trugen bunte Krawatten, Fußball war mir im Grunde egal, aber weil es sowohl zu Hause als auch bei Darek verboten war, genoss ich es wie eine sündige Zigarette, kaute auf einem Waffelröllchen der Alwine, die sie mit Sprühsahne aus der Dose gefüllt hatte, bis die Wärme des Bades aus meiner Haut gewichen war.

Der Wald hinterm Haus war wie eine Kulisse, man blickte auf eine grüne Wand, hörte die Vögel und das Rascheln des Windes, doch manchmal machte er Angst, besonders wenn die Herbststürme kamen. Manchmal fiel ein Baum über den Grenzbach in den Garten, zerschlug den Zaun, der Onkel Arnold machte Brennholz daraus, doch wenn es nachts stürmte, hörten wir das Ächzen der Bäume durch die Dunkelheit, wenn wir mit den kupfernen Wärmflaschen in den Gästebetten lagen. Die Legenden des Verlorenen Ecks waren grausam, es waren die Sagen eines Grenzstreifens, wo es immer um Krieg oder Schmuggeln gegangen war. Die Alwine erzählte mir oft die Geschichte vom Salmbacher Förster: Ein mutiger Förster hatte eine Gruppe Wilderer gestellt, doch die lockten ihn in eine Falle und knüpften ihn an einem Baum auf, seinen Kopf in einen Ameisenhaufen gesteckt, Ende der Geschichte. Im Gedenken an diese Brutalität errichteten die Bewohner von Steinweyer das Weiße Kreuz, ein düsteres, grobes Mahnmal in einer Kurve der kleinen Waldstraße. Wenn wir mit den Fahrrädern dort hinausfuhren, war es immer, als sollte man hier nicht sein. Es waren schaurige Mythen ohne Hoffnung, mit einer zynischen Moral, Heldenmut lohnt sich nicht, sagten sie, auch nicht für eine *Gute Sache*.

Und dann passierte doch noch ein Wunder. Die Grenze war durch die Gärten gelaufen, und plötzlich war sie fort. Der unweit residierende Dauerkanzler aus Ludwigshafen-West spürte den Mantel der Geschichte an sich vorbeiziehen und ergriff ihn, Kairos und Riesling, das Ende der Geschichte. Wir wuchsen hinein in eine neue Zeit, als Kinder der blühenden Landschaften. Wir spürten die Erleichterung der Eltern und Großeltern, dieses ewige Erstaunen ob einer seltenen Gnade der Geschichte, diesen naiven Glauben an einen scheinbar vollzogenen, zivilisatorischen Schritt, der Kriege und Grenzen fortan überflüssig machen würde. Zumindest die Grenze hinter Alwines Haus, am Waldrand von Steinweyer.

In das Zollgrenzhäuschen zog erst eine Eisdiele, dann ein Tabakladen, später ein aus EU-Mitteln subventioniertes Museum über Grenzerhäuschen. Zur Eisdiele fuhren wir auf den alten Klapperrädern, die im Schuppen herumstanden. Die Eis-Else saß in einem mit Wellblech überdachten Hinterhof, sie hatte eine kleine Theke, und auf der Fensterbank dröhnte ein Radio, hallte in der Leere wider. Es waren immer unzählige Stühle aufgestellt, alle waren sie leer, aber allzeit in Erwartung einer Busladung Touristen, die niemals kamen. Die Alwine kannte die Eis-Else vom Laienspielkreis, sie hatten vor vielen Jahren zusammen auf der Bühne gestanden, hatten immer Mägde gespielt, nie die Königinnen. Manchmal fielen ihnen noch Textbrocken ein, dann summten sie vor sich hin und besangen den alten Herrscher von Austrasien: «Zu Landeck auf der Feste, saß König Dagobert. Auf seinem Haupt die Krone, in seiner Hand das Schwert.» Die Volkslieder hatten die Weltgeschichte immer zu ihren Gunsten umgedeutet, aus dem grausamen Merowinger war so der gütige Dagobert geworden, der Freund der Pfälzer Bauern. Und wenn man es nur oft genug gesungen hatte, dann musste es wahr sein. Für mich gab es immer eine Kugel Waldmeistereis, dann fuhren wir zurück an den Wald.

Das Haus am Wald war das steingewordene Wirtschaftswunder gewesen, gebaut für eine siebenköpfige Familie. Doch das Leben begann es langsam zu verlassen. Erst waren die Kinder ausgezogen, dann der Edmund verstorben, und schließlich kamen auch die Enkel nicht mehr. Stattdessen hielt die EU-Osterweiterung Einzug, in Person einer polnischen Pflegekraft, sie hieß Jadwiga, *Hedwig*, das war eine seltsame Pointe, und das Radio spielte fortan nur noch polnische Schlager. Die Jadwiga kochte viel, wenn auch nicht besonders gut, dafür putzte sie alles, telefonierte jeden Tag mit ihrer Tochter. Die Alwine nannte sie *meine Freundin*, wenn sie über sie sprach. Manchmal trafen sich die Pflegerinnen von Steinweyer auf eine Zigarette und einen Kaffee, sie sprachen Polnisch miteinander und parkten die alten Frauen in ihren Rollstühlen auf der warmen Terrasse mit Blick auf den Wald.

Beim letzten Besuch war ich alleine dort, J. wollte nicht mitkommen, es hatte schon zu viele letzte Besuche gegeben, *wer weiß, wie lange sie noch lebt*, einmal zu oft gesagt. Die Alwine fragte nach ihr, sie fragte immer nach ihr, ich hielt einen Nachmittag ihre faltige Hand, sie war sehr müde und musste sich mehrmals hinlegen, dazwischen erzählte sie mir alte Geschichten, die ich alle schon mehrfach gehört hatte. Ihr Rücken tat ihr weh, sie stöhnte vor Schmerzen. «O Jesu», sagte sie dann, «o Jesu.» Dann winkte sie mit wässrigen Augen zum Abschied, stand auf dem Gehsteig mit gebeugtem Rücken, als würde sie die Last der Endgültigkeit auf ihren alten Schultern tragen, sie wurde kleiner und kleiner durch die Heckscheibe, es stach mir in der Brust, und ich spürte jede Meile bundesdeutschen Asphalts, den ich auf dem Weg nach Südosten zwischen uns bringen musste. Es war eine Heimkehr in die Stille, ich wusste nicht mehr, die wievielte. J. war nicht zu Hause, vor den Fenstern entlud sich ein Gewitter, und der Regen peitschte gegen das Glas. In meiner Kleidung hing noch der Geruch des Hauses der Alwine, dieser Duft meiner Kindheit, und ich wusste in diesem Moment, dass er für immer von dieser Welt verschwinden würde, sobald diese zerbrechliche Frau aufhörte zu atmen, würden auch die verlorenen Weltreiche der Kindheit zusammen mit der Welt der Altvorderen untergehen, die Himbeeren wie die Tabakblätter.

Bei der Letzten Ölung kam der Pfarrer, er sprach Polnisch mit der Jadwiga, die beiden Gastarbeiter an Leib und Seele, sie beteten zusammen das Ave-Maria, *Zdrowaś Maryjo*, die Alwine konnte schon nicht mehr sprechen, aber sie atmete aufgeregt, als sie das Ritual erkannte, ihre Augen waren weit aufgerissen und ihr eingefallenes Gesicht rot angelaufen. Sie trug um ihren Hals das versilberte Medaillon der Hedwig mit der französischen Inschrift, *O Jesu, bitte segne alle, die ich liebe.* Die Tante Birgit nahm es ihr ab und tauschte es gegen eine Perlenkette, man soll ja was hermachen auf der letzten Reise. «Es war jetzt wirklich an der Zeit», sagte sie. Am Ende weinte von allen Anwesenden nur die Jadwiga. Es hing der Geruch von Weihrauch in den Pressholzmöbeln, die Furniere abgestoßen, ihren Bühnenanstrich verlierend, für eine Generation, für ein Leben, hatte die Illusion gereicht, die falschen Antiquitäten, die Imitationen schwerer Salonmöbel mit Kristallglas und Cognac, dieses Gutbürgerliche aus dem Möbelhauskatalog, Zeitgenossenschaft gab es keine, es waren die Interieurs der *Guten Stuben* ihrer Elternhäuser, die sie im Krieg verloren hatten und die sie mitsamt dem dazugehörigen Mief im Versandhandel nachbestellten, hergestellt aus Pressspan in Zwangsarbeit von Häftlingen in der DDR, dort fertigte man die Löwenfüßchen für die schweren Wohnzimmertische des Klassenfeindes. Sie ließen die alten Fachwerkhäuser im Ortskern verfallen und bauten sich ihr Haus am Waldrand, die zeitgemäße Hülle für ihre heimatlosen Erinnerungen, für Erinnerungen, die es nie gegeben hatte, heile Welt, Weihnachten mit den vermissten Vätern, vermischt zu einem Teig aus Bürgerlichkeit, zwischen Vitrinen und grünen Marmorplatten aus der Türkei. Doch die möblierte Sentimentalität war nicht echt, sie war nur Kulisse aus Sperrholz, billig musste sie sein, erschwinglich und praktisch, die Nostalgie nur vorspielen, die Gute Stube nur imitieren, das war der Gipfel des Pragmatischen. Am Ende landete alles im Container, die Generation der Enkel kaufte lieber die Imitationen von Mid-Century Sideboards, Hashtag Scandi-Style, die verpasste Moderne ihrer Großeltern, die ihnen hier im Verlorenen Eck immer vorenthalten geblieben war.

Bei Alwines Begräbnis sang der Männergesangsverein Harmonie Steinweyer, dreistimmiger Chorsatz, die Tenorstimmen brüchig, es waren pfälzische Bauern mit Knubbelnasen und müden Schlupflidern, darin lag etwas anrührend Ziviles, diese Alten waren keine Soldaten mehr gewesen, die ersten deutschen Alten ohne Krieg, das gab dem Tremolo etwas Vergebliches, sie warfen sich hinein ohne Aggression, nur zittriges Jammern und angestrengtes Pathos. Hinter mir schnarrten die Cousinen der Mutter wie liturgische Automaten, «durch meine Schuld, durch meine große Schuld», die harten, schmalen Gesichter von Rauchen und Leiharbeitsverträgen ausgemergelt. Der Ministrant neben dem Sarg trug eine Thermokapuze gegen den kalten Regen im Februar. «Hier will ich nicht begraben werden», sagte die Mutter.

Am Tag nach der Beerdigung änderte Tante Birgit ihr Facebook-Profilbild zu einer weißen Lilie mit nachdenklicher Bildunterschrift in Arial Bold, Schriftgröße 16, *du hast Spuren hinterlassen*. Doch bereits am folgenden Wochenende war Grillabend mit den Mädels, und sie tauschte es gegen ein Weitwinkel-Selfie vor einer beachtlichen Auswahl scharfer Soßen in halb zerdrückten Plastikflaschen.

XVII

DER SAAL DER TAUSEND TRÄNEN

Wo bist du, geliebter General? Ich habe davon gelesen, dass man in Pyeongyang jeden Morgen mit diesem Lied geweckt wird. Das Original ist ein ziemlicher Schmachtfetzen, ein Lied aus der Revolutionsoper *Eine wahrhaftige Tochter der Partei.* Der Text wäre eine wahre Freude für die Mutter und ihre Supervisionsgruppe, der geliebte General ist natürlich Kim Il-sung, nicht nur Über-Ich, sondern gleichzeitig auch abwesender Vater, an dessen soldatischer Heldenbrust man sich geborgen fühlen will. Kein Wunder, dass es in diesem Land keine Psychoanalyse gibt.

Aber die Version des Liedes, die hier an diesem Wintermorgen über der Stadt liegt, krallt sich sofort an mir fest, eine monophone Melodie, nur mit der rechten Hand gespielt auf einem Kinderklavier, verzerrt und übersteuert, dass es klingt wie eine Mischung aus sphärischem Synthesizer und Theremin. Die verzerrten Klänge hallen von den Häuserschluchten wider, ziehen über den eisigen Taedong. Ich denke an den Wasserwagen in Mexiko, der uns jeden Morgen weckte, *Raindrops Keep Falling On My Head*, es ist der gleiche Synthesizer, unterbrochen von den Tonbandansagen einer Männerstimme, *Agua Pura, Agua Fresca, Pura Agua Fresca!* Der geliebte General dagegen ist weniger neckisch, vielmehr ist es ein trauriges Sehnen, elektrische Sirenen aus dem Nebel, vielleicht geht es mir auch deshalb so nah, weil ich mir vorstelle, dass ich künftig nur noch simple Melodien mit meiner rechten Hand spielen kann, dieser bleierne Klumpen am Ende meines linken Arms kann höchstens noch Liegetöne beisteuern wie ein Dudelsack.

Herr Li erwartet mich bereits im Foyer. Ich merke, dass er schon im Herankommen meine Kleidung mustert, er scheint nicht ganz zufrieden. «Haben Sie kein Jackett dabei?», fragt er. Ich erzähle ihm von meiner Anreise im sibirischen Zugabteil von den Temperaturen an der Selenga, er winkt ab: «Schon gut. Aber vielleicht wollen Sie sich ja rasieren?» Er zeigt auf den Durchgang zum Seitenflügel, es gibt einen Friseur hier im Haus, wir könnten noch schnell dort vorbei. Es ist schwer zu übersehen, dass ich mich in einem bartlosen Land befinde, doch dieser Übergriff erscheint mir dann doch etwas gewagt. Herr Li druckst herum. «Heute ist ein großer Feiertag, *der Tag des Strahlenden Sterns*. Wir feiern den Geburtstag unseres Großen Führers Kim Jong-il, das ist ein wichtiger Tag für das Volk. Wir besuchen auch sein Grab, Sie müssen bitte Respekt zeigen, ja?»

Längst habe ich das Bewusstsein dafür verloren, wie ich aussehe. Während ich mich innerlich die ganze Zeit eher wie ein Handelsreisender der Traurigkeit fühle, erwecken mein wuchernder Bart, meine Pfeife und die alte italienische Militärjacke wohl wirklich eher den Anschein eines ungewaschenen Partisanen, Geruchsguerilla, fehlt nur noch, dass er meinen Handschuh auszieht, um die Maniküre an meiner Linken zu überprüfen. Trotzdem beschließe ich, dass ich auch mit Vollbart Respekt zeigen kann. Herr Li nickt etwas zerknirscht. Mir ist nicht entgangen, dass er heute sein Parteiabzeichen am Revers trägt.

Auf dem leeren Parkplatz vor dem Hotel ist eine Menschenmenge zusammengekommen, sie verfolgen ein eigentümliches Fahrradrennen. «Gewinnen wird der, der am langsamsten fährt», sagt Herr Li und lächelt. Als ob es zur Langsamkeit noch Ermutigung bräuchte, im Land der gefrorenen Zeit. Die Verrenkungen der Fahrer sehen wenig heldenhaft aus, sie tun mit ruckartigen Zuckungen alles, um nicht vom Fahrrad zu fallen. «Langsam, langsam!», feuern die Menschen sie an, sie schwenken Fahnen und schlagen auf Trommeln, das Ganze in einer seltsamen Ton-Bild-Schere, ein stetig vorwärtstreibender Takt, doch das Bild wehrt sich gegen die Geschwindigkeit wie eine Weigerung, mit der Zeit Schritt zu halten. Das ist im Grunde auch nicht verwunderlich. Wahrscheinlich haben die Nazis Sportarten wie Biathlon erfunden, damit bei der Olympiade in Garmisch irgendwelche schießwütigen Gebirgsjäger auf Skiern genug Goldmedaillen für den Führer holen können, todlangweilig, aber effizient. Dagegen scheint die Koreanische Olympiade mit den Sportarten Langsames Fahrradfahren, Nichts Essen und Führerbejubeln nur konsequent.

Das Mausoleum heißt *Palast der Sonne*. Bis zum Tod von Kim Il-sung war es sein Amtssitz, danach hat man ein Grab daraus gemacht. Die vormaligen Fenster, all die Wandelgänge und Galerien sind mit grauem Stein zugemauert wie erblindete Augen. Der ganze Bau ist so maßlos riesig, dagegen ist Lenins rote Pyramide an der Kremlmauer ein Pförtnerhäuschen. Auch Hitler plante ein übergroßes Grabmal für seine Mutter, einen Turm in Linz, so hoch wie das Empire State Building, formal eher wie der dunkle Turm von Mordor, ein entrücktes Mausoleum für die Gottesmutter aus Leonding zur Begründung eines faschistischen Marienmythos. Vielleicht hätte es dort Amulette und Gnadenbilder gegeben, von der *heiligen Klara*, Wetterkerzen gegen Krankheiten und Krieg.

Wir reihen uns ein in eine lange Schlange an Besuchern. «Nicht sprechen», sagt Herr Li. Man betritt den Sonnenpalast nicht durch das Hauptportal, man nähert sich von der Seite, wir fahren auf einem Förderband durch einen kalten Seitenflügel, vor uns die akkurat angelegten Haare koreanischer Männer in grauen Anzügen, an jedem Revers prangen die beiden Kims, als führe ich zur Arbeit im Wahrheitsministerium, alle schweigend, nur der Motor des Rollbandes summt gleichmäßig. Und über allem liegt eine orchestrale Filmmusik aus unsichtbaren Lautsprechern, als bewegte man sich durch ein Drehbuch.

Das Förderband endet vor einer Schleuse, wir gehen hindurch, laufen über rotierende Schuhbürsten, dann weht uns ein Windstoß entgegen, doch es ist kein epischer Wind vom Paektusan, es ist gebrauchte Luft wie aus einem Föhn. Er soll halb symbolisch, halb ernst, den Staub der Tage vom Haupte blasen, das degradiert die Metapher zum medizinischen Vorgang, zur Trocknung in der Autowaschanlage oder als Kinder im Hallenbad, heiße Luft von Haarföhns gepaart mit von Chlor geröteten Augen und der Müdigkeit eines ausgereizten Tagestickets fürs Erlebnisbad. Doch das wirkliche Erlebnisbad wartet hier, hinter der Türe, wir treten hindurch, die Schuhe geputzt, die Kleidung gesäubert, ich denke an die Hostienbrösel in der Geschichte des Vaters, weihevoller Pragmatismus geht meistens fehl.

Hinter der Tür öffnet sich der Pronaos, an dessen Ende zwei riesenhafte Statuen stehen, es sind die beiden Kims, diesmal nicht aus Bronze, sondern aus weißem Marmor. Mein Blick verfängt sich an dem überlebensgroßen, fein säuberlich in Carrara-Marmor modellierten Reißverschluss, dieser Stein hatte in seiner Geschichte dramatische Faltenwürfe hervorgebracht, Togen, Purpurmäntel, den Lendenschurz des sterbenden Galliers im kapitolinischen Museum, den korinthischen Helm der Pallas Athene, nach oben in ihr wallendes Haar geschoben, selbst die phrygische Mütze der Marianne, ein Stierhodensack, toxische Männlichkeit auf der Stirn der Freiheit, alles hatte der Stein eingehegt, aber den Reißverschluss der Trainingsjacke von Kim Jong-il aus dem Marmor gehauen, exakt ziseliert, das war nicht vorgesehen, dazu noch diese künstliche Weihe mit der dauernden Beschallung, als bräuchte ich eine Musikspur, um das Richtige zu fühlen. Ich könnte über diese vergebliche Ernsthaftigkeit lachen, aber ich schäme mich bereits dafür, für diese überhebliche Ironie, die am Ende für einen plumpen Witz alles und jeden verraten würde. Ich hasste das gespielte Unverständnis, das von Comedians wie von Journalisten – wie man nur einem solchen Typen nachlaufen könne, diesem Fettwanst mit seinem Undercut –, diese gönnerhafte Belustigung über die nordkoreanische Einfalt von Leuten, deren Großeltern allesamt den arischen Herrenmenschen gehuldigt hatten, reihenweise vor Hitler in Ohnmacht fielen, dazu die arische Entourage aus Slim-Fit-Göring, Catwalk-Goebbels und Hühnerzüchter Himmler, der *Club Gobineau*. Ich wünschte, der Nowak würde mir mit einem wütenden Leninzitat beistehen, aber der Nowak ist weit weg, neben mir steht nur ein kleiner Mann mit rotem Parteiabzeichen. «Kommen Sie», sagt Herr Li.

Wir betreten das Allerheiligste, den *Saal der tausend Tränen*, der Pharao selbst liegt aufgebahrt im gläsernen Sarkophag. Zu Lenin gibt es keinen Zutritt mehr, die Abnutzung durch zu langes Dasein als Exponat schon sichtbar fortgeschritten, doch hier, bei dieser unverbrauchten Mumie, sieht alles noch sehr frisch aus, die Lippen unnatürlich rot hinter dem Kristallglas. Wir müssen einmal herumgehen und senken den Kopf vor allen vier Seiten. «Verbeugen», zischt Herr Li, doch er braucht sich keine Sorgen um meine Ernsthaftigkeit zu machen, mit dem Nowak war ich vor Jahren beim «Luftgeselchten» gewesen, einem durch natürliche Mumifizierung erhaltenen Pfarrer im Mühlviertel, genannt der *Lederne Franzl*, es war ein furchtbarer Zirkus, Wallfahrt mit Einkehr, die Pensionisten kamen busweise, ein Kerzerl anzünden und dann zum Dürnwirt, tellergroße Schnitzel und Spritzwein, unter den verwesten Augenhöhlen des Luftgeselchten, der von allen Postkarten blickte, selbst dem atheistischen Leninisten von der Thaya fehlte dort die Pietät, sodass der Nowak die schmatzenden Pilger laut räuspernd auf die Weihe des Ortes verwies, als wäre er der Mesner der Pfarrkirche von St. Thomas am Blasenstein.

Vor dem Ausgang kommt kein Andenkenladen, sondern eine weitverzweigte Ausstellung über die beiden Großen Führer, gepanzerte Automobile und Eisenbahnwaggons mitsamt beleuchteten Weltkarten zur Veranschaulichung der großen Dienstreisen für die *Gute Sache*. Ich denke an den Zug Nummer 4 und meine Mönchszelle, an Juan und an die Provodniza mit den alten Händen, es erscheint mir bereits so weit entfernt, es trennen uns keine Zeitzonen mehr, sondern Zeitrechnungen. Hier schreibt man das Jahr 108, man rechnet die Zeit seit der Geburt von Kim Il-sung, ich rechne nur in Tagen, den Tagen, seit J. meinen Zettel an der Tür gefunden haben muss. Ich stelle mir kurz vor, wie es wäre, wenn sie jetzt neben mir stehen würde, vor dem nordkoreanischen Eisenbahnwagen, den Faktengewittern lauschend. Ich erfahre, dass Kim Jong-il an seinem Schreibtisch gestorben ist, «bis zum letzten Augenblick für die Wiedervereinigung Koreas kämpfend», sagt Frau Cho mit bebender Stimme. Leider erinnert mich dieser Spruch an die letzte Meldung aus dem Führerbunker, *bis zum letzten Atemzug gegen den Bolschewismus kämpfend*, zuvor noch rasch Frau und Hund vergiftet, dann sich selbst erschossen. Vielleicht sitzt er ja gerade zusammen mit Kim Jong-il beim Kartenspielen im Himmel der Vaterländischen Helden, *Leuchtender Stern* und *Brauner Wolf*.

Danach geht die Friedhofstour noch weiter, an einem Hang in Sichtweite des Sonnenpalasts liegt der *Friedhof der Märtyrer*, das Ehrenmal der Partisanen, ein Spalier aus Bronzebüsten, die sich terrassenartig den Berg hinaufziehen. Von den meisten gefallenen Kämpfern gab es nicht einmal Fotografien, deshalb sind die Porträts der Erinnerung nachgebildet, der Erinnerung von Kim Il-sung, um genau zu sein, er hat den Bildhauern die Gesichtszüge eines jeden Menschen ganz exakt beschrieben, so schreibt man Geschichte, womöglich hat er ihnen auch die Namen gegeben, die in die Stelen gemeißelt sind. Trotzdem geht mir dieses Gräberfeld an die Nieren, es ist dieses seltsame Gefühl bei Beerdigungen, für ein paar Tage der beste Mensch sein zu wollen, all die Vorsätze, Beschlüsse, Versöhnungen, den Vater würde ich umarmen, den Nowak würde ich anrufen und mich entschuldigen, egal, was es bringt, und ich würde endlich mit J. reden, dabei wird mir schmerzlich klar, dass sie mir schon so weit entrückt ist und ich mir eine wirkliche Begegnung nicht mehr vorstellen kann, nur diese Fiktion im guten Vorsatz, wenn die Ahnung des Todes alle

Vermeidungstaktiken kurzzeitig erschüttert, am offenen Grab, zu Rosenkränzen und *Ich hatt' einen Kameraden*, wenn die ungelebten Leben noch einmal auftauchen, mit mehr Bewusstsein als bei einer betrunkenen Handynachricht, aber doch genauso vergeblich und fruchtlos.

Der Friedhof wird flankiert von großen Skulpturen, grimmige Männer wachsen aus dem Stein, Helme und Gewehre, die scharfen Konturen sind so ungewohnt, harter Stein, Handgranaten aus weißem Marmor, Unterkiefer aus Granit, so hart wie diese entschlossenen Blicke, nicht ausgewaschen von den Jahrhunderten, die Absicht und die Gesinnung ist noch so nah, so spürbar, nicht weich gemacht von den Jahren. Stein kennt keine Milde, nur die Zeit. *Puddingpakt*, sagt es plötzlich in meinem Kopf, «der Stahlpakt hätte besser Puddingpakt heißen sollen», der Bernpaintner hatte das immer gesagt, Stahlpakt, Puddingpakt, ein blöder Witz, aber es hatte etwas Lustvolles, wie dieser Buddha die germanische Namensgebung veräppelte, weil dieses unerträglich Weihevolle, dieses faschistische Gralsritter-Getue, diese Haltbarkeitslyrik von Stahl, Eisen, Blut, ihn auf die Palme brachte, da hieb der Altphilologe dazwischen, vielleicht nicht mit der zynischen Schärfe von Plutarch oder Sallust, aber mit dem groben Gerechtigkeitssinn des bajuwarischen Lateiners. Sein Großvater war von den Freikorps der Weißen im Lazarett ermordet worden, sie hatten den Verwundeten auf dem Krankenbett hingerichtet, mit dem Bajonett erstochen, nein, der Bernpaintner hatte genug von Nibelungen, jeder sollte genug von den Nibelungen haben.

Vor dem Friedhofstor zünde ich mir eine Zigarette an. Als Herr Li die Sobranies mit ihrem rosafarbenen Papier und dem Goldfilter sieht, kann er seine Neugier kaum verbergen. Ich biete ihm eine an, in wunderbarem Lindgrün, er reißt sie mir fast aus den Händen, steckt sie sich an und bläst dann genüsslich den Rauch aus dem Mund.

«Mildritsch», sagt Herr Li. «Sehr mildritsch.» Mildritsch? Was ist das für ein Wort? Herr Li fuchtelt mit der Zigarette, *mildritsch*, ich habe keine Ahnung, was er meint. Er überlegt einen Augenblick, dann läuft er zum Auto und kommt mit einem kleinen Büchlein zurück, Wörterbuch Deutsch – Koreanisch, Koreanisch – Deutsch, gedruckt 1986 in Berlin, Hauptstadt der DDR. Er blättert ein wenig, dann nickt er zufrieden und hält mir das Buch hin: «Mildritsch, sehen Sie!» Sein Zeigefinger liegt auf einem Wort. *Mildreich* steht dort, dahinter die koreanischen Schriftzeichen.

경 증

Ich muss beinahe lachen. Nicht genug, dass er seine Sprachkenntnisse einem verschwundenen Deutschland verdankt, er benutzt auch Wörter, die es nicht mehr gibt. Aber *mildreich* ist schön, und ich entschuldige mich bei Herrn Li für meine Ignoranz. Er lächelt und nickt, genießt seinen Triumph und bläst seine Schadstoffe in den Wind.

Danach fahren wir zurück in die Stadt, auf die andere Seite des Flusses, wo die zweite der beiden großen Achsen verläuft: keine Straße, sondern ein Einschnitt, der Kreuzungspunkt ist der Hügel von Mansudae mit den beiden Bronzestatuen, und der Endpunkt liegt vor uns, das steinerne Denkmal der Arbeiterpartei Koreas, Hammer und Sichel haben sie einen Pinsel an die Seite gestellt, er ragt herausfordernd zum Himmel empor, «ein Symbol für die Intelligenz und die Künstler», sagt Herr Li. Es klingt verlockend. Doch gerade in einem Land, in dem der Präsident die Opern selbst schreibt, muss man den Metaphern misstrauen.

Zum Abschluss des Tages laufen wir durch eine Blumenschau, einzig und allein einer roten Begonienzüchtung mit dem unbescheidenen Namen *Kimjongilia* gewidmet. Innen ist es tropisch warm. Während die Menschen von Pyeongyang in der Winterkälte frieren, der Strom immer wieder ausfällt, beheizen sie dieses riesige Gewächshaus, um die roten Begonien mit dem Namen des toten Führers zum Blühen zu bringen. «Das verstehen Sie nicht», sagt Frau Cho. «Das ist ein Opfer, das wir aus Liebe erbringen.» Dieses ganze Land kommt mir immer mehr vor wie eine große Trompe-l'œil-Malerei, als ginge mehr Kraft in die Herstellung von Täuschung als von Wirklichkeit. Diese Täuschung hat einen Grad an Kunstfertigkeit erreicht, der auf eine fast grausame Weise Respekt abnötigt, denn ist es am Ende nicht schwieriger, einen täuschend echten Apfel aus Porzellan herzustellen, als einen richtigen Apfel zu ernten?

Die große Blumenausstellung für Seine Majestät Leuchtender Stern besteht aus mehreren Stockwerken voller roter Begonienarrangements, es hat beinah etwas von der Gartenabteilung eines großen Baumarkts, doch aus den Blumenmeeren ragen die Modelle von Raketen, Flaggen und Gebäuden, auch der Sonnenpalast ist darunter. Ich mache ein Foto mit der Rolleiflex von drei mit Orden behangenen Offizieren, die vor einem roten Blumenteppich posieren, die Schirmmützen sind übergroß und die Gesichtshaut so ledrig wie meine linke Hand im Handschuh. Wenn ich die Augen etwas zukneife, könnte man beinahe denken, es wären keine Begonien, sondern rote Nelken, diese Farbe mit all ihrem ererbten Pathos, die blutigen Standarten der Pariser Kommune, die Abertausenden Nelken am leeren Grab von Rosa Luxemburg, trotz alledem! Hundert Jahre später war das Rot dann eingehegt, wenn in Marienstein die sozialdemokratische Landtagsabgeordnete vorbeikam, dem Vornamen ein «rot» vorangestellt als koketten Distinktionsakt, *die rote Gabi*, sie kam und verschenkte rote Regenschirme oder rote Topflappen, «um die heißen Themen anzufassen», kein Kalauer war zu blöde, kein Alltagsgegenstand zu trivial, um ihn nicht auch in Rot einzufärben, als Merchandise einer verbürgerlichten Idee. Bevor wir hinausgehen, gibt mir Frau Cho einen kleinen Beutel mit einer Blumenzwiebel darin. «Das ist eine Kimjongilia», sagt sie. «Vielleicht wollen Sie ja eine Erinnerung an uns mitnehmen.» Einen Moment glaube ich, ihren Spott zu spüren, bis mir einfällt, dass es in diesem Land keine Ironie gibt. Sie hat es ernst gemeint, ihre Hand ausgestreckt, und blickt mich mit großen Augen an. Ich erschrecke, bedanke mich und stecke die Blumenzwiebel in meine Manteltasche, dort umfasse ich sie mit der kalten, linken Hand.

Als wir nach draußen treten, ist es dunkel geworden. Immer mehr Menschen drängen zum Fluss hin, alles liegt im Dunkel, da erleuchtet plötzlich ein Feuerwerk über dem gefrorenen Taedong den Himmel, und die schwärzeste Stadt der Welt ist für einen kurzen Augenblick in Farbe getaucht. *Hundert Kämpfe, hundert Siege*, diese Parole leuchtet in Rot von den Häusern durch die Nacht. Es ist eine komische Sache mit diesen Sentenzen. Sie *wirken* nur wie in Stein gemeißelt. Wenn Machiavelli sagt, dass die Geschichte uns lehrt, dass nur bewaffnete Propheten den Sieg davontragen, dann hat er die Geschichte unterschätzt, fünfhundert Jahre vor Gandhi. *Hundert Kämpfe, hundert Siege*, das ist die koreanische Antithese zum tragischen Motto *Fidel pero desdichado*, es klingt nach einer prahlerischen Statistik ohne Poesie wie ein überheblicher Boxer. «Unbesiegt», will es sagen. Aber wenn er den hundertundersten Kampf verliert, ist er nicht mehr unbesiegt, dann wankt die Sentenz. Nur im Schach gibt es ein Remis.

Das Hotel liegt in gespenstischer Stille, der Aufzug schleppt sich nach oben. Vom Fenster meines Zimmers blicke ich den dunklen Fluss hinauf, kann ich im Norden die rote Fackel des Juche-Monuments sehen. Die Raketen sind verschossen, das Feuerwerk ist zu Ende. Im Fernsehen laufen in ständiger Wiederholung die Bilder des Tages: jubelnde Menschen, Soldaten im Stechschritt, Blumen und Paraden, dazu das bebende Tremolo der Sprecherin über heroischen Chören. Doch alles Pathos wirkt antrainiert, wie bei einem zu lauten Klavierschüler von Aleksandra Staniszewski. Die Abnutzung der Jubiläen scheint im Jahr 108 bereits spürbar, die Jahrestage werden nur noch mit einer routinierten Feierlichkeit begangen, wie das Habsburger Thronjubiläum von 1908, zu langsame Märsche, weil die greisen Monarchen nicht mehr Schritt halten können, die Lipizzaner mit aller Kunstfertigkeit dazu dressiert, noch langsamer zu gehen, um dem alten Herrn nicht den Atem zu nehmen, mühsam durch die Takte stolpernd, das fröhliche *Andante* zum zähen *Largo* verschleppt, das Schlusskapitel zieht sich. Hier in Pyeongyang geht der Tag des Strahlenden Sterns zu Ende, das zwanzigste Jahrhundert aber geht ewig weiter, nur ohne Lenin, mit dessen Zugfahrt es vor hundert Jahren begonnen hatte, das Porträt längst abgehängt und ins Depot gebracht. Als hätte Wladimir Serow sein riesiges Ölgemälde von der *Ausrufung der Sowjetmacht* noch einmal malen müssen, wie so oft schon in der Geschichte, wenn eine der Figuren im Bild als Verbrecher enttarnt worden war und dem Kanon abhandenkam, durch eine namenlose Arbeiterin oder einen Matrosen ersetzt, nur malte er es diesmal ohne Lenin selbst, an seiner Stelle riefen Kim Il-sung und sein Sohn unter den korinthischen Säulen des Smolny-Instituts von Petrograd die Revolution aus, unter dem tosenden Beifall von Mao Tse-tung, Sophia Loren und Elon Musk. Es regnet rote Begonien.

Ich schalte den Fernseher aus. Die Stille wird getragen von einem leisen Brummen, ein störendes Grundrauschen, das schwer über der Welt liegt. Es scheint aus dem Kästchen neben dem Bett zu kommen, das wie ein alter Verstärker aus den Achtzigern aussieht. Ich drehe an den Reglern, drehe sie nach links und nach rechts, doch nichts tut sich. Das Brummen bleibt. Ich suche nach einem Kabel, das ich herausreißen kann, will schon das Bett wegschieben, da höre ich ein Geräusch. Es klopft jemand an meine Zimmertüre.

XVIII

POLYTLAS

Manchmal braucht es nur ein paar Sekunden, bis man die Deutungshoheit über den Moment gewonnen hat. Es klopft an die Tür meines Hotelzimmers in Pyeongyang, und ich weiß mit nie zuvor gekannter Sicherheit, dass es J. sein muss. In diesem Augenblick liegt ganz plötzlich alles klar und offen, egal wie unmöglich es noch vor einem Atemzug gewesen ist. Es sind sieben Schritte vom Bett bis zur Tür, sieben Schritte, in denen ich verstehe, wie J. hierherkam und wie sie mich gefunden hat. Ich sehe sie vor mir, am Tag nach meiner Abreise aus Marienstein, wie sie über das vermooste Pflaster durch den Garten bis zum Haus geht, wie sie den Zettel mit meiner Handschrift findet, auf dem immer noch kräftigen blauen Anstrich, den sie der alten Haustüre verpasst hatte, *bin nach Pyeongyang gefahren*. In den apokryphen Versionen der Geschichte hatte sie den Zettel wütend zerknüllt, mich verflucht und später wortlos ihre Sachen aus dem Haus geholt, Vollzug ohne Abschied, ich hatte es vor mir gesehen in den schlaflosen Nächten des sibirischen Zugabteils. Doch jetzt weiß ich, dass sie gelächelt hatte, sich ihre schwarzen Haare aus dem Gesicht gestrichen und dann den nächsten Zug genommen. Auf der Reise durch Sibirien war sie nur einen Tag hinter mir, der gleiche Instant Coffee in Kirow, Morgenstimmung am Baikal, Rindschwein im Speisewagen, wir bewegten uns in dieselbe Richtung, nur der Fahrplan hielt uns auf immer gleicher Distanz. Ich muss ihr nichts erklären. In Pyeongyang war es ihr ein Leichtes gewesen, in einem von zwei Hotels den einzigen bärtigen Touristen zu finden. Und jetzt ist sie da.

Ich spüre eine wilde Vorfreude in mir, weiß seltsamerweise genau, was das Erste ist, das ich zu ihr sagen werde: «Interessieren Sie sich auch für Whisky von den Inneren Hebriden?» Ich weiß, dass es das Richtige ist, sehe ihr spöttisches Lächeln, sie lehnt sich an den Türrahmen und klopft sich den Schnee aus den Haaren. «Ich hasse Whisky», sagt sie, «aber ich bringe zwölftausend rote Begonien im Auftrag der Gärtnerei Schremser. Kann ich die bei Ihnen in der Badewanne zwischenlagern?» Dann tritt sie ins Zimmer, ihr blauer Mantel mit den hellen Kordeln leuchtet vor der verlebten Entsättigung der nordkoreanischen Farbpalette, Gewinner des Wes-Anderson-Förderpreises für Innenarchitektur 1987. Es ist dunkel, aber ich sehe ihr Lächeln. «Außerdem habe ich immer noch eine Restschwäche für die Verlorene Sache», fügt sie hinzu. Wärme durchströmt mich. Sie ist da. Es sind sieben Schritte vom Bett bis zur Türe. Als ich sie öffne, zucke ich zurück. Vor dem Zimmer in einem dunklen Gang steht Herr Li.

Er wollte mir offensichtlich etwas sagen, er hat ein Lächeln vorbereitet, doch seine Gesichtszüge erfrieren, als er meine Hand entdeckt. Ich habe in der Eile vergessen, mir den Handschuh wieder überzuziehen, nun hängt sie offen herunter wie ein Stück rohes Fleisch in der Auslage beim Streichwurst-Hannes in Amberg, scheint *hier bin ich* zu schreien. Herrn Lis Augen weiten sich, instinktiv ziehe ich die Hand zurück, aber es ist zu spät. Er atmet hörbar ein, überlegt einen kleinen Augenblick. «Was haben Sie damit gemacht?», fragt er dann. Ich bin zu überrumpelt, um irgendetwas zu erfinden. Es hat ohnehin keinen Sinn. «Verletzt», sage ich nur. «Es sind ziemliche Schmerzen.» Herr Li blickt gehetzt hinter sich, als fühlte er sich von jemandem beobachtet. Dann macht er mit einem Mal einen schnellen Schritt vorwärts, tritt in mein Zimmer und schließt die Türe hinter sich. Es ist ein gravierender Bruch des Protokolls, er weiß es, ich weiß es auch. «Ist Ihnen das in unserem Land passiert?», fragt Herr Li. Ich schüttle den Kopf. «In Sibirien», sage ich. Er nickt, diese Antwort scheint ihn irgendwie zu erleichtern. Er überlegt kurz, dann hat er einen Entschluss gefasst. «Ziehen Sie sich bitte an. Wir treffen uns in fünfzehn Minuten unten im Foyer, ja?»

Es geht kein Licht im Gang, das ganze Stockwerk wirkt wie ausgestorben. Der raue Teppichboden dämpft meine Schritte, trotzdem versuche ich instinktiv, jedes Geräusch zu vermeiden. Im Aufzug spüre ich einen eisigen Luftstrom. Leiser Zweifel überkommt mich, warum hatte ich keine Sekunde gezögert einzuwilligen? Hätte ich Nein sagen können? Auch die riesige Eingangshalle des Hotels ist dunkel, doch der kleine Tabakladen ist noch erleuchtet, er wirkt einladend wie eine gläserne Version des alten Schuppens der Alwine, Virginia und Burley, vom Verpackungsgold der Zigarettenstangen geht ein mystisches Glühen aus, als wäre es ein begehbares Tabernakel. Herr Li wartet neben dem großen, dunklen Aquarium, vor dem kleinen Häuschen mit der Aufschrift *International Telephone Calls.* Ein schwacher Lichtschimmer dringt durch das Milchglas, dazu der Duft von scharf gewürztem Reis, seltsam unpassend über der vorgeblichen Grandezza des polierten Granits, doch die Telefonistin isst ihre Mahlzeit neben dem Apparat, *24 Stunden* verspricht das Schild. Herr Li wirkt angespannt. «Kommen Sie», sagt er, dann führt er mich rasch zum Ausgang, dem Sicherheitsmann sagt er zwei Sätze, die ich nicht verstehe, dann wird uns die Türe aufgeschlossen, und wir treten in die nächtliche Kälte hinaus.

Der große Parkplatz vor dem Yanggakdo Hotel ist dunkel. Herr Li winkt zielsicher in die Schwärze hinein, dann flammen zwei Autoscheinwerfer auf, und ein weißer Wagen hält mit laufendem Motor direkt vor uns. «Steigen Sie ein», sagt Herr Li leise, aber bestimmt. Habe ich eine Wahl? Als ich die Tür zum Rücksitz öffne, blicke ich in das Gesicht des Fahrers ohne Namen, er zwinkert mir zu, und seltsamerweise beruhigt mich das. Herr Li lässt sich in den Beifahrersitz fallen, dann fahren wir los, langsam, routiniert den Schlaglöchern ausweichend, vorbei an dem riesigen, leeren Betonpalast, der im Sommer ein Kino sein soll, dann verlassen wir die Insel im Fluss und überqueren die Brücke zum Südufer des Taedong. Vor dem Fenster ist es stockfinster, es gibt keine Straßenbeleuchtung, und auch neben der Fahrbahn liegt alles im Dunkel, die Umrisse der massigen Wohnblocks lassen sich nur erahnen. Die breiten Magistralen sind verwaist, nur die Funken der alten Trambahn blitzen in der großen Schwärze ab und an auf. Wir schweben im Auto durch die Nacht wie im Raumschiff, es ist alles derart unwirklich mit der immer gleichen Popmusik aus dem Radio des Fahrers ohne Namen, seichte Melodien in Dauerschleife, auch in der Stille des Weltuntergangs. Ich will sie fragen, wohin wir fahren, da halten wir schon vor einem dunklen Gebäude. «Wir sind da», sagt Herr Li.

Es gibt kein Schild, keinen Hinweis darauf, wo wir sind, zumindest keinen, den ich lesen kann. Die Tür ist nicht verschlossen, doch es sind keine Menschen zu sehen. Drinnen ist es dunkel, es fühlt sich an, als sollten wir hier nicht sein. Vielleicht auch wegen der Temperatur. Die Kälte in diesem Land ist eine andere Kälte als in Sibirien. Heimtückischer, weil man sie erst erlernen muss. Im Eis hält die Erwartung mit dem Thermometer Schritt, aber diese kalten Innenwelten sind wie ein Hinterhalt, die unbeheizten leeren Hallen, die langen Fluchten, die Abwesenheit der Menschen. Auch in diesem leeren Foyer hängen die Porträts der beiden Kims, ob als Ölbild oder als Druck kann ich in der Dunkelheit nicht sagen. Der Blick geht ins Leere, ihre Anwesenheit scheint vergeblich, gar nicht mehr allmächtig, ein wenig wie die Einsamkeit des Wladimir Iljitsch Lenin in seinen untergegangenen Reichen, als Büste in undichten Schulgebäuden, von Kindern und Lehrern längst verlassen, nur noch Spitzbart und Stirnglatze aus vermoderndem Pappmaché, aus Bronze, aus Granit und aus weißem georgischem Marmor. Schritte entfernen sich, am Ende des Ganges fällt ein Lichtschein durch eine geöffnete Tür, dorthin führt mich Herr Li. Er klopft kurz, dann betritt er, ohne eine Reaktion abzuwarten, den Raum dahinter. Ein beißender Chlorgeruch dringt mir in die Nase. Ich folge ihm.

Im Schein einer einzelnen Stehlampe sitzt ein älterer Mann mit dunklen Haaren. Er trägt einen weißen Kittel über einem schwarzen Pullover. Als wir eintreten, erhebt er sich. «Das ist Herr Han», sagt Herr Li, «er ist ein sehr guter Arzt.» Wir geben uns kurz die Hand, doch er blickt mir nicht in die Augen. «Die Ärzte in Korea sind alle sehr gut», fügt Herr Li eifrig hinzu, gelernt ist gelernt. Der Raum ist halbhoch gekachelt und beinahe leer. Über der Tür hängen auch hier wieder die unvermeidlichen Porträts der beiden Kims, eine eher irritierende Präsenz im Sprechzimmer wie eine ungefragte Zweitmeinung zur Magenspiegelung. Beim Doktor Wenck in Marienstein hatte ein Bild von Albert Schweitzer hinter dem Schreibtisch gehangen, als Kind hatte ich immer auf seinen zotteligen Schnurrbart geblickt: ein gutmütiger, älterer Herr, es hätte auch Mark Twain sein können. Doch vermutlich hat Herr Li in der Schule gelernt, dass Kim Il-sung den Nobelpreis für Medizin erhielt, weil er die Lebertransplantation erfunden hatte oder zumindest das Ibuprofen.

Herr Han blickt mich nicht an, tastet nur meine Hand ab, für meine Reaktionen braucht er keine Übersetzung, er fühlt, wo ich nichts spüren kann oder vor Schmerz zurückzucke. Irgendwann spricht er doch, er spricht, ohne den Kopf zu heben, seine Stimme klingt überraschend dunkel, die tiefste Stimme, die ich bislang in diesem Land gehört habe. «Wie ist das passiert?», fragt der Arzt mit der tiefen Stimme, und Herr Li fragt es mich noch mal auf Deutsch, dann erzähle ich ihnen die ganze Geschichte, von der Autofahrt auf der gefrorenen Selenga und dem vergessenen Handschuh, von der Rolleiflex, dem Geschenk des letzten Freundes, den ich nicht auch noch verlieren durfte, von dem langen Weg zurück zum Bahnhof, dem Eis und dem Wind und von der Kälte in meiner linken Hand. Noch während ich davon spreche, zweifle ich bereits an der Erzählung, meine eigenen Worte klingen mir fremd, und in der Dunkelheit der gekachelten Arztpraxis scheint das Erlebte noch unwirklicher, als es ohnehin schon ist. Als ich dabei bin, ihnen von der Hand auf dem heißen Kohleofen zu erzählen, schüttelt der Arzt den Kopf. «Warum haben

Sie das gemacht?», fragt er ungläubig, und Herr Li fragt es sich auch. Fast schon will ich darauf antworten, will ihnen von dem Versprechen an mich selbst erzählen, dass ich J. anrufen wollte, wenn ich noch etwas in der Hand spüre, aber ich behalte es für mich und schweige. Herr Li schüttelt entsetzt den Kopf. «Das ist sehr dumm», sagt er. «Das tut man nicht.» Vielleicht klingt es ihm in diesem Moment selbst zu väterlich, denn er schiebt hinterher: «Der Arzt sagt, es ist sehr dumm», als stünden ihm solche gefühligen Urteile nicht zu, als habe er durch seinen Bruch des unausgesprochenen Protokolls ohnehin schon die Grenzen zu sehr verschoben. «Ich weiß», sage ich nur.

Der Arzt sticht eine der dunklen Blasen an meinem Zeigefinger auf, ich spüre keinen Schmerz dabei. Blut läuft heraus, er wiederholt es dreimal, wortlos, dann desinfiziert er mit Sorgfalt die Wunden und legt mir einen Verband an. Er sagt etwas zu Herrn Li, wieder ohne den Blick zu heben. «Sie müssen zum Arzt gehen, sobald Sie zu Hause sind», sagt Herr Li. «Und beobachten, ob die Finger schwarz werden. Man wird erst in ein paar Tagen sehen, ob die Haut tot ist oder nicht.» Ich nicke brav. «Denken Sie, ich kann wieder Klavier spielen?», frage ich Herrn Han. «Nicht jetzt, aber irgendwann?» Ich spüre, dass er es mir nicht beantworten kann, frage es trotzdem aus Höflichkeit, um nicht nur dumm, sondern wenigstens konstruktiv zu wirken, aber der Arzt schüttelt nur den Kopf. «Wenn Sie Klavier spielen wollen, dann sollten Sie im Winter Handschuhe anziehen. Und Ihre Finger von heißen Öfen lassen», sagt er. Dann klebt er den Verband zu.

Ich bedanke mich bei ihm, bin trotz seiner Schroffheit ehrlich gerührt und frage Herrn Li, was ich dem Arzt schuldig sei, doch der winkt empört ab. «Medizin kostet nichts in unserem Land», sagt Herr Li. Wir seien schließlich nicht in Amerika. Gesundheit könne man doch nicht verkaufen, alle Menschen müssten versorgt werden. Ein bisschen druckst er dann aber doch herum: «Haben Sie noch eine Schachtel von diesen, Sie wissen schon.» Er deutet auf meine Manteltasche, wo er die Sobranies vermutet. Ich gebe ihm die ganze Schachtel, *mildritsch*, Herr Li öffnet sie und zeigt sie stolz dem Arzt, das sind Zigaretten, altrosa, lindgrün und pastellgelb. Der Arzt lacht und nimmt die Schachtel an sich, zum ersten Mal blickt er mir in die Augen und nickt mir freundlich zu. Herr Li ist zufrieden, wir verabschieden uns und gehen nach draußen, wo der Fahrer ohne Namen auf uns wartet. Wir treten ins Freie, ich mit meinem nagelneuen weißen Verband über der linken Hand, und ich kann mir nicht helfen, aber zum ersten Mal seit Langem löst sich der Knoten in meinem Hals etwas. Zum ersten Mal in diesem Land spüre ich eine Art von Erleichterung. Aber eine Sache muss ich noch wissen, die treibt mich schon die ganze Zeit um: «Warum sind Sie eigentlich vorhin auf mein Zimmer gekommen?», frage ich Herrn Li. Er denkt einen Augenblick nach, dann zieht er etwas aus seiner schwarzen Ledertasche: Es ist eine DVD, ich kann in der Dunkelheit das Cover kaum erkennen, sehe nur eine Frau in Uniform, die eine rote Fahne schwenkt. «Ein Film aus Korea», sagt Herr Li, «er heißt *Die Marathonläuferin*, den wollte ich Ihnen eigentlich zeigen. Damit Sie verstehen, was ich meine. Was ein Film mit *Dzongza* ist.» Zum zweiten Mal an diesem Tag überrascht er mich, ich bin beinah gerührt.

Es gibt einen muffigen Vorführraum im Untergeschoss des Hotels, schmucklos und mit dunkelgrünen Tapeten, ein wenig wie der Freizeitraum eines Altenheims. Acht Sessel stehen darin, die alle auf einen großen Fernseher ausgerichtet sind. Wir sitzen nebeneinander, und Herr Li startet den Film. Die Marathonläuferin heißt Song Ok, und sie hat die großen Erwartungen der Koreaner enttäuscht: Bei den Olympischen Spielen in Atlanta hat sie nicht gewonnen, kein Auswärtssieg im Feindesland, nur Platz 20, viel zu wenig für die großen Ambitionen von Kim Jong-il. Der Marathonlauf, das scheint jedem klar, ist weniger Sport als eine große Metapher, glorifiziertes Dulden und schmerzverzerrte Gesichter. Song Ok kehrt als Gescheiterte aus Amerika in ihre Heimat zurück. Der Vater, ein melancholischer Alkoholiker, entschuldigt sich beim Dorf für das Versagen seiner Tochter, dafür, dass sie all ihre Hoffnungen enttäuscht hat. Song Ok ist am Boden zerstört, sie will nie wieder laufen. Ihre Katharsis ist steinig, denn alle müssen leiden in diesem Land, eine Oper der Schmerzen bricht an, Song Ok arbeitet im Bergwerk und beim Dammbau, Seite an Seite mit Soldaten, Müttern, Alten und Kindern, alles für den Sieg, sie arbeiten auch nachts, die große Sklaverei durch Fackeln erhellt. «Ach, wenn ich nur für meine Fehler mit Schweiß bezahlen könnte», seufzt Song Ok.

Ich blicke vorsichtig hinüber zu Herrn Li. Sein Gesicht ist erleuchtet von dem Widerschein der Fackeln seiner Landsleute, er starrt mit leicht geöffnetem Mund auf den Bildschirm, obwohl er den Film schon kennt. Ich spüre meinen inneren Widerstand gegen seinen gebannten Blick, gegen diese nackte Ideologie des Schmerzes, aber der Kapitalismus tarnt nur beides besser, die Ideologie und den Schmerz. Deshalb kann auch dieser deutsche Hochmut fortbestehen, dieser Glaube, dass jeder Mensch der Welt ihr Leben haben will, dieser Glaube, dass jemand, der aus den Karpaten kommt, aus der Weite Äthiopiens oder aus der Ebene von Pyeongyang, sein Glück problemlos in der Betonwüste des Gewerbeparks Ingolstadt Nord finden wird, Herr Li an der Waschstraße der Aral-Tankstelle, die überdimensionalen Geländewägen für ein Trinkgeld polierend, um das Geld nach Hause zu schicken für die Zukunft der Tochter, jeder will zu uns, wusstest du das nicht? Wie Darek damals im Küchenstudio Löwinger, der Olympionike nach dem Ende der Geschichte, seinen Eltern genauso entrissen wie der rauen Schönheit der Beskiden, für eine mit Kohle beheizte Wohnung im bayerischen Nirgendwo und einen gebrauchten VW Passat, *Hauptsache, Deutschland.*

Auch Song Oks alte Freundin Hyang duldet still, ihre Eltern sind tot, und sie versorgt tapfer ihre drei kleinen Geschwister. «Wie kannst du bei solchem Schmerz noch lächeln?», fragt Song Ok sie. Doch die kleinen Waisenkinder verzagen natürlich nicht. Sie glauben. «Wir haben einen Vater», sagen sie mit Tremolo. Der Kim Jong-il-Hausaltar fährt ins Bild, ein Schrein mit seinem Konterfei, es sieht aus wie die alte Blechschachtel, in der die Großmutter die Weihnachtsplätzchen aufbewahrte, daneben steht eine Vase mit roten Begonien aus Plastik, eine einzelne Geige beginnt zu singen, der Herrgottswinkel erstrahlt in mythischem Licht. Nicht schlecht, denke ich, der gleiche Wirkungsgrad wie ein brennender Dornbusch oder Jupiter als Stier, es reicht die vergoldete Keksdose auf der Kredenz, um Song Ok endlich auf den richtigen Weg zu bringen, ihr die Stärke zu geben, zu leiden, zu dulden, im Bergwerk, im Training, auf der Straße, durch Jahrtausende hindurch, wie sie zu Gitarre und Akkordeon singen.

Song Ok sieht die Spuren der extrabreiten Winterreifen des Führermercedes im Schlamm am Paektusan, streift zärtlich über das Profil im heiligen Matsch am noch heiligeren Berg, Kim Jong-il fährt in der gepanzerten S-Klasse davon, der leuchtende Stern auf der Motorhaube und im Fond, er fährt davon, aber sie ist geheilt, durch die getönten Scheiben vom Rücksitz aus, dem Sieg steht nichts mehr im Weg, weil dieses spirituelle Doping im Urin nicht nachweisbar ist. Am Ende dieses Fackellaufs der Schmerzen glaubt sie auch, endlich selbstlos, endlich erfüllt. Man kann auch an seinem Glauben sterben, denke ich, so wie der Habsburger Erzherzog Karl Ludwig, der im Heiligen Land endlich aus dem Jordan trinken wollte. Leider war das Wasser so verschmutzt, dass er an der Entzündung verstarb, die er sich einfing. Aber natürlich, hier ist der Tod für den Glauben ohne bittere Note, das Martyrium für die ewige Idee. «Er wagte das Dulden», sagt Homer über Odysseus, nennt ihn *Polytlas*, den ewigen Dulder. Auch «Genosse Trainer» Myong Guk ist ein solcher stiller Dulder, er hat seine tödliche Krankheit verheimlicht, sich seine Schmerzen nicht anmerken lassen, noch auf dem Sterbebett spricht er durch seine Beatmungsschläuche hindurch wie ein antikes Orakel, er hat eine tiefe Stimme wie Herr Han: «Keine Sentimentalitäten», sagt er zur weinenden Song Ok, die immer noch nicht hart genug ist, «vertue nicht deine Zeit mit Trauern, sondern trainiere, färbe die Straße mit deinem Schweiß und deinem Blut», tausendmal hinfallen und mit einem Lächeln wieder aufstehen, alle Kalendersprüche der Härte. «Die Ehre des Vaterlands hängt von deinem Herzen ab, nicht von deinen Beinen», das ist eine koreanische Version von Dareks ewigem *Es liegt bei dir*. Der Funktionär in Pyeongyang sagt, dass der Marathonlauf mehr sei als Sport. Er sei eine Metapher für das koreanische Volk, das hart und geduldig ist. Mit der Kraft des Bergwerks und der Kraft des Glaubens ist Song Ok unbesiegbar, und nachdem noch einmal alle Trainings-Montagen sämtlicher jemals gedrehter Sportfilme zitiert werden, von *Rocky II* bis *Chariots of Fire*, läuft sie nach Pyeongyang, läuft weiter zum Weltmeistertitel, und sie kehrt zurück als Siegerin in einem Blumenregen. Dann ist der Film zu Ende.

«Es ist eine wahre Geschichte», sagt Herr Li, «sie hat den ersten Platz bei der Weltmeisterschaft gewonnen. Sie ist sehr berühmt in Korea.» Es schwingt echter Stolz in seiner Stimme, im Gegensatz zu all den wahren Erfolgen seiner Herrscher, von denen er tagtäglich den staunenden Fremden berichtet, scheint ihn diese Geschichte wirklich zu berühren. Das ist *Dzongza*. Und natürlich weiß ich jetzt, dass er die Existenz von *Mein Sommer in der Provence* nicht verstehen kann. Wie sollte er auch? Es sind beides ziemlich beschissene Filme, aber dass Song Oks Heldenreise ein anderes Kaliber hat als Christine Neubauers Midlife-Crisis in Aix-en-Provence, das lässt sich nicht leugnen.

Und obwohl ich weiß, dass diese Verherrlichung des Aushaltens nicht an mich gerichtet ist, sondern eine Botschaft der Kims an ihr hungerndes Volk während des *Beschwerlichen Marschs*, obwohl diese hohlen Kampfbegriffe eigentlich wirkungslos an mir abperlen sollten, fühle ich dennoch zum ersten Mal etwas wie Verständnis. Erstmals an die richtige Stelle appelliert: nicht an meine Ästhetik, nicht an meinen Glauben, sondern an mein Pflichtgefühl, mein Soldatentum. Und ich weiß: Das würden sie alle verstehen, die Großeltern, der Vater, die Mutter, Frau Staniszewski und Darek, die Propheten des ewigen Duldens, *Polytlas Dios* und *es liegt bei dir*. Und ist es nicht unmöglich zu sagen, was trauriger ist: eine Gesellschaft, die das Leiden heroisiert, oder eine Gesellschaft, die das Leiden der anderen ignoriert, nicht nur derer, die man abweisen und fernhalten will, auch derer, die mitten unter ihnen sind, in einer Welt, in der man peinlich berührt wegsieht, wenn abends kurz vor Ladenschluss die verstaubten Sklaven durch den Supermarkt schlurfen, zerschlagen vom Tag, auf dem Kassenband ein Energydrink und zwei Liter Eistee, dazu Debrecziner in Plastik für den einsamen Abend im Monteurszimmer, zu müde zum Onanieren oder zum Telefonieren mit der Familie in Pristina, Bukarest oder Bielsko-Biała, zu müde, ihnen vom *Guten Leben* in Deutschland zu erzählen, von den sauberen Straßen, den netten Menschen und den im Labor kreierten Geschmacksrichtungen der Freiheit, Yogurette Limited Christmas Edition mit Spekulatius-Geschmack.

Herr Li nimmt einen anderen Aufzug als ich. Als ich mich bei ihm bedanken möchte, will er abwinken, aber ich drücke ihm die Hand. «Für den Verband und das *Dzongza*», sage ich. Er lacht unsicher, und das gibt mir einen kleinen Stich, schon wieder verpassen wir uns. Dann schließt sich die Tür, und er fährt nach oben in ein anderes Stockwerk, zu dem ich keinen Zutritt habe. Ich frage mich, ob Frau Cho im Zimmer neben ihm schläft und ob er ihr von unserer Fahrt berichten wird. Als ich mein Zimmer aufschließe, liegt immer noch das tiefe Brummen über dem Teppichboden. Der Raum ist ausgekühlt, ich lege mich im Pullover auf das Bett und schließe die Augen. Im Halbschlaf glaube ich, die Klänge eines Klaviers zu hören. Sie dringen gedämpft in den

Raum, und ich denke an das Warten vor der geschlossenen Tür von Aleksandra Staniszewskis Klavierzimmer im Schulgang der Mariensteiner Volksschule, in den Schaukästen an der Wand die Parolen der Harmlosigkeit, *wir halten zusammen* und *wir sind freundlich*, vergebliche Autosuggestion in sauberer Druckschrift. Ich setzte mich auf das Fensterbrett, die Schuhe auf dem hellen Kalkstein, den Rücken in das nicht brennbare Plastik der Vorhänge gedrückt, es knisterte, noch fünf Minuten Gnadenfrist, solange lauschte ich den Klängen aus dem Zimmer, Dmitri Kabalewskij oder Chopin, *Schopn*, dann träume ich von Darek, er reitet auf einem geflügelten Drachen, seine Hände leuchten rot und weiß, in einem Gemisch aus Blut und Magnesia. Er zeigt mit einem Schwert nach Osten, zum Horizont. Auf seinem Schild ist das Wappen der Jagiellonen, ein Lothringer Kreuz, darunter steht in Gold gefasst sein Wappenspruch *In manu tua est.* Der Drache richtet sich auf und blickt mich an, er schlägt mit den Flügeln, sodass ein Sturm aufkommt, die Kronen der Bäume biegen sich unter dem mächtigen Rauschen. «Es liegt bei dir!», brüllt der Drache in den Wind, er hat einen starken polnischen Akzent. «Es liegt bei dir.»

XIX

SPARTAKUS

(KIRK DOUGLAS)

Der Edmund war mein Opa, mein einziger. Trotzdem sagten wir *Steinweyer-Opa*, weil wir die Großmütter unterscheiden mussten – deshalb war die Alwine die Steinweyer-Oma, Ordnung muss sein. Der Edmund hatte mit Steinweyer eigentlich nichts am Hut gehabt, und trotzdem blieb ihm der Name. Erst nach seinem Tod verlor er die Rolle und bekam seinen Namen zurück, Edmund, benannt nach dem Helden des einzigen Buches, das sein Vater je gelesen hatte: Edmond Dantes, der Graf von Monte Cristo.

Die Jungbluths stammten aus Breitenbach in der Eifel, dem ehemaligen *Département des Forêts*, ehemals Kurtrier, ehemals Luxemburg, nach dem Frieden von Lunéville war man wieder französisch, das begründete die immerwährende, linksrheinische Zerrissenheit, die auch durch die Familie ging. Der frankophile Teil erzählte sich voller Stolz die Geschichte des Jean Jungbluth, genannt *Scha*. Es sei dem *Scha* zu verdanken gewesen, dass im September 1914 der deutsche Vormarsch an der Marne gestoppt werden konnte. Der *Scha* war der Sprecher der Pariser Taxifahrergewerkschaft, und als solcher erhielt er nachts einen Anruf von General Gallieni persönlich, der an die patriotische Pflicht der Taxifahrer appellierte: Frankreich brauche sie, sie müssten heute Nacht den Nachschub an die Marne bringen, sonst wäre alles verloren. Tausend Renaults wurden zum Invalidendom beordert, um von dort in Kolonne bis hinter die Front zu fahren. Der Befehlshaber war General Edgard de Trentinian, der Bretone aus Martinique, über dem Stammsitz in Brest stand der tragische Wappenspruch der Familie eingemeißelt: *Niemals gut genug*. Der *Scha* habe zu Trentinian gesagt, er würde ihn und seine Leute an die Front fahren, aber nur mit eingeschaltetem

Taxameter, Überstunden und Nachtarbeit müssten schließlich entlohnt werden. Es waren kurze Tarifverhandlungen, Trentinian schlug ein, denn er hatte keine Zeit zu verlieren. Die Lücke, die der eitle Preuße von Kluck gelassen hatte, war vierzig Kilometer breit. Dorthinein mussten sie stoßen, um Paris, um Frankreich zu retten. Eine Staubwolke wälzte sich im Morgengrauen heran, als nahte die große punische Armee durch den Wüstensand. Auf der anderen Seite des Flusses standen die müden Vortrupps der 1. Armee, die preußischen Stiefel seit Tagen nicht gefettet, den Schmutz der flämischen Landstraßen auf dem Feldgrau. Und als sich die Staubwolke verzog, sahen sie eine endlose Karawane Pariser Taxis, auf den Trittbrettern standen die Soldaten der 7. Division, sie brachten die Jungen aus der Auvergne, der Bretagne und der Charente, um Lutetia vor den Hunnen zu retten. Die Glocken der Pariser Kirchen läuteten ihr Gewittergeläut, und die Rothosen sprangen auf und jubelten den Taxifahrern zu. «Gott schütze die Taxifahrergewerkschaft», sagte Trentinian. Vor lauter Rührung habe der *Scha* ihm daraufhin die Fahrtkosten erlassen, erzählte man. Der französische Teil der Familie liebte diese Anekdote, wahrscheinlich hatte man sie früher schon erzählt, in einem anderen Jahrhundert, als irgendein anderer *Scha* heldenhaft die Preußen bei Valmy aufgehalten hatte oder die Welfen bei Bouvines. Der deutsche Teil der Jungbluths erzählte abgewandelte Versionen davon, je nachdem, wer gerade an der Macht war. Meistens verschwiegen sie die Geschichte vollends, sie erzählten lieber von geangelten Fischen oder der Kartoffelernte.

Der Edmund erinnerte sich nicht an die Landschaften seiner Kindheit. Die Bilder waren wie ausgelöscht. Später bekam er von den Eiflern zu runden Geburtstagen Dorfchroniken geschickt, dem Exilanten zum Vierzigsten, zum Fünfzigsten, zum Sechzigsten, «damit du nicht vergisst, wie es daheim aussieht», *Die Geschichte des Kyllburger Landes* oder *Breitenbach in Wort und Bild*, von pensionierten Studienräten mit zu viel Freizeit akribisch recherchiert, doch die Fotos darin waren ihm genauso fremd wie die Namen, die in langen Namenslisten erzählte Geschichte, die Gefallenen der letzten Kriege, nach Dienstgraden geordnet, oder die Aufstellungen der Meistermannschaften in der Spielklasse Bitburg-Prüm. Er war das siebte von zehn Kindern gewesen. Von seiner Mutter erzählte er nie, außer dass sie sehr krank gewesen war. Er und sein jüngerer Bruder mussten sich im kalten Bett von vorne und hinten an ihren zitternden Körper legen, um sie zu wärmen. Die Mutter sprach nicht, sie wimmerte nur. Er lag vor ihr, stocksteif vor Angst. Als er sieben Jahre alt war, schickten ihn seine Eltern fort, er lebte und arbeitete fortan bei den Beckers, einem kinderlosen Paar mit einem kleinen Bauernhof. Der Edmund arbeitete auf dem Feld und im Stall, das Geld für die Arbeit bekamen seine Eltern. Er hatte es nicht schlecht bei den Beckers, er hatte eine eigene Kammer, wurde selten geschlagen, und es gab genug zu essen. Doch bei jeder Gelegenheit lief er die zwei Kilometer über die Felder und betrachtete von dem kleinen Hügel über der Kyll sein Elternhaus, zählte die Köpfe der Geschwister aus der Ferne. Er sah sie anfangs noch zu den Geburtstagen oder an Weihnachten, später traf man sich nur noch auf dem Friedhof.

Auch aus seiner Soldatenzeit blieb nicht viel übrig, keine Bilder und keine Anekdoten. Seine militärischen Spleens beschränkten sich später darauf, Kabeltrommeln oder Gartenschläuche penibel genau aufzurollen, er gehörte aber nicht zu denen, die andere dafür verachteten, wenn sie das nicht taten, eine Sorte Mann, der man immer wieder begegnete, doch nein, der Edmund betrachtete solche Schlamperei eher mit Milde, rollte die Trommel noch einmal auf und begann von vorne, ohne einem Vorwürfe zu machen oder im besserwisserischen Tonfall zu sagen, dass der Jugend von heute doch etwas mehr Stubendienst nicht schaden könne. Im Grunde wurde seine Kriegszeit immer nur unter einer Überschrift zusammengefasst, die gleichzeitig auch das Ende war: *Abgeschossen am Plattensee*, das sagten sie so, als wäre es ein planmäßiger Charterflug in den Pauschalurlaub gewesen, mit Badehose und süßem Furmint. Kein Wort von der Todesangst in einem brennenden Flugzeug, den Schreien und dem geschmolzenen Metall, dem Aufprall, *abgeschossen am Plattensee*, dann war's eben vorbei.

Anstatt dem sehnsüchtig erwarteten Michael Hasselwander kam der Edmund nach Steinweyer, um die Nachricht von dessen Tod zu überbringen, und er blieb dort, bis er selbst starb. Einmal noch hatte er versucht, fortzugehen und ein anderes Leben zu führen. Er bat die Alwine, mit ihm nach Alberta zu gehen, Kanada, für fünf oder sechs Jahre nur, so sagte die Firma. Er schwärmte von den Wäldern und den raschen Flüssen, die er nur aus dem Werbeprospekt kannte, den ihm der Personalchef gegeben hatte. Doch die Alwine wollte nicht gehen, sie sah sich an das Ende des Briefes ihres Vaters gebunden, sie könne ihre Mutter nicht alleine lassen, sagte sie. Der Edmund haderte eine Weile mit ihr, dann fand er sich damit ab. Er bekam Kinder mit der Alwine und baute ihr das große Haus am Waldrand, er fasste es ein mit dem geschmiedeten Zaun wie eine Festung.

Der Edmund liebte Filme mit Victor Mature, dem Mann mit dem versteinerten Gesicht. Es waren Bibelschinken aus Hollywood, in Technicolor und mit so viel Pathos im Dialog und so lautem Tremolo in den Violinen, dass Victor Mature keine Miene mehr rühren musste. Sein Gesicht bewegte sich nicht, weder im Angesicht des sicheren Todes noch wenn er vor römischen Tribunen oder Gladiatoren stand. Es war der immer gleiche Ausdruck, ein hypnotisches Starren, synchronisiert mit den leicht alkoholisierten Männerstimmen aus Hamburg, wo die Sprecher stoisch ins Mikrofon grunzten, all die unmöglichen Sätze von gebrochenen Herzen, bronzener Treue und Judas Iskariot. Es waren die Geschichten von Sklaven, von Demetrius und von Spartakus. Der Edmund wusste nicht genau, warum ihn diese Dinge so berührten, aber sie gingen ihm nicht mehr aus dem Kopf.

Als seine Kollegen bei der nächsten Gelegenheit in der Fabrik politisierten, fügte er ein paar Sätze aus *Spartakus* ein. Er hatte nicht das bebende Pathos wie im Film, aber es wirkte. «Wir sind doch keine Sklaven», sagte er. Es war völlig aus der Zeit gefallen, denn die Tarifverhandlungen waren gut gelaufen, und der örtliche Betriebsrat verhandelte um mehr Speiseangebot in der Werkskantine und eine Tafel Vollmilchschokolade jeden Freitag nach Betriebsschluss. Die Worte waren viel zu groß, aber weil der Edmund so schüchtern war, klangen sie nicht so pathetisch wie bei Kirk Douglas, wo selbst der Fernseher zu beben schien, wenn sich die geölte Heldenbrust spannte. Er erntete große Zustimmung, bei der nächsten Wahl wurde er zum Vertrauensmann der Gewerkschaft gewählt.

Der Edmund sprach nicht gern vor anderen Leuten, er war ein «ruhiger Patron», wie die Alwine sagte, ein stiller Mann, der sich bei zu viel Gesellschaft gerne zurückzog. Er hatte sich über seiner Werkstatt ein Zimmer mit Sofa eingerichtet, wohin er sich still verdrückte, wenn ihm die laute Gastlichkeit seiner Frau zu viel wurde, und während drüben die Thermoskannen in Wirtshausgröße mit einem schrecklichen Zischlaut den Filterkaffee ausspien, die luxemburgischen Importzigaretten geraucht wurden und sich das Lachen vom Vetter und der Alwine mischten, dann lag der Edmund still auf dem Rücken, döste ein wenig und starrte an die Decke, wartend, dass es wieder ruhiger wurde und er zurück ins Haus konnte. Wenn der Vetter aufdrehte, wurde es lang, also stattete der Edmund nach und nach sein Exil mit allerlei Annehmlichkeiten aus. Es gab eine Kredenz, ein Radio, und irgendwann wurde es ihm zu blöd, und er baute sich ein Klo ein, damit nicht seine basalsten Bedürfnisse ihn dazu zwängen, an der lauten guten Laune vorbeizumüssen, um sich zu erleichtern. Als Kind liebte ich es, durch dieses Geheimzimmer zu streifen. Das Sofa war durchgelegen, und es hatte diesen charakteristischen Geruch aus Muff und frisch geschlagenem Holz. Auf dem kleinen Tisch lagen halb ausgefüllte Kreuzworträtsel und eine selbst gebaute Fliegenklatsche aus Kunstleder.

Mit dem Segen von Kirk Douglas wurde der Edmund Betriebsrat. Er hatte ein starkes Unrechtsbewusstsein, er bekam einfach eine Wut, wenn er davon sprach, das nahmen ihm seine Kollegen ab, für sie sollte er schließlich sprechen. Doch auf dem Gewerkschaftsseminar drängten sich die geschulten Redner vor, die für all die diffusen Gefühle vom Edmund die perfekten Stanzen hatten, griffige Worte und erlernte Gerechtigkeitsrhetorik, das allgemeine Vokabular des Funktionärs, der die Einzelschicksale verschlagworten konnte, jedes Leben versachlicht zwischen Befristungen und Rentenlücke. Der Edmund fühlte sich klein, denn er beherrschte diese Sprache nicht, wollte sie auch nicht lernen, weil ihn die Floskelhaftigkeit abstieß. Er spürte die Geringschätzung des Ausbilders, mehr als Worthülsen trauten sie ihnen nicht zu, ein paar Kalendersprüche, ein paar Schlachtrufe und ein paar Trinksprüche, mit denen sie das Fußvolk bei Laune hielten, den Rest erledigten dann ohnehin die Oberen, kein Krieg wird im Regen am Werkstor entschieden, das ist nur die Kulisse für die Verhandlung, wenn der Betriebsrat zum Dinner geladen wird, in den Erker der Fabrikantenvilla, ihnen brachte man Weisheiten bei wie *erst sehen, hören, denken, dann sprechen – manchmal ist es besser zu schweigen*, als wären sie kleine Kinder.

Der Mittelbau der Gewerkschaft betrachtete den Arbeitskampf als militärische Fingerübung, da waren alte Kameraden unter sich, wenn sie die jungen Lehrbuben herumschicken konnten, diese verzärtelten Bübchen, mit denen wäre man ja niemals bis Moskau gekommen. Der Bezirkschef ging mit dem SPD-Minister zum Essen, Dampfnudeln und Kraut, aber die lokalen Betriebsräte mit rotem Parteibuch gingen auch gerne zum Reservistentreffen. Der Edmund hatte keine Lust auf die gewalttätigen Anekdoten, sein Fuß war beim Flugzeugabsturz so oft gebrochen, dass es ein Wunder war, dass er überhaupt noch gehen konnte, er zog das Bein ein wenig nach, und wenn es feucht wurde, dann hatte er rheumatische Schmerzen, da konnte er keine Anekdoten brauchen von Kameradschaft am stillen Don, von MG-Salven gegen rote Horden, er wusste genau, was das war.

Auch beim Arbeiter-Buchklub änderte sich der Ton, statt Berichten aus dem Spanischen Bürgerkrieg oder vom *Langen Marsch* lag nun halbjährlich eine neue Prosavariante des soldatischen Russlandschicksals im Briefkasten, brave Teutonen hinterm Ural, mit den Löhnen schien auch die Bereitschaft zur Versöhnung mit der eigenen Vergangenheit zu steigen.

Einmal im Jahr fuhr er ins Bayerische zur DGB-Gewerkschaftstagung auf Schloss Eggersberg, da karrte man die Distrikts-Haudegen zusammen, einer sperriger als der andere, mit martialischen Kampfnamen: Egid, vom Ortskartell Parkstetten, genannt *der Hammer*, dann *Mörtel-Mane* und *Stahl-Mane*, der *rote Hans* – IG Bergbau, IG Bau-Steine-Erden, IG Metall, sie alle lernten am Vormittag die Vokabeln für künftige Betriebsversammlungen und Tarifverhandlungen. Abends spielte man Skat und traf sich am Getränkeautomaten, ein Bier für eine Mark, dann tauschte man die Heldengeschichten aus dem Arbeitskampf aus, geballte Fäuste und schallendes Lachen, wie dumm der Doktor Schneider geguckt hatte. Das Schloss selbst hatte die Gewerkschaft in Zeiten voller Streikkassen aus der Konkursmasse eines bankrotten Klassenfeindes erworben. Kein verspieltes Palais, sondern eine mittelalterliche Trutzburg mit groben Balken, genau richtig für die ideologische Schulung, *Landgraf werde hart, werde hart!*

Kurz vor der Rente wurde er ins Regionalbüro der IG Metall bestellt, der neue Bezirksleiter wollte ihn persönlich kennenlernen. Es war ein junger Mann, «Dr. Spielmann», sagte er, er schüttelte dem Edmund die Hand, dabei spürte man, dass diese Hände noch nie gearbeitet hatten. Über dem Schreibtisch hatte er eine riesige Reproduktion von Menzels Eisenwalzwerk hängen, ein Ölgemälde aus den frühen Tagen der Arbeiterbewegung, in der Mitte die glühende Luppe, die verschwitzten Gesichter in tiefes Rot getaucht. Der Dr. Spielmann bemerkte den Blick vom Edmund, er nickte anerkennend. «Diese Kraft», sagte er. «Diese gewaltigen Walzen. Doch ohne uns gibt es keine Funken. Ohne uns wäre die Fabrik leer. Und daraus leiten wir unsere Stärke ab: Alle Räder stehen still, wenn dein starker Arm es will, nicht wahr?» Er war zufrieden mit sich, vermutlich machte er diesen Spruch mehrmals die Woche. Doch der Edmund hatte nur Augen für diesen einen Mann im Schatten am Bildrand: ein zerschlagener Hüne mit vor Erschöpfung leerem Blick in die Ferne stierend.

Wenig später ging er in Rente. Die Kollegen verabschiedeten ihn voller Rührung, sie hatten Bratwürste aufgefahren und sangen für ihn. Sogar von der Firmenleitung bekam er ein Geschenk, einen Zinnteller und einen Einkaufsgutschein. Von der Gewerkschaft bekam er nichts, außer eine blaue Mappe mit der Aufschrift *Alle Räder stehen still, wenn dein starker Arm es will,* zur Folklore degradierte Parolen, goldgeprägt in die Zierhüllen für die Urkunden, mit schwarz-rot-goldener Kordel. Er legte sie in die zweite Schublade seines Nachtkästchens, zu seinem Meisterbrief und der Mappe mit den Zeugnissen. Er holte sie nie wieder hervor.

Es begann die Zeitrechnung des Rentners. Er fing an, in seiner Werkstatt ein riesiges Modellschiff zu bauen. Er goss die kleinen Kanonen aus Zinn, zwölf auf jeder Seite, er spannte die Takelage aus kleinen Schnüren, er formte die Großsegel, es war das Bild eines Schiffs geworden, aber es hatte keine Chance, auf dem Wasser des Ozeans zu schwimmen, nicht einmal auf dem kleinen Goldfischteich in der Waldstraße. Der Rumpf war zu breit, die Segel aus starrem Pergament, dazu eine liebevoll geschnitzte Galionsfigur, die Admiralskajüte am Heck verziert wie bei einem Prunkschiff auf dem Lago di Nemi, ein Schiff, das nirgendwo segeln konnte, untauglich zu wassern, und doch stand ich als Kind viele Stunden versonnen davor und strich über die detaillierte Textur des Decks, nahm die selbst gegossenen Kanonen heraus, ja, so musste ein Schiff aussehen, dachte ich, genauso wie diese Fantasie vom Edmund, der außer einem Ausflugsdampfer auf dem Rhein noch nie ein Schiff betreten hatte. Danach stickte er großformatige Gobelinbilder, textile Versionen alter Klassiker, er goss assyrische Reliefs aus Wachs und baute Bierkrüge aus hölzernen Wäscheklammern, Reliquien der Beliebigkeit, die auf hohen Eichenschränken verstaubten, aber das Schiff fing noch Jahre später meine Faszination ein, und ich fragte mich, ob etwas vom Bahnhofsfranzl in ihm war, dem verhinderten Kanadier aus der Vulkaneifel, aber es war wohl mehr die handwerkliche Präzision, die ihn reizte, nicht die Gischt der Wellen, sondern die Exaktheit der Steckverbindungen.

Er hatte spät erst seinen Führerschein gemacht, war immer ein unsicherer Autofahrer geblieben. Manchmal, wenn es ihm langweilig war, fuhr er mit dem roten Mazda in die nächstgelegene Kleinstadt, ein alter Kurort, bei einer Gebietsreform von der Kreisstadt zur Verbandsgemeinde degradiert und der verhassten Nachbarstadt unterstellt. Die Geschichte schrieb sich in Verkehrsleitplänen und zwanzigjährigen Bedarfsanalysen, Wahlgeschenke von längst verblichenen Bundestagsabgeordneten für längst verblichene Wähler, aber wenn einmal genehmigt war, dann wurde gebaut, mit grausamer Verspätung entstanden Tunnel unter toten Städten, Lärmschutz für die Geisterwelt. Auch die Nähe zu Frankreich spielte keine Rolle mehr, nicht einmal das Benzin war billiger dort. Auf dem neuen Kreisverkehr standen gravierte Findlinge mit der Aufschrift *Wir leben Europa* und *Vive l'amitié franco-allemande*, doch dafür hatten andere bezahlt. Die Abkürzungen zum Tennisplatz führten durch Frankreich, das war ganz praktisch, aber es sprach niemand auch nur ein Wort Französisch, sie nannten sie abfällig *Wackes*, am Kreisverkehr fuhren sie achtlos vorbei.

Der alte Kurort roch nach altem Leder, das Einzige, was es noch gab, waren Schuhgeschäfte mit Räumungsverkauf und Friseursalons mit überlebtem Dekor, dem flüchtigen Geschmack der Dekaden, aufgehübscht durch Übermalen, die Neunziger, Dunkelrot und Schwarz, die Ecken der Spiegel abgeplatzt, die Kabelschächte staubig.

Der Edmund ging regelmäßig zum Friseur. Er schlief zwar noch mit der Alwine in einem Bett, aber er war der Berührung durch seine Frau so entwöhnt, dass er dem Kontakt der Haut mit der Schere entgegenfieberte, wenn ihn die Friseurin am Ohr berührte, durchfuhr ihn ein wohliger Schauder, der die Wirbelsäule hinunterlief, er musste sich anstrengen, sich nichts anmerken zu lassen, betrachtete dabei seine Verlegenheit im Spiegel und schielte hinauf zu Tatjana mit dem gefärbten Pony, er hörte in seiner Scham zum ersten Mal auf die sinnlosen Liedtexte der größten Hits der Achtziger und Neunziger, die über dem Raum lagen, während seine dünnen grauen Haare zu Boden fielen. Vorsichtig drehte sie seinen Kopf zur Seite, er schloss genüsslich die Augen. Er gab Tatjana ein Extratrinkgeld und ließ sich einen neuen Termin geben. Davor wusch er sich gründlich die Haare, damit er gepflegt aussah, ließ sich aber trotzdem noch mal von ihr die Haare waschen, weil es zwei Minuten waren, in denen ihre Hände über seine Kopfhaut fuhren, mit dem Geräusch des warmen Wassers, «passt die Temperatur so?»

Und dann passierte irgendwann gar nichts mehr. Es war so langweilig, dass er jeden Tag früher aufstand und darauf wartete, dass die Dinge ihren Lauf nahmen. Er saß vor Sonnenaufgang auf seinem Eckplatz, die Rollläden noch geschlossen, um niemanden zu wecken, manchmal rauchte er eine, manchmal vergaß er es vor lauter Warten. Irgendwann hörte er oben das Bett knarzen und die Türklinke des Schlafzimmers, dann stand die Alwine auf und rief jeden Tag mit der gleichen gespielten Überraschung aus, wieso er doch nur wieder so früh wach sei. Dann lief der Kaffee durch den Filter. Um zwölf gab es Mittagessen, er saß bereits eine halbe Stunde vorher bei Tisch und sah auf die Uhr. Dann wartete er, bis es zwei Uhr wurde, um sich hinzulegen. Mit offenen Augen lag er auf seiner Pritsche im Anbau und wartete, dass es vier Uhr wurde, damit er wieder aufstehen konnte. Er war der Zeit immer voraus, er wartete geduldig jeden Tag darauf, dass das Immergleiche eintrat.

Wenn ich als Kind in Steinweyer übernachtete, dann war ich vor Aufregung schon vor Sonnenaufgang wach. Ich wartete, bis ich die Schritte vom Edmund auf der Treppe hörte, dann schlich ich mich zu ihm hinunter in das dunkle Esszimmer. «Willst du nicht mehr schlafen?», seufzte er dann, aber er machte mir trotzdem eine Tasse kalten Kaba. Nach einer Weile, wenn ihm die gemeinsame Stille zu viel wurde, schaltete er den Fernseher ein: immer die Panoramabilder aus den Alpen, Landschaften mit Wettermeldungen und volkstümlichem Soundtrack vor Programmstart. Keine Menschen, nur abgeschwenkte Bergpanoramen. Ich setzte mich auf den falschen Perserteppich und sah mir die Livebilder an: Schladming, Zell am Ziller, Heiligenblut in Kärnten, 14 Grad. Im Winter Skipisten mit leeren Sesselliften, die einsam ihre Kreise drehten. Im Sommer verwundete Landschaften, leere Sessellifte still über nassen Wiesen. Meist sah man gar nichts, weil morgens der Nebel so dicht war. Die Kamera schwenkte dann stoisch das Nichts ab, mit Regentropfen auf der Linse, und aus der Nebelsuppe dröhnte eine Steirische oder eine Zither. Manchmal gab es einen musikalischen Wechsel, von Zither zu Blaskapelle, dann hatte es plötzlich diese klebrige Frühschoppenstimmung von leeren Bierzelten am Morgen, wenn die Hähnchen sich schon drehten und der Geruch des Erbrochenen vom Vorabend noch nicht ganz verflogen war, die Blaskapelle saß schon auf der Bühne und dudelte irgendwelche Märsche von verlorenen Ostgebieten in den Raum, Sehnsucht nach dem Egerland in scheinbar verjodelter Harmlosigkeit, doch die Fäuste waren immer geballt, und die Mäuler stanken nach Bier. Beim Edmund gab es kein Bier, nur kalten Kaba. Er erschlug ein paar Fliegen, zwischen

Zillertal und Faaker See dämmerte er dann weg und döste vor sich hin. Ich fühlte mich verschwörerisch wie ein Komplize: die Bruderschaft von der leeren Skischaukel.

Manchmal noch holte er die verschrammelten VHS-Kassetten der Victor-Mature-Filme hervor, sah die geölten Muskeln, die kämpferischen Spartakus-Zitate waren ihm fremd geworden, es war, als passte der Ausspruch des alten Simonides aus Ben Hur nun besser zu ihm: *Mein Herz ist bereits vor vielen Jahren gebrochen. Doch es dient mir noch immer.*

Als der Edmund starb, war ich zehn Jahre alt. Es war ein Freitagabend, auch zu Hause liefen die gewohnten Rituale ab, die Mutter nahm ein Bad wie jeden Freitag nach der Arbeit, ich saß vor dem Ofen und wartete, dass die Tintenfischringe braun wurden. Das Telefon klingelte, dann stand die Mutter weinend in der Badewanne. Wir stiegen ins Auto. Danach badete die Mutter nie mehr.

Wir kamen spätnachts in Steinweyer an. Im Esszimmer saßen alle um den großen Tisch versammelt, die Kinder und die Nachbarn. Auf dem Tisch stand ein halber Streuselkuchen. Die Alwine hatte eine Beruhigungsspritze bekommen, doch sie wirkte aufgekratzt und erzählte zum wiederholten Mal, wie sie den toten Körper gefunden hatte: aufrecht sitzend auf seinem Platz an der Ecke, als würde er schlafen. Sie hatten den Leichnam hinüber ins Wohnzimmer gelegt, auf die gute Couchgarnitur vom Baur-Versand, die er nie benutzt hatte. Es war dunkel im Raum, nur eine Kerze brannte auf dem kleinen Sofatisch. An den Wänden konnte ich schemenhaft die gestickten Gobelins in den falschen Goldrahmen erahnen, *die Lesende, Landschaft mit Pferden, Alte Mühle.* Im Schein der einen Kerze wirkten die plumpen Stickbilder dann doch beinah wie uralte Gemälde, und es war seltsam passend, dass er hier so friedlich lag wie ein alter König.

Der Totenschein war ausgefüllt, die Grabrede hielt der neue Pfarrer aus Kerala, Philip Karumparampil, Doktor der Theologie, aber in Steinweyer hätte man lieber schmissige Anekdoten gehört oder zumindest ein paar Heiligenbeschwörungen. Schade, sagte man hinterher, schade, dass der Pfarrer Rinck nicht mehr da sei. Den vermisse man an Tagen wie diesen umso mehr. Dafür zählte der Vertreter vom Spielmannszug wie ein Herold die Finanzbuchhaltung des toten Edmund auf: vierundvierzig Jahre Mitgliedschaft IG Metall, siebenunddreißig Jahre Mitgliedschaft Turn- und Sportverein Steinweyer, einundzwanzig Jahre Mitgliedschaft Freiwillige Feuerwehr Steinweyer (passiv), dreizehn Jahre Mitgliedschaft Förderverein Freunde der Bildeiche. Die gezahlten Mitgliedsbeiträge werden uns fehlen!

Die Grabstelle war die erste im neuen Teil des Friedhofs. Es war frisch terrassiert, und der Rasen war noch nicht ganz angewachsen wie in einem Neubaugebiet: Die Stichstraßen führten noch nirgendwo hin, aber alles war bereitet für die Toten der Zukunft. Die Alwine hatte die Stelle gewählt – praktisch, nicht zu weit vom Tor und nicht zu weit vom Brunnen. Die Inschrift des Grabsteins blickte nach Westen, Richtung Wald, sagte der Onkel Arnold, Richtung Kanada, dachte ich.

Später musste ich noch oft daran denken, mit J. auf diesem seltsamen Friedhof in Tasmanien, ein Wüstenplan aus verbranntem Gras hinter der grauen Kirche, die genauso aussah wie die Ställe der Farmen. Sie fuhren mit den Autos bis zum Grab und ließen neben dem Grabstein den Motor laufen, wegen der Klimaanlage. Es gab keinen Blumenschmuck, denn es wurden Schafe zum Mähen des Grases eingesetzt, die fraßen auch florale Grabbeigaben, deshalb sparte man sich Letztere gleich ganz. Nur Stein und jede Menge Kötel, der Boden übersät mit Schafsdung. Der Wind pfiff über die Ebene, und das vertrocknete Gras raschelte in das Rasseln der laufenden Motoren hinein. Es fühlte sich genauso unpassend an wie damals in Steinweyer bei Edmunds Beerdigung.

Nach der Grablegung gingen wir hinüber ins Café Baron zum Leichenschmaus. Es war nicht wirklich ein Café, es war ein im

Rohbau befindlicher Anbau an ein Privathaus, unverputzte rote Mauerziegel und frisch eingesetzte braune Einscheibenfenster aus dem Baumarkt. Es gab nur Filterkaffee, den Kuchen mussten wir selbst mitbringen, die Andrea vom Unterdorf hatte extra gebacken, *dreimal Trockener*, die Mutter holte ihn vorher dort ab, auf violetten Plastikuntersetzern. Wir Kinder standen im Durchgang zur unfertigen Küche, beiseitegedrängt von pudrig duftenden Dorfweibern in Schwarz, die uns ihre falschen Lacklederhandtäschchen ins Gesicht drückten, während sie sich in Kondolenzpositur warfen. In dieser Formation gingen sie im Februar zum Fasching, am Sonntag zum Kirchenchor und offenbar auch auf Beerdigungen. Ich kannte keine einzige dieser bigotten Fregatten, aber für die Alwine schien es wichtig zu sein, jede Hand zu schütteln. Sie organisierte in ungekannter Beherrschtheit die Sitzordnung im Café Baron und lobte den trockenen Kuchen der Andrea, bedankte sich mehrfach dafür, dass der Leichentrunk dort stattfinden konnte, in dieser ekelhaften Baustelle, sie entschuldigte sich für die Umstände, die sie machte, als müsse sie sich für den Tod entschuldigen, «das hatten wir nun wirklich nicht wissen können, nicht?»

Das große Haus am Waldrand verfiel. Die Alwine wohnte noch dreißig Jahre alleine darin, aber keines ihrer Kinder hatte Interesse daran, die Geschichte fortzuschreiben. Der Garten verwilderte zunächst, dann wurde er planiert, «damit die Nachbarn nicht reden, *verstehst schon, gell?*». Der Tabakschuppen fiel in sich zusammen, der Teich vom Edmund wurde zugeschüttet. Es war, als kümmerte sich niemand um die Idee, die das Haus einst gewesen war. Die Kinder hatten sich ihren eigenen Traum ins Neubaugebiet hineinbetoniert, alles ordentlich gefliest, damit man immer nass durchwischen kann. An ihren Türen standen keine Namen, nur *Betteln und Hausieren verboten*. Sie schrieben andere Traditionen fort und kamen in die Waldstraße nur noch zum Pflichtbesuch, bis die Alwine starb.

Am Ende wurde aus der Familie eine Erbengemeinschaft. Das Haus von Edmund und Alwine, dieses verdammte Haus, für das der Edmund die Rückkehr ausschlug, behauptete Heimat, aus dem Schutt des Krieges erbaut, es wurde an einen Immobilienentwickler verkauft, in Maklerprosa mit *Wohnen mit Blick nach Frankreich* inseriert und von einer Karlsruher Kleinfamilie gekauft und abgerissen. Die Stellplatzverordnung der Gemeinde fraß den Garten, der Neubau hätte auch in Mittelfranken oder im Sauerland stehen können. Vom Haus der Großeltern blieb keine Spur, bis auf die Panzersperren. Man unternahm noch einmal den Versuch, sie zu beseitigen, doch die Bagger versagten ein letztes Mal vor der Haltbarkeit der NS-Landschaftsarchitektur. Die Ranken und das Moos aber rissen ab, und der nackte Beton lag wieder frei wie eine versteinerte Wunde, als hätte es die Zeit dazwischen nie gegeben.

XX

IN DER HALLE DES BERGKÖNIGS

Ich erwache in Pyeongyang, doch das ist nicht der Albtraum. Langsam richte ich mich auf, betaste vorsichtig meine Hand unter dem weißen Verband. Im Traum las ich einen Abschiedsbrief von J. in erschreckender Sachlichkeit, als spräche sie nicht mit mir, sondern mit irgendeinem Platzhalter, als sei sie bereits eine gänzlich andere. Vom anderen Ufer des gefrorenen Flusses hallen wieder die sphärischen Klänge herüber, *Wo bist du, geliebter General?*, fragen sie wie jeden Morgen. Vermutlich hätte es meinem ehemaligen Schulleiter Rupprecht auch ganz gut gefallen, wenn ihm seine Schüler bei einem morgendlichen Appell derartig gehuldigt hätten. Antreten zum Fahneneid in der Aula, dann neunhundert Kinderstimmen, die ihm in F-Dur die Treue schwören, dem *geliebten Pädagogengeneral*, danach im Gleichschritt zurück in den Physiksaal, begleitet vom süßlichen Geruch des warmen Leberkäses, den der Hausmeister für die Pause vorbereitet.

In der Eingangshalle warten Herr Li und Frau Cho auf mich. Fast glaube ich, Herr Li grinst mir zu, aber diese Blöße würde er sich nicht geben, trotz unseres gestrigen Abends mit dem Arzt mit der dunklen Stimme und der Marathonläuferin. Es fällt mir schwer, ihm nicht jovial auf die Schulter zu klopfen. Stattdessen nicke ich ihnen zu. Frau Cho sagt kein Wort zu meinem Verband, sie drängt zum Aufbruch, «wir fahren heute sehr weit», sagt sie. Ich bitte Herrn Li vorher noch um eine Zigarette, er gibt mir eine seiner *Kangsongs*, Stahlwerk heißt die Marke, in goldener Hülle, darauf prangt die Silhouette einer großen Fabrik mit hohen Schloten, im Signet fließt flüssiges Eisen aus dem Kocher. Ich rauche und denke dabei an den Edmund und seine westdeutschen Gewerkschafter, den Hammer-Egid von der IG

Metall, an die Knappschaftskapelle in Amberg, mit ihren gekreuzten Hämmern, an die Luitpoldhütte, in der die Großmutter Munition polierte, an den Nowak mit der KPÖ vor der Voest, es passt so gut, als flösse all dieser diffuse Gefühlsbrei heiß aus dem Stahlkocher, leuchtend wie bei Adolph von Menzel, als hinge es beim Bezirkssekretär als Gemälde im Büro. «Wieso lachen Sie?», fragt Herr Li. Er ist immer noch skeptisch, wenn man lächelt, das habe ich bereits verstanden. «Nichts Schlimmes», sage ich. «Nur etwas Wehmut.» *Wehmut.* Er holt sein deutsch-koreanisches Wörterbuch hervor, wer *mildreich* kennt, muss auch *wehmütig* kennen, denke ich. Er sucht nach dem Wort, blättert ein wenig, dann nickt er und zeigt mir die Stelle:

노스탤지어

Noseutaeljieo, steht da, man spricht es wie das englische Wort für Nostalgie. Nostalgie, das ist nicht das Gleiche wie Wehmut. Und auch das ist nur ein Lehnwort, phonetisch eingebürgert, aber ohne Existenzberechtigung, warum sollte man auch verklärend auf alte Zeiten zurückblicken, wenn man in die Zukunft unterwegs ist, aus dem Leiden und dem Kampf geboren, langsam beherrsche ich die Kim-Vokabeln ganz gut.

Wir verlassen die Stadt und fahren nach Norden. Einsame Streckenposten kauern am Boden im Nirgendwo, in Uniform, aber ohne Aufgabe, wie es scheint. Eine Gruppe Frauen räumt Schnee von der Fahrbahn, es sieht aus wie ein Sträflingseinsatz, zwei kleine Kinder stapfen einsam über die Autobahn, auf den Eisenbahnschienen marschieren scharenweise Menschen, alles scheint in Bewegung, aber ohne Sinn und Ziel. Manchmal verlaufen halb fertige Brücken ins Nichts, niemals zu Ende gebaut und doch schon wieder verfallen. Aus einem gefrorenen Fluss ragen die Brückenpfeiler heraus wie dorische Säulen, als wären sie Teil einer großen Vergangenheit und keine gescheiterte Gegenwart.

Es scheint, als würde sich auch die Bildsprache der Propaganda den Bergen nähern, auf den Wandbildern am Straßenrand führt Kim Jong-suk, die erste Frau Kim Il-sungs, in der zehnten Delacroix-Abwandlung das Volk auf die Barrikaden, führt die Partisanen durch den Winterwald in den Rücken der japanischen Stellungen, beschützt sie ihren Sohn mit einer zum Himmel gereckten Pistole wie die bronzene Anita Garibaldi auf dem Gianicolo, kopiert in allen Größen, für Ortstafeln, für Wandbilder und Mosaike, in den Foyers von Ministerien, Schulen oder Hotels. Dazwischen auch manchmal namenlose Heldinnen der Arbeit, Bäuerinnen mit rosigen Wangen und ergriffenem Blick. Diese Wandbilder des romantisierten Bauernstandes lassen mich nur an die Nachbarin der Großmutter denken, die Lina aus Thal, ich stelle mir vor, wie sie Modell für eine Mosaik-Allegorie steht, das Kopftuch verschämt in die Stirn gezogen, die niemals Fotografierte, Heldin der Arbeit *avant la lettre*, und ich denke an den Bierkrug, den sie meinen Eltern zur Hochzeit geschenkt hatte, ein Werbegeschenk von der Sparkasse Amberg-Sulzbach mit Logoaufdruck.

Mit aller Härte, *auch gegen sich selbst*, das scheinen die Bilder von Kim Jong-suk zu sagen. Wie anders dagegen der zarte Nachruf auf Celia Sánchez, den irgendeine kubanische Dichterin verfasst hatte vor fast vierzig Jahren, eine warme Liebeserklärung an die *Heldin der Berge und der Ebene*, sie zählte all ihre Kampfnamen auf, die sie im Krieg gegen Batista getragen hatte, Norma, Aly, Carmen, Liliana und Caridad, es bestand kein Zweifel, dass sie schießen konnte, aber das war nicht der Grund, sie zu erinnern, Fidel Castros rechte Hand, niemanden hatte sie je enttäuscht. *Die Erde dreht sich zärtlich, Compañera*, ihr Konterfei fand sich auf keinem steinernen Partisanenfriedhof, nicht in Granit gemeißelt und nicht in Marmor, stattdessen war es außen an der Eisdiele angebracht, an der Fassade von Coppelia in Vedado, welchen besseren, unmartialischeren Platz sollte es geben zur liebevollen Erinnerung?

Es ist fast Mittag, als wir die Berge von Myohyang erreichen. In einem kleinen Seitental liegt das Museum der Völkerfreundschaft, ich hatte davon gelesen, hier würden alle Geschenke aus Kim Ilsungs Regierungszeit aufbewahrt, die er von Staatsoberhäuptern und Besuchern erhalten hatte, ein kugelsicherer Mercedes von Stalin, vielleicht auch eine lederne Lenin-Gesamtausgabe, wer weiß? Das Entree ist jedenfalls gewaltig, ein Portal führt direkt in den Berg, es ist wie der Eingang zum geheimen Versteck eines Bond-Bösewichts, die riesigen vier Meter hohen Bronzetüren schwingen lautlos auf, als wir herankommen. Dahinter verzweigt sich ein gewaltiges Labyrinth aus marmornen Gängen, die tief in den Berg getrieben sind. Eine Frau in einem prächtig bestickten Kleid nimmt uns in Empfang, sie wirkt beinah wie eine Vestalin, so feierlich begrüßt sie uns. Ich spüre so etwas wie Vorfreude, ich bin bereit für die Reliquien untergegangener Reiche, archiviert in einer Kältekammer des sozialistischen Jahrhunderts, die Bergfestung der Welt von Gestern. Doch was dann kommt, ist bestenfalls grotesk, die weltgrößte Sammlung von Trash, eine Asservatenkammer der Belanglosigkeiten, kilometerlange Glasschränke voller Nippes, Hässlichkeiten zu scheinbarer Bedeutung aufgeblasen. Ein Aschenbecher von Jimmy Carter. Ein Krummsäbel von Gaddafi. Dazu ein paar ausgestopfte Tiere, sibirische Bären von Putin oder ein Krokodil von den Sandinistas aus Nicaragua. Ansonsten Zinnteller und Brieföffner. Aus Deutschland gibt es nichts, nur einen unscheinbaren Bierkrug, *ein Geschenk von Herrn Hans Grotewohl* steht auf dem Schild, das muss ein Sohn des ehemaligen Ministerpräsidenten der DDR sein. Ein Bierkrug, das Verlegenheitsgeschenk für australische Gasteltern, wenn einem gar nichts mehr einfiel. Zum zweiten Mal an diesem Tag muss ich an die Lina aus Thal denken, an den Bierkrug mit Sparkassenlogo, das Hochzeitsgeschenk an die Eltern, hier hätte es am Ende noch einen würdigen Platz gefunden, *ein Geschenk von Frau Lina Kopp aus Amberg, Vertreterin des heldenhaften Bauernstandes.*

Die Stimme der Vestalin bebt vor Ehrfurcht, während sie immer weiter aufzählt. Auf einer riesigen Weltkarte leuchten kleine Lichter für die Gaben der Präsidenten, Botschafter und Heiligen Drei Könige. Es mag ja eine gewisse Mystik in der Aufzählung liegen wie bei Homer in Aulis, ein vollständiges Heldenverzeichnis, Nestor, Idomeneus, *Ajax führte die Lokrer*, hochgesinnte Könige, aus Salamis, Ithaka und der Felsenstadt Gonoessa, in vierzig, fünfzig, hundert dunklen Schiffen, doch es ist nicht die Ilias, kein Schiffskatalog, nur eine Sammlung Ramsch, ein Bestellkatalog wie auf dem Esstisch der Alwine, das Wirtschaftswunder auf vierhundert Seiten, der Almanach des Nutzlosen, alphabetisch geordnet und staubdicht hinter Museumsglas verstaut. Zum Teufel mit der Mystik, sagt Lenin, weiß nicht einmal mehr, ob es der echte Lenin war oder die Nowak-Version davon oder der Lenin aus einem Theaterstück wie bei Michail Schatrow, als er einsam auf die Vorderbühne geht und ins Publikum schaut.

Die wirklich wertvollen Dinge in diesen Vitrinen kommen natürlich nicht von Staaten, sondern von Firmen. Wirtschaftsdelegationen und Bankiers aus aller Herren Länder bringen edle Gaben, goldene Schwerter, riesige geschnitzte Dschunken aus Elfenbein, Pagoden aus Jade, die Art von protzigen Exponaten aus den Chefetagen von Banken und Großkonzernen, teurer Kitsch, der problemlos auch im Trump Tower stehen könnte, *mit besten Grüßen von der Hong Kong Shanghai Bank Corporation*. Ich kenne die Optik von früher. Der Vater einer Schulfreundin kaufte Versteigerungsmasse auf, die traurigen Hinterlassenschaften insolvent gegangener Betriebe, es interessierten ihn meist nur die Computer, manchmal auch Stühle oder Möbel, der Rest kam in den Container. Doch nicht selten brachte er persönliche Kuriositäten aus den Direktionsbüros mit, die Devotionalien verwaister Chefetagen, Insignien, deren einstmals kraftstrotzender Gestus durch das vollzogene Scheitern kastriert wirkte, gerahmte Dokumente mit Goldprägung und Wachssiegeln, Jadestatuen, all diese Dinge wurden dann zur Belustigung an die Angehörigen verteilt oder auf der Toilette postiert, kapitalistische Dominanzgesten, die erbeuteten Waffen der besiegten Feinde, da standen dann neben den Vorräten an Klopapierrollen mit Laser in Plexiglas geschnittene Fantasietrophäen, *Entrepreneur des Jahres (Focus Money)* oder der bayerische Innovationspreis von 1998.

Unterhalb des Museums liegt ein Hain aus hochgewachsenen Bäumen. Nur einer fällt aus der Reihe, er steht zwischen den Riesen wie ein Fremdkörper. Als ich näher komme, sehe ich, dass er unten gestützt und oben mit Seilen gehalten wird. Ein Teil des Stammes ist geborsten, die Rinde schwarz überzogen. «Dieser Baum ist über fünfhundert Jahre alt», sagt Frau Cho. «Als die Amerikaner das Tal bombardierten, verbrannten auch alle Bäume, nur dieser Ginkgo hier steht noch. Er kann zwar nicht mehr alleine stehen, aber er ist noch da.» Sie spricht von dem Baum wie von einem kriegsversehrten Veteranen, das rührt mich auf eine komische Weise an, ich weiß nicht genau, warum, vielleicht bin ich nach der Nippes-Parade froh um jeden Baum, vielleicht will ich auch Frau Cho eine Freude machen, ich hole die Kamera hervor und richte sie auf den alten Ginkgo. «Wollen Sie auch mit aufs Bild?», frage ich Frau Cho, sie winkt mit gespieltem Entsetzen ab und rennt sofort zwei Meter weg von mir, ich stelle auf die schuppige Rinde scharf und drücke ab.

«Haben Sie noch eine von diesen?», fragt Herr Li. Er meint die Sobranies. Ich habe noch, Gabriels Fürsorge sei Dank. «Denken Sie auch an den Fahrer», sagt Herr Li, er hat keinen Namen, aber er ist Raucher, ich gebe auch ihm eine Zigarette, er nickt eifrig, dann zündet er sie an, inhaliert tief und bläst langsam den Rauch aus, fast ist es, als seufzte er.

«Mildritsch», sagt Herr Li und nickt begeistert, «sehr mildritsch.» Frau Cho seufzt und geht ein paar Schritte, doch die beiden Männer stehen da und rauchen die geckenhaft bunten Sobranies mit dem Goldfilter, pastellgrün und altrosa, als wären sie auf einer Modenschau, es beißt sich etwas mit der Kälte, mit ihren schwarzen Anzügen und dem Parteiabzeichen darauf, so viel Härte, aber der Dampf aus ihrem Mund ist mildreich.

Im letzten Bond der Achtziger raucht Timothy Dalton amerikanische Zigaretten, vor dem Töten und nach dem Sex, dann fliegt die Kamera über die nächtliche Skyline von Acapulco, Acapulco Dorado mit der Playa La Condesa, damals ein Paradies für die Träger roséfarbener Hemden, und der Warnhinweis für Tabakprodukte wird eingeblendet, all der Macho-Hedonismus der letzten Stunden eingehegt in die Familienverträglichkeit, *hey, it's just a game, smoking kills*, die nachgeschobene Relativierung, fünfzig Mexikaner virtuos erschossen, aber das mit dem Tabak war nicht okay. Hier, im letzten kaltkriegerischen Spionagesetting, gibt es keine Relativierungen, auch keine Warnungen oder Schockbilder, nur Stahlwerk und Sobranies.

Wir fahren aus dem Tal hinaus. Auf dem Weg passieren wir einen riesigen Hotelkomplex in Form einer Pyramide, die Stockwerke steigen treppenförmig an, es hat etwas Surreales, als hätte man den Tempel von Tikal verputzt und ein paar Balkone drangebaut. Es liegt völlig verlassen, «im Winter geschlossen», sagt Frau Cho, «zu kalt». Auf der anderen Seite des Flusses liegt eine kleine Stadt, deren Namen ich nicht erfahre, aber wir halten dort, um eine Kleinigkeit zu essen. Im Foyer prangt ein Mosaik der beiden verblichenen Kims, Vater und Sohn, der ältere im beigen Sommeranzug, der Sohn im ikonischen Trainingsanzug wie auf der Titelseite eines Gartenmagazins, *Mansion & Garden*, zwei pensionierte Plantagenbesitzer zwischen üppigen Blumenkaskaden, die den Kugelgrill verbergen, in irgendeinem verborgenen Ort, dem dynastischen Landsitz, das Hyannis Port Nordkoreas.

Es geht zurück in Richtung Pyeongyang, entlang des Flusses Chongchon. Die Berge werden kleiner. In dieser Gegend spielt die Revolutionsoper *Eine wahre Tochter der Partei*. Die Krankenschwester Kang Yeon-ok stirbt im letzten Akt im Kugelhagel, als sie versucht, einen verwundeten Soldaten in Sicherheit zu bringen. Sie wirft sich schützend über seinen Körper und verblutet dabei im feindlichen Feuer. Ich kann nicht verhehlen, dass mir das Respekt abnötigt, die mutige Kang Yeon-ok scheint zumindest keine Barbie-Wiedergängerin aus dem Walt-Disney-Katalog zu sein wie die Frauenrollen in den Musicaltheatern europäischer Hauptstädte. Ich muss an den Nowak denken, an einen Witz, den er immer wieder gemacht hatte: Wie hätte Aschenputtel wirklich ausgehen müssen? Sie tötet die böse Stiefmutter und enteignet den Prinzen, so ging es immer, Weltliteratur *according to Lenin*, ein Schiffsmaat (Bariton) ersticht Tristan und Isolde und verteilt die Mitgift im Laderaum an die Mannschaft, König Marke wartet vergeblich in Cornwall. Oder die Matrosen rebellieren in Aulis, enthaupten Agamemnon und Menelaos, lassen Helena in Troja und gründen einen kommunistischen Polis-Bund. Dann lachte er ein wenig zu laut, er machte ihm solche Freude, dieser immer gleiche Witz, er wusste nie, wann er damit aufhören sollte. Vielleicht wäre der Nowak als Dramaturg für nordkoreanische Revolutionsopern besser geeignet, mit all seiner Radikalität, vielleicht könnte er sich als intellektueller Kimfluencer virtuose Heldentode für Role Models der Juche-Ideologie ausmalen. Aber auch das ist ein schaler Witz. Niemand wäre so angewidert von nordkoreanischer Ideologie wie der Nowak. Ich sehe ihn erbost den Kopf schütteln. «Ein religiöser Todeskult ist das. Mit Kommunismus hat das rein gar nichts zu tun.»

Als wir nach Pyeongyang zurückkommen, hat es bereits zu dämmern begonnen. Ich rechne eigentlich schon damit, dass wir ins Hotel zurückfahren, doch Herr Li hat noch eine Überraschung im Programm. «Musik», sagt er und nickt verschwörerisch, «das wird Ihnen gefallen.» Wir halten direkt vor einem monumentalen Granitbau an einer breiten Ausfallstraße. Die Seitenflügel sind halbrund, umfassen den Hof wie zwei Arme, zum Hauptportal führt eine monumentale Freitreppe hinauf. «Das ist der Kinderpalast», sagt Frau Cho, ich will es ihr glauben. Drinnen ist es noch kälter als draußen, das Foyer ist riesenhaft, die Säulen sind bestimmt zwanzig Meter hoch, ich bin unschlüssig, ob das die Kinder erhöht oder sie klein macht. Was mir Herr Li als Musik angekündigt hat, ist tatsächlich eine Schulaufführung, eine vierzigminütige Mini-Playback-Show mit Revolutionsthema, siebenjährige Jungen in Pionieruniform mit dem Haarschnitt von alten Männern oder Soldaten, *immer bereit*, die Mädchen in wallenden grünen Kleidern, zwölf Akkordeons, im Gesang fast nur Terzen, das könnte harmonietechnisch auch ein alpiner Kaminabend mit den Kastelruther Spatzen sein. Ich frage mich, ob Frau Cho oder Herrn Li diese Musik gefällt, will schon fast fragen, ob diese Aufführung mehr *Dzongza* hat als der öffentlich-rechtliche Sommer in der Provence, aber es bleibt schwierig mit der Ironie in diesem Land, also halte ich besser den Mund. Der Applaus am Ende ist überwältigend, wenn so echter Elternstolz klingt, dann denke ich mit Schrecken zurück an das lustlose Geklatsche der gelangweilten Eltern auf den Vorspielabenden der Musikschule von Marienstein, zum zehnten Mal *Bella Bimba* mit den Weiherer-Zwillingen, um dann am Ende die Tochter vom Steuerberater Berr an Richard Clayderman scheitern zu sehen, *Ballade Pour Adeline*, heilige Seichtheit in C-Dur, ein Lied, bei dem man keinen falschen Ton spielen kann, die Berr Nicki schaffte es trotzdem, irgendwann war es dann endlich vorbei, und der Applaus dauerte nicht einmal so lang, bis sie ihre Verbeugung beendet hatte.

Wir laufen durch das Foyer nach draußen, die Kälte scheint aus dem polierten Granit zu kommen. Für einen Augenblick sehne ich mich nach Wärme auf nackten Unterarmen, sehe mich mit J. durch die Eingangshalle eines zweckentfremdeten Palazzos laufen, *Teatro Lirico* in Havanna, gegründet kurz nach dem Sieg der Revolution, früher unzugänglich von irgendwelchen Bacardis benutzt, jetzt im Dienste der Schönheit, durch den leeren Innenhof dringt eine Stimme nach draußen, streift die schlaffen Palmblätter, ich laufe mit J. ausgetretenen Marmor hinauf, dem Klang der Stimme nach, hier spielt in einem kleinen Saal Pura Ortiz am Flügel, ein Kammerkonzert, sie ist das Ebenbild einer Grande Dame, greift resolut in die Tasten, eine junge Frau singt Arien dazu, *Dido und Aeneas*, das Fenster steht offen, alle schwitzen, doch jeder Blick hängt an Pura Ortiz' Fingern, nicht die Solistin ist der Star, sondern die Klavierbegleitung. Als sie geendet hat, frenetischer Applaus, ein Mann in einem aus der Mode gekommenen braunen Anzug springt auf und überreicht ihr einen Blumenstrauß, er lächelt dabei, er sieht aus wie der Hausmeister, so muss es sein, dachte ich, wie schade, dass der Edmund mit der Gewerkschaft nicht dafür gekämpft hatte: einmal im Monat Kammerkonzerte in der Montagehalle und danach ein Glas Sekt. Stattdessen nur Weihnachtszulage für den Quelle-Katalog. «Kommen Sie, kommen Sie», sagt Herr Li.

Wir halten vor einem weiß gekachelten Gebäude. Das Foyer im Erdgeschoss ist dunkel, nur oben brennt ein schwaches Licht. Wir stolpern die Treppe hinauf in den ersten Stock, dort erwartet uns eine Frau, die, als wir kommen, rasch ihren Mantel ablegt, sie trägt ein farbenfrohes Kleid, für das es viel zu kalt ist, doch es muss offenbar sein, ihre angestrengte Freundlichkeit lässt nichts anderes zu. Sie führt uns in einen Gastraum mit drei langen Tafeln, genug Platz für eine große Hochzeitsgesellschaft. Doch es sind nur drei Plätze eingedeckt, man hat schon auf uns gewartet. Sobald wir sitzen, wird aufgetragen, kalte Nudeln und Winterkimchi. Ich frage, ob der Fahrer nicht mit uns isst, Herr Li wiegelt ab. «Später», sagt er, «der Fahrer wird später essen.» Mein Einwand scheint ihm nicht zu passen, man soll schon an den Fahrer denken, aber nicht immer.

An der anderen Seite des Raumes steht ein Fernseher, auf dem läuft ein Konzert von André Rieu, ein nächtliches Open Air auf einem Marktplatz in Venetien, den Frisuren und Brillen der Musiker nach zu urteilen, ist es bestimmt fünfzehn Jahre alt. Herr Li lässt den Ton etwas lauter stellen, André Rieu in Pyeongyang, die Alwine und die Jadwiga hätten ihre Freude gehabt. Die NASA hatte an Bord der Raumsonde Voyager auch die *Golden Records* ins All geschickt, zwei Datenplatten mit einer Haltbarkeit von fünfhundert Millionen Jahren, darauf waren Beethovens *Neunte* und Bilder von der Kathedrale von Reims oder Abu Simbel, eine seltsam kuratierte Wirklichkeit für außerirdische Historiker, ein Zerrbild der Welt ohne Kriege und Nazis, die Brühlsche Terrasse ohne Pegida und Dynamo Dresden. Dieses André-Rieu-Konzert wirkt auch wie eine für ferne Galaxien oder Nordkorea inszenierte Version des *Alten Europa*, als würde in diesem Disneyland täglich klassische Musik auf barocken Marktplätzen gespielt, auf irgendeiner italienischen Piazza, es könnte allerdings auch ein Filmstudio sein oder ein süddeutsches Mode-Outlet, so künstlich sieht die Kulisse aus. Die Rentner klatschen fröhlich zu dieser unsäglichen Greatest-Hits-Show, *An der schönen blauen Donau, Eine kleine Nachtmusik, Für Elise,* der Galopp aus der Wilhelm-Tell-Ouvertüre als Zugabe, sie klatschen eifrig im Marschrhythmus mit wie brave Nazis, immer auf die Eins und die Drei diese deutsche Fähigkeit, jede italienische Arie in den Badenweiler Marsch zu verwandeln. *The Very Best of Europe*, genau so muss es dort sein, der ganze Kontinent ein Klassik-Open-Air, die Renaissance-Fassaden im farbigen Effektlicht, Arkaden und Kopfsteinpflaster, Herr Li und Frau Cho starren gebannt aufs Bild, hier in Pyeongyang, wo kein Haus älter ist als siebzig Jahre, wo statt Mozart der Präsident die Opern selbst schreibt, und André Rieu dreht sich schwungvoll zum Publikum, sein Haar wippt neckisch, er dirigiert das Orchester, seine Geige und den Bogen in der Linken, dann zählt er einen Zwölf-Achtel-Takt ein, Andrew Lloyd Webber, *Memory* aus Cats, Kitsch, lass nach, er spielt die Gesangsmelodie auf seiner Violine und hat dabei die Augen geschlossen, alle Blicke hängen an ihm, von Venetien bis Pyeongyang, Frau Cho hat ihre Hand ans Kinn gelegt, die Rentnerinnen auf der Piazza haben Tränen in den Augen, vielleicht sind auch Tante Birgit und die Eltern vom Nowak dabei, Herr Li wäre es jedenfalls, wenn er nur könnte, er blickt gebannt auf das Bild, *I must think of a new life and I mustn't give in.* Dann fällt plötzlich der Strom aus, André Rieu verstummt, und wir sitzen im Dunkeln und rauchen, niemand sagt etwas. Ich sehe nur die Glut einer Zigarette und höre Herrn Li atmen. Nichts geschieht, fünf, vielleicht zehn Minuten lang. Als das Licht wieder angeht, schaltet sich auch der Fernseher wieder ein, und auf dem Bildschirm erscheint das Hauptmenü der André-Rieu-DVD: *Start Concert, Tracklist, Bonusmaterial.* Doch niemand schaltet ein, es bleibt zum Standbild gefroren. Wir essen rasch zu Ende, wortlos, dann gehen wir. Der Zauber ist verflogen.

Als ich endlich alleine im Hotelzimmer bin, schalte ich die kleine Tischlampe ein und wickle mir den Verband von der Linken. Es pocht ein ständiger Schmerz darin, doch es tut nicht mehr so weh wie noch vor zwei Tagen, als Juans Handschuh beinah mit dem Fleisch verwachsen schien. Ich halte die nutzlose Hand von mir wie der deformierte Winterkönig auf dem Postament neben der Engelsburg in Amberg, betrachte sie im Wandspiegel, drehe sie hin und her, als wäre sie kein Teil von mir. Der Lichtschein der Lampe fällt nur auf meine Hand, mein Gesicht bleibt im Dunkeln, nur die Ahnung einer schwarzen Silhouette. Ich greife nach der Rolleiflex und richte sie auf den Spiegel, vielleicht zeichnet irgendetwas durch diese Schwärze, wer weiß. Das Versprechen fällt mir wieder ein, ich werde J. anrufen, habe ich zu mir gesagt, doch es erscheint mir unmöglicher als je zuvor. Alle meine Wünsche kommen mir sperrig vor, aus der Zeit gefallen wie dieses Land. Und wenn ich hier sitze, sprichwörtlich am Ende der Welt, dann hat alles, was ich mir für uns wünschen kann, vermutlich nichts mehr mit der J. zu tun, die sie nun ist.

XXI

CRISANTA

An seinem letzten Tag als Premierminister Ihrer Majestät wartete Winston Churchill vor dem Audienzzimmer der Königin, schwer atmend. Er hatte eine Weile gebraucht, bis er die vielen Stufen nach oben gestiegen war, dann ging er die lange Galerie mit den Porträts hinunter, irgendwo da musste auch sein Urahn John Churchill hängen, der Herzog von Marlborough in Öl, *fiel pero desdichado*, er war im Grunde leicht zu erkennen an seiner formidablen Allongeperücke, mit der er sich immer hatte malen lassen, diese Lockenpracht unterschied ihn nicht nur von den schwach behaarten Porträts von Disraeli oder Palmerston, sondern auch von Winston Churchill selbst, der sich die Schweißperlen von der Stirnglatze tupfen ließ, bevor er den Salon betrat, um der Königin seinen Rücktritt anzubieten, den sie anzunehmen gedachte, wie er bereits wusste. Er hatte Hitler bezwungen, aber gegen das ärztliche Gutachten war nicht zu gewinnen. Nach zwei Stunden verließ er den Buckingham Palace als freier Mann.

Zur selben Zeit hatte die Alwine in den Wehen gelegen, zwei Stunden lang. Der Edmund war nervös, er lief vor dem Haus auf und ab. Neben ihm lehnte die vierschrötige Gestalt seines Schwagers an der Wand, der Vetter rauchte eine Reval nach der anderen. Immer wieder blickten sie nach oben zum Fenster des Schlafzimmers. Doch der Vorhang bewegte sich nicht. Endlich wurde das Fenster aufgerissen, eine junge Nonne in schwarzer Ordenstracht erschien im Rahmen und rief ihnen etwas zu. Die Schwestern waren in Steinweyer auch zugleich die Hebammen, sie nannten sich Elisabetherinnen oder in aller Form die Töchter des Göttlichen Erlösers. Die Ordensgründerin war ein Bauernmädel aus den Vogesen gewesen, die im Elsass als *die Ekstatische von Niederbronn* bekannt war. Sie schwebten im dunklen Habit über die Straßen, Schwester Siena, Schwester Hermelanda und Schwester Mamerta, biblische Grandezza, weich gewaschen vom Südpfälzer Dialekt, der kein Pathos duldete. Der Edmund jubelte, er schlug dem Vetter auf die Schulter, «bringst der Schwester Cassilda einen Topf Metzelsuppe rauf, zur Feier des Tages!». Er hatte eine Tochter bekommen.

Die Mutter bekam den Namen *Hedwig* wie ihre Großmutter. Mit der Frömmigkeit tat sie sich allerdings schwer. Im Gottesdienst war ihr Platz oben auf der Empore: Sie musste dem Lehrer Scharf die Register an der Orgel ziehen, während er das Kyrie spielte, er sprach ihr leise die Befehle zu: «Das Principal, Mädel, mit dem Dolce.» Zur Belohnung gab es immer ein klebriges Kräuterbonbon, das er in einer Dose auf dem Manual aufbewahrte. Eines Tages hatte er ein konfisziertes Buch dabei, das er einer älteren Schülerin abgenommen hatte. Die Mutter sah es dort liegen, und während sie die Register zog, noch während des Gloria, steckte sie das verbotene Buch ein. Zu Hause brachte sie ihre Beute in den Tabakschuppen. Sie lag zwischen den trocknenden Virginia-Blättern und packte das verbotene Buch aus: Es war *Crisanta*, eine Erzählung aus Mexiko von Anna Seghers. Die Mutter las das ganze Buch von Anfang bis Ende durch, las von Crisantas Armut, ihrer Reise nach Mexiko-Stadt und ihren vergeblichen Träumen, und sie verstand nicht, weshalb es verboten sein sollte. Am nächsten Tag brachte sie dem Lehrer Scharf das Buch zurück und fragte ihn, weshalb er es konfisziert habe, es stehe doch nur Wahres darin. Der Lehrer blickte sie voll unterdrückter Wut an, er riss das Buch an sich: «Red nicht daher wie diese Kommunistenhexe!», presste er hervor. Kommunistenhexe, dieses Wort vergaß die Mutter nie.

Später im Studium wohnte die Mutter mit einer Kommunistenhexe zusammen. Sie hatte die Johanna auf einer Kundgebung kennengelernt, die Studentinnen protestierten gegen das Berufsverbot für eine junge Lehrerin. Hauptredner war ein alter, knorriger Mann mit Glatze und rotem Bart, das Gesicht ein wenig wie Lenin, aber die Statur eines Boxers. Er brüllte wütend in den Engelwirtsaal hinein, die alten Säufer grölten zurück, das Publikum war eher gemischt, denn es gab dienstags ein halbes Brathähnchen für zwei Mark, da kamen die Schwarzen sogar, wenn ein Kommunist redete. Der Freyberger war ein Kommunist, ein richtiger, ein Spanienkämpfer, bei den Nazis im KZ gewesen, roter Adel sozusagen. Er wohnte eine halbe Stunde von der Stadt auf einem Bauernhof, dem Buchhof, saß im Stadtrat eines bayerischen Dorfes, als Kommunist unter lauter CSUlern, doch die Bauern respektierten ihn, und sei es nur als Stachel im eigenen Fleisch. «Der Freyberger passt schon», sagten sie. Die Mutter hing an seinen Lippen, da stieß ihr die Johanna den Ellbogen in die Rippen. «Das ist mein Opa», sagte sie.

Die Johanna lud die Mutter auf den Buchhof ein, sie fuhren gemeinsam dorthin. Es war ein riesiger Vierseithof, den man durch ein Tor betrat. Zum Wohnhaus führte eine alte grüne Holztüre, unter den Fenstern blühten Geranien in spießiger Harmlosigkeit: Nichts deutete darauf hin, dass hier ein Kommunist leben sollte. Doch was die Mutter am meisten beeindruckte, war das Kommen und Gehen. Dauernd kamen Leute, die etwas vom Freyberger wollten und ihn um Hilfe baten. Es umgab ihn eine eigenartige Volkstümlichkeit, die seine Gegner auf ihren Wahlplakaten nur mühsam inszenieren konnten. Abends gab es dann ein Feuer, und die Landarbeiter formten einen Kreis, es waren Helfer aus anderen Ländern, man sprach durcheinander, es war laut, und es roch nach Tabak und verbrannten Kartoffeln. Die Johanna knutschte mit einem Studenten aus Belgrad, und die Mutter saß plötzlich neben einem jungen Referendar, der einen Enkel vom alten Freyberger, Johannas Cousin, in der Schule unterrichtete. Er sprach bewundernd von der Freigeistigkeit der Freyberger-Kinder, von ihrer Trotzigkeit ebenso wie von ihrer Unbeschwertheit, sie saßen wie Fremdkörper unter den Bauernbuben, zwischen den verdrucksten Erben der Zukunft. Die Mutter hörte ihm gebannt zu, seine euphorische Ernsthaftigkeit rührte sie. Der junge Referendar war der Vater.

Später fuhren sie manchmal gemeinsam mit dem klapprigen Auto des Vaters über die Dörfer zum Buchhof. Zum achtzigsten Geburtstag des alten Freyberger kam eine Delegation aus der DDR, um ihm den Karl-Marx-Orden zu überreichen wie zuvor bereits Tito, Anna Seghers oder Sigmund Jähn. Sie kamen gleichzeitig mit dem Bürgermeister und dem Vorstand der Raiffeisenbank, die im Namen des Marktes Brandstetten gratulierten, «auf weiterhin gute Zusammenarbeit». Sie nahmen alle Aufstellung vor dem Bauernhaus mit der alten Holztüre. Der Freyberger trat heraus, er trug eine grobe Trachtenweste mit klobigen Knöpfen aus Hirschhorn über seinem mächtigen Bauch, er sah aus wie ein alter Holzknecht aus dem Werdenfelser Land. Auf den jägergrünen Strickmaschen prangte in flammendem Rot der Orden, ein fünfstrahliger Stern, in dessen Mitte der vergoldete Marx im Profil. Die Abordnung Thälmann-Pioniere aus Ostberlin stand neben der katholischen Landjugend und den schwarzen Gemeinderäten, SED und CSU, rote Halstücher neben Lodenjankern, der Schützenverein schoss Salut, die Marktkapelle Brandstetten spielte den *Kleinen Trompeter*, alle Anwesenden klatschten brav auf die Eins und die Drei, die Wiedervereinigung vorweggenommen, wir sind ein Volk, zumindest im teutonischen Marschgeklatsche.

Diese seltsame ideologische Koexistenz faszinierte die Menschen in der Umgebung. Der Landrat soll in die Johanna verliebt gewesen sein, sagte man. Er besorgte ihr ein altes Pfarrhaus als Unterkunft in verkehrsgünstiger Lage, nachts sah man bisweilen seinen Dienstwagen in der Nähe parken, so sagten die Leute, in ihren totalitären Vorstellungen, dass ein bayerischer Landrat die Straße verlegen könne, um schneller bei seiner Mätresse zu sein, als wäre er ein bourbonischer König und nicht ein auf Zeit gewählter Kommunalpolitiker der Christlich Sozialen Union mit

Besoldungsstufe B5. Aber diese unmögliche Liaison schien die Fantasie der Leute zu beflügeln, was nicht sein darf, soll sein, der schwarze König und die rote Jeanne d'Arc von Brandstetten. Die Mutter wusste freilich, dass das nur Geschichten waren. Die Johanna wohnte bei ihr und hatte sie längst in ihren politischen Aktivismus eingespannt. Anfangs schrieb die Mutter nur Positionspapiere für eine moderne Familienpolitik, später auch Reden für den Bundesparteitag der DKP, wo der alte Freyberger sprechen sollte. Als sie zum ersten Mal hörte, wie ihre Worte aus dem Mund eines anderen klangen, wie die Leute dazu applaudierten, fühlte sie sich mit einem Mal mutig, und sie begann, ihre eigenen Themen zu verfolgen. Mit der Johanna arbeitete sie an einem Vorschlag zur Reform des Vormundschaftsrechts, sie besuchten die Kinderheime der Region und sprachen mit den Jugendlichen, den Betreuern, fuhren in einem roten Käfer übers Land, und manchmal sangen sie dabei das alte Lied der Spanienkämpfer: *Mamita Mia, und all deine Tränen, die werden wir rächen, die werden wir rächen.*

Als die Mutter nach dem ersten Semester heim in die Waldstraße kam, saßen die Alwine und der Vetter am Tisch. Die Alwine hatte gerade die Haare gemacht bekommen, sie trug ihren Trockenhelm aus Plastik, der aussah wie die aufblasbare Karikatur einer Lockenperücke aus dem House of Lords, sie lehnte auch ähnlich bewegungslos an der Wand wie der XII. erbliche Earl of Strathmore. Die Mutter hatte nicht an der Tür geklingelt, sie war hintenrum gegangen, über die Terrasse, es war ein eingeübter Akt der Vertraulichkeit, doch der gewohnte Gang durch den Tabakschuppen war ihr bereits so fremd erschienen. Der Edmund war nicht da, er hatte sich in den Anbau zurückgezogen, nur die Alwine und der Vetter saßen am Tisch, auf dem die zerlesenen Adelsschicksale der unglücklichen Grimaldis und Windsors lagen, bisweilen waren die Rätselseiten halb ausgefüllt, in der *Rheinpfalz* lasen sie ohnehin nur den Sportteil und die Lokalmeldungen, *Pfälzer Waldverein trifft sich bei der Bildeiche*, manchmal waren die Söhne unter Vermischtes erwähnt, selten als Torschützen, öfter als Empfänger von Platzverweisen, dank des ererbten Hasselwander-Temperaments. Der Vetter quetschte sich eine Tasse Luxemburger Kaffee aus der Thermoskanne und blies den Rauch seiner Reval in den Raum. «Was hast denn gelernt, da drunten?», fragte er. Die Mutter sah ihn an, sah die getrockneten Blutreste unter seinen stumpfen Fingernägeln, sah die geschlossenen Augen der Alwine unter der Trockenhaube, der Föhn blies leise vor sich hin. «Wir haben diskutiert, ob Christus am Kreuz wirklich gelitten hat oder ob es nur ein großes Theater war», sagte sie. Der Vetter lief rot an. «Natürlich hat er das», sagte er, «sie haben ihm Nägel ins Fleisch getrieben, was meinst du, wie weh das tut?» Er hob seine riesigen Metzgerpranken, um die Größe der Nägel anzuzeigen. Die Mutter nickte: «*Eli, Eli, lema sabachtani*, also hat Gott sich selbst verlassen?» Da ging der Vetter an die Decke. «So etwas lässt euch der Strauß lernen?», schrie er. «Das gehört sich nicht.»

Die Mutter hätte niemals studieren sollen, das war nicht vorgesehen gewesen. Sie hatte eine Lehre gemacht, Schneiderin, wie die Alwine es wollte, es winkte eine Anstellung bei einem angesehenen Landauer Herrenschneider. Doch die Mutter hatte längst beschlossen, dass sie diese Stelle nicht antreten würde. Ihre einzige Verbündete war die Hedwig, ihre Großmutter. Die Hedwig hatte das Band zwischen ihnen immer ernst genommen, das sie durch den gemeinsamen Namen verband. Sie hatte der Mutter als junges Mädchen eine Gitarre gekauft, vom Munde abgespart wie auch die Unterrichtsstunden. Die Gitarre war im alten Haus im Oberdorf versteckt, die Alwine und der Edmund kamen nicht mehr dorthin, seit sie unten am Wald gebaut hatten. Als ihr die Mutter ihren Plan eröffnete, erst das Abitur nachzumachen und dann zum Studieren nach Bayern zu gehen, nickte die Hedwig. Sie wolle ihren Beitrag leisten, sagte sie. Sie war erst sechzig Jahre alt und fühlte sich gesund. Sie meldete sich auf die Annonce einer hessischen Baronin, die eine Hausdame suchte, Freifrau von Riedesel bezahlte ordentlich, und die Hälfte bekam die Mutter als Kostgeld für die *Höhere Schule*. Die andere Hälfte verdiente sich die Mutter mit Hilfsarbeit in einer Lebensmittelfabrik, Fleischsalat, Nudelsalat, Kosakensalat, zwei Jahre lang.

Als sie dann nach Bayern ging, zog sie in der Waldstraße aus. Die Alwine weinte beim Abschied. «Du und deine Bücher», sagte sie nur. Es klang wie ein Vorwurf. Auch der Edmund hatte sie nie gelobt, er drückte sie nur stumm. Später dann stickte er ein Gobelinbild, *die Lesende*, eine Reproduktion des Gemäldes von Fragonard, eine naive Fleißarbeit wie damals mit den Tabakblättern, aber in der endlosen Wiederholung dieses halben Kreuzstiches mit dem Tapisserie-Garn lag all sein verkappter Stolz, für den er keine Worte hatte. Das Bild hing bis zuletzt in der Waldstraße im Wohnzimmer, dicke Staubflusen bissen sich darauf fest. Nur die Pflegerin Jadwiga war begeistert davon und sagte, dass das große Kunst sei.

Nach dem vierten Semester fuhr sie mit dem Vater nach Portugal, es war ihre erste große Reise. Sie fuhren in einem gelben VW-Bus, sie lagen nebeneinander an einem etwas zu kühlen Atlantikstrand und lasen Bücher, der Vater Pessoa, die Mutter Lacan, niemand verstand den anderen, die Mutter sah beim Hilfsbuchhalter Bernardo Soares keine poetische Melancholie, sondern eine Persönlichkeitsstörung, trotzdem war sie am Ende schwanger, als sie wieder nach Hause kamen. Sie verfluchte die Biologie und unterbrach ihr Studium, gebar ein Kind, nannte es nach einem Revolutionär und begrub die Revolution, es ging alles ganz schnell.

Sie zogen nach Marienstein, und sie nahm die Arbeit, die sie bekam. Sie arbeitete halbtags in einer Frühförderstelle auf dem Land. Ich erinnere mich an die Überlandfahrten mit der Mutter im unbeheizten Dienstwagen, ein klappriger VW Polo, der im Winter nicht mehr ansprang, wir fuhren über vereiste Straßen zu den Bauernkindern nach Hettenhausen und Jachendorf, zu gleichgültigen Eltern, deren Kinder mit den Katzen unterm Esstisch lagen und das Ketchup von den Tellern schleckten. In der Zeit, die ihr blieb, studierte sie. Ich wartete auf sie, vor dem Hörsaal, in der Unibibliothek, vertrieb mir die Zeit mit den riesigen Mikrofiche-Geräten, zur Belohnung bekam ich dann einen Krapfen in der Cafeteria. Als sie dann endlich fertig war, holten wir sie nach der letzten Prüfung ab, der Vater und ich. Ich ging bereits zur Schule, der Vater hatte graue Schläfen bekommen. Er küsste sie auf die Wange, die Mutter nahm uns bei der Hand, sie hatte Tränen in den Augen. Ich fragte sie, weshalb sie weinte. «Aus Freude», sagte sie, «weil es endlich vorbei ist.» Das war gelogen. Was vorbei war, war ihr halbes Leben.

Die Mutter hatte zu singen begonnen, ihre Heldinnen waren einsame Frauen mit großer Gitarre, Tracy Chapman, Bettina Wegner oder Joni Mitchell, und ich erinnere die Freitagabende, als sie zu Hause auf dem geschwungenen Sofa saß, sie konnte nicht virtuos Gitarre spielen wie Joni Mitchell, es gab kein kokett angeschlagenes Flageolett, bei der Mutter war es mehr eine militärische Genauigkeit in den Akkordgriffen, für mehr hatte das Geld der Hedwig nicht gereicht, aber sie meinte, was sie sang, von verstoßenen irischen Frauen, von hochgerüsteten Bataillonen, der gestrenge Symbolismus von Bettina Wegner, sie sang auch von geschlagenen Kindern, und ich saß in meinem blassrosa Schlafanzug an das helle Holz des dänischen Eckschranks gelehnt, die Beine angezogen und mit den Armen umschlungen, aus der Küche roch es noch leicht nach ihrem ewigen afrikanischen Reisgericht oder sonstigen ideologischen Speisen, und ich lauschte ihrem Gesang, wenn sich Trotz und Härte in ihre Stimme mischten. Manchmal fragte sie mich auch, ob ich mir ein Lied wünschen wollte, dann wünschte ich mir *We Shall Overcome*, und dieser eine Harmoniewechsel auf die Subdominante, *oh deep in my heart*, das brach mir das Herz, dieser Widerspruch, dass auf dem Wort *deep* der höchste Ton der Melodie und der neue Akkord lag, immer etwas dramatisch verzögert, weil die Mutter den richtigen Fingersatz für F-Dur suchte, es brach mir das Herz, und noch viele Jahre später versuchte ich immer wieder vergebens, dieses Gefühl in Musik zu übersetzen. Vielleicht war der *Sommer in der Provence* auch nicht der richtige Anlass dafür.

Die Mutter fuhr regelmäßig mit mir nach Steinweyer, vier Stunden Autofahrt, sie schien sich dazu verpflichtet zu fühlen, doch sie freute sich auch ehrlich, dass ich gerne dort war. Sie selbst haderte immer mehr mit dem provinziellen Stillstand dort, mit der stillen Fadesse ihres Vaters, mit der lauten Jovialität ihrer Mutter. Alles musste immer das Größte sein, der größte Mazda-Händler von ganz Deutschland im Nachbardorf, der größte Reiseunternehmer, die größte Pizza in Deutschland, was immer in ihrem engen Blickfeld das Größte war, musste es zwangsläufig auch für alle anderen sein. Die Alwine und der Edmund hingegen besuchten die Mutter nie, obwohl sie regelmäßig mit dem Reisebus *ins Bayerische* fuhren, für ein Wochenende zum Spielmannszug Grampersdorf, ein Bierzelt neben dem Sportplatz, große Würste, große Brüste, so ist Bayern. Bei der Anfahrt durch die Gewerbegebiete legte der Busfahrer eine Kassette mit *Weilst a Herz hast wie a Bergwerk* auf, alpiner Gefühlsbrei, alle sangen und schunkelten. Manchmal ging es auch nach Südtirol oder in die Toskana, dann kaufte man in Volterra zehn Schneidebretter aus Olivenholz für die ganze Verwandtschaft. Auf dem Rückweg hielt man dann noch in Burkunstadt beim Baur-Versand, der Höhepunkt jeder Reise, die Katalogware im Kaufhaus bewundern, die ganzen Toaster und Radiowecker *in echt*, der Louvre des Kleinbürgers, würde der Nowak abfällig sagen.

Die Mutter hatte viele Nowaks in ihrem Leben gekannt, es waren bei ihr immer Frauen gewesen, sie hatte sich ihnen immer unterlegen gefühlt, den unbarmherzigen Rhetorikerinnen, die alles und jeden verurteilten, milde waren sie nur zu sich selbst. «Du bist ja jetzt Mutter», sagten sie zu ihr. Später dann, als sie selbst Kinder hatten, war es ihr Beruf, «Kinderpsychologin», sagten sie abschätzig, «an solch kleinen Rädern dreht nur, wer das Ganze längst aus dem Blick verloren hat.» Auch die Johanna war darunter. Diese scheinbare ideologische Reinheit war bezahlt aus dem Privilegienfonds ihrer Herkunft, die ihnen erlaubte, zehn oder zwanzig Jahre lang Rosa Luxemburg zu spielen, um dann am Ende für die Grünen in den Landtag zu gehen, Verkehrsausschuss und Neujahrsempfang, Verbürgerlichung in Rekordzeit, ein gemeinsames Foto mit Joschka am politischen Aschermittwoch, die eigene Tochter noch rechtzeitig bei der Böll-Stiftung untergebracht, das große Ganze war nun etwas für ewig Gestrige, «man muss an den kleinsten Rädern drehen, jeder kleine Schritt bringt uns vorwärts, das ist nun mal Politik.»

Die Männer dagegen hatte sie nie ernst genommen, ihre laute Pose als Systemsprenger war immer selbstentlarvend und etwas lächerlich, so wie der Staatspunk, ein ehemaliger Studienfreund, der eigentlich Christian hieß. Der Staatspunk war früher ein ganz normaler Punkrocker gewesen, seine Bands hießen *Suicidal Marxists* oder *Biermaschine*. An der Uni gründete er auf der Grundlage von vier Gitarrenakkorden seine neue Band *Stahlhelmfraktion*, drei Psychologie-Erstsemester mit Alkoholproblem. Bald stellte er fest, dass man zwar durchaus sechzig Konzerte im Jahr in linken Studentenklubs spielen konnte, aber niemals damit Geld verdienen. Also beschloss er, sich ein zahlungskräftigeres Publikum zu erschließen. Was er vorher an Street Credibility gehabt hatte, wirkte umso mehr wie eine Inszenierung, je professioneller die Band wurde. Sein Studium hatte er längst abgebrochen, dafür wandelte er die ehemalige Sauftruppe in eine GmbH um, das Bier im Probenraum kam aus einem Automaten mit Münzeinwurf, und die *Fuck the System Tour* wurde in einem geleasten Mercedes-Bus abgehalten. Als die komplette Besetzung der einstigen Studentenband ausgetauscht war, implodierte alles, die Grenzen des Wachstums. Die gesellschaftliche Nische fand er in einem staatlichen

Förderprogramm für Popkultur, wo er als Dozent fortan hoffnungsvollen Teenagern den Marsch durch die Punkrock-Institutionen erklärte. *Bandreferent des Kultusministeriums* stand auf seiner Karte, doch die Mutter nannte ihn nur den Staatspunk. Wäre er sich treu geblieben, wäre er als gestrandeter Sozialpädagoge in irgendeiner katholischen Einrichtung geendet, hätte sich von sechzehnjährigen Nazis duzen lassen und ihnen nach drei Bier beim Ferienwochenende die Metaphorik auf seinen tätowierten Oberarmen erklärt. Oder er hätte einen Jugendtreff in Niederbayern geleitet, hätte seine Gitarre dabeigehabt und einen Bandworkshop angeboten, *nur ein Angebot*, er hätte in die kalte Ablehnung des Desinteresses geblickt, die Jugendlichen hätten dann geraucht und gezockt, während das ausgeschlagene Angebot brav ein Zimmer weiter saß und wartete, wartete, bis er wirklich sicher sein konnte, dass niemand mehr kam, und er um 22 Uhr das Licht löschte.

Auch von ihren Geschwistern hatte sie sich entfremdet. Sie hatten ihr das Fortgehen nie verziehen, waren unter sich geblieben, in einem Umkreis von fünf Kilometern. Man lud sich anfangs noch gegenseitig zur Kommunion der Kinder ein, Weißer Sonntag am Buffet mit dunkler Soße, man redete über die Größe von Rumpsteaks oder wie viele Daimler sich wohl noch in diesem Leben mit dem Werksangehörigenrabatt vom Karl-Heinz kaufen ließen. Danach sahen sie sich auch untereinander immer seltener, man traf sich zufällig bei der Jahresaufführung des Laienspielkreises, *Drei Weiber und ein Gockel* in der neuen Kulturhalle, einer subventionierten Bausünde neben dem Hundesportverein. Kultur war immer nur Chiffre für Geselligkeit und Trinkkultur, genau wie Lebensart ein Euphemismus für fleischlastige Gerichte. Für 70 Euro Reinigungspauschale konnte man die Kulturhalle mieten, für Erstkommunionsfeiern oder runde Geburtstage, weil die einzig verbliebene Gastronomie am Ort das Sportheim war. Als Nächstes würde man noch für fünfzehn Millionen eine Umgehungsstraße um Steinweyer bauen, damit die letzten fünfzig Alten beim Frühstücksfernsehen nicht von zu viel Fahrzeuglärm gestört würden, eine Unverhältnismäßigkeit, in zwanzig Jahren wäre das Dorf ohnehin tot, aber man wollte noch einmal vorkommen in einer Welt, für die man nicht einmal mehr als Kunde interessant war.

Letztendlich war es auch der Beruf meiner Mutter, der sie vollends von ihren Geschwistern getrennt hatte. Anfangs war es noch ganz kommod gewesen, die Psychologin um Rat zu fragen: «Ich versteh nicht, warum der Luca die Schule nicht schafft», alles Dinge, die sie auch den Heilpraktiker und den Zahnarzt fragten, «wir machen doch schon alles, wir waren doch sogar schon bei der Geistheilerin in Böllenborn, warum wird das denn nichts?» Die Sorge um die Kinder bezog sich in der Regel auf Produktivitätskategorien und Normierung, also nichts, was nicht auch kapitalistische Roboter erfüllen konnten. Später, als die Kinder dann erwachsen waren, fühlten sich die Geschwister beobachtet und durchschaut, hinter jeder Höflichkeit der Mutter vermuteten sie eine Fangfrage, und zu viel fragen bringt ja nichts, sonst funktioniert man am Ende nicht mehr.

Sie hatte als Kommunionkind begonnen, hatte sich den Kommunismus erkämpft, seinen Verlust besungen, und am Ende blickte sie neidvoll auf die häusliche Bürgerlichkeit ihrer Kolleginnen und der grünen Landtagsabgeordneten, *Dr. Johanna Freyberger-Lindner, MdL,* auf vergoldete Klingelschilder mit Familienwappen, auf Antiquitäten und altes Geld. Sie war zu den alten Komplexen aus ihrer Jugend zurückgekehrt, zur Scham, sie sah sich arbeiten in der Lebensmittelfabrik mit weißer Papiermütze und einem kleinen Bauchladen, industrielle Produktion von Fleischsalat. Sie sah sich kleine Gurkenscheiben und Zwiebeln in die zähe Masse hinzugeben, ihre Hände behielten den Geruch, und der süßliche Fleischduft ließ sie würgen. Sie beschaute diese Komplexe immer noch in ihrer Supervisionsgruppe, doch die Kolleginnen dort kamen genau aus diesen Häusern mit den goldenen Klingelschildern, ja sie lebten immer noch dort, ihre Geschichte erzählte sich in Besitztümern, auf dem Dachboden und im Keller verstaubend, niemals ausgebombt, niemals geflohen. Und in diesen Momenten trotziger Selbsterkenntnis schämte sie sich, bestrafte sich selbst, fuhr einen klapprigen Kleinwagen, trug ihre alten Mäntel auf, gönnte sich nichts außer einer Woche Urlaub im Jahr, eine Woche auf Fanø oder Bornholm, Spaziergänge durch das Dünengras mit bis oben zugezogener Windjacke.

Manchmal dachte sie noch an die Stadt von Crisanta, *México Distrito Federal*, an den Platz in Álvaro Obregón, wo sie im Buch Miguel wiedertrifft. Früher hatte sie sich gewünscht, dort einmal hinzureisen, es war eine ihrer Triebfedern gewesen, doch sie fuhr niemals, mehr als eine Woche kargen Nordseestrand konnte man ethisch nicht vertreten, sie wurde schließlich gebraucht. In den Dünen versandeten die Bunker des Atlantikwalls, der nördliche Endpunkt der Panzersperren von Steinweyer. Dort aß sie dänische Blaubeermarmelade, und dort ging sie zum Friseur, weil niemand sie kannte. Mehr gestattete sie sich selbst nicht, die Frau Jungbluth-Lorentz, zumindest den Namen von Edmund und Alwine hatte sie integriert. Für sich selbst hatte sie ohnehin die Parole Arbeiten bis zum Schluss ausgegeben, als müsse sie die durchs Muttersein verlorene Zeit nachholen und im Dienste der Gesellschaft ableisten. «Praktizieren kann ich, bis ich tot umfalle», sagte sie, es war nicht kokett.

Nach dem Tod der Alwine, nachdem das Haus am Wald verkauft worden war, schien etwas in ihr verändert zu sein. Sie besprach sich mit dem Vater, dann eröffneten sie mir, dass sie unser Haus aufgeben würden. «Altersgemäßes Schrumpfen», sagte die Mutter. Wir sollten doch gemeinsam das Haus ausräumen, was ich nicht mitnähme, würde im Container landen. Ich fuhr nach Hause nach Marienstein, lief noch einmal gemeinsam mit den Eltern durch die verschwundenen Landschaften der

Kindheit, es war Herbst, in den einstigen Flussauen standen nur noch Maisfelder, man hörte ein gruseliges Rascheln der trockenen, sonnenverbrannten Blätter, die Farbe entzogen, kein Indian Sommer, nur ausgetrocknete Landwirtschaft, ein träges Schlackern im Wind, auch der Hund war alt geworden, aber er lief immer noch ungestüm voraus bis zur Weide und wartete dort geduldig auf die Nachhut. Es war noch einmal wie früher, ein wenig zumindest. Wir waren alle zusammen wie damals, bevor ich auszog, nach dem Abitur: Etwas ging zu Ende, der Vater war vollends ergraut, nur die Mutter hatte die Zeit aus den Haaren herausgefärbt.

Wir hatten keine Keller voller Geschichte, in unserem Keller lagerten nur meine Zeichenmappen aus der Grundschule, ein Archiv des überhöhten Nutzlosen, zusammen mit den gewonnenen Turnpokalen, vergoldete Humpen mit Marmorimitat aus Plastik am Griff, die Imitation von Grandezza, die keiner Berührung standhält, vielleicht wären sie im nordkoreanischen Geschenkemuseum besser aufgehoben. Und doch war es etwas, ein Anfang vielleicht, den einfach aufzugeben auch keine Lösung sein konnte. Ich überlegte einen Tag, vielleicht zwei, dann sagte ich, ich wolle das Haus behalten. Es behalten, um selbst dort zu leben.

Ich redete es mir schön, sagte mir, ich könne von überall aus arbeiten, müsste mir kein externes Studio mehr mieten, würde mir die teure Miete in München sparen, hätte sogar genug Platz für den Flügel Alfonsito. Die Eltern waren verwundert, aber einverstanden. «Ganz verkehrt wäre es nicht», sagten sie, ansonsten gab es keine Emotionen, sie hatten sich bereits eine kleine Wohnung gekauft, altengerecht und praktisch. Als sie mir dann den Schlüssel gaben, bekam ich plötzlich Angst, aber ich hatte mich entschieden. Ich konnte das Haus in Marienstein nicht verlieren, zumindest nicht das, wofür es stand, endlich dieses ewige Herumhuschen zu beenden, die Zwischenmiete in der eigenen Geschichte, dieses pragmatische Nomadentum. Auch, wenn das gegen jede Logik war.

Ich hatte nicht damit gerechnet, dass J. mitkommen würde. In all den Jahren hatten wir immer wieder zusammengewohnt, mal für ein Jahr, mal für ein halbes, dann hatte sie für sich wieder etwas Neues gesucht, etwas anderes studiert, eine Ausbildung zur Holzbildhauerin begonnen, ein Stipendium in Andalusien angetreten. Aber ich hatte zumindest gehofft, J. würde es verstehen. Ein Teil von ihr tat es womöglich auch, sie war immer noch die Enkelin des vergeblichen alpinen Leibjägers, der das Rotwild vor dem Erfrieren gerettet hatte, um es danach im Wald zu erschießen. Ich dachte an den Abend über der Donau, an Single Malt und den schwitzenden Dirk, als wir uns zum ersten Mal trafen, an unser Wiedersehen im lakandonischen Urwald, an das kleine Klavier im *Convento de la Encarnación*. Doch ihr Blick wurde hart. «Niemals gehe ich in dieses Kaff, das kannst du gleich vergessen.»

Sie machte ihre Pläne längst ohne mich. Ich begann, das Haus einzurichten, dann stand sie plötzlich vor der Tür, schenkte mir ein Bild, das sie gemalt hatte, es passte genau in eine Nische, sie grinste stolz, dann lief sie durchs Haus und sang laut in den leeren Zimmern. Manchmal blieb sie bei mir, für zwei oder drei Wochen. Sie mochte den Garten, die Akribie des Vaters hatte nach dreißig Jahren Spuren hinterlassen, aber sie war oft müde und schlief viel. An guten Tagen packte sie der Tatendrang, dann mischte sie einen halben Vormittag einen Farbton an und bemalte die Küche, oder sie stellte alle Möbel um, dann saß sie in ihrem Korbstuhl und lachte zufrieden. «Spiel mir etwas», sagte sie und setzte sich neben das Klavier, es war beinah wie früher, danach kam sie wieder sechs Wochen gar nicht, rief mich nur manchmal mitten in der Nacht an, um mir zu sagen, dass sie nicht mehr weiterwisse. Als sie zum letzten Mal ging, war es für ein Residenzprogramm, drei Monate Antwerpen, *dann sehen wir weiter*. Das war das letzte Mal, dass ich sie sah.

XXII

HUNDERT KÄMPFE, HUNDERT SIEGE

Die *Leuchtende Sonne* kam in einem strohgedeckten Bauernhaus zur Welt, das ist im internationalen Vergleich durchaus achtbar, wenn man es mit Jesus im Stall von Bethlehem vergleicht oder mit Zeus in der Diktäischen Grotte. Das Geburtshaus sieht ein wenig aus wie ein Museumsdorf in Oberbayern, die Kimchi-Amphoren sauber aufgereiht, die Alltagsgegenstände, die Spitzhacke und die Gemüsehobel der Mutter zu Reliquien verklärt, alleine der Gedanke daran, dass *seine Hand sie einst berührt*, dieser biblische Legitimationswahn mit etwas Disney-Anmutung garniert, ein heller Stern wird leuchten im Gebirge, unweit des Sees, und die heiligen drei Kommissare zogen aus und fanden das Kind, in Drachenblut gebadet und gestählt, draußen in Mangyŏngdae, vor den Toren der Stadt Pyeongyang.

Bei seiner Geburt hieß er noch Kim Song-chu, als Partisanenkämpfer gegen die japanischen Besatzer wählte er Kim Il-sung als seinen *Nom de Guerre*. Die Vorsehung muss bereits damals hell geleuchtet haben, anders kann man kaum verstehen, weshalb man sich selbst *Sonne* nennen mag, Subcomandante Marcos gab sich da deutlich bescheidener, Willy Brandt und Lenin auch. Doch auch der Dynastie der Sonne winkt das ewige Downgrade bis zur Profanität, Kim Il-sung ist die *leuchtende Sonne*, Kim Jong-il der *leuchtende Stern*, was bleibt da noch für Kim Jong-un, ein leuchtender Asteroid vielleicht, danach wird es schon eng mit den Himmelskörpern, schon der Urenkel wird dann nur noch Sternenstaub sein. Auch in den militärischen Dienstgraden steckt die vorhersehbare Tragik der Degradierung: General, Marschall, am Ende der Dynastie kommt man irgendwann beim Gefreiten an, die Dienstränge der Armee als Ablaufdatum der Olympier.

Auch die Architektur verträgt den Polytheismus schlecht, Zentralperspektive funktioniert nicht mit zu vielen Göttern. Die wundersame Vermehrung des Pantheons nach dem Tod von Kim Jong-il, in nur einer Nacht vom einen Allmächtigen Gott zur Doppelspitze, theologisch sensationell, doch architektonisch auf Dauer schwierig. Bronzeriesen können sich über Nacht vermehren, aber sie können nicht die Zentralperspektive außer Kraft setzen. Ich frage Herrn Li und Frau Cho, wen sie denn sympathischer fänden: Kim Il-sung oder Kim Jong-il. Frau Cho erschrickt, das ist eine unmögliche Frage, natürlich liebt sie beide gleichermaßen, «die leuchtende Sonne unseres Volkes und den leuchtenden Stern unseres Volkes». Sie schüttelt energisch den Kopf, wie ich überhaupt so etwas fragen könne. «Das ist ganz einfach», sage ich, «ich finde zum Beispiel Angela Merkel sympathischer als Gerhard Schröder, obwohl ich ihr politisch nicht nahestehe.» Frau Cho wird rot, es tut mir schon fast leid, wir reden hier schließlich nicht von Menschen, sondern von Göttern und erfragte Präferenzen bei Göttern führen im schlimmsten Fall zum Untergang Ilions. Herr Li sagt gar nichts, er scheint nachzudenken. Als wir den Park mit dem Geburtshaus verlassen haben, dreht er sich im Auto zu mir um. «Ich habe den Großen Führer Kim Jong-il sehr gern, denn er war einmal in meiner Schule, als ich ein Kind war.» Dann blickt er wieder nach vorne auf die Straße, als wäre nichts gewesen.

Auf der Fahrt zurück in die Stadt drängt sich die geschwungene Form einer riesigen Achterbahn ins Bild. Sie gehört zu einem der vielen Freizeitparks, die in und um Pyeongyang entstehen, ein Geschenk des Marschalls Kim Jong-un an sein Volk, wie Frau Cho nicht müde wird zu erwähnen. Dieses seltsame Aggiornamento aus Wasserrutschen, Eislaufbahnen und Glasfassaden, dazu ein ägyptischer Mobilfunkanbieter und in China hergestellte Kleinwägen, das wird den Untergang nicht aufhalten, aber es baut noch mal ein paar Kurven und einen Looping ein, bevor das Ende kommt.

Herr Li hat einen kleinen Einschub geplant, er möchte ein paar Stationen mit der U-Bahn fahren. «Die U-Bahn von Pyeongyang ist sehr berühmt», sagt er. «Und die Züge sind sogar aus Deutschland.» Wir steigen an einer Metrostation aus. Das Stationsgebäude ist das eigenwilligste Gebäude, das ich bislang in diesem Land gesehen habe, ein flacher Betonkubus mit schroffem Zierrat und einer großen Uhr an der Fassade, darüber nur in Rot der Name. «Kommen Sie, kommen Sie», sagt Herr Li. Rolltreppen führen in die Tiefe, es geht weit nach unten, die Lektionen einer komplett zerbombten Stadt. Manchmal schreibt sich die Geschichte auch in den Metroplan. Der Untergrund von Paris ist eine Landkarte von Schlachten, Austerlitz, Solférino und Stalingrad, Niederlagen und Siege nebeneinander, in Rom sind es Sagengestalten, Furio Camillo oder Re di Roma, der König von Rom, Romulus oder Numa Pompilius, vielleicht auch ein Tarquinier oder der tragische Napoleonssohn, *L'Aiglon*, le Roi de Rome. Pyeongyang dagegen bleibt auch unter der Erde martialisch, die Stationen heißen «Triumph», «Sieg» oder «Kriegskamerad».

Die Wände der Bahnhöfe sind mit Marmor und Mosaiken ausgekleidet, die frühen Wandbilder haben zumindest teilweise noch den Optimismus des sozialistischen Jahrhunderts, Kraftwerke und Kornfelder wie bei Juan O'Gorman in Mexiko, die Anbetung der Wissenschaft und Technik, Ärztinnen und Chemielaboranten am Mikroskop, Lehrerinnen statt Könige, bevor es dann religiös wird und sich nur noch der Gottvater selbst ins Bild schiebt, Kim Il-sung, immer lächelnd, anfangs noch als zupackender Praktiker, bei jedem Spatenstich zugegen wie ein CSU-Staatssekretär aus dem Verkehrsministerium, dann immer entrückter, die Juche-Periode wie der erste Synthesizer auf einem Queen-Album – danach ging's bergab. Bei uns hätte man dafür irgendeinen technischen Blödsprech erfunden, Hauptsache, mit Versionsnummerierung, irgendwo ein 4.0 dahintergesetzt, in rasend aufsteigender Blödsinnigkeit, Industrie 4.0,

Kulturpolitik 5.0, Energiepolitik 7.0, wer bietet mehr? Als der Zug in die nächste Station einfährt, blicke ich in die weit aufgerissenen Augen dreier Kinder, die mir direkt gegenübersitzen. Eine so unverhohlene Neugierde habe ich selten gesehen. Der Mutter ist es peinlich, dass ich es bemerkt habe, sie muss lachen und blickt verlegen zur Seite, sie sagt etwas auf Koreanisch. Frau Cho lächelt ebenfalls spöttisch. «Es ist Ihr Bart», sagt sie zu mir. «Wir kennen so etwas nicht.» Bärte sind etwas für Obdachlose und Mönche. Beides darf es in diesem Land nicht geben.

An der nächsten Haltestelle steigen wir aus, Herr Li macht Tempo. Ich muss lachen, die Station liegt auf der Cheollima-Linie, natürlich, Pegasus zieht die alten Wägen der Berliner Verkehrsbetriebe, was auch sonst. Die Bahnsteighalle leuchtet in einem matten Gold von dem großen Mosaik an der Wand, sozialistische Allegorien vor einer roten Sonne, hier reichen noch ein paar heroisch gehaltene Schaufeln, zur Darstellung des großen Aufbruchs, der schon für den Edmund nur noch Folklore gewesen war. Dieser bizarre Festakt zur letzten Steinkohleförderung im Ruhrpott kommt mir in den Sinn, zwischen Symphonieorchester und Ministern im Anzug stehen drei Kohlekumpel herum wie Komparsen, der Schweiß von unter Tage bereits wegsublimiert, eingewebt in eine Metaebene der Erinnerung, der Bundespräsident bekommt in seltsamer Feierlichkeit einen Kohleklumpen überreicht, er scheint überrascht, dass seine Hände davon schmutzig werden, der Sozialdemokrat mit der ruhenden Parteimitgliedschaft, er reicht ihn rasch weiter, dann singen die Juristen und Minister inbrünstig das Steigerlied, *Glück auf, Glück auf,* dann noch ein Selfie, und der letzte Kohlebrocken von der Ruhr wandert in irgendeine Museumsvitrine, als wäre er ein Feuerstein aus dem Neolithikum.

Am Ausgang der Metrostation wartet bereits der Fahrer, Herrn Lis *Tour de Force* rollt weiter, mit Cheollima-Geschwindigkeit, als müsse er mir am letzten Tag noch einmal etwas beweisen, was sein Trinkgeld rechtfertigt. «Denken Sie an das Trinkgeld am

Ende», das sagt er zweimal am Tag, «alle geben Trinkgeld, auch für den Fahrer, ja?» Der nächste Halt ist das Filmstudio von Pyeongyang, «das wird Ihnen gefallen, hier hat Kim Jong-il den idealen Standort für ein Stativ festgelegt, er war nämlich auch ein großer Regisseur», vermutlich hätte er auch aus *Mein Sommer in der Provence* einen ansehnlichen Film gemacht, das glaube ich in Frau Chos Gesicht zu lesen. Im Grunde werden hier nur drei Arten von Filmen gedreht: Filme aus der Zeit der japanischen Okkupation, Filme aus der Zeit des Koreakriegs und Filme aus der Jetztzeit, was immer das sein mag. Für jede Zeitebene gibt es eigene Kulissenstraßen, aber was interessieren mich diese jämmerlichen bemalten Pappaufsteller, wenn dieses ganze Land eine einzige Kulisse ist? Wir laufen durch die menschenleeren Straßen, und doch ist es nicht mehr oder weniger unwirklich als irgendwo anders in diesem Land. «Das hier wird Sie interessieren», sagt Herr Li, «das ist das *deutsche Haus*.» Er zeigt auf ein unscheinbares Einfamilienhaus, das mitten unter den anderen Kulissen steht, ockerfarben und mit Sprossenfenstern, es hat ein Satteldach und einen eingewachsenen Vorgarten, könnte so jederzeit in einem deutschen Außenbezirk stehen, in Reutlingen oder Marktredwitz, ein Tierarzt könnte dort wohnen oder die Familie von Alf.

Aber natürlich, es könnte auch in Marienstein stehen wie das Haus der Eltern. *Mein Haus*, das will mir immer noch nicht über die Lippen. Es soll auch nicht *meins* sein, darum geht es nicht, darum ging es nie. Aber *sein* soll es, als Ort weiter fortbestehen. Auch wenn es am falschen Ort steht, zumindest für J. und mich, auf verlorenem Posten. Ich halte trotzdem die unhaltbare Stellung, denn es gibt nur eine Sache, die noch verlustreicher ist als die unhaltbare Stellung, sagt Clausewitz: das Aufgeben und Verlassen der unhaltbaren Stellung. Ich denke an Tarkovskys Heimweh in *Nostalgia*. Liebeskrank nach dem russischen Nebel, von der Schönheit Italiens ermüdet, suchen sie in der Toskana nach dem Licht ihrer Moskauer Nachmittage. Sein Alter Ego Gorchakov träumt von seinem Haus auf dem Lande, dieses lächerliche Haus, die hölzerne Hütte vielmehr, dieses blödsinnige Sehnsuchtsobjekt, es liegt an einem kleinen See, und diese verlorene Landschaft liegt im Schiff einer Klosterkirche, von Tarkovsky nicht im Filmstudio gebaut, sondern direkt in die Ruinen von San Galgano hinein, in die hohe Abteikirche ohne Dach, wie eine Kathedrale der Erinnerung. Gorchakov und der Hund liegen im Gras vor dem Haus, es riecht nach geschlagenem Holz im Licht alter Sommer, grüne Flecken auf dem braunen Cord, und dann beginnt es zu schneien, russischer Schnee aus dem toskanischen Himmel fällt auf die erfundene Heimat, und es scheint mir wie der Schrein in der Amberger Georgskirche. «Willst das Jesuskind rausholen?», fragt mich die Großmutter und drückt mir fünfzig Pfennig in die Hand, dann läuten die Glocken, und die Türe öffnet sich für das himmlische Kind, der Schnee fällt durch das offene Dach von San Galgano auf die vermoosten roten Ziegel des Hauses in 85048 Marienstein, Christoph-Willibald-Gluck-Weg 1, ich denke an das geschwungene Treppengeländer, das ich immer hinuntergerutscht war, an die Nische im Wohnzimmer, wo immer der Christbaum gestanden hatte, wo jetzt der Flügel namens Alfonsito steht, und darüber hängt das Bild vom Bahnhofsfranzl, hinter all den Blauschichten von J., und auch wenn dem Haus die erhabene Aura von Gorchakovs Nostalgie fehlen mag, so ist es für mich doch nicht so weit davon entfernt wie befürchtet. Ich will kein Kellerabteil für meine Erinnerung, auch kein Schließfach, ich will, dass die Vertreibung aus der eigenen Geschichte endlich ein Ende hat.

«Woran denken Sie?», fragt Herr Li. Ich überlege kurz, ob es Sinn macht, ihm von Marienstein zu erzählen, von der blauen Haustür, Alfonsito und dem Mirabellenbaum. Oder soll ich ihm vom wirklichen *deutschen Haus* erzählen, von der ideologischen Macht des Einfamilienhauses und von der kulturellen Entfremdung in Neubaugebieten, welche Scheußlichkeiten der Individualismus in Kleinstädten hervorbringt, doch in der Erzählung klingt es schon fast wieder nach einer Utopie, dass ein finnisches Blockhaus neben einer Toskanavilla neben einer Jodelburg steht, dass die Bayern sagen, die Muslima gehört hier bitt schön nicht her, aber die finnische Blockhütte, die gönn ich mir, die Rustica-Säulen vom Baumarkt, reinbetoniert ins feuchte Donaumoos, vor die verkrüppelte Blautannenhecke, die den Blick auf das Trampolin des Nachbarn vernadeln soll. Es klingt sanft in der Erzählung, erstrebenswert divers, aber nur, wenn man es nicht sehen muss, diese Geschwüre, dagegen ist die Ordnung von Pyeongyang ein angenehmer Anblick, aber das kann ich nicht sagen, natürlich. «Gar nichts», sage ich dann und schäme mich ein wenig. Es scheint ihm trotzdem als Antwort zu genügen.

Wir steigen wieder ins Auto und fahren nach Süden, fahren über eine Autobahn, die so schnurgerade ist, als hätte sie ein zwanghafter Bauzeichner mit dem Lineal über das Land gelegt. Es ist außer uns niemand unterwegs, die Straße zieht sich völlig verlassen bis zum Horizont. Links und rechts davon zieht das Leben im Schritttempo an mir vorbei, permanent habe ich das Gefühl, das ganze Land sei unterwegs, so viele Menschen marschieren vorbei oder radeln durch die Gegend, aber es lässt sich kein Ziel, kein wirklicher Sinn entdecken. Als wäre die Welt nur eine Totale, als wären es alles nur Statisten in einem großen Tableau, von einem uninspirierten Regieassistenten mal hierhin, mal dorthin geschickt. Vielleicht ist diese seltsame Bewegung sogar noch mehr Stillstand als erfrorene Flüsse im sibirischen Winter.

In Kaesong begann vor über tausend Jahren die Herrschaft der Koryo-Dynastie. Der Palast, durch den sie uns führen, ist die Rekonstruktion einer koreanischen Kaiserpfalz. So wie auch die DDR irgendwann erfolgreich Bismarck und den Alten Fritz heim ins Reich geholt hatte, um Touristen nach Sanssouci zu schleusen, haben auch die Kims die dekadenten Monarchen der Altvorderenzeit in die eigene Heilslehre eingemeindet, das *Ancien Regime* als großer Kulturstifter für das noch größere koreanische Volk, dieser Juche-Nationalismus würde Marx oder den Nowak vor Wut rotieren lassen. Von hier sind es nur etwa zehn Kilometer bis zur Grenze, die Korea in zwei Hälften teilt, zwei koreanische Staaten entlang des 38. Breitengrads, ein mit Panzersperren gesicherter Limes aus Beton, die Geschichte kommt mir bekannt vor wie auch die von den beiden Staaten, der Nullmeridian des zwanzigsten Jahrhunderts verlief durch Deutschland, *das Königreich beider Sizilien.*

Unterhalb des Palastes verkaufen sie Reiseandenken, Herr Li lotst uns zielstrebig dorthin. Wir trinken einen Gerstentee im Stehen, und ich betrachte die vielen Postkarten und Zeitungen, die auf der Theke ausliegen. Es ist verboten, eine Zeitung mit dem Bild des geliebten Generals zu falten, schon gar nicht darf man sie in die Tasche stecken, man könnte darauf zu sitzen kommen oder, noch schlimmer, Hundekot darin einwickeln, Fischreste oder ähnlich profane Dinge. Die Ironie ist noch nicht vorgedrungen in dieses Reich, doch sie wird kommen, irgendwann, Hegels *zernichtender Schein,* und ich male mir den Endpunkt einer Entwicklung aus, eine Meme-Schwemme in Pyeongyang, wenn irgendwann animierte Versionen der Riesenstatuen in K-Pop-Videos einen elektronischen Loop furzen, Atomraketen aus den Hintern feuern, Gangnam Style in Mansudae, nichts ist heilig, das wissen wir schon lange, nicht einmal die Lieder des antifaschistischen Kampfes, wenn die Oktoberfest-Version von *Bella Ciao* aus dem Löwenbräuzelt wummert, mitgegrölt aus tausend Kehlen, die Anti-Partisanen aus Aiglsbach, Mittersendling und Desenzano del Garda, im Takt stampfend auf die Eins und die Drei, *bella ciao, bella ciao, bella ciao ciao ciao, o partigiano, portami via, ché mi sento di morir.*

Herr Li legt mir noch einmal nahe, doch endlich ein paar Postkarten zu verschicken, dies sei nun die letzte Gelegenheit. «Sehr viele machen das», sagt er voller Überzeugung, und ich male mir die Texte der Oberstudienräte im Ruhestand aus, *Wetter toll, Leute total nett, Essen überraschend gut, Grüße auch von Elke,* darüber dann eine Briefmarke, auf der Uncle Sam und ein Weißkopfseeadler von einem koreanischen Militärstiefel zerquetscht werden. Ich kaufe tatsächlich Postkarten, schreibe ein paar Zeilen an Gabriel, dass ich ihn mit mildreichen Zigaretten überhäufen werde, wenn wir uns wiedersehen. Einen Augenblick bin ich versucht, auch an den Nowak zu schreiben, es wäre eine gute Gelegenheit, es bestünde kein Zwang zu reagieren, ein Leninzitat oder ein unverfänglicher Witz auf einer in Nordkorea gestempelten Postkarte in tiefem Rot, auf der eine Heldin der Arbeit die Faust gen Himmel streckt, ich stelle mir vor, wie er die Karte aus der Post fischt, höre den Nowak anerkennend murmeln, aber vielleicht würde er auch denken, was für eine Scheißnummer, ans Ende der Welt zu fahren für einen halbironischen Gruß von einer martialischen Postkarte. Es erscheint mir feige, es auf diese Weise zu tun. Und ich weiß, dass ich es wohl nie mehr tun werde. So schreibe ich nur noch eine Karte an den Vater, auf der Vorderseite ist der Triumphbogen von Pyeongyang abgebildet, die Ähnlichkeit mit dem Arc de Triomphe ist nicht zu übersehen, *Amberg gesucht, nicht gefunden,* schreibe ich darauf. Fast will ich schreiben: *Dein Sohn.* Doch ich unterschreibe nur mit *F.* «Geben Sie mir die Karten, ich werde sie für Sie abschicken», sagt Frau Cho. Sie lächelt und steckt sie in ihre Handtasche. Vermutlich ist ihr Trinkgeld in ihrer Vorstellung nun wieder etwas größer geworden. Wenn sie später den Text lesen wird, wird sie sich ihren Teil denken. Soll sie denken, was sie will.

Wir fahren zurück in Richtung Pyeongyang über die leere Autobahn, diese elende Buckelpiste. Nach einer halben Stunde Geruckel ist mein Harndrang dermaßen unerträglich, dass ich kaum mehr sitzen kann. Ich bitte Herrn Li, dass wir kurz anhalten. «Gleich», sagt er, «gleich, wir fahren zu einer Raststätte.» Mein Bedürfnis ist ihm sichtlich peinlich. Kim Il-sung ist derart entrückt, dass es keine Vorstellung von menschlichen Regungen bei ihm mehr geben darf. Das führt zu seltsamen Aussagen wie der geliebte General bräuchte keine Toilette aufzusuchen, weil er solche menschlichen Geschäfte überhaupt nicht verrichten müsse. Eine Gesellschaft ohne Psychoanalyse, die Freudlosigkeit, die sich den Stuhlgang des Führers nicht vorstellen mag, weil das die Allmachtsvorstellung zerschießt, von den Verdauungsproblemen großer Helden *ist uns in alten maeren vil geseit.* Vielleicht stimmt auch hier, was Malraux einmal über de Gaulle sagte: Die Wahrheit über den General ist in seiner Legende. Vielleicht gibt es sogar einen Gelehrten in Pyeongyang, der dafür eine biologische Herleitung erfunden hat. Vielleicht ist es auch Privileg der Olympier, nicht pinkeln zu müssen. Aber ich denke nur an den Pfarrer Schmutterer in Thanried, wie ihn die junge Großmutter nach der Letzten Ölung hinter die Eichen der böhmischen Wälder urinieren sah. Ich möchte Herrn Li gerne fragen, ob er bei jeder Pinkelpause auf dieser Buckelpiste neidvoll an die biologische Überlegenheit seines Großen Führers denkt, aber ich traue mich nicht. Jedenfalls nimmt mir ein solcher Streisand-Effekt die letzte Feierlichkeit, und ich wünsche mir den bronzefarbenen Koloss am Mansudae als Manneken Pis, bin seltsam stolz auf die Großmutter, der mit ihrer pragmatisch zupackenden Art keine Zeit blieb für Scham, wenn ich pinkeln musste, hob sie mich hoch und stellte mich auf den Rand der Kloschüssel. «Hol deinen Maxl raus», sagte sie. Wenn etwas danebenging, lachte die Großmutter nur.

Kurz bevor ich einen Nierenschaden erleide, kommt ein Gebäude in Sicht. Ein rosafarbener Riegel liegt wie eine Brücke über der Autobahn. Es ist der Rastplatz, der einzige überhaupt an der Autobahn, *der Straße der Wiedervereinigung Koreas,* auf halber Strecke zwischen Kaesong und Pyeongyang. Frau Cho schläft neben mir auf dem Rücksitz, ihr Mund ist halb geöffnet. «Lassen wir sie schlafen», sagt Herr Li in einer ungewohnten Anwandlung von Lässigkeit. Wir sind die einzigen Gäste, Rasthaus und Parkplatz sind völlig verlassen, bis auf die beiden jungen Frauen, die an der Treppe ihren Stand aufgebaut haben, es gibt Limonade und Brühkaffee, Brückenrasthaus Frankenwald trifft Edward Hopper. Die Toilette hat kein fließendes Wasser, es steht nur eine halb volle Plastiktonne mit geschmolzenem Schnee mitten im Raum. Nach oben gelangt man über eine Marmortreppe, der erste Stock ist leer bis auf ein paar Tische mit hochgestellten Stühlen, der grandiose Ausblick auf das lang gezogene, verbrauchte Asphaltband verschwendet, die Südautobahn, sie geriert sich wie eine Pancoreana, aber ist in Wahrheit eine Sackgasse ohne Wendemöglichkeit.

Ich kaufe mir einen Kaffee, denke natürlich auch an den Fahrer, an Herrn Li und Frau Cho, ich denke an alle, auch an J., besonders an sie, als ich den nordkoreanischen Brühkaffee auf der Zunge spüre, sehe ich uns an diesem nebelfeuchten Tag an den Hängen des Popocatépetl, wir saßen mit den müden Frauen an jenem Morgen am Paso de Cortes, in eine dünne Wolldecke gehüllt, auf dreieinhalbtausend Meter Höhe, J. legte ihren Kopf auf meine Schulter und schlief sofort ein, ich wagte nicht, mich zu rühren, weil ich sie nicht wecken wollte, die einzige Bewegung, die ich machte, war, den Pappbecher zum Mund zu führen, rationierte mir den dünnen, erkaltenden Kaffee mit kleinen Schlückchen wie einen sehr teuren Burgunder.

Es ist so unwirklich still hier, eine Langsamkeit hat auch Herrn Li befallen, die eifrige Beflissenheit, mit der er anfangs jeden meiner Blicke begleitete, als müsste er jede Assoziation abfangen und kommentieren, ist einer gewissen Trägheit gewichen, ich bin fast versucht, Wurstigkeit zu sagen. Vermutlich liegt es daran, dass er sich hier vor niemandem rechtfertigen muss, er fühlt sich unbeobachtet. Da kann auch der bärtige Teutone ein wenig herumwandern. Ich zünde mir eine Zigarette an und lasse mir die tief stehende Sonne ins Gesicht scheinen. Es ist der erste Tag, an dem ich wieder etwas Wärme spüre. Ich nehme die

Kamera und laufe ein Stückchen weg, laufe mitten auf der leeren Autobahn, zurück nach Süden, damit ich das ganze Rasthaus draufbekomme bei Brennweite 75 mm. Ich stelle die Rolleiflex auf den brüchigen Asphalt der Straße, der an dieser Stelle durch die festgefahrene Schneeschicht blitzt, blicke mich aus Reflex um, ob ein Auto kommt, doch es kommt seit einer halben Stunde keines, die Stille reicht bis zum Horizont. Dann schieße ich ein Foto, das vorletzte, Nummer elf von zwölf, ein Autobahnrasthof in Nordkorea, wie damals mit Gabriel an der Interstate 69, und ich wünsche mir, dass es noch genug ungeschriebene Lieder für uns gibt.

Das Verlieren, auch diese Geschichte wiederholt sich in unserer Familie als Farce, doch irgendwann wird sogar die Farce wieder zur Geschichte, wenn sie nur oft genug erzählt wurde, wird zum Teil des Kanons, so weit von der Gegenwart entrückt, von der vergangenen Zeit in falsche Ernsthaftigkeit gekleidet, am Ende gibt es keine guten Gründe mehr für das Scheitern, nur noch tragische Vergeblichkeit, die verlorenen Freunde, die entfremdeten Geschwister, die verpassten Gelegenheiten, die gescheiterte Liebe. Und bei so viel Unausweichlichkeit stehen am Ende immer die gleichen lakonischen Leitsätze, die stinkbanalen Wappensprüche des Pragmatismus: *Es ist im Grunde besser so,* oder *Vielleicht muss es eben so sein.* Auch wenn es sich nie so anfühlt.

«Da sind Sie ja», sagt Herr Li. Er kommt über die leere Autobahn auf mich zugelaufen, im Gegenlicht sehe ich nur seine Silhouette, nicht sein Gesicht, trotzdem würde ich behaupten, dass er schlendert. Er braucht seinen Satz nicht zu sagen, ich halte sie ihm wortlos hin, wir zünden uns beide eine an, mintgrün und altrosa, dann laufen wir ein Stückchen nebeneinanderher, zurück zum Auto. Unsere Schuhe schlittern ein wenig auf dem Schnee. Bevor wir auf den Parkplatz treten, hält er mich kurz am Arm. «Wenn Sie möchten, habe ich noch eine kleine Überraschung für Sie.» Ich habe nichts mehr erwartet, habe auch keine Vorstellung, was sich aus dieser zähen Müdigkeit noch Überraschendes ergeben soll. Für einen Moment sehe ich mich im Publikum eines Theaters sitzen, zwischen fünfhundert jubelnden Parteisoldaten in übergroßen Schirmmützen. Der rote Samtvorhang hebt sich, und eine mit zahllosen Orden behangene Vestalin im roten Halstuch tritt ins Scheinwerferlicht, verbeugt sich tief und rezitiert auf Koreanisch das lyrische Frühwerk von Kim Il-sung, blutrünstige Verse zu einem Kinderchor in C-Dur, sieben Stunden ohne Pause, auf Gähnen steht die Todesstrafe. Doch Herr Li lächelt. «Wollen Sie noch das Meer sehen?»

XXIII

DAMNATIO MEMORIAE

Keine Metaphern, sagt Lenin mit der Stimme vom Nowak, diffuse Gefühlsbilder wie «das Meer» sind grundsätzlich abzulehnen und taugen nicht einmal für einen Vergleich. Der Nowak wäre niemals ans Meer gefahren, nicht einmal an den Malecón oder die Playa Las Coloradas, wo Fidel und Che gelandet waren, und schon gar nicht ans Koreanische Meer. Als Kind war er mit seinen Eltern an der österreichischen Riviera gewesen, in einem kleinen Ferienhaus bei Aquileia, hatte mit bunten Plastikformen Seesterne aus dem nassen Sand gestochen, der nackte Nowak, als er noch Christoph hieß, am Strand von Grado, davon gab es in Waidhofen an der Thaya zwei pralle Fotoalben mit handschriftlichen Kommentaren seiner Mutter, *ein hungriger Bursch'* oder *schon wieder müde.* Das war das letzte Mal gewesen, schon die Klassenfahrt nach Griechenland hatte er wegen der allgemeinen Sehnsucht nach der tiefblauen Ägäis boykottiert. Es war ein Teil seiner Persona geworden, bei jeder Erwähnung des Meeres verächtlich zu grunzen, er würde solchem Kitsch immer demonstrativ den Rücken zudrehen, so viel Härte war er imstande aufzubringen.

Ich habe inzwischen genug Sentimentalitäten begangen, da kommt es auf diese eine auch nicht mehr an. Wir nähern uns der Mündung des Taedong von Norden über eine leere Chaussee aus unebenen Riesenplatten, eine gerade Linie wie eine alte Maya-Straße in Palenque oder die breiten Zufahrten zur Donau hinter Marienstein, entlang des Schulwegs des Vaters übten dort die Pioniereinheiten die Überquerung des Flusses, *zu Mähringen an der Donau*, dort, wo im Nibelungenlied Hagen und die Seinen ins Verderben übersetzten, da probten die Amphibienpanzer der Parlamentsarmee für den Bündnisfall die Landung am feindlichen Ufer, in einer seltsamen Simulation von Krieg, in der praktischerweise schon die Zufahrtsrampen typgerecht hinbetoniert waren, eine kleine Ausstiegshilfe für Invasoren, nicht wie beim Großvater am Don, wo der Kamerad Pepi mit zerschossenem Gesicht ins Wasser fiel. Wir lassen die Stadt Nampo hinter uns und erreichen am Ende der langen Straße schließlich eine Art Tor, stilisierte Wächter aus Stein wie zwei Löwen von Amphipolis, dahinter liegt die Mündung des Flusses. Dahinter liegt das Meer.

Das Koreanische Westmeer, das der Bahnhofsfranzl als Gelbes Meer gekannt hatte, von hier mochten es vielleicht dreihundert Kilometer Luftlinie sein bis zur chinesischen Küste im Westen, an der der Hafen von Tsingtau gelegen war, die Postkarte von dort war in Thanried noch in irgendeiner Vitrine gelegen, der Text vergilbt und nicht mehr lesbar, bis die Gustl den alten Schmarrn entsorgt hatte. Im *Gasthof Waldfrieden* war das Maritimste die saure Forelle am Aschermittwoch, und die kam aus einem Zuchtweiher hinter Stamsried. «Wir sind da», sagt Herr Li und zeigt aus seinem Fenster. Die Straße führt über einen gewaltigen Damm in den Fluss hinein, acht Kilometer lang, so breit ist dieses gewaltige Delta des Stroms, und auf diesen acht Kilometern haben sie den Taedong mit der Dammmauer vom Meer abgeriegelt. Ein Limes aus Beton. Es gibt keine Mündung mehr, nur eine gewaltige Schleuse, stählerne Riesentore regulieren das Wasser. Das Meer ist ausgesperrt, der Fluss hinter dem riesigen Damm gefangen.

Darüber führen eine Straße und eine Schiene, der Stolz der Ingenieure Koreas, wie Frau Cho weiß, «mehr als fünf Jahre dauerte der Bau», deklamiert sie, ein Kampf mit den Gezeiten. Und dann ergeht sie sich in Numerologie, zehn Millionen Kubikmeter Kies, 280 000 Tonnen Stahl und eine Million Tonnen Zement wurden verbaut, ich will sie schon fast fragen, wie viel das wohl in Würsten ist, aber ich verkneife es mir, überschlage es stattdessen im Kopf, für diese Menge an Stahl hätte der Streichwurst-Hannes umgerechnet 490 Millionen Schweinsbratwürste herstellen müssen, die dreizehnte unlösbare Aufgabe des Herakles. Durch das Aussperren des Meeres und des Salzwassers hat man den Taedong in ein Reservoir verwandelt, von seiner Quelle in den Bergen von Rangnim bis zu dieser Staumauer. Das bedeute Trinkwasser für die Menschen und zur Bewässerung der Felder, erklärt Frau Cho. Es liegt eine gewisse Anmaßung darin, das Meer so zu zügeln, so wie die dreihundert Hiebe des Xerxes, als er die Wellen auspeitschen ließ, zur Bestrafung für ihr Temperament, für ihre unterlassene Hilfeleistung bei der Überquerung des Hellesponts. Aber es ist auch etwas seltsam Tröstliches in dieser grauen Monstrosität, denn es ist endlich einmal kein Altar, keine Statue, kein Konterfei, kein großer Führer aus Bronze oder Marmor, nur ein großer Damm für das Trinkwasser, immerhin, denke ich, immerhin auch das.

Keine Metaphern, sagt Lenin, und dieses ausgesperrte Meer wirkt wirklich wie ein verbotenes Bild, in dieser Form würde es sich vermutlich sogar der Nowak über den Kamin hängen. Nein, dieses Meer ist keine Sentimentalität, und ich spüre deshalb seltsamerweise keine Enttäuschung aufsteigen, aber bin ich denn wirklich wegen mir hierhergekommen oder nicht vielmehr wegen dem Urgroßvater, dem bayerischen Seefahrer? War es falsch, zu glauben, dass ich ihn am Meer suchen müsste? Oder sind ohnehin alle Metaphern falsch, beliebig austauschbar, wie bei der Kudrunssage, die ich als Kind geliebt hatte, hochbordige Drachenschiffe im Nordmeer, Blut in der Gischt am Wülpensand, doch in Wahrheit aufgeschrieben von einem bayerischen Mönch, das weiche, süddeutsche Idiom in der Beschreibung der kantigen Helden, Wate von Sturmland, Ortwin von Matelan, aus dem Skriptorium heraus bei Kerzenschein und Weichkäse gedichtet, den Blick auf die Fischer im Donaustrom, das musste reichen für die Beschreibung des Meeres, das die Burg Kassiane umtoste, die Küsse züchtig und die Rache kalt.

Am Ende des Schleusenwehrs auf der kleinen Insel Pido steht ein grauer sechseckiger Leuchtturm. Darunter gibt es einen

Aussichtspunkt mit Echtheitszertifikat, *hier stand einst der Leuchtende Stern und blickte auf sein Werk*, einladend wie die Terrasse der Autobahnraststätte Hohenlohe West. Wir blicken auf den riesigen Damm, Westmeersperre heißt er, er liegt wie ein Fremdkörper über dem ausgesperrten Meer, wie das rote Band des Leninordens in Bulatovs Gemälde *Horizont*. Hier endet die Welt, hier an den Säulen des Herkules aus Beton, *non plus ultra*, schreibt Pindar, hier steht es, *nicht mehr weiter*. Der Fluss trägt seine Eisschollen mit der Strömung bis an den Damm und die Betonmauer der Schleuse, anstatt ins Meer hinauszutreiben, schwappen sie traurig an der künstlichen Einfassung wie in einem Bassin, einem etwas vernachlässigten Pinguinbecken im Zoo einer westdeutschen Mittelstadt. Dahinter liegt das Meer, die blaue Grenze, tiefer als der Taedong, die bleiche Sonne steht vor uns im Westen, aber ich sehe das Blau, von wegen Gelbes Meer, es leuchtet blau wie in dem Bild an meiner Wand, J. hat es gemalt, aus irgendeiner fernen Erinnerung heraus, der Erinnerung an ein anderes Meer aus einer anderen Zeit. Es sind unzählige Schiffe vor der Mauer, die einen auf dem Weg nach Westen, die anderen auf dem Weg zur Schleuse, und ihre tiefen Sirenen dröhnen über die Klagelaute der Möwen, Myriaden von Seevögeln umkreisen den Damm und überziehen den Beton mit ihrem Kot. Herr Li bläst den Rauch seiner *Stahlwerk* in die Kälte. Er nickt mir zu, seine Augen zusammengekniffen im Wind. «Da haben Sie das Meer», sagt er lakonisch. Er zeigt bekräftigend darauf, als müsste er es mir verkaufen wie einen alten Gebrauchtwagen. «Sind Sie zufrieden, ja?» – «Danke», sage ich. «Es war gut, dass wir noch hierhergefahren sind.» Herr Li nickt, dann schnippt er seine Zigarette weg, sie fällt achtlos auf den Boden, den polierten Granit unterhalb des Leuchtturms, neben die bronzene Plakette von Kim Jong-ils Besuch. *Hier stand einst Herr Li und blickte auf das Meer.* Bevor wir ins Auto steigen, fasst er mich noch kurz am Arm. «Denken Sie morgen an das Trinkgeld, ja?»

Auf der ganzen Fahrt zurück spricht niemand ein Wort. Wir holpern über die leere Autobahn, die *Straße der heldenhaften Jugend*, die vom Meer zum Kinderpalast von Mangyongdae führt, ich warte bei jedem Ruckeln auf Frau Chos Litaneien aus dem statistischen Jahrbuch, «hier wurden 30 014 Granitplatten verlegt, genauso viele wie Kim Il-sungs Lebenstage auf Erden», die steingewordene Zeit, wie damals mit J. in Mexiko, in Teotihuacán, dem Rom Mesoamerikas, 364 Stufen zur Pyramide, 364 geöffnete Schlangenrachen im Tempel, 12 000 herausgerissene Herzen zu Ehren der Leuchtenden Sonne. Doch Frau Cho schweigt, hat ihren Kopf an die kalte Fensterscheibe gelegt und scheint nachzudenken. In der einbrechenden Dunkelheit erreichen wir Pyeongyang. Es sind viele Menschen auf den Straßen, fast alle in Schwarz oder Grau, nur manchmal leuchten ein paar quietschbunte Kinderjacken hervor wie ein farblich unpassender Regenschirm auf einer Beerdigung. In meinem Kopf suche ich verzweifelt nach einer unverfänglichen Belanglosigkeit, mit der ich die Stille brechen kann, doch als wir über die Brücke zum Hotel fahren, dreht sich Herr Li zu mir um: «Es ist Ihr letzter Abend heute. Wir wollen zum Abschied gemeinsam etwas trinken, ja?»

Das Drehrestaurant auf dem Hoteldach ist leer bis auf das gelangweilte Personal, ich bin der einzige Gast. Es gibt eine spartanisch bestückte Bar und eine geschlossene Küche, die Tischdecken werden bereits zusammengefaltet wie die mürben Segel nach einer Biscayapassage. Es gibt sogar ein kleines Klavier, ein chinesisches Fabrikat, *Pearl River* steht in Gold über der Klaviatur. Wir drehen uns langsam um uns selbst, wenn das knarzende Geräusch nicht wäre, es würde niemandem auffallen. Vor dem Fenster zieht kein Panorama vorbei, dort liegt die dunkelste Stadt der Welt in völligem Schwarz, man kann nichts erkennen, wir könnten genauso in einem Filmstudio sitzen. Die Bewegung bemerkt man nur, wenn man nach innen blickt, wenn alle drei Minuten die Küchentür an einem vorbeizieht oder die Aufzüge.

Sie kommen pünktlich, steigen gemeinsam aus dem Fahrstuhl. Beide haben noch einmal ihren guten Anzug angelegt, beide tragen das Parteiabzeichen am Revers, die grinsenden Kims. Ich bin für einen Augenblick versucht, ihnen zu erzählen, dass im Kapitalismus der Zahnarzt nun *Smile Designer* heißt, doch ich verkneife es mir. Herr Li hat uns etwas zu trinken bestellt, Fassbier natürlich. Er schiebt mir das Glas über den Tisch und zwinkert mir kaum merklich zu. Fast zufrieden sieht er aus, denke ich. Frau Cho dagegen blickt mich erwartungsvoll an. «Was denken Sie von unserem Land?», fragt sie. Es klingt nicht so, als ob sie meine Antwort wirklich interessierte, vielmehr wie eine Frage, die ihr aufgetragen wurde, ein Punkt auf einer Liste, den es abzuarbeiten gilt. Ich weiß nicht, was ich sagen soll, weiß auch nicht, was ich von ihrem Land denken soll, um sie nicht zu brüskieren. «Ich bin froh, dass ich hergekommen bin», sage ich schließlich, das ist unverfänglich und noch nicht einmal gelogen. Die beiden nicken zufrieden, fast glaube ich sogar, ein Lächeln bei Frau Cho zu sehen. Ich habe lediglich das Versprechen gehalten, das ich mir selbst auf diesem Zettel für J. an der Haustür gegeben habe, *bin nach Pyeongyang gefahren*, was dann kommt, weiß ich nicht.

«Spielen Sie etwas», sagt Frau Cho. Sie zeigt auf das Klavier. Spielen Sie etwas, es ist das Freundlichste, was sie bislang zu mir gesagt hat, vielleicht auch nur, weil ich an J. denke, wie sie neben dem Flügel saß, Alfonsito aus Leipzig. Einen Moment bin ich versucht, das *Fantaisie-Impromptu* zu spielen, wie damals für J., einen echten *Schopn*, aber ich glaube, ehrliche Erwartung in Frau Chos Blick zu sehen. *Know your audience.* Ich wünschte, ich könnte in solchen Situationen aus meiner Haut, könnte wie André Rieu die ganze Piazza zum Schunkeln bringen, einfach irgendeinen Gassenhauer aus *Cats* spielen oder ein Wienerlied, Heurigenherrlichkeit mit schmissigem Refrain, um ihnen eine kleine Freude zu machen. Aber das kann ich nicht, habe ich nie gekonnt. Ich habe immer nur diese verschrobenen Witze machen können, und ich hatte das Glück, dass J. das mochte, für eine kleine Weile. Dann weiß ich plötzlich, was ich spielen werde, es ist die einzige Sentimentalität, die passen will, hier im siebenundvierzigsten Stockwerk dieses insulanen Hotels im erfrorenen Taedong, dem gefangenen Fluss: ein altes Lied aus meiner Kindheit. Ich setze mich ans Klavier, zum ersten Mal seit zu Hause, zum ersten Mal mit einer erfrorenen Linken, ich spüre die Schwere der Tasten, ich kann sie drücken, es kostet mich keine Kraft, die Erinnerung ist in meinen Fingern, auch in den erfrorenen. Ich schließe die Augen und kämpfe mit der Scham, wünschte, ich könnte es singen wie der Vater oder die Mutter, dann überwinde ich mich und singe die Melodie:

Wenn's auch kein Zuhause war,
Wo immer ich einen Platz zum Schlafen fand,
Hab ich mich doch hier und da,
Bei manch einem, unter dessen Dach ich lag,
Zu Haus gefühlt für manche Stunde,
Manchen Tag.

Wenn es auch nicht Freiheit war,
Im leeren Wagen während mancher langen Fahrt,
Wenn der Motor mit mir sang,
Hab ich mich, ganz gleich was vor mir lag,
Doch frei gefühlt für manche Stunde,
Manchen Tag.

Als ich zu Ende gespielt habe, sagt niemand etwas. Ich gehe zurück zum Tisch. Die beiden sehen etwas unsicher aus, Frau Cho blickt auf die Tischplatte, fast, als wäre es ihr peinlich, ausgerechnet die Meisterin des Dauerpathos, der permanenten Emotion, kann mein Lied nicht ab? «Das ist ein Lied, das mir mein Vater oft gesungen hat», sage ich. «Von einem sozialistischen Liedermacher.» Herr Li lacht unsicher, er wagt nicht, mir zu glauben. Das schmerzt ein wenig, nicht einmal hier können wir uns treffen. Das Restaurant dreht sich langsam, es ächzt wie vor Schmerzen, dabei ist es beinahe leer. Die Hand tut mir weh, und mir ist etwas schwindelig, eine ungute Mischung aus Scham und Fassbier, trotzdem denke ich immer nur an eines: Wenn sich Optimismus in Nostalgie verwandeln kann, geht das dann auch andersrum? Kann man aus Nostalgie noch Optimismus pressen wie den Saft einer vertrockneten Zitrone, herausdestillieren wie Alkohol? *Bin nach Pyeongyang gefahren*, und dann? Und mit einem Mal weiß ich, dass ich meinen Wunsch, mit J. zu sprechen, nicht länger zurückhalten kann, ich kann nicht länger nicht mit ihr sprechen, was ist all das, wenn ich ihr nicht davon erzählen kann, ich will ihr alles erzählen, will ihr zumindest sagen, dass ich in Pyeongyang stehe, dass ich hier Klavier spiele mit einer erfrorenen Hand, ich will, dass sie über diesen Irrsinn lacht, oder wenigstens ihre Stimme hören. Jetzt.

«Ich bin gleich zurück», sage ich zu meinen Begleitern. Frau Cho will kurz protestieren, aber ich bin schon aufgestanden und laufe zum Aufzug. Herr Li blickt mir nach, doch er folgt mir nicht. Der Fahrstuhl schleppt sich die siebenundvierzig Etagen hinunter ins marmorne Foyer. Als sich die Türen öffnen, betrete ich Dunkelheit und Stille, wie immer. Das Licht ist gedimmt, und außer den Wächtern am Eingang ist die hohe Halle vollständig verlassen. Ich trete zum Schalter in der Ecke und klingele. *International Telephone Calls*. Es dauert eine Weile, bis hinter dem milchigen Glas ein Licht angeht. Verschlafen quält sich eine kleine Frau hervor. «Ich möchte telefonieren», sage ich ihr. «Nach Deutschland.» Es dauert eine Weile, bis sie es begriffen hat. Dann händigt sie mir ein Formular aus, Antrag zum Führen eines internationalen Telefongesprächs. Name und Nummer des Kontakts muss man dort eintragen. Ich bin überrascht, dass ich ihre Nummer immer noch auswendig weiß. Aber als ich ihren Namen dort hinschreiben soll, zittert mir die Hand. *J.* schreibe ich, dann versagt mir die verbliebene Rechte den Dienst. Das muss genügen. Ich lege den Stift auf das braun lackierte Holz der Theke. Die Telefonistin blickt mich an, dann beginnt sie, die Nummer zu wählen. Es ist ein klobiger blauer Apparat. Sie überprüft jede Zahl einzeln, es dauert eine Weile, aber dann hält sie mir den Hörer hin. Es knistert eine Weile, dann ertönt ein Freizeichen. Ich spüre, wie meine Hände vor Aufregung feucht werden, weiß nicht, wovor ich mehr Angst habe, davor, dass sie abhebt, oder davor, dass sie nicht abhebt und mich einfach ignoriert.

Doch sie hebt ab. «Hallo», sagt sie fragend, und diese raue Skepsis ist mir so vertraut, dass ich jede Idee von Gesprächsführung über Bord werfe. «Ich bin es», sage ich. «Kannst du sprechen?» Ich habe keine Ahnung, wo sie gerade ist, ob uns zehntausend Kilometer trennen oder fünfzehntausend, bin nur aufgeregt, weil ich ihre Stimme höre. «Ich habe nicht viel Zeit», sagt sie. «Meine Fahrgelegenheit kommt gleich.» Es wirkt, als wäre sie bei etwas gestört worden. «Wohin fährst du denn?», frage ich heiser. Sie zögert einen Moment. «Nach Berlin. Hab in Antwerpen jemanden kennengelernt, der hat mir dort ein Zimmer besorgt. Ist erst mal für ein Jahr.» So schnell schon? Immerhin, Berlin, nicht Valparaiso, auch das hätte ich für möglich gehalten. «Meine Sachen hab ich alle schon geholt. Du warst ja nicht da. Deinen Schlüssel hab ich dir in den Briefkasten geworfen. Und einen Brief dazu.» Ich nicke nur wie ein Idiot, was soll ich auch dazu sagen? Stattdessen stelle ich mir vor, wie sie in einem schwarzen Kleinbus mit Berliner Kennzeichen sitzt, auf der Autobahn nach Norden, einen Kofferraum voller Requisiten für einen Neubeginn, als Beifahrerin irgendeines smarten Arschlochs mit Junior-Professur an einer Business School und mit Gästezimmer in Schöneberg, er muss nur noch die Surfbretter in den Keller räumen. Ich spüre einen Kloß im Hals. «Wo bist du überhaupt?», fragt sie dann. «Was ist das für eine komische Nummer, von der du anrufst?» –

«Ich bin in Pyeongyang», sage ich. «Habe ich dir doch geschrieben.» Fast klingt es, als lachte sie leise. Es ist für einen Augenblick still. «Du wirst mir fehlen», sagt sie dann. «Mach's gut, Fidelis.» Dann klickt es in der Leitung, die Verbindung ist zu Ende.

Ich blicke ins Gesicht der müden Telefonistin. Sie hat sich eine Decke übergeworfen, ihre Augen sind immer noch ganz klein. Ich reiche ihr den Hörer, sie kontrolliert kurz die Stille, dann legt sie auf. Es ist ein vertrautes Geräusch, so hatte das Telefon bei der Großmutter geklungen und bei der Alwine in Steinweyer, dieses Auflegen, eine unbeholfene Endgültigkeit. Die Frau notiert ein paar Zahlen auf das Formular, dann bedeutet sie mir, dass ich bezahlen muss. Ich lege ihr einen Geldschein auf die Theke, denke an das Trinkgeld, das gehört sich so, so hat man es mir oft genug erklärt. «Entschuldigen Sie bitte die Störung», das bringe ich noch über die Lippen. Ich nehme das Papier an mich, falte es zusammen und stecke es in meine Tasche, dann setze ich mich auf den kalten Steinboden neben das Aquarium mit dem schmutzig grünen Wasser. *Du wirst mir fehlen*, hat sie gesagt. Ich merke, wie es mich überkommt, kann meine Tränen nicht mehr zurückhalten, obwohl ich es möchte, es schüttelt mich, ich weine aus Schwäche und Wut.

Es dauert nur einen kurzen Moment, dann fasse ich mich, komme mir unglaublich lächerlich vor. Reiß dich zusammen, sagt eine Stimme in mir. Nach all den Jahren schlagen immer noch die Soldaten durch, *reiß dich zusammen*, es könnte im Grunde jeder sein, vom Großvater bis zur Mutter, reiß dich gefälligst zusammen, das ist ein Befehl. Tapferkeit im Leiden, das ist Römerart, vielleicht hat das der Bernpaintner übersetzt, aber es klingt wie eine elende Durchhalteparole, wie ein Funkspruch in Scapa Flow, eine Fürbitte der Großmutter, ein Kampfspruch der Gewerkschaft oder wie eine Tätowierung auf Juans Unterarm, *et facere et pati fortia Romanum est*, am Ende ist alle Romanità doch nur Soldatenlyrik. Ich bin angewidert von mir, wie ich da am Boden sitze, einmal mehr den einsamen Krieger gespielt, eine lächerliche Version meiner selbst, ein Abziehbild von Darek und den anderen, den Muskelbergen mit ihren dummen Posen und den lasziv geschürzten Unterlippen, einsame Wölfe mit aufgestellten Kragen und melancholischen Schmollmündern, diese idiotische Mischung aus *Miami Vice* und einem depressiven Superheldenfilm, generische Düsternis, ich kann mir gleich selbst noch die Musik dazu komponieren, sphärische Flächen mit dem Synthesizer, g-Moll, ein paar verhallende Glöckchen, darüber eine elektrische Gitarre, leicht angezerrt und mit viel Hall, eine traurige Melodie, die einsame Gitarre so einsam wie der düstere Mann. Und doch, ich sehe immer noch die beleuchtete Turnhalle im Nebel, es ist Freitagabend, das Licht dringt schwach durch die trüben Milchglasfenster, ich möchte fliehen, weit weg, aber gleichzeitig zieht es einen hinein zu diesem Licht, nicht drinnen zu sein, fühlt sich falsch an, ausgestoßen, in der Kälte, es hat etwas von diesem Gefühl, diesem Sog, vor einer Kirche zu stehen, während innen die Orgel rauscht und der Chorgesang nach außen dringt, die vielen Stimmen, verschmolzen in sehnender Adoration, nie fühlte man sich so alleine wie vor dieser unsichtbaren, aber hörbaren Gemeinschaft, ich will durch die Türe gehen, nach drinnen zu Darek, dem vertrauten Geruch von Kunststoffboden und Magnesia, und ich will, dass er mir den Arm um die Schulter legt, er macht einen Witz, «was macht *Schopn?*», fragt er, dann drückt er mich zu Boden, «heute wirst du bluten, Dicker, das sage ich dir». Ich atme schneller. Darek ist fast so alt wie der Vater, wahrscheinlich drückt er gar nichts mehr zu Boden. Zum allerersten Mal versuche ich, ihn mir so vorzustellen, wie er heute wirklich ist. Sein Rücken schmerzte schon damals, er ging wie ein alter Mann, trotz seiner sehnigen Zähigkeit, seiner verhärteten Kraft, verursacht durch all die Jahre der Härte in jener Militärturnhalle in Bielsko-Biała, Härte von Trainern, gegen die er selbst ein Waisenknabe war, Soldaten, Olympioniken, Helden des Sozialistischen Sports, *es liegt bei dir*. Das geht nicht gut aus für ihn.

Du wirst mir fehlen. Nicht jetzt, sondern irgendwann? Ich denke an das Maß der Zeit, an die endlos langen Stunden im Training, wo der Sekundenzeiger stillzustehen schien. In einer Zeit, in der es unvorstellbar schien, einmal so alt zu werden, dass man seine Freunde nur noch einmal im Jahr sehen würde. Einmal im Jahr, das war das verschwenderische Metrum, als man die Zeit in Mittelerde-Filmen messen konnte, zum ersten Mal vom Wunder des Kinos so voll und ganz erfüllt, eine Welt der Kindheit auf der Leinwand, dass jemand zwergische Architektur erdacht hatte, Hallen aus Stein oder Styropor, dass man Schauspieler mit wehenden Mänteln durch leere Bergstollen schickte, dazu gutturale Zwergenchöre, eine morianische Männerkongregation durchdrang diese strenge Stille, beim überzuckerten Popcorn von der alten Frau Riedmeier, und als der Abspann lief und die kalte Dezemberluft durch die Türen drang, traten wir durch die Seitenausgänge ins Freie. Wir standen im Schnee auf der kleinen Straße, drinnen verhallten elbische Gesänge, und die Gäste kratzten das Eis von ihren Autos, die Ahnung von Zeit verfestigte sich, und es war wundervoll, so lange warten zu müssen, ein ganzes Jahr, diese wunderbare Sicherheit der Zeit, die vor uns lag, ein Jahr, unermesslich lang, doch es sprach nichts auf der Welt dagegen, dass wir nächstes Jahr wieder hier sitzen würden, in den Amper Lichtspielen Wolnzach, und Flora würde immer noch meine Freundin sein und meine kindliche Aufgeregtheit erdulden und meine Hand halten, ihre Mutter würde uns mit dem Firmenwagen abholen und durch die Winternacht über die vereisten Hopfenstraßen nach Hause fahren, uns Kinder, glückliche Kinder, die wir das erleben durften, drei Jahre lang, bis Gandalf in den Westen ging und wir erwachsen wurden.

Es liegt eine Gewissheit in jedem Blick zurück, die Deutung hat sich in der Zeit breitgemacht, die Geschichte bereits gezähmt, die Bruchstellen scheinbar mühelos erkennbar. Südlich von Rom liegen die Ruinen der alten Stadt Minturnae, zweitausend Jahre später zog Hitlers Wehrmacht hier die Gustav-Linie, den Garigliano hinunter, von der Kulisse von Montecassino durch die aurunkischen Berge bis zur Mündung ins Meer, hier gruben sie wieder ihre Panzersperren in den Boden wie im Garten der Alwine, zwischen die Säulen des römischen Forums, nebeneinander in verwesender Eintracht der Marmor und die Bunker der Organisation Todt. Die amerikanischen Geschosse zerschlugen alles gleichermaßen, die Einschusslöcher sind heute im Marmor und im Beton, die lange Chronologie übersprungen, was sind schon zweitausend Jahre in der künftigen Rückschau, eine Gleichzeitigkeit vor der Ewigkeit. Was wird mir diese gemeinsame Zeit mit J. sein in den kommenden Tagen, vielleicht Jahren? Alles zunächst, doch mit der Zeit irgendwann degradiert zu einem Interregnum zwischen den langen Einsamkeiten, eine Kleinigkeit in der Konkursmasse meiner Lebenszeit, die *Longue Durée* hat begonnen, am Ende bleibt nur das Ei mit Maggi.

Wie wird J. unsere Geschichte erzählen? Eine traurige Erinnerung? Eine schmissige Anekdote? Eine Peinlichkeit? Oder bin ich schon getilgt aus den gemeinsamen Mythen wie in einem sowjetischen Foto, herausretuschiert aus der Geschichte? Ich habe J. so erinnert, wie sie für mich war. So wie ich auch alle anderen erinnert habe, meiner eigenen Wirklichkeit nachgebildet wie die Bronzebüsten auf dem Partisanenfriedhof, die Gesichter der Namenlosen, so wie Kim Il-sung sie erinnert hatte. Und vielleicht war auch das alles gelogen, jedes Gefühl, all die eingekochten Mythen, die verträglich gemachten Lügen, vielleicht war nichts von alldem wahr, und die Geschichten, die wir über uns selbst erzählen, dienen nur unserer Funktionalität, wie die Mutter immer sagte. Keine davon ist wahr, höchstens für einen Jungianer. Vielleicht hat der Bahnhofsfranzl das Meer gehasst, weil er alles hassen musste, das ungeliebte Kind zweier grobschlächtiger Bauern, so wie auch die Großmutter später alle Männer hassen musste, vielleicht sogar ihre eigenen Söhne. Vielleicht hat der Kamerad Pepi das Pferd einfach kaltblütig abgeknallt, so wie sie alle abgeknallt hatten, die sich ihnen in den Weg stellten, Russen, Mazedonier, Franzosen, Polen, ohne Skrupel, danach in ihren schlaflosen Nächten nach den abwesenden Müttern geschrien, ihre Frauen und Kinder geschlagen für ihre nie beschauten Traumata. Vom Töten haben sie geschwiegen, erzählt haben sie nur von der Weite am Don, vom Gelb des Ginsters in den pelagonischen Bergen und von den Tomatenfeldern in Alabama. Am Ende sprechen wir nur noch von Landschaftsbildern. Vielleicht hat mich auch J. nie geliebt, vielleicht, was weiß ich schon?

Sie ist gegangen, doch schon jetzt scheine ich diesen Schmerz überspringen zu wollen, sogar als der Verlierer der Geschichte erzähle ich sie als Evangelium, vielleicht ist das mein Glück, mein Vorrecht als der Vertriebene aus meiner eigenen Geschichte, dass ich an ihr festhalten kann trotz dieses Endes, von der Zeit begnadigt, als blieben mir nur auf diese Weise all die Erinnerungen erhalten wie geliebte Figuren, wie Gandalf oder der Admiral, wie der Nowak, wie J. am Tag unserer ersten Begegnung. Ich bin bereit, in einer apokryphen Wirklichkeit zu leben, um mir das zu bewahren. Das scheint ganz gut in dieses seltsame Land zu passen, das die Zeitachse der Geschichte irgendwann verließ mit seiner abstrusen Numerologie, und doch kann keine andere Zeitrechnung der Welt verhindern, dass dieses Land der *Damnatio Memoriae* anheimfallen wird, dieses Land, das die Auslöschung seiner Erinnerungen und die Umbenennungen der Zukunft noch nicht ahnt und nicht weiß, dass der Kim-Il-sung-Platz irgendwann *Platz der Einheit* heißen wird, dass das Stadion des Ersten Mai eine Telekommunikationsfirma im Namen tragen wird, sich in einen Samsung Super Dome verwandeln wird. Sie werden die Sprache der Ironie in Rekordzeit lernen müssen, und am Ende wird vermutlich eher Helmut Sachers Kaffee übrig bleiben als die Bronzeriesen von Mansudae. Ich könnte Herrn Li sagen, dass sein Land bald in Atlanten verschwundener Reiche geführt werden wird, neben Burgund oder Karthago, der DDR vielleicht, vielleicht wird Pyeongyang eine Bezirkshauptstadt im wiedervereinigten Korea sein, vielleicht wird es auch gar nicht mehr existieren, Karl-Marx-Stadt in der Irredenta, ein schrumpfendes Provinznest mit zu großen Ruinen wie das verfallende Rom im Schlusskapitel bei Edward Gibbon, grasende Ziegen und Weinbau am Esquilin, brüchige Säulen aus prokonnesischem Marmor, das Spalier der Trauben über den steinernen Sedimenten der Jahrhunderte. Doch wer bin ich, Herrn Li so etwas zu sagen?

«Ich habe aufgehört, ein Soldat zu sein», hat Juan beim Abschied am Bahnhof in Peking gesagt. «Vielleicht kannst du das auch irgendwann.» Ich bin der Soldat meiner Erinnerungen, und meine Geschichte ist nun das kleine Haus in Marienstein. Ich werde dorthin zurückkehren, alleine, die unhaltbare Stellung verteidigen, als Letzter Mann, trotz alledem. Ohne mich würde es verschwinden wie die Häuser der Großeltern, man würde es wegreißen und ein Reihenhaus daraufbauen. Ich hatte lange gehofft, dass J. meine Geschichte wäre, doch sie hat sich entschieden, nur ein Teil davon zu sein, Vergangenheit, nicht mehr. Und auch wenn sich mein Verstand gegen die Vorstellung sträubt, dass es soldatische Tugenden erfordert, mit mir zusammenzubleiben, auch wenn ich mir wünschte, es wäre nicht nötig, so sehr hatte ich gehofft, dass auch J. eine Soldatin war. Aber sie hatte sich stärker dagegen gewehrt, als ich es getan hatte, als ich es jemals gewagt hätte. Ich denke an diese seltsame Reliquie im Dom von Perugia, den *Heiligen Ring*, den Verlobungsring der Jungfrau Maria mit Josef, dem Zimmermann aus Nazareth. Als Kind stand ich mit den Eltern davor, ein unscheinbares Ding aus durchscheinendem Quarz, verehrt als Symbol für die eheliche Treue, doch es ist die Reliquie der vollkommenen Vergeblichkeit, ein Ring ihn zu knechten, den heiligen Josef, den schweigsamen Dulder, die undankbare Nebenfigur der Frohen Botschaft, der erste Soldat, später zum Dank zum Patron der Arbeiter befördert, während die Trägerin des Ringes längst auf Rokokowolken gen Himmel entschwebt war. Nun kann ich selbst zurückbleiben mit meinen Reliquien. Für die Religion der Mutter oder die vom Nowak sind Sehnsucht und Wehmut bestenfalls Diagnosen, Pathologien, aber was hat ihnen das Loslösen davon gebracht? Eine andere Spielform der Einsamkeit bestenfalls. Nein, ich bleibe auf dem Verlorenen Posten, als Soldat der Erinnerungen, sogar derer, die nicht meine sind.

Auf dem Grund des Aquariums bewegt sich etwas, das dunkle Wasser drückt gegen die Glaswand. Ich muss an Thanried denken, an den grünen See zu Füßen des alten Klosters, wo der Bahnhofsfranzl ertrank, der Leichnam nie geborgen, verblieben am Grunde des Sees, bewacht von den schmerzhaften Rosenkränzen der sterbenden Hundertjährigen, alle Fenster waren erleuchtet in der Nacht nach seinem Tod, erzählte man, in jedem Fenster brannte eine Kerze, dort, wo der Vater später bei Schwester Jubilata die Hostien stach, im Refektorium, und in den Fenstern der Kirche *Mariä Namen*. Hier dringt kein Licht durch das dunkle Wasser, ich lehne meine Stirn an das kalte Glas, bin auf Augenhöhe mit dem Grund. Was auch immer sich dahinter verbirgt, ich kann es nicht sehen. Aber ich weiß: Anders als die Stadt Pyeongyang kann ich nie mehr bei null beginnen. Es kann niemals neue Liebe geben, nur andere, nur Reaktionen auf das, was vorher war. So wie auch die Leben der Vorfahren in mir sind. Ich fühle mich müde, zu müde, um noch mal jemandem alles von vorne erzählen zu können. Vielleicht kann man das so auch nur ein einziges Mal.

Ich beginne schon, ihr zu wünschen, mich in so Erinnerung zu behalten, wie ich niemals war. Ich stelle mir vor, wie es wäre, sie in der richtigen Pose zu treffen, in der richtigen Kleidung, im richtigen Licht (tiefe Herbstsonne), mit einem passenden Scherz auf den Lippen, und ich merke schnell, dass das nicht geschehen wird, denn so kann ich niemals sein, die richtige Pointe bei der Hand wie einen Tscherkessendolch, stattdessen werde ich sie zufällig treffen, in zehn Jahren oder in zwei, vor einem Berliner Café oder vor einem zu großen schwarzen Auto auf einer Raststätte an der Brennerautobahn, am Steuer einer anderen Geschichte, mit grauen Schläfen und einem etwas zu teuren Mantel, mit Goldschmuck vielleicht, ihre Fingernägel sorgsam gepflegt ohne die vertrauten Farbreste, der Pinsel entwöhnt, in irgendeinem fremden Milieu assimiliert, es gäbe keine Vertrautheit mehr, keine zarte Erinnerung, nicht einmal mehr Nostalgie. Diese Zeitrechnung hat begonnen. Es gilt das gebrochene Wort.

XXIV

NOSTOI

Ein letztes Mal der geliebte General, die übersteuerte Sehnsucht wie Wehklagen aus einer zu rasch gealterten Zukunft, ein schauriges Echo über dem gefrorenen Fluss. Noch zwei Stunden bis zu meiner Abreise, der Rucksack steht gepackt vor mir auf dem Bett. Ich hatte ihn zusammen mit J. bei einem Sattler in San Andrés gekauft, ein Zufallsfund an einem Freitagabend, sieben Jahre muss das her sein. Das warme Braun des alten Leders mit seinen Schrammen und Narben wirkt seltsam fremd in diesem Zimmer mit seinen kalten, glatten Oberflächen und der ausgebleichten Künstlichkeit der Pastellfarben. Dies wäre meine letzte Gelegenheit, einfach hierzubleiben. Ich würde zu Herrn Li gehen und ihm meine Beweggründe schildern, *Darlegung meiner Gewissensentscheidung*, wie damals die effektvollen Lippenbekenntnisse bei der Wehrdienstverweigerung, ein erfundenes Damaskuserlebnis auf dem Westmeerdamm. Ich könnte fortan als Dissident des Kapitalismus in Nordkorea leben als einer von drei Wessis, eine überschätzte Trophäe wie der Bierkrug von Otto Grotewohls Sohn in den Bergstollen von Myohyang, würde auf Stahlwerk-Zigaretten umsteigen, in einer Fantasieuniform die deutschen Touristen begrüßen und sie ins Café Helmut Sachers ausführen. Es gäbe Frühlingskimchi, kostenlose Arztbesuche und alle sechs Wochen einen Ausflug nach Nampo zum Gelben Meer. Ich könnte J. einen Brief schreiben, in Ruhe und auf Briefpapier mit einem fünfstrahligen roten Stern, dabei wüsste ich nicht einmal ihre neue Adresse. Berlin, *poste restante*. Ich wüsste auch nicht mehr, was ich ihr schreiben sollte. Ob irgendjemand käme, nach mir zu suchen?

Ein Kommunist, der nicht träumt, ist ein schlechter Kommunist, sagt Lenin, diesen Ausspruch hat der Nowak immer unterschlagen, weil er ihm zu sentimental klang, weil ihn auch irgendwelche Pachamama-Schamanen auf ihre Einladung zum Seminar *Spirits of our Past* in Niederösterreich hätten drucken können: drei Tage Holistic Sound Healing im Ötschergraben, Kakaozeremonie mit einem aus Peru eingeflogenen Brückenmenschen (natürlich CO_2-kompensiert), Nachbereitung per Videosprechstunde im Preis inbegriffen. Ein Albtraum für beide, für Lenin und den Nowak. *Wenn Kommunisten träumen*, so hieß auch ein Wandbild im verschwundenen Palast der Republik, ein Mural von Walter Womacka, der Berliner Version von Diego Rivera, inzwischen ersetzt durch maßstabsgetreues Preußentum aus Beton, steuerfinanzierter Revisionismus, die vergoldete Rache der Geschichte, wehe den Besiegten. A. E. I. O. U., *am End is olles umsonst*. Vielleicht sind es am Ende auch nicht die großen Träume, die unser Leben bestimmen, vielleicht ist es am Ende dann doch eher wie bei Kreisky, *lasst uns ein Stück des Weges gemeinsam gehen*, breiter Schlips und breite Schultern, der gute schwierige Freund, das bestmögliche Österreich für eine kleine Weile. Ein Stück des Weges gemeinsam gehen, immerhin, das haben wir getan.

Ein letztes Mal durch die Granitkälte der zu großen Eingangshalle. Herr Li und Frau Cho warten bereits, an eine hohe Säule gelehnt und ins Gespräch vertieft. Zum Abschied haben sie noch einmal die guten Jacken mit den Parteiabzeichen angelegt. Der letzte Eindruck ist der wichtigste, ich höre es von irgendwoher flüstern wie eine dieser Weisheitsstanzen aus Edmunds Gewerkschaftsseminar. Nachdem sie mich heute verabschieden, werden sie für eine Woche freihaben und nach Hause fahren, das hat Frau Cho mir erzählt. Ich betrachte sie, wie sie da an der Säule lehnt in ihrem kurzen Mantel, das junge Gesicht von einer zu strengen Frisur umrahmt, und auf ihre abgestoßenen Schuhspitzen starrt, und ich frage mich, wo wohl ihr Zuhause ist: bei ihren Eltern in den braunen Landen, nördlich von Sunchon, wo einst Kim Il-sung in einer strohgedeckten Hütte vom Kriege lehrte? Bei ihrem Freund im zwölften Stock eines dunkelroten Betonhauses am Südufer des Taedong? Oder am Ende doch in den Hotels, in denen sie im Auftrag ihres Staates wohnt, *wenn's auch kein Zuhause war*, vielleicht hat sie der Hannes Wader gestern doch berührt. Herr Li jedenfalls wird zu seiner Familie fahren, das hat er mir erzählt. Zu seiner Frau hier in Pyeongyang, neunter Stock mit Balkon, darauf zwei große Plastikfässer für das Winterkimchi. Er hat mir auch ein Bild seiner Tochter auf seinem Telefon gezeigt, es war verschwommen und unvorteilhaft, aber voller Vaterstolz. Ich wüsste gerne, was er ihr für die Zukunft wünscht. Vielleicht wird sie eine Ärztin sein oder eine Influencerin, Markenbotschafterin für Shampoo oder Duftkerzen aus Sojawachs, Juniper Ocean Road, der Geruch der Freiheit, hergestellt in einem Labor in Kaesong, bezahlt mit PayPal, aber wo bleibt das *Dzongza*? «Da sind Sie ja», sagt Frau Cho und winkt mich zum Ausgang. Keine Zeit für Sentimentalitäten. Der Fahrer wartet schon.

Wir fahren zum Flughafen. Ich habe genug von Zügen. Ich will fliegen. Ich will die Erdkrümmung sehen, und ich will über diese schmerzhafte Landkarte gleiten, die ich mir in die Haut gebrannt habe, darüber schweben und diese nutzlose Weite von oben beschauen, von der Kälte endlich unbehelligt. Ich habe genug vom elenden Aussitzen und Warten, will stattdessen die Zeit überholen. Wir parken vor dem Eingang des Flughafens, ein letztes Mal der beflissene Gang zum Kofferraum, der Fahrer ohne Namen gibt mir meinen Rucksack, ich habe natürlich an ihn gedacht, habe an alle gedacht, verteile mein übriges Bargeld an den Fahrer, Frau Cho und Herrn Li, sie scheinen zufrieden, ich nutze die Gelegenheit, möchte ein Foto von den dreien, ein letztes Bild auf dem Film habe ich noch. Der Fahrer ziert sich, aber ich winke sie in eine Reihe, «Achtung», sage ich, dann drücke ich ab. Es ist, als könnte ich den gefrorenen Moment bereits sehen, Herr Li mit ernst-verkniffenem Mund, die ewige Pose des Verantwortlichen, der Fahrer ohne Namen hingegen lächelt, bei

Frau Cho bin ich mir nicht sicher, diese sibyllinischen Mundwinkel, aber sie blickt direkt in die Kamera. Ich werde es mir ansehen, sobald ich zu Hause bin.

Wir gehen zusammen in die Abflughalle, an ein paar Verkaufsständen vorbei. Parfums gibt es keine, dafür noch einmal Zigaretten und Schlangenschnaps, die Versuchung ist gering, weil ich kein Geld mehr bei mir habe. Vor dem Kontrollpunkt bringt Herr Li eine verschweißte silberne Kassette und öffnet das Siegel. «Alles noch da», sagt er grinsend. Darin liegen auf violettem Samt meine Habseligkeiten, die man mir bei der Einreise konfisziert hatte – ein ausgeschaltetes Mobiltelefon und eine kleine rotgoldene Taschenuhr, auf deren Rückseite der Name eines versunkenen Schiffes steht. Ich streiche kurz über die Gravur, dann drehe ich an der Krone, spüre den vertrauten Widerstand der Mechanik, dann beginnt der kleine Sekundenzeiger zu laufen. Ich halte das Gehäuse an mein Ohr und lausche dem Marschrhythmus der Zeit, *Allegro Vivace*, zurück in die alte Zeitrechnung oder vorwärts in eine neue, wer weiß das schon. Herr Li gibt mir auch meinen Ausweis zurück, dann rauchen wir zum Abschied eine letzte gemeinsame Zigarette, und der Rauch steigt mildreich auf in die kalte Luft, niemand muss es sagen, wir wissen es alle. Da fällt mir auf, dass ich etwas habe, was ich nicht mitnehmen kann. Ich wiege es in meiner Hand. *Fidel pero desdichado.* All die Jahre habe ich es vor dem Schicksal bewahrt, irgendwo konfisziert zu werden, in strategischer Disziplin verpackt, verschickt, immer bei mir, niemals im Handgepäck, und nun droht es mir abhandenzukommen. Einen Augenblick zögere ich, dann schenke ich Herrn Li das Messer. «Zur Erinnerung», sage ich und drücke ihm die Hand, bin selbst überrascht, dass ich dabei schlucken muss. Seine Augen leuchten, und er streicht sanft über das glatte Kirschholz des Griffs, den außer J. und mir niemand je berührt hat. «Was steht dort?», fragt er. «Ein Motto», sage ich. «So ähnlich wie *Hundert Kämpfe, hundert Siege.*» Er glaubt mir nicht, aber er nimmt es trotzdem und steckt es in seine Jacketttasche. Als Waffe nutzlos, wirksam nur gegen französischen Blauschimmelkäse. Vielleicht wird er es gegen eine Stange Zigaretten tauschen. *Kangsong* wie Stahlwerk. Oder er wird es behalten, sich damit im Frühling einen Apfel aufschneiden und warten.

Wir laufen über das Rollfeld, die kalte Luft vernebelt, Soldaten marschieren an uns vorbei, und aus den Lautsprechern spielt pathetische Musik. Baudrillards Disneyland kommt mir in den Sinn, aus den Kulissenstädten zurück in die Kulisse. Ich verlasse das Königreich der beiden Sizilien, von denen auch nur eines eine Insel war. Es wartet eine russische Tupolew aus den Achtzigern, das blasse Rot an den Seiten des Flugzeugs lässt mich für einen Moment darauf warten, dass gleich Leonid Breschnew huldvoll winkend die Gangway herunterläuft, um den eisigen Boden zu küssen oder brüderlich die spröden Lippen irgendeines Kims. Stattdessen erblicke ich mein eigenes Spiegelbild im Fenster vor dem Ausgang. Mein Bart ist lang geworden. Ich taste in meine Jackentasche, zwischen trockenen Tabakbröseln und Papierfetzen spüre ich etwas Hartes, Rundes. Ich ziehe es hervor und betrachte es zwischen meinen Fingern: Es sieht aus wie ein alter Pfirsichkern, doch es ist eine Blumenzwiebel, *Kimjongilia*, diese rote Grässlichkeit, Frau Cho hatte sie mir geschenkt in jenem üppigen Treibhaus, dem einzigen überheizten Ort in diesem kalten Land. Und ich schwöre mir in diesem Moment, dass ich die Zwiebel einpflanzen werde in dem kleinen Beet des Vaters vor dem Haus in Marienstein, ein anderes habe ich nicht, ansonsten bleibt mir nur noch die Erde der Gräber, in Amberg und Steinweyer oder in Thanried am See. Und ich sage mir, wenn diese Blume sprießt, eine einzelne rote Begonie zwischen den blauen Hyazinthen im oberbayerischen Frühling, dann werde ich zum Nowak nach Wien fahren, dann werde ich an J. schreiben, und obwohl ich es besser wissen müsste, will ich es mir immer noch glauben. Ich wickle den weißen Verband von meiner Linken und betrachte die neue Haut, die sich über den Knöcheln zu bilden beginnt. Ich bin Pyrrhus, und ich bin Scaevola. Vielleicht auch André Rieu. Ich fliege nach Hause, bin satt von Wundern. Morgen werde ich mich rasieren. Der Lärm des Ungesagten ist in meinem Kopf, und ich wünsche mir in den Abschied hinein, dass das Gesagte nicht vergeblich gewesen ist.

INHALT